À MOI POUR TOUJOURS

du même auteur
chez le même éditeur

A SUSPICIOUS RIVER
RÊVES DE GARÇONS
UN OISEAU BLANC DANS LE BLIZZARD
LA VIE DEVANT SES YEUX

LAURA KASISCHKE

À MOI POUR TOUJOURS

Traduit de l'anglais
par Anne WICKE

CHRISTIAN BOURGOIS ÉDITEUR

Titre original :
Be Mine

ISBN 978-2-267-01905-6

Pour Bill

« Tu arracheras toi-même ton œil droit ;
toi-même tu couperas ta main droite. »

Charlotte BRONTË, *Jane Eyre*
(Traduction M. Gilbert et M. Duvivier.)

Un

En ouvrant la porte pour sortir ce matin, je découvris une écharpe de sang, gisant dans l'allée enneigée.

Comme un mauvais présage, comme une menace, ou encore un sinistre souhait de Saint-Valentin – une marque de pneu, et la fourrure aplatie d'un petit lapin marron.

La fleuriste avait dû l'écraser, en venant livrer les roses, déjà en retard à neuf heures du matin. En me tendant la longue boîte blanche sur le pas de la porte, elle n'a pas dit mot d'une créature quelconque qu'elle aurait pu tuer dans mon allée. Elle n'a peut-être rien remarqué.

« C'est notre jour le plus chargé de l'année, me dit-elle, essoufflée. Naturellement. »

J'étais moi-même également en retard lorsque je l'avais vu. Que pouvais-je y faire ? Le mal était fait – complètement écrabouillé, sans aucun espoir – et nettoyer semblait inutile. Il neigeait déjà à nouveau. Très bientôt, toute trace aurait disparu.

Mais une telle bouffée de chagrin me submergea, malgré tout, lorsque je vis ce petit bout de fourrure marron au milieu du sang, que je dus me tenir à la porte.

Était-ce un des petits lapins que j'avais fait fuir de leur terrier au printemps dernier lorsque j'avais planté des graines de volubilis dans le jardin ?

J'avais hurlé quand ils s'étaient précipités hors de la terre légère, et n'étais plus retournée près de cette plate-bande de tout le printemps et jusque bien avant dans l'été.

La mère lapin les abandonne, je crois, si elle sent une odeur humaine sur eux ?

Il aurait été impossible de savoir avec certitude si ce lapereau mort était l'un d'eux, mais cela me rendit néanmoins malade. De culpabilité. Les roses que je recevais pour la Saint-Valentin avaient causé cette triste fin à une petite chose qui, juste quelques instants plus tôt, regagnait son terrier sous la neige. Si j'étais une femme meilleure que je ne le suis, me dis-je, si j'étais une femme moins pressée, je prendrais la pelle de Jon dans le garage et creuserais une tombe – un enterrement décent, avec peut-être une croix faite de bâtonnets de glaces à l'eau, comme ce que Chad, lorsqu'il avait sept ans, avait fait pour la tombe de Trixie.

Mais ce matin était d'un froid très mordant – avec un vent glacial venu de l'est, il faisait si froid que la neige, même sous ce vent, planait encore avant de tomber, comme si l'air était plus lourd que les flocons. Et j'avais à nouveau perdu mes gants. (J'avais dû les laisser dans le caddy du supermarché samedi dernier ?) Et donc là, dehors, avec mes clés de voiture et sans mes gants, je me dis qu'il aurait été impossible de creuser une tombe, de toute façon, dans la terre gelée. Déjà, deux corbeaux, perchés sur les branches du chêne, attendaient mon départ.

Mes cartes et mes cadeaux de Saint-Valentin :

De la part de Jon, la douzaine de roses, livrée une demi-heure après son départ pour le bureau, juste à temps pour me surprendre comme j'allais sortir de la maison, avec une petite carte sur laquelle la fleuriste avait écrit, de sa cursive ronde de gamine : *À ma chère femme, la seule Valentine que je veuille jamais avoir. Je t'aime et t'aimerai toujours, Jon.*

Et de la part de Chad, la première carte de Saint-Valentin qu'il m'envoyait par la poste. De l'université. Un moment étrange et triste devant la boîte aux lettres, quand je reconnus, peu à peu, l'écriture sur l'enveloppe rouge, avec un cachet californien : *Maman, tu sais que je t'aime. Dis à papa que je l'aime aussi – ça ferait trop bizarre de lui envoyer une carte pour la Saint-Valentin. Mais vous me manquez tous les deux. Je me plais trop, ici. Bisous, Chad.*

Je ne pus m'empêcher de penser, alors – un sentimentalisme prévisible – à ses cœurs en carton découpés maladroitement. À ses gribouillis tracés aux gros crayons de couleur. J'en ai toujours un, punaisé sur le tableau de liège accroché au-dessus de mon bureau, à la fac, mais le rose a déjà commencé à jaunir et les bords se sont un peu racornis : JE T'EME, CHAD.

Et l'année où il avait à moitié léché une sucette en forme de cœur avant de l'envelopper dans un mouchoir en papier et de me la donner.

Cette année, même Brenda m'a envoyé une carte (mon nid est vide maintenant que Chad est parti à l'université, et c'est une façon de me le rappeler tout en faisant semblant de me réconforter) – une photo en noir et blanc de deux petites filles avec de superbes chapeaux et le message : *À ma belle-sœur, avec tout mon amour.*

Sue m'a apporté des petits gâteaux en forme de cœur, faits par les jumeaux, et une de mes étudiantes, une adorable Coréenne, m'a offert une petite boîte de chocolats, que j'ai laissée aux secrétaires, au département d'anglais. Et même, un admirateur secret (ou bien un plaisantin ?) m'a laissé un morceau de papier jaune, déchiré d'un bloc-notes et plié en quatre, puis fourré dans une enveloppe du courrier interne au campus et déposé dans mon casier à la fac – à l'encre rouge, une écriture qui ne m'est pas familière : *Sois à moi pour toujours.*

Encore un accident sur l'autoroute ce matin. Je ne cesse de dire à Jon qu'il faut qu'on quitte la banlieue maintenant que Chad est parti, qu'il faut qu'on habite plus près de notre travail, qu'on arrête ces déplacements. Mais chaque fois il me répond : « Jamais. »

Pour lui, ici, ce n'est pas la banlieue, c'est la campagne, là où, alors qu'enfant il grandissait dans un appartement en ville, il avait toujours rêvé d'habiter. Pour lui, il ne s'agit pas de dix arpents de broussailles, c'est une ferme, la « ferme familiale », et il ne quittera jamais son garage rempli de gadgets, son stand de tir installé au fond du terrain – la cible clouée à des sacs de sable empilés –, ses mangeoires à oiseaux, son motoculteur pour tondre. C'est le rêve du petit garçon, datant des jours où il regardait *Lassie* sur le téléviseur noir et blanc, dans le minuscule appartement qu'il partageait avec deux frères, une sœur, et sa mère surchargée de travail. Un jour, se disait-il alors, il posséderait une vieille ferme dans la campagne, avec une carabine et un chien.

Bon, le chien est mort. Et la vieille ferme est aujourd'hui entourée de lotissements portant des noms comme Willow Creek ou Country Meadows – autant d'énormes fausses vieilles demeures qui surgissent en une nuit, avec des panneaux au bord de la rue annonçant fièrement À PARTIR DE 499 000 $. (Sommes-nous censés être impressionnés par le coût, ou bien séduits par la bonne affaire ?) Et la circulation est désormais si dense qu'il se passe rarement un jour sans que l'autoroute soit fermée durant une heure ou deux, le temps qu'on dégage les voies après un accident. À deux reprises l'an dernier, nous avons été contactés par des promoteurs qui voulaient nous acheter la maison et la raser pour bâtir quatre maisons plus jolies et plus neuves sur notre terrain.

Et moi, ça, je le ferais volontiers, tout vendre, faire mes malles et emménager dans un appartement – *Adieu à tout ça* –, mais Jon n'a pas encore fini de vivre son rêve d'enfance.

« Je ne crois pas que nos voisins, dans notre immeuble en ville, apprécieraient de m'entendre tirer à la carabine », dit-il toujours.

Cela ne le gêne pas d'inscrire plus de sept cents kilomètres au compteur de son Explorer chaque semaine, ni que le prix de l'essence grimpe tous les jours, ni même que la terre ait déjà été presque totalement vidée de ses réserves de pétrole.

Cela ne semble gêner absolument personne, d'ailleurs.

Nous conduisons tous, comme des fous, à l'aveugle, pour sortir de nos banlieues et nous lancer dans l'avenir sans même réfléchir à ce que nous faisons.

« D'accord, répondis-je à Jon. Mais s'ils continuent à construire des lotissements comme ça et que la circulation devient de plus en plus difficile, moi je finirai par m'installer en ville dans un motel, les soirs des jours où j'enseigne. »

Il haussa les épaules.

Pauvre beau Jon, avec ses yeux bleus. Je vois toujours, dans ces yeux-là, l'enfant qui n'a jamais eu la balançoire faite avec un pneu qu'il voulait, ni les hautes herbes dans lesquelles se promener avec un gros bocal pour attraper des insectes – je vois aussi la véritable absence, celle d'un père – dont il ne se remettra jamais.

Jon, Jon, je vivrai ici pour toujours avec toi, s'il le faut.

Mais, en passant devant les feux clignotants et les voitures ratatinées sur le bord de la route ce matin-là, je me suis dit : *Mon Dieu, mon Dieu...*

Lorsque enfin j'arrivai à la fac, ce fut pour trouver MayBell en pleine crise d'hystérie devant mon bureau. Elle avait perdu ses transparents sur les temps verbaux, est-ce qu'elle pouvait m'emprunter les miens ?

Eh bien, j'avais eu moi aussi l'intention de m'en servir, mais je les lui donnai quand même. Je suis, je crois, bien meilleure que MayBell pour ce qui est de l'improvisation. Et, de fait, mon cours s'est bien déroulé. Habib a lu tout un paragraphe de *Tandis que j'agonise* à haute voix avec un accent traînant du Sud et nous avons tous ri si fort que certains ont fini par en avoir les larmes aux yeux.

Après le travail, Jon et moi nous retrouvâmes en ville pour notre dîner de la Saint-Valentin. Je le remerciai pour les roses et lui parlai du billet anonyme, de la carte de Saint-Valentin déposée dans mon casier à la fac : *Sois à moi pour toujours.*

« Waouh ! » s'exclama-t-il.

Il fronça les sourcils et me regarda comme s'il me voyait réellement pour la première fois depuis longtemps.

Sa femme. Une femme qui avait un admirateur secret.

Il avait commandé un steak bleu, il y avait toute une série de petites taches de sang sur son assiette blanche.

« Tu as idée de qui c'est ? demanda-t-il.

— Réellement, lui dis-je, je n'en ai aucune idée. »

Il y a bien Robert Z., le poète de notre département, qui m'avait fait des compliments, ce matin même, sur mes vêtements (un chemisier blanc et une jupe en daim vert olive) avec une sorte d'exubérance sincère. (« Waouh, Sherry ! Canon ! »)

Il avait également adoré une autre tenue, la semaine dernière – une jupe noire avec un pull noir au crochet –, il avait même touché la manche du pull, pour tâter la texture de la laine.

« J'aime bien ton style, me dit-il. On dirait une star de country, en plus classe. »

Mais il est clair que Robert Z. est gay. Il n'a certes jamais dit à personne qu'il était gay, mais nous en avons tous été persuadés dès le jour où il a été recruté. Trente-cinq ans, pas de femme, pas d'enfants, pas d'ex-femme, pas de petite amie – et ces yeux verts, ce sens aigu de la mode, ce corps musclé au gymnase. Nous avons toutes – les femmes du département, qui est presque entièrement constitué de femmes – examiné sa poésie à la recherche de preuves (deux livres, des presses universitaires, *Grises Pensées*, et *La Distance entre ici et là-bas*). Mais tout est si fragmenté, si insaisissable – de courts poèmes durs et énigmatiques – que si jamais il y a une quelconque référence à l'amour, ou à une préférence sexuelle, qui pourrait en tirer des conclusions ?

Et puis, qu'il soit gay ou non, « Sois à moi pour toujours » semble très improbable, de la part d'un poète comme lui. Trop littéral. Trop sentimental. En plus, je connais son écriture, maintenant. Je la vois sans arrêt sur ses copies corrigées qui traînent dans la salle de reprographie. Elle est moins fluide que l'écriture lisse et ronde de mon admirateur secret. L'écriture de Robert est raide et pointue. Une cursive en fil de fer barbelé. Dans le but de déguiser son écriture, un homme pourrait être capable de rendre son écriture trop fluide un peu moins liquide, mais comment pourrait-il rendre ces lettres si dures plus fluides ? Impossible. Ce n'est pas Robert Z.

Il y a aussi les étudiants, bien sûr. Ces petits établissements universitaires généralistes sont pleins d'hommes plus âgés et assez seuls. Ce qui donne plus d'un candidat aux coups de cœur, j'imagine. Un homme dans la petite trentaine, Gary Mueler, qui a perdu son emploi à l'usine fabriquant les pièces détachées de voitures et qui a repris ses études pour « diversifier ses connaissances », m'avait paru tout particulièrement et pathétiquement reconnaissant quand je lui avais apporté un peu d'aide en plus pour ses devoirs. (*Il y a sept raisons pour lesquelles l'industrie automobile devrait changer, à mon avis. Je vais maintenant vous donner les raisons pour lesquelles je crois que l'industrie automobile devrait changer...*) Il lui était arrivé plusieurs fois de rire si fort à mes calembours maladroits et à mes petits apartés que je m'étais demandé s'il n'y avait pas quelque chose qui « clochait » chez Gary Mueler. Selon toute vraisemblance, il était juste un peu nerveux.

Ça pourrait être une blague, bien sûr.

Ou une erreur. La mauvaise boîte aux lettres ?

« Ça pourrait être n'importe qui, dis-je à Jon.

— Ouais, répondit Jon, on ne peut pas en vouloir à un gars de tenter sa chance. »

Son regard s'attarda ensuite sur moi.

« Je dois admettre, ajouta-t-il ensuite, Sherry, que c'est plutôt excitant de penser qu'il y a un pauvre diable qui veut se faire ma femme. »

Il tendit le bras sous la table pour me tapoter le genou du bout des doigts.

Je m'éclaircis la gorge et souris.

« Pour ton information, Jon, je crois qu'il y a eu un certain nombre de pauvres diables dans le passé. »

Il posa son couteau et sa fourchette. Il passa sa serviette sur ses lèvres.

« Et as-tu jamais accordé tes faveurs à l'un de ces pauvres diables ?

— Non, répondis-je. (Et c'était presque tout à fait vrai.) Mais il y a une première fois à tout.

— Arrête ! » dit-il, en levant la main qui tenait la serviette et en se penchant au-dessus de la table pour murmurer : « Tu me fais bander. »

Il fit un signe de tête vers ses genoux.

Cela faisait si longtemps qu'on ne s'était pas retrouvés sur ce terrain que j'en avais presque oublié l'existence. Au début de notre mariage, on jouait très régulièrement à ce petit jeu du fantasme :

Qu'est-ce que je ferais si un motard s'arrêtait à côté de moi à un stop et me demandait de le retrouver dans un motel un peu louche pour lui faire une pipe ?

(Et on évoquait par le menu ce que je ferais...)

Que ferait Jon si une femme en bikini à la plage perdait le haut de son maillot et lui demandait de l'aider à le chercher dans les dunes ?

(Il la suivrait – et bien sûr, il y aurait une serviette étalée sur les herbes poussant dans le sable.)

On se montrait des gens dans les restaurants : Celui-là, avec le tatouage ? Celle-là, avec son débardeur ? Dans un bain chaud ? À l'arrière d'une voiture ? Ensuite, on déroulait les scénarios, avant de rentrer à la maison pour faire l'amour tout l'après-midi ou toute la nuit.

Nous n'étions jamais passés à l'acte, à propos de ces fantasmes, bien sûr. Par la suite, comme la paire de menottes fantaisie et le flacon d'huile de massage parfumée à la fraise, ils avaient été rangés et perdus quelque part, dans le temps, entre mon deuxième trimestre et le dix-huitième anniversaire de Chad.

Mais une fois de retour à la maison, au lit, après notre dîner de Saint-Valentin, Jon reprit le sujet.

« Tu crois, demanda-t-il, que c'est ça, ce que voudrait faire ton ami secret ? »

Il fit remonter ma chemise de nuit sur mes hanches.

« Et ça ? »

Il posa la bouche sur mes seins.

« Et peut-être ça ? »

Il m'écarta les jambes, me retint un poignet au-dessus de la tête, et me pénétra.

Faire l'amour avec le même homme pendant vingt ans... il n'y a peut-être plus de surprise, mais il n'y a pas non plus de déceptions, pas de frustrations, pas d'humiliations.

Ce fut une période très courte de ma vie, ces années où j'ai couché avec d'autres garçons et d'autres hommes, mais les blessures semblent pourtant encore fraîches – les matins difficiles, les gueules de bois, les regrets, les infections urinaires, les peurs de grossesse, les blessures psychologiques.

Une période si brève, et si lointaine, que tout cela aurait dû s'évanouir dans ma mémoire, et pourtant ce ne fut jamais le cas. Je peux toujours, en fermant les yeux, me revoir dans le miroir en pied de l'appartement dans lequel je vivais alors, je regarde mon corps – osseux, froid et abîmé, alors que je me rends de la salle de bains vers le lit où un inconnu attend, et je veux désespérément me soustraire à son regard, tout en sachant qu'il est trop tard.

Et puis il y eut Jon. Des amis un peu fous de la librairie où je travaillais alors me l'avaient présenté, et je n'avais jamais plus éprouvé le besoin de souffrir ainsi.

J'avais une vingtaine d'années, je finissais mon

master d'anglais, je fréquentais, entre autres, un homme marié père de deux enfants, et je me sentais déjà vieille. L'appartement dans lequel je vivais n'avait pas de four en état de marche, mais cela n'avait pas d'importance. Ce que je mangeais, je le mangeais cru, ou bien froid. J'avais une guirlande de lumières de Noël accrochée au-dessus de mon lit – la seule source de lumière de ma pièce, mais elle était assez forte pour que je puisse lire dans la pénombre – et tous mes vêtements venaient du même magasin de vêtements d'occasion, un endroit qui s'appelait Chez Rosie, tenu par un travesti arborant une longue et belle tresse rousse. J'adorais les robes noires, avec des écharpes de soie un peu extravagantes. J'étais si mince que mon ombre ressemblait à celle d'un balai.

Jon gravitait, comme moi, à la périphérie de ce groupe d'amis un peu fous, qui se composait d'une femme d'une trentaine d'années déjà deux fois divorcée, de deux hommes gay, de deux femmes plus jeunes amoureuses des deux homos et de quelques autres qui avaient abandonné leurs études ou étaient venus en ville pour suivre un amant ou une maîtresse, qui avaient ensuite été abandonnés par ceux-là et avaient trouvé un emploi à la librairie. Un petit peu de cocaïne circulait, pas mal d'alcool, deux choses que je voulais absolument consommer mais que je vomissais consciencieusement, ou qui me faisaient dormir, ou bien encore qui me donnaient des problèmes respiratoires bien avant que la fête elle-même commence.

Il n'empêche que j'aimais bien danser, il y eut de nombreuses longues et bonnes nuits dans un endroit nommé le Red Room – un sol collant sous des lumières rouges clignotantes.

Jon était barman dans cet endroit.

« Sherry, tu connais Jon ? »

Je revois encore la bague, au doigt de l'amie qui nous présenta, lorsqu'elle tendit la main en direction de Jon – une étoile de saphir, brillante comme celle de Bethléem la veille de Noël, réduite à la taille d'une punaise, enfermée dans une pierre, sertie sur du platine.

Ma mère avait porté une bague tout à fait semblable.

Nous nous dîmes immédiatement que nous ne nous sentions pas tout à fait semblables à ces gens qui nous avaient amenés à nous connaître. Nous ne venions peut-être pas de solides familles de la classe moyenne, mais nous avions toujours imaginé que c'était le cas. Nous avions bien réussi dans nos études. Nous aimions aller nous coucher sobres, pour lire une heure ou deux, dans un silence total, avant de nous endormir. Nous voulions partager une vieille maison. Avec du terrain autour. Un enfant ou deux. Des salaires avec de bons avantages, et des voitures qui démarraient du premier coup.

Je mis fin à ma relation avec l'homme marié, ainsi qu'avec les autres. Jon rompit avec la poétesse avec laquelle il sortait. Il m'offrit un solitaire – le genre de bague de fiançailles que nous imaginions tous les deux qu'une femme ordinaire pourrait porter. Nous nous sommes mariés dans ma ville, à l'église où j'avais été baptisée.

Durant la cérémonie, un moineau qui s'était retrouvé prisonnier à l'intérieur de l'église (« Ça fait des jours qu'il est là », dit avec regret le pasteur Heine) se jeta contre un vitrail et retomba mort par terre en tournoyant.

« Voyons cela comme un bon signe », avait dit Jon, mal à l'aise, par la suite, alors que nous regardions tous le petit tas gris écrasé sur le sol de marbre.

Quelqu'un le repoussa du bout du pied.

Quelqu'un rit nerveusement.

« Ouais, dit Brenda, la sœur de Jon. Il y a pas un proverbe qui dit, vous savez, si un oiseau meurt le jour de votre mariage, vous aurez droit à un grand bonheur ? »

(Ce n'est que des années plus tard qu'elle m'apprit qu'à la réception le couple de mariés en plastique était tombé de la pièce montée et avait atterri par terre, parce que le glaçage avait chauffé sous les lumières de la salle, mais elle avait réussi à les réinstaller au sommet du gâteau en enfonçant bien leurs pieds dans la crème avant qu'on remarque quoi que ce soit.)

Il était difficile de lire une chose pareille, le moineau mort, comme un signe positif, mais, heureusement, nous n'avions jamais été, ni l'un ni l'autre, superstitieux, et cela faisait maintenant deux décennies que nous étions ensemble – toutes ces années ayant été des années plutôt heureuses, productives, pleines de sens et de richesse.

Les emplois sûrs. Le fils en bonne santé. La vieille ferme.

Et même les voitures fiables – la mienne était une petite Honda blanche, toute vive et ronronnante, qui ne consommait pas beaucoup, un 4 x 4, et la sienne un énorme tonneau, un Explorer blanc, avec une tenue de route sérieuse, masculine, un peu comme l'incarnation de la gravité sur quatre roues.

Deux décennies !

Un long moment, mais, toujours, il y avait eu de la passion, et il y en avait encore – même si cela n'était plus comme durant les premiers mois, bien sûr, quand nous passions tout notre temps libre au lit.

À l'époque, j'avais une colocataire, tandis que Jon avait un deux pièces pour lui tout seul, je passais donc mes nuits là-bas avec lui. C'était l'hiver, mais nous dormions la fenêtre ouverte parce que le radiateur se trouvait juste à côté du lit et que toute la poussière sèche qu'il faisait voler nous gênait pour dormir, et pour respirer, tout simplement.

Nous faisions l'amour le matin, l'après-midi, le soir – une couche d'air arctique planant au-dessus de nous, une couche de chaleur et de poussière brûlantes en dessous de nous.

Nous faisions l'amour dans le lit, par terre, sous la douche, sur le canapé. Nous faisions l'amour durant toute la période de mes règles – il y avait alors du sang partout. Nous fîmes l'amour tout l'hiver, jusqu'à l'arrivée du printemps et des gros rouges-gorges au chant mécanique, cachés dans l'herbe verte.

Un matin, alors que je sortais de son appartement pour aller à mon travail à la librairie, j'écrasai un œuf bleu pâle sous ma chaussure, sans le faire exprès, et je dus nettoyer la bouillie jaunâtre avec un bâton – et même cela me parut sexuel.

Même l'odeur d'humidité qui s'élevait de l'herbe semblait sexuelle.

Toute cette boue musquée.

Durant ces premières semaines du printemps, je ne cessais de sentir l'odeur de mon propre corps, et celle du corps de Jon, tandis que je travaillais derrière le comptoir de la librairie. Et les hommes paraissaient la sentir, aussi. Ils restaient plantés là pour bavarder, longtemps après que les achats avaient été conclus – leurs livres étaient dans leurs sacs et leur argent dans la caisse. Les hommes se dévissaient le cou pour me regarder marcher dans la rue. Un groupe de breakers, à un coin de rue, cessèrent un jour leur danse – leurs torses nus brillaient sous le soleil – quand je passai devant eux. *Waouh ! C'est à toi, tout ça, chérie ?*

Les peupliers bourgeonnaient et les chatons se collaient à nous, quand Jon et moi marchions dans le parc, enlacés.

Rentrés à la maison, nous devions nous ôter mutuellement les douces particules étoilées encore accrochées à nos cheveux.

Nous nous mariâmes en juillet. Nous achetâmes la ferme. Chad vint au monde, et ensuite – et ensuite ?

Et ensuite, les vingt années suivantes se déroulèrent dans le clignotement saccadé de lumières colorées !

Où sont, me demandais-je parfois, partis tous ces amis un peu fous ?

Jon et moi sommes plus ou moins restés là, sur place, mais cela fait quinze ans que je ne les ai pas vus dans le coin. Certains doivent être plus vieux que moi, si tant est qu'ils sont encore vivants. Mais il est impossible d'en imaginer un ou une comme ça, comme nous, tellement plus âgé, après tant de temps, ce temps qui a passé si vite – et pourtant, on n'a pas l'impression que cela fasse vraiment si longtemps qu'il ne soit plus possible de les appeler, de s'accorder sur un moment pour aller boire un verre au Red Room, pour reprendre contact, sauf que le Red Room a disparu, il y a maintenant douze ans, et a été remplacé par un Starbucks.

Juste quelques semaines se sont écoulées, on dirait, depuis que j'ai vu ces amis pour la dernière fois. Une ou deux saisons. Est-ce que j'ai changé ? Beaucoup ?

Parfois, il m'arrive de me sentir plus proche de cette jeune femme maintenant qu'autrefois, lorsque je me trouvais déjà si vieille.

Mais, savoir si ces amis un peu fous me reconnaîtraient ou pas... peut-être vaut-il mieux ne pas se poser la question. C'est peut-être aussi bien, si je n'ai pas gardé le contact avec eux, et si je ne peux arranger ces retrouvailles autour d'un verre pour le savoir.

De toute façon, je n'ai jamais vraiment fait partie du groupe, en fait...

Bien sûr qu'ils ne me reconnaîtraient pas.

Même écriture, même papier jaune, et, une fois encore, à l'encre rouge, aujourd'hui, dans mon casier : *Sherry, j'espère que tu vas passer un merveilleux week-end. Je penserai à toi. Je pense sans cesse à toi...*

Un jour de février gris ardoise, un samedi, aujourd'hui. De mon bureau, je vois un faucon tournoyer au-dessus de la mangeoire à oiseaux – Madame la Mort, qui attend qu'une créature plus petite, mais également couverte de plumes, se pose là. La nuit dernière, je me suis réveillée au moins deux fois, parce que j'avais entendu quelque chose dans les murs. Des souris, ou bien un écureuil, qui cachaient de petites choses, pour se faire un nid à l'abri du froid – des noisettes, de petites pommes de pin, des emballages de bonbons. Jon veut le tuer, si jamais c'est un écureuil. Il prétend qu'il va mordiller les fils électriques, dans les murs, et faire brûler toute la maison, mais moi je dis que c'est vraiment peu probable. La maison a près de deux cents ans et les écureuils y nichent depuis bien plus longtemps que nous, et puis, quand le froid s'en ira, ils se trouveront un autre endroit où vivre.

Mon Dieu, mais ce faucon vient juste d'avoir ce qu'il attendait... C'est arrivé si vite qu'il m'a fallu une minute pour prendre conscience de ce qui s'était passé ; en levant les yeux de cette page vers la mangeoire, j'ai vu quelque chose de petit et de gris s'agiter faiblement, et puis une froideur rapide qui survole le tout – une ombre avec des ailes, et, le temps d'un battement de cœur, les deux avaient disparu.

Sois à moi pour toujours.

Qui peut bien m'avoir envoyé le premier message, et puis le second, et pourquoi ?

Est-ce que j'ai un jour dit cela à quelqu'un, *Sois à moi pour toujours* ?

Si jamais je l'ai fait, je ne peux qu'imaginer que c'était à Reggie Black, l'été de mes dix-sept ans.

Mais je n'avais jamais vraiment voulu qu'il fût *à moi*. Je voulais être *à lui*. Qu'il me réclame. C'était notre ambition à toutes, nous les filles, à l'époque. Porter l'énorme bague de lycée d'un garçon à une chaîne autour du cou. Ou alors son blouson orné d'une lettre. Venir à l'école en portant son tee-shirt, ou sa casquette de base-ball. Avoir un bracelet avec votre nom, son nom et le signe + gravés dessus. Pour le montrer à toutes les autres filles, rassemblées dans le couloir du lycée. *Regardez !*

Avec Reggie Black, j'avais désespérément attendu qu'il me marque ainsi comme sa propriété, mais il ne l'avait jamais fait. Reggie était timide. Tous les jours, cet été-là, il était venu chez moi pendant que mes parents étaient au travail et que la maison était une petite et sombre possibilité derrière nous. On s'embrassait sur la galerie. On s'asseyait sur la balancelle. Pour finir, on allait derrière le garage, et ses mains trouvaient leur chemin jusqu'à mes seins, mais j'ai attendu tout l'été qu'il dise : *On va à l'intérieur.* Il ne l'a jamais fait.

Est-ce que quelqu'un m'a jamais dit, de manière anonyme ou pas, « Sois à moi pour toujours » ?

Il avait fallu attendre si longtemps, pour que l'on me réclame ainsi, et c'était un parfait inconnu !

J'ai acheté une robe au centre commercial, aujourd'hui. En soie, avec de petites fleurs roses, un décolleté plongeant, très transparente. Il faudra, toujours, que je porte une combinaison en dessous, et, pendant les cinq mois à venir, un cardigan pardessus. Mais je l'adore. Dans le grand magasin, j'étais restée très longtemps devant le miroir à trois faces pour me regarder vêtue de cette robe, en me disant : *Eh bien, pas si mal, pour son âge.*

Je dois tout cela, j'imagine, à l'engin elliptique du gymnase. Je le jure, c'est une véritable fontaine de jouvence. Ça m'a rendu la silhouette de ma jeunesse. En mieux. Parce qu'à l'époque, je mangeais trop. Surtout à la fac, les premières années, quand je vivais à la cité universitaire. Toutes ces pizzas, tout ce pop-corn, la cafétéria – avec ces montagnes de viande et de pommes de terre sur mon assiette. Et je me souviens encore du soufflé au fromage, exactement le genre de truc que ma mère n'aurait jamais fait, si riche que même l'air, à l'intérieur, paraissait lourd.

Et le poids de ces assiettes blanches, quand on poireautait, affamés, en ligne devant les vitres embuées, et comment même les haricots verts, les rondelles de carottes, qui baignaient et luisaient dans le beurre fondu, dans leur plat en inox, semblaient m'appeler. Toutes ces choses qu'à la maison j'aurais refusé de manger, soudain, parce que j'avais tous les choix, devenaient ce que je voulais. Maintenant, quand je me vois sur les photos de cette époque, je me dis que, même si je me sentais incroyablement sexy chaque minute de chaque jour – pas de soutien-gorge, des jupes courtes, pas de maquillage, mes cheveux sombres si longs que c'en était dangereux quand je passais près de bougies ou dans des portes à tambour –, j'étais, à dire vrai, grosse.

Et puis le second cycle, j'ai appris à fumer, j'ai tout perdu, mais je n'en étais pas plus jolie pour ça.

Ensuite, j'ai été enceinte, et je n'ai plus jamais touché une cigarette.

Et aujourd'hui, je ne toucherais même plus à des haricots verts qui se seraient simplement trouvés près d'un bout de beurre.

(Toute cette autodiscipline ! D'où cela venait-il donc ?)

En me regardant dans le miroir à trois faces, cet après-midi-là au centre commercial, je me suis dit qu'en fait j'étais comme « ciselée », avec la musculature fine et précise de mes bras.

Et ma taille ! L'autre jour, je l'avais mesurée, soixante-treize centimètres.

Et mes seins, du 95C – exactement ce que j'avais toujours désiré mais n'avais jamais réussi à obtenir, même lorsque j'étais grosse. Ne me demandez pas comment mes seins avaient grossi alors que le reste de ma personne mincissait, mais la preuve est là et emplit les deux bonnets sur mon torse. Mon régime – pas de farine blanche, pas de sucre blanc, pas de graisses ajoutées – est venu à bout du petit ourlet de chair que j'avais arboré sous le nombril pendant des années après la naissance de Chad : la preuve de la maternité, que je croyais garder toute ma vie, disparue.

Jon dit toujours que s'il pouvait choisir entre mon corps d'il y a vingt ans et mon corps d'aujourd'hui, il prendrait celui d'aujourd'hui.

Mon corps, qui est de plus en plus beau, toujours plus beau, jusqu'au jour où...

Une pensée qui vous calme :

Une fois la quarantaine atteinte, combien de temps cela peut-il encore durer ?

Même les célébrités de *People*, celles dont on dit qu'elles sont plus sexy à cinquante ans qu'elles ne l'étaient à vingt... on dirait que les photos de ces femmes ont toutes été prises sous l'eau. Quelque chose se produit sur le visage. (*Le cou, les mains, les genoux.*) Aucune opération chirurgicale ne peut arranger ça, et personne ne veut vraiment le voir. Mieux vaut ce flou, doivent penser les photographes – cette lumière crémeuse, cette allusion distante à la beauté de jadis – que regarder de trop près ce qui reste réellement.

Il n'empêche que cette robe est magnifique, que mon corps soit dedans ou pas. Un souvenir sensuel, une chanson lente, une belle et immorale pensée transformée en vêtement à porter, à acheter (198 dollars !). Quelque chose que l'on peut rapporter chez soi sur un cintre, que l'on peut serrer dans ses bras, que l'on peut accessoiriser avec des hauts talons et un sac à main – quelque chose d'aérien, de féminin, d'éternel, quelque chose à moi.

Aucun signe du printemps, pour l'heure, mais encore une semaine et Chad sera à la maison pour les vacances. Ce matin, en nous réveillant, nous avons trouvé une fois de plus la neige – un long tapis froid étalé sur la pelouse, des rideaux de flocons plats volant en biais sous le vent violent. Tandis que Jon dormait encore dans le lit, derrière moi, je restai un moment à la fenêtre pour regarder la neige, et me mis à pleurer.

Pourquoi ?

La neige ?

Ou peut-être la prise de conscience qu'il n'y avait plus qu'une semaine à attendre pour le retour de Chad, et l'impatience avec laquelle j'avais attendu, depuis qu'il était reparti en Californie après le Nouvel An, que mon garçon revienne. Et aussi, parce que je ne pouvais m'empêcher de me demander... ça va toujours être comme ça, maintenant ?

Maintenant, je vais comme ça marquer tous les jours de ma vie d'une croix noire, entre les vacances de Chad ?

De saison en saison. De vacances en vacances.

Je pourrais, j'imagine, me débrouiller au fil du temps comme je l'ai toujours fait – en achetant les bonnes cartes, en les envoyant aux bons moments, en installant la couronne de Noël, en la rangeant, en plantant les bulbes à l'automne et les graines au printemps. Mais est-ce que je vais faire tout cela dans le vide, en attendant le retour de Chad ?

En plus, après encore quelques années d'université, reviendra-t-il toujours aussi souvent à la maison ?

Car il y aura, j'imagine, des voyages d'été en Europe avec le sac à dos. Des vacances de printemps avec des amis au Mexique. Bientôt, il m'appellera en novembre pour me dire : « Maman, cette année, je ne vais rester que quelques jours à la maison, à Noël, parce que... »

Alors quoi ?

C'est donc ça, ce qu'on appelle le syndrome du nid vide ?

C'était pour ça que je pleurais à la fenêtre, en regardant la neige ?

À Noël, Brenda n'avait pas arrêté de remettre ça sur le tapis :

Alors, comment ça fait, depuis que Chad est parti à la fac ? Qu'est-ce que tu fais de tes journées ? Est-ce que c'est comme si vous refaisiez connaissance, avec Jon, après dix-huit ans de maternage ?

Elle et sa partenaire me regardaient avec complaisance de leur position supérieure sur la causeuse, ces deux lesbiennes sans enfants avec leurs livres, leurs corgis, et leurs chaires dans une prestigieuse université, alors que je suivais Chad des yeux, dans leur maison de ville. Cela faisait des années, m'étais-je alors dit, qu'elles attendaient de me voir m'effondrer totalement lorsque ma « carrière » de mère de Chad toucherait à sa fin.

C'était donc ça – la neige et les larmes à la fenêtre –, ce qu'elles avaient en tête pour moi ?

Sue l'avait prédit, également. De sa position, bien protégée, de mère épuisée de jumeaux de neuf ans, elle n'avait cessé de m'envoyer des regards tristes dans les couloirs lorsque les cours avaient recommencé en août. Mais moi, je répétais, croyant que c'était vrai :

« Bien sûr, il va me manquer, mais je n'ai jamais rien voulu d'autre pour mon enfant : qu'il grandisse bien, qu'il soit en bonne santé, qu'il devienne un jeune homme heureux, alors comment pourrais-je regretter que cela soit arrivé et en être triste ?

— Parce que, avait dit Sue. Parce que c'est vraiment triste, putain !

— Oui, peut-être un peu. »

Une sorte de bouton, ou de petite boule de coton – ces petites choses qu'on a peur que nos enfants avalent –, s'était alors coincé dans ma gorge, et j'aurais voulu le chasser d'un sanglot. Mais, au lieu de cela, je souris.

La glace recouvrait tout, ce matin. Jon l'a enlevée de mon pare-brise avant de partir au travail. Je le regardais faire de la fenêtre de la chambre. Derrière lui, dans le jardin, l'épagneul des voisins (que leur petit-fils avait baptisé Kujo) traînait quelque chose de mort dans les broussailles. Un raton laveur, me dis-je – bien qu'un jour il eût rapporté dans le jardin la longue patte mince d'un daim, pour ensuite passer des heures à la ronger, fou de cette chair, étourdi par cette chair ; il avait traîné cette chose sanglante dans la neige comme s'il en était amoureux, avant de perdre tout intérêt et d'abandonner la patte que Jon avait ensuite ramassée pour la jeter.

Mais, ce matin-là, Kujo s'occupait de sa proie, quelle qu'elle fût, avec une sinistre détermination, semblait-il, plutôt que de la joie.

Je suis partie environ une heure plus tard, en conduisant lentement. La glace noire. Je ne sais même pas ce que c'est, exactement, si ce n'est qu'on ne la voit pas, mais avant qu'on se rende compte de quoi que ce soit, on fait la toupie sur la route.

Je portais ma nouvelle robe. Ridicule, par ce temps, mais je n'avais pas pu résister. J'avais choisi, pour l'accompagner, un cardigan noir, des collants noirs et des bottes, mais il n'empêche que le vent, sur le parking, transperçait quand même l'ensemble. Je me sentais idiote, mais, au moment où j'entrai dans le bureau, Robert Z. leva les yeux des copies qu'il était occupé à noter pour s'exclamer : « Ah mais voilà une femme qui frappe vraiment fort à la porte du printemps. C'est bien, Sherry Seymour ! *Brava*, avec cette si jolie robe ! »

Je vérifiai plusieurs fois le contenu de mon casier, à la recherche d'un billet anonyme...

Rien.

Je fus surprise de ma déception.

Aujourd'hui, dans le couloir, entre deux cours, j'ai rencontré le meilleur ami de Chad au cours élémentaire, Garrett Thompson.

Je n'avais pas vu Garrett, sauf de loin (à la fin des études secondaires), depuis... combien de temps ?

Après le collège, il ne fit plus jamais partie du groupe de garçons assis à notre table de cuisine les après-midi d'été pour manger des céréales (Trix, Lucky Charms, Cocoa Puffs... toutes ces douceurs faites de vide et de poussière d'étoiles) à même les paquets, par poignées, tandis que le soleil transformait l'air, au-dessus de leurs têtes, en halos poussiéreux.

Mais Chad parlait malgré tout de Garrett occasionnellement. Il pouvait alors raconter quelque chose qu'il avait dit ou fait dans la file à la cafétéria, ou bien dans le bus sur le trajet du retour. Garrett, qui avait tellement fait partie de notre vie pendant des années, nous semblait encore être un membre de la famille, appartenir, même de loin, à notre vie.

Il me reconnut le premier – et lorsque je me rendis enfin compte de qui il s'agissait, ce ne fut que parce qu'il ressemblait étonnamment à son père Bill, mort une dizaine d'années auparavant.

C'est Bill Thompson qui me faisait la vidange d'huile à la station-service Standard, et nous bavardions toujours un peu, nous riions, aussi, parce que nous avions les garçons en commun. Il était bel homme – brun, avec des fossettes, le genre de garagiste qu'on trouve sur les calendriers à malabars, Monsieur Février. Torse nu, les muscles brillants, qui tient de manière suggestive une clé à molette dans la main.

Et nous avions eu tout le temps du monde pour faire connaissance aux réunions de louveteaux, quand on s'occupait d'un projet quelconque avec des guimauves et des cure-pipes. Nous nous étions retrouvés une ou deux fois au camp Williwama aussi, lorsque Jon ne pouvait pas quitter son travail pour y aller avec Chad. C'était alors à Bill qu'incombait la tâche d'apprendre à Chad à tirer à l'arc. Car j'en étais absolument incapable, désespérément incapable, je ne pouvais même pas tendre la corde de l'arc et caler la flèche. Un soir, autour du feu de camp, alors que la meute hurlait et criait dans le noir, il m'avait passé une petite flasque de whisky et, en buvant une gorgée au goulot, j'avais presque eu l'impression que nous avions partagé un genre de baiser illicite – le whisky traçant un chaud ruban de Bill dans ma gorge, qui s'étala ensuite dans ma poitrine.

Mais il n'y eut, bien sûr, rien d'illicite. Nous étions des parents, entourés de parents, et, vers dix heures, les enfants étaient tous épuisés et nous nous étions tous retirés dans nos tentes respectives ; et puis il était mort.

Pendant un an ou deux après sa mort, j'avais surpris Garrett en train de dire à Chad, dans le salon, tandis qu'ils jouaient à quatre pattes avec des petits soldats qu'ils faisaient évoluer sur le tapis : « Mon papa, maintenant, il fait de la moto dans le ciel. » Ou alors, quand Jon rentrait du travail et disait bonsoir aux garçons avant de monter dans la chambre pour enlever son costume, Garrett ne manquait jamais de dire : « T'as de la chance que ton papa soit ici plutôt qu'au ciel ! » Il me fallait alors descendre au sous-sol pour pleurer un peu dans une serviette qui sortait de la machine, ou bien sortir sur le perron de la maison, le temps d'avaler une telle tristesse.

« Madame Seymour ! appela Garrett.

— Garrett ! Mon Dieu, mais c'est bien toi, Garrett ! »

Je lui touchai l'épaule. Il sourit.

Il me demanda des nouvelles de Chad. De Berkeley. De M. Seymour. Il m'annonça qu'il étudiait la mécanique auto à la fac et se demandait s'il pouvait prendre un cours d'anglais avec moi, pour se débarrasser d'un truc obligatoire, mais ce n'était pas vraiment sa matière favorite.

« Bien sûr ! répondis-je. Ça me ferait très plaisir, de t'avoir en cours. Inscris-toi pour le trimestre d'automne. »

C'est alors qu'il m'a dit qu'il ne savait pas s'il serait toujours étudiant en automne. Il pensait s'enrôler dans les marines.

« Mais non, Garrett, dis-je, il faut que tu restes à la fac. Tu ne veux pas...

— Je trouve que je dois ça à mon pays, dit Garrett.

— Et ta mère, qu'est-ce qu'elle en dit ? demandai-je.

— Madame Seymour, me dit-il, ma mère est morte. »

Morte ?

Je reculai d'un pas.

Nous vivons dans une petite ville. Comment donc sa mère avait-elle pu mourir sans que je l'apprenne ?

« Mais, Garrett, quand ?

— À Noël, répondit-il. Elle était partie en Floride avec mon beau-père pour l'hiver. Le trailer dans lequel ils étaient avait un problème. L'oxyde de carbone. Ils se sont endormis et ils ne se sont jamais réveillés.

— Garrett, dis-je, mon Dieu... C'est tellement... triste. As-tu... Y a-t-il eu un enterrement ?

— Non, dit-il. Ma tante est allée là-bas et l'a fait incinérer. J'ai les cendres. »

Les cendres.

Garrett avait les cendres de sa mère.

Comme Chad, je m'en souvenais, il n'avait ni frère ni sœur. Et maintenant Garrett était tout seul, vraisemblablement, tout seul chez lui avec les cendres de sa mère.

Marie ?

Je ne me souvenais pas de son visage. Nous ne nous étions parlé qu'une douzaine de fois, peut-être, et toujours en passant, sur des parkings, devant nos maisons, dans des couloirs, et peut-être une ou deux fois au supermarché. Je la soupçonnais de boire. Je ne peux plus me souvenir de la raison pour laquelle je pensais cela, mais j'insistais toujours pour que ce soit Garrett qui vienne à la maison quand lui et Chad voulaient jouer ensemble. J'avais peur qu'elle conduise les garçons ici ou là avec sa vieille voiture pourrie. Peut-être avais-je cru sentir quelque chose sur elle un après-midi, alors que nous attendions les garçons à la sortie de l'école. Le père de Garrett buvait, nous le savions tous, parce que c'est à cause de cela qu'il avait eu l'accident qui l'avait tué.

Je posai la main sur le bras de Garrett. Je la laissai là le temps de retrouver assez de voix pour parler à nouveau, et je lui dis alors que Chad rentrait à la maison ce dimanche-là et que peut-être il voudrait bien venir dîner un soir, s'il n'était pas trop occupé.

Garrett sourit et hocha la tête comme s'il avait déjà compté sur l'invitation, et je me souvins alors que sa mère ne faisait pas la cuisine. Les rares fois où Chad avait passé la soirée chez Garrett, il nous avait dit avoir eu des Pop-Tarts pour le dîner. Certaines fois il ne se souvenait même pas avoir mangé quelque chose.

« Je vais dire à Chad de t'appeler, dis-je. Peut-être jeudi ?

— Jeudi, c'est super », dit Garrett.

Je le regardai s'éloigner dans le couloir.

Pauvre petit garçon, avais-je toujours pensé – même avant la mort de son père. Il y avait quelque chose de si tendre et de si simple, chez Garrett – une crédulité par rapport au monde que Chad avait très tôt dépassée. Chad, déjà ironique à quatre ans, en regardant un gros Oncle Sam danser sur des échasses lors d'un défilé du 4 Juillet, avait dit : « C'est pathétique, ce truc. » Et ça l'était, pensais-je maintenant – ce gros Oncle Sam – le genre de chose qu'un Garrett de quatre ans aurait beaucoup aimé.

Le petit Garrett.

Je fus surprise du plaisir que j'avais ressenti en le croisant dans le couloir. Depuis que Chad était parti pour l'université, j'avais eu le sentiment, me semblait-il à présent, que toute cette partie de ma vie, qui en fait avait plutôt été la vie de Chad – son lycée, ses amis, ses activités extrascolaires –, avait été découpée et retirée du monde. Pour la plupart, ses amis étaient aussi partis, à l'automne. Pete pour l'université de l'Iowa. Joe et Kevin pour Michigan State. Mike à Colby. Tyler à Northwestern. Et les filles qu'il avait fréquentées étaient aussi éparpillées à travers tout le pays. Maintenant, quand je passais en voiture devant le lycée, c'était comme si une clôture spectrale avait été érigée tout autour des bâtiments.

Non, ce n'était pas cela.

Maintenant, c'était comme si c'était moi qui étais devenue le spectre – un spectre doté de dix-huit ans de savoir-faire (poser des pansements, attacher des casques de vélo, recueillir des fonds, faire des petits gâteaux) qui passait devant un monde qui avait appris à se débrouiller plutôt bien sans moi, qui n'avait jamais même remarqué mon départ et ne se rendait absolument pas compte de mon absence.

Mais j'avais oublié les autres, comme Garrett, ceux qui allaient rester. Dans les villes comme la nôtre, il y a ces jeunes-là – des jeunes qui, comme leurs parents, grandissent ici et resteront ici. Il y a ceux d'entre nous qui sont venus s'installer ici parce que nous aimions l'idée d'une petite ville – entourée de champs de maïs, avec des bâtiments de brique dans le centre-ville. Nous sommes venus de différents endroits, avons envahi les lieux, avons apporté avec nous nos cafés un peu chers, nous avons fait semblant de croire que nous étions nous-mêmes des gens des petites villes, nous avons élevé nos enfants ici, et puis, comme nous n'avions pas de racines, nous nous sommes dispersés lorsque ces années furent passées.

Mais il y avait aussi une autre partie de la ville qui resterait toujours là, et si Jon et moi n'achetions pas cet appartement en ville, je finirais par rencontrer tous ces gens au supermarché, dans les files d'attente aux caisses, ou poussant leurs bébés dans des poussettes dans les couloirs du drugstore. Pour finir, ce seraient eux, les hommes qui feraient la vidange d'huile de ma voiture à la station-service Standard, ou les femmes qui répondraient au téléphone chez le dentiste.

Ils me demanderaient des nouvelles de Chad.

Ils se souviendraient que j'étais sa mère.

Dehors, une pluie à moitié gelée claque contre la fenêtre. À l'intérieur, Mozart sur la stéréo, un verre de vin, un livre sur Virginia Woolf dont je sais déjà que je ne le terminerai jamais. Les mots dansent sur la page comme je tente de me concentrer. J'ai déjà lu deux chapitres et n'en ai aucun souvenir. Jon a presque fini de prendre sa douche. Je l'entends qui rince le savon sur son dos. C'est un bruit qu'on n'imaginerait pas être très différent de celui que fait un homme qui se lave les aisselles, mais après vingt-cinq ans d'attention, on perçoit bien la différence. J'entends aussi la pluie qui, dehors, se fait plus dure. L'infime différence dans le passage de l'eau à la glace sur les vitres change complètement la musique produite, si on écoute attentivement.

Ai-je même parlé avec Jon, ce soir ? Si oui, que lui ai-je dit, et comment a-t-il réagi ? Le repas ? Nous avons dîné séparément. J'avais fait des blancs de poulet et du riz et j'avais mangé mon plat sur la table de la cuisine tout de suite après l'avoir préparé, puis je lui avais laissé une assiette recouverte d'un film plastique pour qu'il puisse la mettre au micro-ondes quand il rentrerait... tard, d'une réunion, tandis que je serais déjà partie au gymnase. Sans Chad autour duquel organiser nos journées, il y a moins à dire. *Comment ça a été, ta journée ? Tu as aimé le poulet ? Tu crois que cette pluie va verglacer sur les routes ? Tu te souviens de notre vie, avant qu'on ait un enfant, quand nous n'étions que tous les deux ? Qu'est-ce qu'on se disait, alors ? Tu me reconnais ? Tu te reconnais ? Et ta vie ? Et cette maison dans laquelle on vit ?*

Est-ce que c'est nous ?

Est-ce que c'est ici ?

Est-ce que c'est ça ?

Un autre billet : *Sherry, la Saint-Valentin est passée, je sais, mais je voulais que tu saches que je pense toujours à toi. Tu es si belle que mes pensées de toi font même fondre ce mois glacé...*

J'appelai Sue chez elle pour lui lire la note.

« Sherry, dit-elle, tu as l'air tout excitée.

— Je ne suis pas excitée du tout. »

Elle me demanda si j'avais une idée de l'auteur. Robert Z. ? Un des gardiens ? Le doyen ? Un représentant en manuels scolaires ? Un des types de la sécurité ? Un des informaticiens ? Un étudiant ?

« Mais, lui répondis-je, je n'en ai aucune idée. » Je travaille avec littéralement des centaines d'hommes : lequel m'a un jour témoigné plus d'attention qu'un autre ? Il y en a qui se montrent amicaux. Certains plus que d'autres. Quelques-uns sont un peu flirteurs, sans doute. Il y avait eu ce bref interlude avec Patrick, pendant un temps, après le départ de Ferris, qui nous manquait à tous les deux. Nous étions alors de jeunes parents et nous parlions de nos enfants, nous déjeunions de temps en temps ensemble. Mais ils ont déménagé son bureau de l'autre côté du campus, lorsqu'ils ont mis en place le nouveau laboratoire informatique, et maintenant je ne vois plus que l'arrière de sa tête (avec son crâne qui se dégarnit) lors des assemblées générales des enseignants, deux fois par an. Cela fait presque deux décennies que j'enseigne ici. Qui d'autre? Et pourquoi maintenant?

Suis-je donc réellement excitée?

Eh bien, si je le suis, ce n'est pas quelque chose que je voudrais que Sue remarque. Sa façon de dire : « *Sherry, tu as l'air tout excitée* » m'a paru bien indiscrète.

Mais comment Sue, ma meilleure amie depuis vingt ans, la personne qui sur cette terre me connaît le mieux – et qui sait absolument tout, parce que je lui ai toujours tout raconté (combien d'heures passées au téléphone, combien de tasses de café, combien de longues conversations murmurées dans les couloirs, dans les toilettes des femmes, au centre commercial, dans la voiture?) –, pourrait-elle se montrer indiscrète? Si mes secrets avaient été cachés dans un souterrain, j'en aurais donné la clé à Sue depuis longtemps. S'il avait existé un moyen plus commode de partager tous mes désirs et toutes mes aspirations, toutes mes hontes avec elle (une puce informatique, disons, sur laquelle j'aurais pu stocker tout ça pour la lui donner ensuite), je l'aurais déjà fait. Je n'avais fait, durant ces vingt années, que les lui offrir morceaux par morceaux avec des mots, parce qu'il n'y avait pas de moyen plus rapide de le faire.

Et quelle joie d'avoir eu, toutes ces années, quelqu'un avec qui tout cela pouvait être partagé ! Quel soulagement ! Parfois, il m'arrive de ne même pas être sûre d'avoir ressenti ce que j'ai ressenti, ou vu ce que j'ai vu, avant de l'avoir raconté à Sue.

« Mais c'est pas un problème, tu sais, dit-elle. Tu peux bien être excitée. Je le serais. Moi, je n'ai jamais eu d'admirateur secret. »

Il n'empêche que je refusais de lui dire que j'étais excitée.

Et si je le suis, est-ce que c'est quelque chose que je peux admettre en moi-même ?

Devrais-je même être excitée ?

Ou devrais-je être offensée ? Agacée ? Apeurée, peut-être ?

Combien de filatures, combien de harcèlements, commencent par une série de billets similaires ?

Toute la journée, nous avons eu un ciel bleu vif, et la neige a commencé à fondre par plaques brillantes sur les pelouses, avec quelques ruisselets lumineux qui coulent librement le long des accotements des routes, autant d'étoiles et d'insignes militaires de l'hiver qui commencent à disparaître. Alors que je marchais de la voiture à l'immeuble de la fac de lettres, je sentis l'odeur de la boue et vis quelques corbeaux, les pattes dans une mare sur le parking. Lorsque je passai devant eux, ils prirent peur et s'envolèrent, et une goutte d'eau atterrit juste au milieu de mon front – un peu de neige fondue tombée de l'aile d'un corbeau qui s'envolait ; j'eus l'impression que je venais d'être baptisée par un prêtre du printemps.

Un appel au bureau, ce matin, de Summerbrook : papa a encore eu une « petite attaque ».

Demain j'irai en voiture à Silver Springs pour le voir et j'essaierai d'être de retour dimanche matin, à temps pour aller chercher Chad avec Jon à l'aéroport.

« Sherry, dit Jon, nous ne pouvons pas traverser l'État chaque fois qu'il lui arrive un petit truc. S'ils t'appellent, c'est uniquement pour des questions de responsabilités et d'assurances, et pas parce qu'on peut y faire quelque chose.

— D'accord, dis-je. C'est facile à dire, pour toi. Ce n'est pas ton père. Et puis, qui t'a demandé d'y aller aussi ? C'est moi, celle qui y va. » *Je ne peux pas faire autrement*, c'est tout, aurais-je dû lui dire. C'est mon père, après tout. Si tout ce que je peux faire, c'est lui tenir la main durant les dernières années de sa triste vie, je ne manquerai aucune occasion de lui tenir la main.

Jon, qui n'a jamais eu de père, n'a aucune idée...

Et puis, maintenant que Chad n'est plus ici, me rendis-je soudain compte, je n'ai plus besoin de la permission de qui que ce soit pour aller où que ce soit. Dans le journal, hier soir, j'ai lu une annonce vantant des billets bon marché pour San Antonio, Las Vegas ou San Francisco et je me suis dit que je pourrais tout à fait m'acheter un billet et partir. Après dix-huit ans passés à organiser des déjeuners, des dîners, des accompagnements à l'entraînement de foot, qui, à part Jon, remarquerait que j'ai annulé les cours pour quelques jours et que j'ai disparu ?

Pourquoi donc ne pas aller à Silver Springs, que l'on puisse faire quelque chose ou pas ? Qu'est-ce que Jon et moi faisons-nous donc les fins de semaine, qui ne puisse être annulé ?

Je vais au gymnase. Il s'occupe dans le sous-sol ou il fait un somme sur le canapé, ou bien encore il tire dans un sac de sable, au fond du jardin, avec son fusil. Je paie les factures, je vais au supermarché. Samedi dernier, nous avons loué un DVD, un film sur une femme qui avait tué ses enfants. Toute la journée de dimanche, j'ai tenté de me débarrasser du sentiment de terreur et de désespoir que ce film avait posé sur moi, dans le sillage de toute cette horreur. Toute la journée, j'ai eu l'impression que c'était moi, qui avais tué mes propres enfants, ou que j'avais connu quelqu'un qui l'avait fait, comme si j'avais du sang sur les mains – le genre de chagrin et de culpabilité avec lesquels je m'éveillais et que je traînais avec moi toute la journée, l'année qui avait suivi la mort de Robbie. J'ouvrais les yeux, sortant d'un rêve quelconque, je regardais le plafond en inspirant profondément, je sentais ça quelque part autour de mon plexus solaire, ce sentiment que j'avais tué mon frère, que je l'avais étranglé, étouffé, que je lui avais injecté de l'air dans les veines.

Qui a vraiment besoin de ces distractions-là ?

J'irai donc bien à Silver Springs demain matin, je passerai la nuit à l'Holiday Inn, je resterai là-bas le temps de faire dîner papa et de poser une main fraîche sur la sienne, et tout ce que je vais manquer ici, ce sera un DVD perturbant ou une séance au gymnase.

Pas de message dans mon casier aujourd'hui, mais l'affaire s'est ébruitée (Beth, notre secrétaire), et tout le monde ne cesse de me taquiner à propos de mon admirateur secret. Et si c'était M. Connery, disent-ils, notre bibliothécaire, avec ses étranges petits chapeaux ? Ou le cuistot aux cheveux fous de la cafétéria ? Ou bien alors le nouveau vigile, le Chippendale – celui avec sa barbe noire de fin de journée et (là, on ne fait que deviner, personne ne l'ayant vu torse nu) des abdos d'acier ?

C'est peut-être une blague, dis-je.

Peut-être quelqu'un se sent-il triste pour moi. Pauvre professeur d'anglais esseulée...

Robert Z. réagit tout de suite à cela.

« Allons, allons, ne te rabaisse pas, Sherry. Il y en a beaucoup ici, parmi nous, qui t'enverrions des billets galants si on pensait que cela peut servir à quelque chose. »

(Ça ne peut donc pas être lui, pas vrai ? Il ne dirait pas une chose pareille devant tout le monde, si c'était lui.)

« Et Jon, demanda Beth, qu'est-ce qu'il dit de tout cela ? »

Je me suis alors rendu compte que je n'avais encore rien dit à Jon, pour la dernière note.

« Ça l'amuse, dis-je. Ça l'amuse, c'est tout.

— Ouais, dit Robert Z., avec quelque chose qui me parut être un – ô combien léger – mépris. Jon m'a toujours semblé être un gars très sûr de lui. »

La route jusqu'à Silver Springs fut à nouveau une pure traversée de l'hiver. Du gris. Un ciel bas. Les faucons doivent être affamés, puisque tout est gelé ou en train d'hiberner. J'en ai vu deux qui fonçaient en piqué en même temps sur quelque chose qui se trouvait sur la bande médiane. Je roulais trop vite pour voir ce qu'ils avaient vu, ou bien si une bagarre a suivi, mais ces deux vols en piqué partant de chaque côté de la route avaient eu l'air d'une chorégraphie – très lisse et rapide, un ballet de plumes.

J'essayai d'écouter la radio, mais ne pus jamais trouver une station supportable bien longtemps. Il y a simplement quelques années encore, je connaissais les noms des groupes, sur les stations rock. Chad m'en parlait, il me donnait son avis, habituellement négatif, puisqu'il avait toujours préféré les poètes rustiques, les Dylan, Neil Young ou autres Tom Petty. Il n'empêche que grâce à lui, je restais au courant.

Aujourd'hui, tout cela me déprimait. Ce boucan furieux, ou bien les trucs pop insipides et synthétiques. Comme une vieille dame ronchon, je voulais me plaindre et dire à quelqu'un que tout cela, ce n'était tout simplement pas de la musique.

Et, en même temps, on dirait, vraiment, qu'il n'y a pas plus d'un an ou deux, j'avais dix-huit ans et j'étais assise au premier rang d'un concert de Ted Nugent ; j'avais fourré des bouts de Kleenex dans mes oreilles quand le groupe avait commencé à jouer, faisant un bruit d'avion m'atterrissant sur la tête.

Je n'avais pas mis ces bouts de Kleenex dans mes oreilles parce que je n'aimais pas la musique, mais uniquement parce que j'avais promis à ma mère que je le ferais – pour ne pas m'abîmer l'ouïe, comme elle était sûre que c'était arrivé à mon frère lors d'un concert des Who.

Ted était si beau.

Il avait des cheveux longs, fous, jamais peignés. Il portait un pantalon de cuir, un ceinturon avec une énorme étoile d'argent en guise de boucle. Torse nu, luisant de sueur, quelque chose de dément dans l'expression, pour moi, c'était l'homme idéal. Et sa musique... une musique sérieuse, industrielle, une musique du Middle West. Il postillonnait sur le public, et une brume fraîche, légère comme une plume, s'était posée sur ma poitrine. Mon petit ami avait frémi quand je m'étais frotté la peau de la paume de la main, mais, sur le coup, avoir la salive de Ted Nugent sur ma poitrine m'avait semblé être l'expérience la plus sexuelle et la plus glorieuse de ma vie.

Mais il ne paraît plus y avoir, aujourd'hui, de stations de radio qui passent Ted Nugent. Ou Bob Seger. Ou les Who.

Ou alors, s'il y en a encore, ces groupes ont tellement changé que je ne reconnais plus leur musique.

Après un moment, j'éteignis pour écouter le ronronnement de mes pneus et le bruit du vent tout autour de moi.

C'était, je me dis, comme la musique qu'on entendrait si on était cette souris, ce campagnol ou ce moineau, sur la bande médiane, lorsque les deux faucons avaient piqué en même temps des deux côtés de la route.

À Summerbrook, comme d'habitude, ce fut l'odeur de la saucisse et de la choucroute qui me frappa tout d'abord, puis celle, sous-jacente, des antiseptiques et des savons antibactériens. Papa était assis dans son fauteuil quand j'entrai dans sa chambre, il regardait du golf à la télévision. Quand il me vit, il eut un air piteux, comme un enfant qui aurait peur de se faire gronder parce qu'il avait eu une nouvelle attaque. Les larmes me montèrent si vite aux yeux, quand je le vis ainsi, que j'eus bien du mal à trouver mon chemin jusqu'à lui à travers l'écran flou de tout mon amour pour lui.

Je l'embrassai sur la joue gauche ; elle me parut, de fait, un peu plus flasque que la dernière fois que je l'avais embrassé.

Mais il avait l'air d'être le même. Un visage rouge. Des yeux bleus un peu injectés de sang. Comme le facteur qu'il avait été, qui marchait trente kilomètres par jour, dans le vent, sous la pluie ou sous la neige, il avait l'air d'une chose robuste qui se serait érodée. Après le travail, il entrait dans la maison par la porte de derrière, je venais juste de rentrer de l'école (la journée d'un facteur commence à 4 h 30 du matin et se termine à 2 h 30 de l'après-midi), et il portait sur lui l'odeur, je le pensais alors, de l'univers. Le ciel, dans le tissu bleu raide de son uniforme. L'herbe, les gaz d'échappement, la brise, sur son cou. Un nid d'oiseau. La neige. Le soleil. Les feuilles.

Je collais mon visage contre sa poitrine et inspirais, pendant qu'il se postait devant le comptoir de la cuisine, près de la gazinière, pour se verser un peu de Jim Beam dans un verre, qu'il avalait cul sec.

Nous marchâmes dans les couloirs de Summerbrook pendant une demi-heure, et je me demandai si je n'avais tout simplement rien remarqué auparavant, ou si j'avais oublié depuis mes dernières visites, ou alors si son pas traînant avait réellement changé. Il marchait maintenant en s'appuyant uniquement sur l'avant de ses pieds, comme en une gracieuse démarche sur la pointe des pieds, le long de ces couloirs moquettés ; il se tenait à la rampe qui courait le long du mur, pendant que les infirmières et les aides-soignants l'appelaient de leurs voix faites pour des bébés : « Mais c'est notre M. Milofski ! Comme ça, il se promène avec sa fille ? »

Seulement dix ans plus tôt, je le sais, cela l'aurait mis en rage. Ce ton. Ce ton trop amical venant d'étrangers. Il aurait fait des grimaces, il aurait grommelé dans sa barbe, ou, à tout le moins, il les aurait ignorés.

Mais, il y a dix ans, il n'était pas encore un enfant.

À présent, il paraissait flatté par leurs attentions. Il leur rendit leur sourire en hochant la tête. Cela me rappela Chad assis sur sa chaise miniature, derrière sa table miniature à l'école maternelle, quand il avait réussi à découper irrégulièrement un triangle en carton avec ses ciseaux à bouts ronds, et la façon dont sa grosse institutrice s'était ébaudie, en regardant l'ouvrage et en louant le triangle – Chad, joignant ses mains potelées, avait levé les yeux vers elle comme pour s'assurer que ces louanges étaient bien pour lui, en espérant très fort que cela fût le cas.

Nous retournâmes, après cette petite marche, dans la chambre de mon père et nous restâmes assis là, la télévision éteinte.

Après un moment, à court de sujets de bavardage, nous demeurâmes assis en silence.

Il faisait agréablement trop chaud dans cette chambre. Le bruit d'une chaudière, venant des profondeurs de l'établissement, bourdonnait régulièrement, et je finis par avoir l'impression que ce bourdonnement faisait partie de mon corps.

Nous étions assis comme si nous attendions quelqu'un. (Chad ?)

Ou quelque chose. (Un bus ?)

Et il me traversa alors l'esprit de dire à mon père : « Tu sais, papa, maintenant, il n'y a plus que nous deux. »

Mais ce n'est pas le cas, bien sûr. J'ai toujours un travail, un mari, une maison à l'autre bout de l'État. Et lui, il vit ici, dans cette pièce d'attente, il fait de petites attaques dans son sommeil et se réveille chaque matin légèrement changé. Je l'ai supplié d'accepter qu'on l'installe plus près de chez nous, pour que je puisse venir le voir tous les jours. « Tu pourras m'installer où tu voudras quand je serai mort », voilà sa seule réponse. C'est la ville où il est né. Il mourra dans cette ville. Maintenant, c'est parfaitement clair. C'est juste une question, désormais, de date.

Je le regardais, assis dans son fauteuil, qui s'éteignait lentement. Les paupières qui clignent et qui se ferment, la bouche qui s'ouvre, et puis cette respiration régulière qui signifiait qu'il dormait profondément. Je me souvins avoir été emportée dans l'escalier, comme ça, dans ses bras, quand j'avais complètement abandonné le monde et que ma tête reposait sur son épaule. Le balancement. La solidité. Au bout d'une heure environ, une infirmière entra et me demanda : « Vous restez pour dîner, mademoiselle Milofski ? »

Cela me surprit.

Je m'étais donc aussi endormie ?

Je levai les yeux.

Comment ça, « mademoiselle Milofski » ? Qui ? Il me fallut bien quelques secondes pour comprendre que cette infirmière me parlait et que c'était bien moi, « mademoiselle Milofski ».

Non.

Cela faisait des années que je n'étais plus celle-là – cette fille qui était une combinaison de son statut de célibataire et du nom de son père – mais, malgré tout, en un éclair brillant, je la revis, cette Mlle Milofski, assise derrière le comptoir de réception du cabinet dentaire où je travaillais l'été quand j'étais lycéenne. Elle était vêtue de façon trop provocatrice pour ce travail, pour ce bureau plein de mères de famille, pour la ville conservatrice où elle vivait. Des jupes trop courtes, des chemisiers trop transparents, des robes bain de soleil sans bretelles. Au bout d'un moment, une assistante dentaire d'un certain âge l'avait prise à part pour lui dire que le dentiste en avait parlé et avait dit que cela ne lui plaisait pas.

Je levai les yeux vers l'infirmière.

« Non, dis-je. Je ne reste pas pour le dîner. »

J'avais, je m'en suis alors rendu compte, rougi.

C'est drôle, le simple fait de me souvenir de ça (« Tu devrais t'habiller un peu moins... », elle n'avait jamais réussi à dire le mot) m'avait fait rougir.

Je sentis l'éclat chaud de l'humiliation sur ma poitrine – encore, ou bien à nouveau.

Je serrai mon pull autour de mon cou.

L'infirmière sortit aussi silencieusement qu'elle était entrée.

Mon père était toujours profondément endormi. J'examinai sa chambre. Elle était presque entièrement vide. Il n'avait jamais aimé les gravures encadrées que je lui avais apportées, ni même les calendriers, et il avait fini par dire : « Rien sur les murs, s'il vous plaît. »

Il y avait une radio sur sa table de chevet. Une bible (celle des Gédéon, pas la sienne, tout le monde en avait une comme ça). Un chausse-pied argenté était posé sur la table à côté de son fauteuil. Et quelqu'un avait mis une grosse rose rouge dans un gobelet en polystyrène, sur le rebord de la fenêtre.

Qui ?

Est-ce qu'une des infirmières ou une aide s'était prise d'amitié pour mon père ? Ou était-ce l'ergothérapeute ? Ou encore une des vieilles dames d'une église locale, qui vient rendre visite aux pensionnaires ?

C'était le genre de rose qu'on pouvait acheter au supermarché pour un ou deux dollars – mutante, énorme, d'un rouge aveuglant, le genre de fleur que la nature, toute seule, ne pourrait jamais faire fleurir. La science, le commerce et la nature avaient dû s'allier pour créer cette rose. Elle penchait dangereusement au-dessus du bord du gobelet dans lequel elle trempait, elle semblait sous mon regard se faire toujours plus grande et plus lourde, comme si elle était embarrassée de sa beauté artificielle.

Sa tige était trop longue, il n'y avait plus assez d'eau dans le gobelet pour la maintenir en place, me suis-je aperçue.

Je me levai et m'avançai d'un pas, mais c'était déjà trop tard.

L'ensemble bascula – sous l'effet de quoi ? De la

gravité ? De mon regard ? –, tomba par terre, et l'eau éclaboussa les chaussons de mon père.

Les pétales, plus vieux et lâches qu'ils n'en avaient eu l'air, éparpillés sur le lino, parurent être les vestiges d'une action violente – une carte de Saint-Valentin déchirée en mille morceaux, un petit oiseau rouge mis en pièces par des oiseaux plus vieux et affamés, un combat sanglant entre fleurs. Mon père s'éveilla et regarda tout ça en clignant des yeux, mais il ne dit rien. Je nettoyai et mis le tout dans la poubelle, avant d'aider papa à gagner la salle à manger pour son dîner.

(Quatre heures et demie. Qui dîne à quatre heures et demie ?)

Puis je repartis.

À l'aéroport :

Un jeune homme grand et mince, avec une chemise de flanelle, qui porte un sac polochon.

C'est bien mon garçon à moi ?

Cela faisait moins de deux mois que je ne l'avais vu, mais en l'apercevant au carrousel à bagages, avec sa veste de cuir posée sur son épaule, j'eus le sentiment surprenant et désagréable d'avoir envoyé un enfant en Californie et qu'un inconnu revenait maintenant sans lui.

« M'man ! dit-il en avançant vers nous. Papa ! »

Je jetai un coup d'œil vers Jon, qui n'avait pas l'air du tout surpris, pas même étonné, il semblait juste heureux de voir Chad.

Il m'embrassa sur la joue. Il sentait l'avion – le tissu des sièges, l'éther, le linge des autres passagers. Il entoura l'épaule de Jon de son bras.

« Mais qu'est-ce qu'elle a qui ne va pas, maman? dit-il en blaguant, comme si je n'entendais pas.

— Elle est juste heureuse de te voir », dit Jon.

C'était une vieille plaisanterie entre eux deux : *Maman pleure quand elle est heureuse.* Les cartes d'anniversaire un peu sentimentales, les remises de diplômes, les photos de bébé.

Mais je ne pleurais pas. Je regardais juste fixement. Je ne me sentais absolument pas émue. J'avais simplement l'impression d'être toujours en train d'attendre que mon garçon descende de l'avion.

Comme nous attendions la navette qui allait nous ramener jusqu'à la voiture de Jon garée dans le parking de l'aéroport, j'ai vu une femme qui patientait avec un petit garçon.

Neuf? Dix ans?

Des cheveux coupés bien court, des dents de travers, un pantalon trop court de presque cinq centimètres. Il se tenait à la manche de sa mère, il avait l'air fatigué et anxieux, et je ressentis alors un tel coup de poignard de nostalgie que j'eus du mal à m'empêcher d'aller vers eux, de me baisser et de respirer les cheveux de ce petit garçon, d'enfouir mon visage dans son cou, de dire à sa mère...

Mais quoi?

Qu'aurais-je donc pu dire à sa mère?

C'est mon fils que vous avez là?

Ou bien, ce vieux conseil dont on m'avait tant de fois gratifiée : *Ils grandissent si vite, profitez-en bien...*?

Mais comment peut-on profiter de ces moments-là, alors qu'ils s'en vont, de fait, aussi vite? Je l'avais aimé à chaque seconde, et pourtant, comme un vol de montres, de chronomètres et de réveils qui s'élèvent dans le vent, elles me survolaient toutes, ces secondes, tandis que j'emballais les sandwiches d'un déjeuner, que je traînais devant son école primaire, ou que je posais une assiette de macaronis au fromage sur la table, devant lui.

Non. Si j'avais parlé à cette mère-là, je n'aurais rien eu à lui dire du tout.

Mars est arrivé, comme un fauve.

Un blizzard, hier.

Jon partit travailler dans la tourmente – son Explorer blanc comme un gros bloc blanc perdu dans un gigantesque univers blanc –, mais je restai à la maison avec Chad.

Pendant une heure, à la table de la cuisine, nous jouâmes au poker. Il me battit, comme toujours, même quand il avait huit ans. Je n'ai jamais pu apprendre à bluffer – cet air impassible avec lequel la bonne joueuse de poker regarde ses cartes, ce geste nonchalant pour ajouter un jeton bleu et un jeton rouge à la pile, en mettant au défi les adversaires de la suivre. Jon et Chad disaient qu'ils pouvaient pratiquement lire mes cartes dans mes yeux. Comme toujours, à la fin de la partie, Chad avait récupéré tous les jetons.

« Allez, on joue à la bataille, dis-je, en lançant mes cartes au milieu de la table. C'est le seul jeu où je gagne.

— Sans vouloir t'offenser, m'man, c'est parce que c'est un jeu de hasard. Il faut que tu travailles tes talents de simulatrice, ma chère. Tu n'es pas assez faux jeton. »

Je fis une tarte au citron pendant qu'il effectuait une recherche sur Internet pour un travail qu'il devait faire sur le second amendement. Aujourd'hui, il est un peu moins l'étranger qu'il était hier. Plus comme un ami assez récent, mais, de temps à autre, je retrouve fugitivement le garçon qu'il a été : quand il se penche au-dessus de mon épaule pour me voir verser la crème au citron dans le fond de tarte, ou quand il s'énerve devant l'ordinateur qui mouline si lentement, ou bien encore quand il regarde le blizzard par la fenêtre comme s'il se demandait s'il allait sortir ses patins ou sa luge.

Mais, la plupart du temps, le petit garçon a disparu.

C'est comme s'il était mort, mais que sa mort n'avait pas été accompagnée de chagrin.

Comme s'il était mort et que l'on ne m'avait jamais annoncé cette mort.

Comme si même moi, sa mère, j'avais été complice de cette mort.

Toutes ces années passées à le nourrir et à le bercer, et toutes ces fêtes d'anniversaire – les gâteaux et les bougies ajoutées l'une après l'autre jusqu'au moment où la surface tout entière du gâteau dansait sous les flammes –, tous ces trajets pour l'accompagner aux rencontres d'athlétisme, aux répétitions de l'orchestre, au football, durant toutes ces années, c'était en fait vers l'âge adulte que je le conduisais. Vers l'oubli aussi. Vers ma propre obsolescence.

Une « obsolescence planifiée ».

J'avais déjà plus de vingt ans lorsque j'avais entendu cette expression pour la première fois. Un des caissiers de la librairie Community Books, qui tentait d'insérer un nouveau rouleau de papier dans la caisse enregistreuse, l'avait utilisée, en brandissant l'ancien rouleau, pour me montrer que des rayures d'encre bleue striaient le dernier mètre du rouleau.

« Ça, c'est de l'obsolescence planifiée, avait-il dit. Ils font ça pour qu'on change de rouleau avant même qu'il soit fini. »

Pendant les quelques jours qui avaient suivi, j'avais vu de « l'obsolescence planifiée » partout. Comme une conspiration. Des stylos dont les cartouches d'encre n'étaient qu'à moitié pleines. Des bouteilles de ketchup conçues de telle sorte que le dernier tiers du ketchup ne pouvait jamais sortir de la bouteille. J'imaginais que tout était planifié de façon à ne pas durer, ou de façon que la fin de chaque produit soit complètement inutile, ne servant qu'à vous rappeler qu'il fallait en acheter à nouveau – autant de choses intentionnellement inutilisables avant même d'avoir été vraiment épuisées –, et puis j'avais tout oublié de cette obsolescence planifiée, apparemment, jusqu'à aujourd'hui, en voyant le rasoir de Chad abandonné sur le bord du lavabo, à côté de celui de son père.

Mais c'est ainsi que cela est censé être. N'est-ce pas ce que j'avais dit à Sue ? Être parent ne voulait rien dire d'autre que guider son enfant jusqu'à ce moment-là, jusqu'au moment où il n'avait plus besoin de ses parents. À l'époque, il m'avait semblé que c'était autre chose. Il m'avait semblé que c'était quelque chose qui tournait autour de moi. Autour de la chaleur de son petit corps, à côté du mien, quand je lui lisais des histoires. Autour du plaisir de l'envelopper dans une serviette après son bain. Autour de la sensation de son doux visage de bébé blotti au creux de mon cou.

Eh bien, ce n'était pas cela.

Ma raison d'être là avec lui tournait autour de lui, en fait, et parce que j'avais fait ce qu'il fallait, il en était là, un homme qui ramassait tous mes jetons de poker sur la table de la cuisine.

Ce matin-là, Chad me dit : « Maman, tu ne vas donc plus travailler ? »

Il était sorti de sa chambre en caleçon bleu et avec un tee-shirt qui annonçait UC BERKELEY. Dans la lumière grise du couloir, je pouvais malgré tout voir que sa peau était parfaite, à part la marque rouge laissée par la taie d'oreiller le long de sa joue. Ses cheveux, avec quelques mèches blondes, étaient toutefois plus sombres qu'ils ne l'avaient été durant l'été, ou lorsqu'il était bébé... avec toutes ses bouclettes dorées. J'avais mis un temps infini à me résoudre à lui couper les cheveux. Pour finir, Jon avait dit : « Sherry, on peut pas laisser les gens croire qu'il est une fille, quand il sera au jardin d'enfants », et il avait raison. On prenait toujours Chad pour une fille, une très jolie petite fille, portant des vêtements de garçon. Mais la première fois que je lui avais coupé les cheveux, moi-même, je l'aurais juré, alors que je tournoyais dans la cuisine au-dessus de ces boucles avec ma paire de ciseaux, j'avais cru entendre une musique céleste – Haendel, Bach ou Mozart – résonner quelque part au-dehors, venant d'une voiture qui passait par là.

« C'est vrai, quoi, maman, tu ne dois donc pas sortir, aujourd'hui ? »

Je lui dis que non, vraiment, je ne devais pas sortir, que j'avais pris quelques jours de congé pour les passer avec lui. Sue me remplaçait en cours. J'avais droit à ce temps de liberté. Ce n'était pas un problème.

« C'est sympa, maman, dit-il, mais en fait j'espérais aussi avoir un peu de temps à moi. Tu sais, j'ai un coloc. Et je trouvais ça vraiment super, d'avoir de temps en temps toute une maison pour moi tout seul, pendant ces vacances.

— Bien sûr, dis-je. Je comprends. Cela ne me fera pas de mal, d'aller travailler à mon bureau. J'ai toujours des choses à rattraper. »

Et cela ne me ferait pas de mal. C'était même compréhensible. Et pourtant, je ne pus m'empêcher de lui poser la question.

« Et qu'est-ce que tu vas faire, ici tout seul ?

— Regarder des conneries à la télé, répondit Chad, en souriant. Jouer au solitaire. »

Je pris donc une douche. M'habillai. Me glissai derrière le volant de ma voiture. Je n'avais pas vraiment dans l'idée d'aller à mon bureau, mais une fois installée dans ma voiture, je ne vis plus aucun autre endroit où aller.

« Mais qu'est-ce que tu fais ici ? me demanda Beth quand elle me vit entrer. On croyait que tu restais chez toi ? »

Eut-elle l'air surpris, ou agacé ?

Le bureau était calme, comme c'est toujours le cas, en milieu de matinée, alors pourquoi donc avais-je l'impression d'avoir interrompu quelque chose en arrivant ? Je me sentais comme un fantôme, comme une présence toujours tangible, même après que le chagrin causé par ma perte avait disparu, pour ne rien dire de mon utilité, après que tout un chacun s'était préparé à reprendre le cours de sa vie. *Voilà donc comment est le bureau lorsque je n'y suis pas*, songeai-je.

Sauf que j'étais là.

« J'ai des trucs en retard à rattraper, dis-je.

— Bon, eh bien, Sue est déjà partie faire ton cours.

— Je sais, dis-je. Je ne suis pas venue faire cours.

— Oh, d'accord », dit Beth, avant de retrouver son ordinateur.

Je vis, sur son écran, une rangée de cartes, des as pour la majeure partie, avant qu'elle déplace sa chaise pour me bloquer la vue.

Je pris les papiers et les enveloppes qui se trouvaient dans ma boîte et les emportai dans mon bureau, puis j'ouvris celle qui se trouvait au-dessus de la pile.

Sherry (Chérie !), Tu dois vraiment te demander, maintenant, qui est ce pauvre bouffon qui est comme ça amoureux de toi. Mais si je te le disais, est-ce que cela changerait quelque chose ? Ce que je ressens pour toi, c'est tout ce qui m'importe, et je devrais peut-être garder ça pour moi, mais, je ne sais pas pourquoi, j'ai besoin que tu le saches. Je sais que tu es une femme heureuse en mariage, mais je sais aussi que j'ai besoin que tu sois à moi pour toujours.

J'étais toujours debout.

Je m'appuyai contre le mur de mon bureau.

J'ai besoin que tu sois à moi pour toujours.

Et qu'est-ce que cela dit de moi, le fait que je me sois sentie à ce moment-là tellement submergée de... quoi ? De désir ? D'aspiration ? De gratitude ? De soif de plaisir ?

Et comment pouvais-je ressentir tout cela pour quelqu'un que je n'avais jamais vu ? Pourquoi donc me suis-je retrouvée (ridicule : comme une femme dans un film) à plaquer cette lettre (qui venait une fois encore d'un bloc à feuilles jaunes, écrite cette fois à l'encre verte) contre mon cœur en soupirant ?

Cette fois, décidai-je, je ne parlerais de cette lettre à personne.

Je glissai le billet dans l'enveloppe du courrier interne dans laquelle il m'était arrivé et le rangeai dans le tiroir du bas de mon bureau.

Est-ce que cela pourrait être un symptôme d'une ménopause imminente ? Ces bouffées de chaleur si redoutées ?

Je m'éveillai au milieu de la nuit, trempée de sueur. C'était peut-être l'écureuil entre les murs de la maison qui m'avait réveillée, mais quand j'ouvris les yeux, j'étais en nage – je frissonnais tout en ayant très chaud –, et je dus me lever pour aller changer de chemise de nuit. J'allai dans la salle de bains, en passant devant la chambre de Chad, où il avait l'air d'un géant couché dans un lit d'enfant, affalé sur le couvre-lit, un bras plié, l'autre jeté sur son visage – et je me regardai dans le miroir de l'armoire à pharmacie.

Comment avais-je pu me leurrer à ce point ?

Hier encore, après avoir trouvé le billet dans mon casier, je m'étais examinée dans le miroir en pied des toilettes des femmes et m'étais trouvée encore assez jeune, pas très différente de ce que j'avais toujours été. Je m'étais dit que j'avais l'air du genre de femme dont un homme pourrait tomber amoureux de loin, un homme qui resterait éveillé la nuit, à penser à elle.

Mais là, maintenant, j'avais une vision claire de ce que j'étais, sous cette lumière vive, en pleine nuit, avec mon visage qui me regardait dans l'armoire à pharmacie.

Une femme plus âgée. (Une femme âgée, même ?) Des rides et des cheveux gris, malgré tout le temps et tout l'argent dépensé chez l'esthéticienne il y avait seulement deux semaines, ainsi qu'un petit affaissement de fatigue autour de la bouche et du menton, comme si le visage de ma jeunesse avait commencé à fondre.

Je m'approchai, malgré la tentation de faire l'inverse. Je pensai à ma mère, quelques jours avant sa mort, quand elle m'avait demandé de lui apporter un miroir et son rouge à lèvres. Je les lui avais apportés, elle s'était regardée et m'avait rendu le tout, elle avait roulé sur le côté et n'avait plus dit un mot de la journée.

Et quel âge avait-elle alors ? Quarante-neuf ans ?

J'avais pensé, à l'époque, alors que j'avais moi-même vingt-deux ans, que ma mère était vieille, pas assez vieille pour mourir, certainement pas, mais vieille malgré tout.

J'avais pensé, alors, que la vie allait s'étendre devant moi, dans toutes les directions.

Et qu'à l'heure de la boule dans le sein, même si je n'avais que quarante-neuf ans, je serais prête.

Tandis que je me regardais dans le miroir de la salle de bains – étincelant et propre –, j'ai pensé à son cercueil. Blanc. Et à ma tante Marilyn qui, en pleurant, arrangeait les fleurs autour du cercueil pour que les blanches soient disposées devant et celles de couleur tout autour.

Au centre de tout ce blanc, dans sa robe grise, avec sa vilaine perruque, ma mère avait l'air de quelque chose qui aurait été accidentellement renversé. Ou bien de quelqu'un qu'on aurait tué d'un coup de feu alors qu'elle était en train de se rendre.

C'était au printemps.

J'étais assise avec mon père à l'arrière de la limousine du funérarium, nous suivions le corbillard pour aller de l'église vers le cimetière; et j'ai vu une femme, portant un short court et un tee-shirt moulant, marcher sur le trottoir avec son chien.

C'était un petit chien noir, et les jambes de la femme paraissaient polies, lumineuses, sous le soleil.

Tout en me regardant dans la glace de l'armoire à pharmacie, je me souvins de la vision fugitive de cette femme et de son chien, combien cela me semblait encore très proche, tout en étant consciente que cette femme involontairement sexy, avec son petit chien noir, devait maintenant avoir bien vieilli.

Elle pourrait même avoir la soixantaine, à présent.

Elle pourrait même être morte.

Une seconde plus tôt, elle était encore une image aperçue de la limousine d'un funérarium par une journée de printemps, bien rangée dans le cerveau d'une inconnue, et là, maintenant, elle était effacée de sa propre beauté en ce monde pour toujours.

Et moi... ?

Je me regardais, terriblement ordinaire dans cette glace au beau milieu de la nuit, et je me disais : *J'ai construit ma maison sur du sable.*

Et même mon corps ferme, ces muscles acquis au gymnase... d'autant plus grotesques. J'aurais dû laisser mon corps se ramollir, comme ma grand-mère, me dis-je. Je pensai à son ventre mou comme un oreiller, quand je pressais ma tête tout contre et que je sentais sa chair chaude sous son tablier – ma grand-mère, qui n'avait jamais vu l'intérieur d'un gymnase, qui ne savait même pas ce que pouvait être un engin elliptique, et qui, chaque matin, s'asseyait à la table de sa cuisine avec un petit pain et une tasse de thé enrichi de crème fraîche, pour se régaler de chaque bouchée et de chaque gorgée.

Et moi, avec mon corps dur comme du béton, j'étais devenue comme une de ces mariées dans les films d'horreur – on soulève le voile sur ce qui devrait apparaître comme une jolie fille, et on révèle le visage d'une vieille haridelle à la place.

Voilà, me dis-je en soulevant le voile au milieu de la nuit devant le miroir de la salle de bains, *ce que je suis devenue.*

Et puis, alors que je me regardais de plus près : *Où ai-je donc disparu ?*

Jon se leva ce matin brûlant du désir de « descendre ce putain d'écureuil », qui nous avait réveillés au milieu de la nuit. Dès six heures du matin, le voilà sur le pont, qui examine les gouttières, armé de son fusil. Chad, sa tasse de café à la main, le regardait par la fenêtre de la cuisine.

« Il a fini par perdre la tête, le vieux ? »

Je voyais l'empreinte des bottes de Jon, profondes et sombres dans la neige, comme si la Grande Faucheuse avait décidé de cerner notre maison par ce matin de mars. Mais Jon lui-même n'était qu'une silhouette floue en parka orange de chasseur, dans la lumière gris terne du soleil qui se levait au-dessus de la cime des arbres, entre notre terrain et celui des voisins.

« Et qu'est-ce que tu crois que les voisins vont dire ? » demanda Chad.

Il s'était levé tôt parce qu'il devait conduire Jon à son travail, avant de partir ensuite avec la voiture de son père à Kalamazoo pour aller rendre visite à la fille qu'il avait escortée au bal du lycée l'an dernier.

« Je ne suis pas inquiète de ce que penseront les voisins », dis-je à Chad.

Les Henslin, dont le terrain jouxte le nôtre, sont un couple âgé. Ils tuent toujours eux-mêmes leurs moutons, ils traient leurs vaches, brûlent leurs ordures dans un fossé derrière leur grange afin de ne pas avoir à payer vingt dollars par mois pour en être débarrassés. J'ai très souvent vu M. Henslin dehors avec son fusil, chassant les ratons laveurs qui s'étaient glissés dans le fourrage de ses moutons, ou même son invasion d'écureuils personnelle. Tous les ans, en octobre, il enfile sa veste et son chapeau orange, il part en compagnie de ses petits-enfants et de leur épagneul, Kujo, pour revenir avec un daim mort attaché sur le capot de leur camionnette.

Mais j'imagine que ce ne sont pas les voisins dont parle Chad.

Depuis une dizaine d'années, il y a de moins en moins de voisins comme les Henslin. Nos nouveaux voisins, dont nous n'avons jamais fait la connaissance, passent à toute vitesse devant chez nous dans leurs monospaces ou leurs BMW, en chemin vers leur travail par l'autoroute ou sur le trajet du retour vers leurs lotissements. French Country Estates. Meadowlark Meadows. Ces résidences ont toutes été construites sur des champs de maïs ou de soja, sur des vergers de pommiers abattus qui avant appartenaient à des gens comme les Henslin. Ils nous paraissent être des étrangers, mais, je le sais, ils nous ressemblent bien plus que les Henslin. Jon et moi n'avons peut-être pas rasé une vieille ferme pour faire construire une de ces grosses demeures prétentieuses, mais ce qui nous a motivé n'était pas très différent de ce qui a amené ici les nouveaux résidents des « French Country Estates ». Nous avions tous les mêmes rêves de fleurs sauvages et d'alouettes, d'une vie plus lente à la campagne, cette campagne que nous avions détruite avec le désir même que nous en avions.

Notre maison avait été construite par un arrière-grand-oncle des Henslin, quand il était arrivé de Prusse et, à certains égards, je crois que les Henslin considèrent toujours notre maison comme la leur. Par deux fois, juste après notre arrivée, comme l'herbe était trop haute à leur goût, M. Henslin était venu avec son motoculteur pendant que nous étions sortis et il l'avait tondue à notre place. En août de notre premier été, Mme Henslin avait appelé pour me dire qu'il fallait que je coupe en les pinçant les têtes de mes roses trémières, sinon elles ne fleuriraient pas l'année suivante. Sa grand-tante, m'expliqua-t-elle, avait planté ces roses trémières à partir de graines qui lui avaient été données par son arrière-arrière-grand-mère, qui les avait apportées avec elle de Prusse.

Je n'aurais jamais pensé à faire ça, mais j'étais sortie immédiatement pour faire comme elle m'avait expliqué.

Les têtes, lorsque je les pinçai, tombèrent comme des poignées de féminité, humides d'un passé révolu.

Une fois, je lui posai des questions sur cette grand-tante, mais Mme Henslin ne pouvait me dire grand-chose de plus, apparemment, que son nom, Ettie Schmidt.

Il m'arrivait parfois de tenter de m'imaginer cette Ettie Schmidt dans ma maison – une petite femme pâle qui passe dans les couloirs, qui berce un bébé près du poêle à bois. Mais je ne parvenais jamais à me la représenter vraiment, je ne pouvais pas vraiment imaginer une autre épouse ou une autre mère que moi, dans cette maison. À part les roses trémières, elle n'avait laissé aucune trace d'elle lorsqu'elle avait disparu.

« Oui, enfin, ça ne peut pas faire bonne impression », ajouta Chad en regardant son père par la fenêtre de la cuisine.

Par-dessus l'épaule de Chad, je voyais l'ombre projetée dans la neige par le fusil de Jon.

« Et puis, reprit-il, le bus de l'école ne va pas tarder, non ? »

Je fus sur le point d'aller à la porte, de dire à Jon de laisser tomber, de ranger son arme, de rentrer boire son café avant de se préparer pour le travail, mais c'est alors qu'il fit feu – un coup de feu sonore, qui vous arrête le cœur, et l'ultime surprise en ce monde d'un petit animal, sur le toit de notre maison.

Je les embrassai tous les deux pour leur dire au revoir après le petit déjeuner.

« Fais attention, sur la route de Kalamazoo », dis-je à Chad, qui me fit oui de la tête.

Il savait que j'avais encore pris ma journée pour être avec lui, mais cette fille, cette fille de Kalamazoo, l'attendait, avait-il dit.

Je ne me souviens pas précisément de cette cavalière du bal du lycée, si ce n'est que je ne pensais pas qu'elle était assez belle pour conserver très longtemps l'attention de Chad. De jolis cheveux, châtains et raides, et des yeux verts – mais alors qu'elle se tenait sur la pelouse devant notre maison avec sa robe de bal courte et son bracelet de fleurs fraîches (que j'avais payé et que j'étais allée chercher chez le fleuriste juste une heure plus tôt), ses jambes avaient l'air de deux troncs d'arbres fruitiers. Assez minces, mais sans forme. Son collant était trop sombre pour le blanc virginal qu'elle portait, et son fond de teint était du genre orange trop couvrant. Elle s'appelait Ophelia. (Ophelia !) Son beau-père était flic, sa mère assistante dentaire. Et Chad m'avait dit qu'ils étaient juste amis, et j'étais certaine qu'ils n'avaient jamais été autre chose, et qu'ils n'étaient toujours rien de plus, en dépit de ce voyage à Kalamazoo pour aller la voir.

« Alors, tu vas faire quoi, toute la journée avec Ophelia ? demandai-je.

— On va déjeuner, dit-il. Et elle va me faire visiter son campus.

— Conduis prudemment, dis-je. J'irai chercher papa à son travail.

— Super, m'man », me répondit-il, en me faisant un clin d'œil.

En milieu d'après-midi, je décidai de faire une sieste. Une sorte de profond épuisement s'était peu à peu abattu sur mes paupières, alors que je pliais le linge de Chad – les tee-shirts, les caleçons, encore chauds du sèche-linge, toute cette douce odeur de coton, de poudre de fleurs et d'eau de source, comme si, au lieu d'avoir lavé et séché le linge de mon fils dans une machine, je l'avais laissé sous la pluie puis au soleil dans un jardin durant de nombreux étés, et que j'étais revenue le chercher, adouci et moelleux. Je reposai ce que j'étais en train de plier – un tee-shirt gris que je n'avais encore jamais vu – dans le panier.

Dehors, le soleil parvenait péniblement à percer les nuages lourds de neige, je baissai donc les stores. Je m'allongeai et tirai sur mon corps le couvre-lit qui se trouve au pied du lit. Je fermai les yeux, j'attendis de glisser doucement dans le sommeil, emportée par l'odeur de linge propre, la poussière de l'hiver, la chaudière, le silence d'une maison dans laquelle ne se trouve qu'une épouse et mère, quand soudain j'y repensai.

À la lettre.

Sois à moi pour toujours.

J'ouvris les yeux.

Sherry (Chérie!)

Je me mis sur le côté. Puis sur le ventre et ensuite, à nouveau, sur le dos – avec ce frisson qui démarre derrière mes genoux, qui remonte comme la main d'un homme le long de mes cuisses, entre mes jambes.

Depuis quand ne m'étais-je pas masturbée?

Des années?

Avant notre mariage, c'était quelque chose que je faisais tous les jours. Voire deux fois par jour! Parfois dans le bain, ou sous la douche. Systématiquement avant de m'endormir. Dans l'avion, un jour. J'allais à New York voir une amie. J'avais trois places pour moi toute seule. J'avais posé ma doudoune sur mes genoux, et comme l'avion avançait en cahotant sur la piste avant de s'élancer le nez en l'air vers le ciel, en grondant, en vibrant et en brinquebalant, de cette manière déconcertante qu'ont les avions de faire ça en quittant le sol, j'ai glissé ma main entière dans mon jean et me suis offert un orgasme si intense et si rapide que je me suis demandé après, inquiète, si je n'avais pas gémi sans m'en apercevoir. J'avais alors regardé tout autour de moi. Personne ne semblait s'être rendu compte de quoi que ce soit.

À cette époque, tout m'emplissait de désir. La vue d'un homme qui desserre sa cravate. Un couple enlacé qui marche dans la rue. Le bout de mon petit doigt entre mes dents.

En fait, je crois maintenant que c'était mon propre corps que je désirais. Même les hommes laids – ceux qui me faisaient peur, ou qui me dégoûtaient –, lorsqu'ils me regardaient en me dépassant dans la rue ou en traînant devant la caisse quand j'enregistrais leurs achats de livres ou de magazines, même ces hommes me faisaient battre le cœur plus vite.

Parfois même, quand on me regardait, le bout de mes seins se durcissait et j'étais alors toute mouillée.

J'étais folle, je crois, de moi, de moi-même. Il m'arrivait de prendre un miroir à main, de le placer entre mes jambes et de me regarder en train de me toucher. Je pouvais jouir en quelques secondes, ou je pouvais faire durer ça une heure, je forçais mes doigts à s'éloigner de mon clitoris et restais allongée sur mon lit, les jambes écartées – nue, pantelante, je m'amenais si près du plaisir que je devenais une fille au bord d'un précipice de jouissance, je me touchais les seins, je me léchais les doigts, et je m'autorisais enfin à plonger, le torse trempé de sueur et m'abandonnais alors violemment à l'orgasme.

Cet après-midi-là, ce fut plus lent, et mes mains, entre mes jambes, avec un peu d'imagination, devinrent celles d'un inconnu. Mais j'ai atteint un orgasme qui m'a malgré tout surprise. Une fureur bouleversante qui m'a fait monter les larmes aux yeux, comme si, en me faisant l'amour à moi-même, j'étais rendue à un amant après lequel je soupirais violemment depuis longtemps.

Lorsque je m'éveillai – lentement, avec langueur, comme en une remontée agréable des profondeurs de quelque chose vers la surface –, j'allai dans la salle de bains pour me regarder, une fois encore, dans le miroir.

L'horreur de la nuit précédente s'était évanouie. Dans la lumière de l'après-midi, j'avais l'air plus jeune, plus douce. Je le voyais toujours, pourtant, le visage de ma jeunesse. Mes cheveux, toujours longs et sombres, étaient ébouriffés mais brillants. J'étais à nouveau une femme dont on pourrait se souvenir si on l'apercevait dans un couloir.

Chad repart demain. Il ne pouvait pas rester toute la semaine, avait-il dit, parce qu'il devait aller réviser pour un examen de maths qu'il avait le lundi.

« Tu ne peux donc pas réviser ici ? demandai-je.

— Non, dit-il. Je ne peux pas étudier, ici. »

Garrett vient dîner chez nous, ce soir. Lorsque j'avais dit à Chad que je l'avais vu à la fac, il avait seulement haussé les épaules. Lorsque je lui avais dit que j'avais invité Garrett à dîner, il avait dit : « Génial », mais n'avait pas paru particulièrement intéressé. « Vous n'êtes donc plus amis, Garrett et toi ? » avais-je demandé, et il avait répondu : « Je ne suis plus ami avec Garrett depuis la cinquième, maman. » Je lui demandai s'il voulait appeler Garrett, pour lui dire à quelle heure nous mangerions, et Chad m'avait dit : « Pourquoi tu ne le fais pas, toi ? »

Garrett répondit au milieu de la première sonnerie du téléphone, comme s'il avait été planté là, à attendre. C'était un numéro local. Est-ce qu'il habitait toujours dans la maison de son enfance, maintenant que ses parents étaient morts ? Vivait-il seul ?

« Garrett, dis-je, c'est Sherry Seymour. La mère de Chad.

— Oui ! dit-il. Comment va Chad ?

— Il va bien. Très bien. Il est ici. Et il est très content de te voir. Tu peux toujours venir dîner ?

— Bien sûr, oui. Ça me ferait très plaisir. À quelle heure, madame Seymour ?

— Sept heures ?

— D'accord. Oui. Super ! »

Après avoir raccroché, j'écoutai un moment le vide sur la ligne. Il y avait une autre voix, là, dans l'air... la voix d'un homme. J'ai reconnu le mot « déjà », mais le reste n'était qu'un marmonnement, l'implication de la structure d'une phrase, d'une signification. Lorsque nous étions au cours moyen ou en sixième, on croyait que ces voix qu'on pouvait parfois entendre sur la ligne entre deux appels, ou pendant les appels, étaient les voix des morts. Lorsqu'on faisait des fêtes entre filles et qu'on dormait chez l'une ou chez l'autre, on décrochait pour écouter ces voix.

Et pourquoi pas ? Ne pourrait-il pas y avoir des traces de ces voix dans l'air, qui parlent toujours ? N'était-il pas possible qu'un instrument capable de transporter les voix à travers les océans et les fuseaux horaires puisse aussi capter les voix des morts ?

Non.

Bien sûr que non.

Je raccrochai.

Des tacos.

J'allais faire des tacos. Ça, c'était un vrai dîner de garçons. Jon aimerait bien, lui aussi. Des chips et du guacamole, beaucoup de fromage râpé, d'oignons hachés et des tomates.

Garrett apparut à la porte vêtu d'une chemise blanche amidonnée, il avait une grosse rose enveloppée dans de la cellophane, avec le prix, 1,99 $, toujours collé sur une étiquette verte.

Poliment, il enleva ses bottes et les laissa sur la galerie, il passa la soirée en chaussettes, dont l'une était trouée au gros orteil. Ses cheveux étaient encore plus courts que lorsque je l'avais vu la semaine précédente dans le couloir – coupés si près du crâne que je voyais la peau pâle, en dessous – et il sentait le savon Dial. Garrett se tenait à côté de Chad et ses cheveux fous qui lui tombaient sur les épaules et dans les yeux, son sweat-shirt de Berkeley aux manches effilochées, et ils avaient l'air de deux garçons issus de deux mondes totalement différents.

Je mis la rose dans un vase que je posai sur la table. J'offris une bière aux garçons. C'était une idée de Jon, mais j'étais d'accord. Aucune raison de faire semblant que l'âge légal pour boire de l'alcool eût quoi que ce fût à voir avec le fait qu'ils buvaient ou non de la bière, ce qu'ils faisaient sans doute déjà depuis quelques années. Mais quand ils eurent fini leur bière, je n'en offris pas d'autre.

Pour ma part, j'ai bu trois grands verres de vin blanc frais – celui de Sue, une bouteille de sauternes, qu'elle m'avait offerte pour mon dernier anniversaire, dans l'espoir de me faire abandonner mon merlot – et je me suis détendue.

Je posai une bougie à côté du vase, et la lumière vacillante tombant sur la rose lui donna l'air d'un cœur palpitant, au centre de la table.

Après le deuxième verre de vin, ces hommes assis autour de moi devinrent de beaux inconnus avides. Il se servaient, se resservaient et mangeaient pendant que je sirotais et picorais tout en leur passant les plats.

De beaux inconnus avides :

Jon, avec sa chemise de flanelle, qui raconte des blagues : « Une femme s'assoit dans un avion à côté d'un homme... »

Chad, avec ses cheveux fous, et le semblant de barbe qu'il a laissé pousser depuis qu'il est ici ; il ne s'est pas rasé une seule fois, malgré le rasoir posé à côté de celui de son père sur le rebord du lavabo.

Et Garrett, dont le visage de dix ans ne m'apparaissait plus sous ses nouveaux traits.

Où, me demandai-je, avait-il disparu, ce petit garçon qui balançait des voitures Matchbox contre les pieds de ma table basse ? *Garrett, mon chéri, tu ne peux pas emporter ces jouets dans la chambre de Chad ? Je ne voudrais pas que mes meubles soient tout abîmés.* Je revois encore cette expression de profond désespoir confus, sur son visage, quand il avait levé les yeux vers moi. Je me souviens m'être reprise en constatant ce désespoir.

Mais non, pas de souci, tu n'abîmes rien. Continue à jouer.

Mais de fait, les pieds de ma table basse avaient bel et bien été rayés, ces rayures étaient toujours là – un trait de blond gravé dans l'acajou, comme un message secret écrit par un prisonnier, en code, avec ses ongles.

Il semblait que Chad refusait délibérément de parler de Berkeley avec Garrett. Chaque fois que la Californie, la vie à la cité universitaire, San Francisco ou l'océan arrivaient dans la conversation, Chad changeait de sujet et parlait des tacos. Plus de fromage. Il y a encore des oignons ? Passe-moi la sauce, s'il te plaît. Après un moment, Jon attira Garrett sur le terrain de la chasse, des motos, des voitures. Garrett parla d'une Mustang rouge qu'il était en train de réparer. Elle était dans son garage (il vit bien toujours dans la maison de ses parents, dont il parle maintenant comme de la sienne). Il y travaille les week-ends ou après les cours. À une ou deux reprises, j'ai cru voir passer sur le visage de Chad... de la pitié, de l'ennui, ou bien du mépris ?

Ou alors était-ce simplement la curiosité, le manque de compréhension, qu'un étudiant de Berkeley ressentirait tout naturellement pour la vie d'un garçon de sa ville qui étudiait la mécanique auto au collège universitaire local ? Un chemin qu'il n'avait pas choisi. Qui n'avait même jamais été un chemin possible. L'espace d'une fraction de seconde, je me demandai s'il n'aurait pas, peut-être, mieux valu avoir élevé Garrett, plutôt que Chad. Un garçon qui avait une compréhension aiguë des moteurs. Qui restait près de la maison, dont le travail était physique, sale et essentiel.

Je n'aurais jamais pensé ça, lorsque je lisais des mythes grecs à Chad avant qu'il s'endorme, ou quand je le conduisais à ses cours de piano, quand je le suppliais de travailler ses gammes (avant de le laisser arrêter, pour finir).

Je n'aurais jamais pensé ça, durant tous ces étés, quand je lui disais que non, il ne devrait pas se trouver un job pour l'été. Qu'il devrait s'amuser. Qu'il n'aurait quinze ou seize ans que durant un seul été de plaisir, au cours de sa vie.

Très tôt, j'avais vu qu'il avait un esprit très compétitif, mais je ne lui avais absolument jamais dit : « Chad, tu n'es pas forcé d'être toujours le premier en tout, tu sais », même s'il y eut des moments où j'aurais dû le lui dire. Même au cours élémentaire, il fallait qu'il soit le meilleur lecteur, le garçon qui finissait ses exercices de maths le premier. Plus tard, il lui fallut gagner le concours des essais, ou obtenir les meilleurs scores aux tests standard d'orientation.

Était-ce seulement une illusion, ou les avait-il toujours obtenus ? On en avait toujours eu l'impression, mais, bien évidemment, cela n'était pas possible.

Il n'empêche que je n'abandonnai jamais l'idée que tout devait toujours être ainsi, en fait. Il fallait qu'il ait tout : les cours particuliers, les logiciels, l'encyclopédie Scholastic complète, qu'on nous envoya par courrier pendant six mois, à raison d'un volume par mois, bien qu'il ne l'utilisât presque jamais. De temps à autre, il m'arrivait de prendre un volume sur l'étagère et de le feuilleter. *Arbousier*, *Arizona*. Je voulais voir sa vie ainsi ordonnée. J'avais lu quelque chose sur la question dans un ouvrage sur le développement des enfants. Sur l'importance de l'ordre. Son travail à la maison surveillé. Son estime de lui-même valorisée. Je ne l'ai jamais attaché à son siège de bébé sans vérifier deux fois que l'ensemble était correctement installé. Je ne l'ai jamais laissé faire du tricycle même dans notre allée sans son casque.

Est-ce qu'il aurait mieux valu, est-ce que cela aurait changé quelque chose, que je lui offre plutôt la sorte de maison que les Miller, qui vivaient au coin de la rue où j'avais grandi, avait offerte à leurs enfants ? Les ordures qui débordaient de la poubelle sur la pelouse de leur jardin ? Les aînés qui surveillaient les petits pendant que les parents travaillaient ?

Des chats non castrés qui vivaient et se multipliaient derrière leur maison – certains portant de petites morsures de chats aux oreilles, qui se roulaient dans la terre devant leur maison, interchangeables, qui miaulaient toute la nuit et se glissaient en douce jusqu'à chez nous pour aller chier dans mon bac à sable.

Un jour, un de leurs chats avait grimpé les marches de notre perron, avec quelque chose de sombre et de sanglant qui se tortillait dans sa gueule, tandis que ma mère et moi étions assises sur la galerie et buvions de la citronnade en attendant que mon père rentre du travail.

« Oh, mon Dieu ! s'exclama ma mère en sautant sur ses pieds. Il a attrapé un rat ! »

Mais, au lycée, j'avais fait la connaissance d'un des garçons Miller. Je ne le connaissais pas très bien – on ne faisait que bavarder à la cafétéria, et on avait un cours en commun –, mais assez bien quand même pour savoir que c'était un garçon chaleureux et drôle. Il riait surtout de lui-même. Il fut facile de lui raconter l'histoire du chat qui avait rapporté un rat à la maison. (« Hé ! On s'était toujours demandé où ce rat avait pu passer ! ») Il avait des cheveux roux emmêlés et il sentait fort, je trouvais, un peu comme les fleurs de pissenlit, et il est clair que les choses que j'imaginais avoir lieu chez lui à cause du désordre ambiant – la violence ou la négligence – étaient en fait autre chose, quelque chose que je ne pouvais même pas imaginer.

Je me versai un autre verre de vin et repoussai mon assiette. Jon tendit le bras au-dessus de la table pour me caresser la main. Il dit, en me regardant, mais en s'adressant à Chad : « Tu sais que ta mère, cette si belle femme, a un admirateur secret ? »

J'ouvris la bouche pour protester mais rien ne sortit.

« Ah oui ? demanda Chad en reposant son taco. C'est quoi, cette histoire ?

— Elle reçoit des billets galants secrets à la fac.

— De qui ? demanda Chad.

— De quelqu'un qui est amoureux d'elle, pardi ! dit Jon.

— Un malade », dis-je en buvant une gorgée de vin.

J'arrivais à sentir les grains de raisin. Écrasés, trop doux – une douceur comme quelque chose qui est en train de pourrir. Quelque chose de vert, qui a passé trop de temps au soleil, et qui se racornit sur le pied de vigne.

« Ou bien quelqu'un qui se moque d'une vieille dame, ajoutai-je.

— Ou alors quelqu'un qui fayote pour ses notes », dit Chad.

Jon lui envoya un coup d'œil glacé.

« Comment tu fais pour fayoter, toi, en laissant des mots anonymes ?

— Oui, eh bien, il va peut-être se pointer plus tard et révéler sa vraie identité, une fois qu'il aura raté un test, ou un devoir, dit Chad. C'est brillant, comme idée, en fait. »

Il reprit son taco et en mangea une bouchée, comme s'il était satisfait de son explication, comme si le sujet était maintenant clos.

Je ne pus m'empêcher de me défendre.

« Je ne donne pas de tests, dis-je.

— C'est vrai, j'avais oublié, dit Chad, la bouche pleine. Et tu ne saques personne, non plus, pas vrai ? »

Je haussai les épaules, l'air un peu piteux. Je suis, je dois l'admettre, un professeur plutôt facile. Il y en a tant, parmi mes étudiants, qui ont déjà eu des vies assez difficiles – qui ont fait de la prison, qui sont tombées enceintes très jeunes, qui ont été abandonnés par leur parents, et qui, en plus, ont toujours lamentablement échoué à l'école – que je ne supporte pas de leur rendre la vie plus pénible encore. À part quelques exceptions, ce sont des personnes plus âgées, des jeunes des quartiers difficiles qui ont réussi à atterrir dans ce petit établissement, malgré tous les obstacles, malgré eux-mêmes. Mais Chad n'avait jamais aimé tout ça, même lorsqu'il n'avait que onze ans. « C'est pas l'université, ça, avait-il dit, si on peut avoir un diplôme en mécanique auto ou en entretien d'air conditionné. C'est pas ça, l'université. » Je n'avais jamais essayé de lui expliquer.

« Non, intervint Garrett, ce qui me fit tourner les yeux vers lui. Je sais qui c'est.

— C'est qui ? dit Chad. Dis-le-nous, mon pote, ajouta-t-il en reposant son taco.

— C'est Bram Smith. Mon prof de mécanique auto deuxième année. Il blaguait, un jour, sur cette prof canon du département d'anglais, il disait qu'on devrait tous y aller et s'inscrire avec elle pour un cours de littérature. J'avais tout de suite compris qu'il parlait de vous », conclut Garrett en me regardant.

Étais-je ivre ?

Étais-je en train de m'imaginer que Garrett me jaugeait, que son regard s'illuminait en regardant mon visage comme s'il pensait vraiment que je pourrais être celle que son prof de mécanique auto deuxième année avait décrite comme une prof canon ?

Je secouai la tête.

« Bram Smith, dis-je. Mais je ne le connais même pas.

— Il travaille à temps partiel, dit-il. Il est super, ajouta-t-il en souriant. Apparemment, il pense que vous l'êtes aussi. »

Chad soupira et recula contre le dossier de sa chaise. Il plissait les yeux en direction de Garrett.

« Il a quel âge, ce plouc ?

— Chad, intervint Jon, en tapotant sur la table avec ses doigts, agacé. Tu es jaloux, ou quoi ?

— Non, répondit Chad. Mais s'il y a un ringard qui suit ma mère à la trace, je crois que je devrais...

— Chad », dis-je... sur un ton que je regrettai immédiatement.

En parlant ainsi, je rendais évident que je pensais : Garrett est un « ringard ».

« Je ne crois pas, repris-je d'un ton plus doux, que qui que ce soit se donne la peine de me suivre à la trace.

— Il a environ trente ans, je crois, dit Garrett.

— Oui, eh bien, il ferait mieux de lâcher ma mère. »

Chad regardait toujours Garrett, en disant ces derniers mots. Je ne sais si je me trompai ou quoi, mais je crus voir Garrett baisser les yeux sur son assiette en réprimant un sourire.

Le sujet était clos, le dîner était terminé et, sous la lumière vive du plafonnier de la cuisine, alors que je nettoyais les plats, je ressentis un tel vide – trop de vin, et j'avais à peine mangé – que je fus surprise de na pas tout simplement m'éloigner en suspension dans cette vacance. J'entendais, venant du salon, Jon et les garçons qui riaient de quelque chose. La télévision. Je sentais le vin blanc dans ma poitrine, qui montait et sortait de moi, brûlant et parfumé, comme si j'avais siroté du parfum toute la soirée, comme si j'avais dévoré un minable bouquet de roses de supermarché et que je ne pouvais plus rien faire d'autre qu'attendre qu'elles me traversent, que je les chie et que je tire la chasse d'eau après.

Bram Smith.

Une fois, peut-être, j'avais aperçu quelqu'un qui aurait pu être Bram Smith, instructeur en mécanique auto deuxième année, lors d'une assemblée générale du personnel enseignant.

Mais est-ce que c'était vraiment lui – cet homme grand, portant un tee-shirt vert olive, musclé, les cheveux sombres, la moustache et la barbe bien soignées, à la fois élégantes et viriles, arrangées de façon à ne couvrir que sa lèvre supérieure et son menton, un de ces hommes que j'avais cessé de regarder il y avait au moins dix ans et qui, je le pensais, avaient également cessé de me regarder ?

Une migraine, ce matin, et cette sensation diffuse de terreur et d'appétit insatiable qu'est la gueule de bois. Cela ne m'empêcha pas de faire la lessive de Chad, de terminer sa valise, et d'avoir préparé le petit-déjeuner pour six heures du matin ; et puis Jon et Chad partirent pour l'aéroport. Lorsque j'annonçai que je n'irais pas avec eux, ils parurent... soulagés ?

Bien, qu'ils y aillent tous les deux, donc. Personne n'a besoin de savoir que je vais pleurer sur le trottoir, que je continuerai à me morfondre en rentrant dans la maison.

« Ciao, m'man, dit Chad, sans plus de cas que s'il s'en allait à son entraînement de foot et qu'il allait rentrer pour le déjeuner. Je t'appelle dès que je suis arrivé », ajouta-t-il en m'embrassant sur la joue.

Je vis, en regardant la voiture reculer dans l'allée, qu'ils riaient.

De moi ?

Un autre jour gris ardoise, mais un peu plus chaud, et la brise qui semble y être pour quelque chose – une humidité, ou bien une brume, qu'on dirait faite de postillons, quelque chose de vivant, de bactérien, même, un élan, un mouvement irrésistible vers la vie, et non plus ce déni gelé de la vie.

Après leur départ, je retournai au lit et je fis un rêve :

Je prenais une pomme dans le bac à fruits du réfrigérateur et je mordais dedans. Elle était molle, comme une éponge. Salée et chaude, la bouchée m'étouffa. Elle avait le goût de ce que j'imaginais être celui du cœur d'un animal, ou du testicule d'un homme, si jamais on les mangeait, mais je ne pouvais m'en empêcher et je continuais à manger.

Pourquoi ?

Un sens du devoir ? Un désir d'aventure ?

Une faim ? Un dégoût ?

Pendant tout le temps où je mangeais la pomme (et j'ai absolument tout mangé, pépins, trognon et tige), je m'étouffais et je m'interrogeais.

Cet après-midi, dans ma boîte aux lettres à la fac (j'ai vérifié une dernière fois avant de rentrer à la maison), une feuille de papier à photocopie blanc, un cœur dessiné au centre et, écrit en toutes petites lettres d'imprimerie :

PENSES-TU À MOI PARFOIS ? QUAND
JE PENSE À TOI, JE PENSE À TES DOUX
CHEVEUX BRUNS ET À CE QUE CELA
SERAIT D'ENFOUIR MON VISAGE
DEDANS, D'EMBRASSER TON
COU, ET D'ENFIN POUVOIR
TE DIRE TOUS MES
DÉSIRS

Bêtement, je dépliai la feuille dans le couloir. J'aurais dû replier ça tout de suite lorsque j'avais vu ce que c'était, et l'emporter dans mon bureau pour le lire, mais, en voyant cela – le texte en forme de cœur, les minuscules lettres soigneusement tracées –, je m'étais figée, avant même de réfléchir, je restais pétrifiée devant ma boîte aux lettres, dans le bureau principal, avec Beth qui était à moins de deux mètres de moi, assise à son bureau, plus une demi-douzaine de personnes qui allaient et venaient, et Sue qui s'approchait pour prendre son propre courrier.

« Sherry ! » dit-elle.

Lorsque je pus enfin lever les yeux du papier, je vis que Sue lisait le texte que je tenais entre les mains.

« Bon sang ! dit-elle. Mais ce type est sérieux, pas vrai, Sherry ?

— Quoi ? dis-je, ce qui la fit éclater de rire.

— Doux Jésus, Sherry, tu es une vraie sirène, un aimant à hommes ! »

Je finis par être capable de replier le papier. Elle me suivit jusqu'à la porte de mon bureau où, à deux reprises, je fis tomber mes clés en essayant d'ouvrir. Elle rit à nouveau.

« Tes mains tremblent ! dit-elle. Alors, tu sais qui c'est ? Tu ne serais pas en train de cacher des informations essentielles à ta meilleure amie, par hasard ?

— Je ne veux pas parler de ça dans le couloir, lui dis-je à voix basse.

— Ah-ah ! murmura-t-elle à son tour. Alors tu sais vraiment quelque chose. »

Lorsque je réussis enfin à ouvrir la porte, j'enlevai quelques livres d'un fauteuil pour qu'elle puisse s'asseoir.

« Je crois que je sais qui c'est, lui dis-je.

— Eh bien alors, vas-y, dis-le-moi ! »

Sue :

Cela fait vingt ans que j'aime Sue, depuis aussi longtemps que j'aime Jon. On s'est rencontrées à une réunion des enseignants d'anglais recrutés à temps partiel, où elle a fait une plaisanterie sur le goût de la directrice du département en matière de vêtements.

« On dirait qu'elle tente la combustion spontanée en permanence. Tout ce qu'elle porte provient d'éléments pétrochimiques. »

Sue, quant à elle, portait une jupe froissée « teinte à l'élastique » et des sandales. C'était la fin du mois d'août. Ses cheveux formaient une solide masse dorée qui lui tombait dans le dos, jusqu'à la taille. Elle avait les dents si blanches qu'on aurait dit du papier, et cela avant même que tout le monde ait ce genre de dents, avant que les produits pour blanchir les dents soient vendus dans les drugstores. Les siennes étaient tout simplement brillantes parce qu'elle était pure et jeune, parce qu'elle ne buvait ni café ni vin rouge et qu'elle ne fumait pas de cigarettes. Elle avait bien, déjà, ce petit surpoids au niveau des hanches, qui allait se transformer en cette douceur de l'âge mûr et qui irait en s'aggravant parce qu'elle ne se déplaçait plus qu'en voiture et qu'elle était trop occupée avec les jumeaux pour faire du sport.

À l'époque, elle courait et faisait du ski de fond. Il émanait constamment d'elle un parfum de sapin, comme si elle avait apporté dans ses cheveux la Californie du Nord quand elle avait emménagé dans le Middle West.

Aujourd'hui, elle avait l'air fatigué.

Sous la lumière peu flatteuse du plafonnier de mon bureau, je vis que les petites poches qu'elle avait toujours eues sous les yeux étaient maintenant devenues deux véritables valises, avec des rides profondes en dessous et un liquide bleuté qui semblait les emplir. Depuis l'automne, apparemment, elle avait encore pris cinq kilos, pour lesquels elle n'avait aucune place, et elle n'avait pas acheté de nouveaux vêtements pour les abriter. Les boutons du chemisier blanc qu'elle portait peinaient contre sa chair, et même les manches étaient fort tendues sur ses bras. Ses cheveux, qu'elle avait coupés il y avait bien longtemps, avaient l'air d'avoir subi une mauvaise teinture – au henné –, ils étaient secs et gris sous le brun rougeâtre, ce qui laissait imaginer que quelque chose – de la rouille, du sang ? – avait été pulvérisé sur elle, d'un avion volant à basse altitude alors qu'elle marchait dehors.

Quand, me demandai-je en la regardant dans mon bureau, avons-nous donc vieilli ?

Bien sûr, cela faisait déjà un certain temps que nous nous étions retrouvées toutes les deux dans un coin du Centre d'écriture pour nous moquer de la robe en polyester de la directrice du département (un imprimé entièrement géométrique, serré à la taille par une ceinture en cuir verni), mais cela ne faisait pas si longtemps que ça non plus. Cet après-midi-là, au Centre, le soleil de la fin de l'été se déversait par les baies vitrées. Une fine poussière se posait en longs ruisselets anguleux sur les tables et les chaises, comme sur les cheveux et les bras des enseignants d'anglais à temps partiel. L'odeur de l'automne – les livres scolaires, le liquide correcteur, les calendriers et l'encre rouge – flottait dans cette poussière, autant d'implications, de suggestions, que l'avenir était en route, mais, dehors, le ciel était entièrement vide et bleu. Pas un nuage en vue. La moquette était alors orange, comme dans toutes les institutions du pays. Quelques années plus tard, elle serait remplacée par une moquette mauve, qui ne nous paraîtrait pas, au début, aussi institutionnelle que l'orange, mais qui deviendrait ensuite la couleur avec laquelle toutes les institutions remplaceraient leurs moquettes orange. Il y avait vingt ans... et on aurait dit, peut-être, seulement quelques années.

Ou même moins que cela.

Mais, pensai-je en regardant les bras de Sue, ces années faisaient désormais partie de nous.

Elles s'étaient installées en nous.

Nous ne les avions pas, bien sûr, senties passer, parce que précisément elles n'étaient pas passées. Elles s'étaient bien plutôt accumulées. Et nous, nous portions ce temps révolu.

Et pourtant, par le mystère de l'amour et de l'amitié, Sue n'avait pas changé du tout pour moi. Elle était restée la jeune femme assise avec moi à l'arrière de ma voiture lorsque j'avais appris (par le service sécurité du campus, un garde était venu à la porte de mon cours d'écriture première année) que mon frère était mort, la jeune femme qui, l'année suivante, avait porté une couronne de pâquerettes dans ses longs cheveux blonds, une des demoiselles d'honneur de mon mariage.

Avant Sue, je n'avais jamais spécialement éprouvé le désir ni le besoin d'avoir des amies filles. Les amies que j'avais eues au lycée et à la fac, je les avais laissé s'éloigner sans grand intérêt, comme des liens qui se défont doucement, comme un oubli progressif. Mais là, Sue était toujours ma meilleure amie. Je ne l'avais même jamais choisie comme amie. Simplement, un lien s'était noué entre nous ce premier jour au Centre d'écriture, et nous en étions toujours là, à honorer les termes confortables de ce lien.

« Alors, dit Sue, en se penchant en avant. Dis-moi ! Qui c'est ?

— Bram Smith, lui répondis-je. Il enseigne la mécanique auto à mi-temps. »

Sue leva les sourcils. Je n'aurais pu dire si elle était sceptique ou simplement surprise.

« Bram Smith ? demanda-t-elle. Ce superbe étalon ?

— Je ne sais même pas qui c'est, lui dis-je. C'est celui avec les cheveux sombres, celui... ?

— Ouais, dit Sue, comme si elle se moquait gentiment de moi, comme si elle savait que je savais parfaitement qui était Bram Smith. Celui avec les muscles, Sherry. Celui avec la fossette. L'homme le plus sexy qui ait jamais posé le pied dans cette contrée désolée. Celui qui fait fantasmer depuis trois ans toute femme à qui il reste encore un peu d'œstrogènes dans le corps. Celui qui ressemble à tous les dessins sexy du diable. Ne me prends pas pour une andouille, Sherry. Tu sais très bien qui est Bram Smith.

— Non, dis-je. Je veux dire, oui, je l'ai déjà vu, j'imagine. Maintenant, que tu... me le décris. »

Sue ricana.

« Ah bon ! »

Un demi-sourire. Elle détourna les yeux de moi.

« Sincèrement, Sue, repris-je. C'est l'ami de Chad, Garrett, qui m'a dit que c'était lui, qu'il en avait parlé dans son cours.

— Bien », dit Sue en se levant, et en lissant le devant froissé de sa jupe en lin.

Elle ne souriait plus. Le soleil pénétrant par la fenêtre de mon bureau était gris mais rayé de jaune, comme s'il brillait à travers des nuages réduits à de minces bandes par la pluie. Il tombait sur la poitrine de Sue, que dévoilait le chemisier trop serré, sur une peau, à mon avis, abîmée. (Quand, me demandai-je, cela avait-il donc pu se produire ?) Une peau mince. Piquetée de taches brunes. Je me souvins d'une robe noire décolletée qu'elle avait portée à un réveillon du Nouvel An, et comment tous les hommes avaient semblé graviter vers la table du buffet près de laquelle se tenait Sue, qui flirtait alors avec celui qui allait devenir son mari et avec lequel elle aurait des jumeaux. On aurait dit qu'il était douloureux pour ces hommes de détacher leur regard de ce pan de chair blanche que révélait la robe.

Mes yeux remontèrent de cette peau abîmée vers le visage de Sue.

Était-il possible que j'interprète correctement son expression ?

Elle était vraiment jalouse ?

« Je dois y aller, dit Sue. Sinon je vais être en retard pour aller chercher les garçons. »

Elle ouvrit la porte et fit un pas dans le couloir.

« Bonne chance, avec tout cela, Sherry, ajouta-t-elle. Tu me tiens au courant. »

« Des nouvelles de ton amant, aujourd'hui ? demanda Jon quand j'entrai à la maison.

— Oui, dis-je. Oui, j'ai eu des nouvelles. »

Il posa son journal sur l'ottomane et me regarda.

Le soleil couchant qui passait par notre grande baie vitrée éclairait Jon et le faisait briller – un éclat solide et séduisant. Jon au moins, me dis-je, n'a pas trop changé. Il y a du gris dans ses cheveux, c'est vrai, et quelques rides autour de ses yeux, mais, en fait, cela le rend encore plus séduisant. Les femmes ont toujours regardé Jon lorsqu'on entrait ensemble dans un restaurant. Le comportement des mères des amis de Chad changeait toujours lorsque nous nous joignions à leur groupe lors d'un événement quelconque – elles se tenaient plus droites, elles rentraient le ventre, elles riaient plus légèrement et battaient plus vivement des paupières. Et, si je vous avais montré une photo de lui datant d'il y a vingt ans et une photo d'aujourd'hui, vous auriez tout de suite su qu'il s'agissait du même homme, et que les décennies qui venaient de passer avaient été plutôt douces, que la vie avait été plutôt bonne pour lui, qu'il était un homme en pleine forme physique et qu'il le resterait longtemps.

« Raconte-moi », dit-il.

Je sortis la feuille de mon sac, et la lui tendis.

Jon regarda la feuille pendant ce qui sembla un temps bien plus long que nécessaire pour lire le message, puis il leva les yeux.

« Bordel de merde ! s'exclama-t-il. Il ne s'agit plus simplement d'un gosse qui a le béguin. C'est du sérieux.

— Ça te contrarie ? » lui demandai-je.

Je repensai à cette période, il y avait si longtemps, où j'avais été amoureuse de Ferris Robinson et comment, lorsque je m'étais confiée à Jon, il avait tout d'abord été excité, puis furieux, et finalement triste, avant d'être simplement désespéré et ensuite follement attentionné, pour finir par se montrer si froid que j'avais cru notre mariage brisé.

« Tu es en colère ?

— Franchement, dit Jon en marchant vers moi et en entourant le bas de mon dos de ses bras, je suis un peu gêné de dire que ça m'excite au point que c'en est insupportable. »

Il appuya son corps contre moi. Il avait une érection.

La nuit dernière, après que nous avons fait l'amour (était-ce vraiment faire l'amour ? – Jon, qui me pousse sur le côté, puis sur le ventre, qui me pénètre par-derrière, en me disant : *Tu crois que c'est ça qu'il veut, ton garagiste ?* tout en m'attrapant les seins et en pinçant les mamelons assez fort pour me couper le souffle et me faire jouir si vite que j'en ai eu honte), il s'est endormi, mais je suis restée longtemps éveillée.

Trop longtemps.

Je me réveillai épuisée.

Dans la lumière du matin, la cuisine semblait embrumée – tout baignait dans un halo, dans ce brillant qui vient de l'épuisement, accompagné d'une sonnerie sourde, au fond de mes oreilles. Je pensai, un instant, appeler la fac pour dire que j'étais malade, mais j'avais déjà manqué les cours la semaine dernière, puisque j'avais pris des congés pour passer du temps avec Chad. Si je manquais encore aujourd'hui, mes étudiants seraient perturbés. Ceux qui ne marchaient pas bien pourraient très bien jeter l'éponge et abandonner. Ceux qui marchaient bien allaient se sentir trahis. *Encore une prof à la con qui manque tout le temps.* Il fallait que j'y aille.

Je pris une tasse de café noir, debout, les pieds nus, en peignoir de bain, devant la fenêtre de la cuisine. Avant de partir au travail, Jon me mordilla le cou en me disant : « Sois sage, aujourd'hui, hein... »

Avec son costume sombre, il était si séduisant, alors qu'il me souriait en coin tout en sortant par la porte de derrière pour gagner l'allée, que j'eus soudain le souvenir du moment merveilleux où je l'avais vu pour la première fois, dans ce bar, et que j'avais trouvé (peut-être parce qu'il était ami avec le groupe de fous qui nous avait présentés) qu'il avait l'air un peu dangereux. Trop beau, bien trop beau, en fait. Le genre d'homme que l'on doit avoir peur de se faire voler par une autre fille, une fille plus belle. C'était sans doute, avais-je alors pensé, le genre de type constamment poursuivi. Ou bien ce serait lui, le poursuivant. Il savait sûrement, me disais-je, combien il était beau, et le pouvoir que cela lui donnait. Quel homme n'abuserait donc pas d'un tel pouvoir ? Et ces yeux bleu-vert... Cette charpente solide...

Un coureur de jupons, c'est ainsi que ma mère appelait ces hommes-là. C'était à la fois un jugement péjoratif et un signe d'appréciation, de sa part. Elle aimait les hommes qui en avaient. Les lopettes, ce n'était pas le genre d'hommes avec lesquels vous vouliez perdre votre temps.

Mais il apparut que Jon n'était pas dangereux.

Il apparut que Jon était l'homme le plus sûr du monde.

Lorsqu'on marchait ensemble sur un trottoir, il insistait toujours pour que je marche du côté du mur, afin de ne pas être éclaboussée de boue, ni touchée par une voiture. Après la naissance de Chad, Jon avait installé des détecteurs de fumée. Pas quelques détecteurs, mais un appareil dans chaque pièce. Même le fusil, rangé dans le garage, même le fait de tirer sur les écureuils sur notre toit, c'était sa façon de protéger sa famille. Jamais, en vingt ans, il ne m'avait traversé l'esprit que mon mari avait pu me mentir, ni qu'il avait quelque chose à cacher, ni même qu'il avait eu une pensée qu'il n'avait pas souhaité partager avec moi.

Non, si jamais il regardait d'autres femmes, ce devait être quand je n'étais pas dans les parages.

Et il était évident qu'il regardait. Tous les hommes, sans exception, regardaient les autres femmes. Celles qui courent, celles qui font du vélo, les étudiantes qui attendent le bus en jupe courte.

Mais je ne pouvais pas me l'imaginer.

La loyauté de Jon semblait si forte qu'il était impossible de se le représenter, comme tous les autres hommes de la planète, en train de suivre des yeux, caché dans l'anonymat d'une voiture qui passe, la ligne d'un dos, d'une hanche et de jambes exposées par un short et un débardeur, traversant une rue lors d'une journée d'été.

Regardait-il vraiment les autres femmes ?

Le fait-il vraiment ?

Et s'il ne le fait pas, est-ce qu'une telle loyauté a un prix ?

Ou bien, est-ce celui qui est loyal qui doit payer le prix d'une telle loyauté ?

Peut-être que l'objet de cette loyauté – moi – devrait payer. Peut-être que le prix consistait à vous trouver mariée depuis vingt ans à un homme séduisant, un homme parfaitement adorable, dans une union sans tension, dans une vie sans appréhension, sans mystère, ni surprise. J'ai toujours su, après tout, ce que Jon dirait, quand je lui demandais s'il m'aimait. J'ai toujours su qu'il rentrerait tous les soirs vers six heures moins le quart, après une journée étrangement stimulante passée à inventer des logiciels (« J'aime mon travail » fut la seule chose qu'il ait jamais dite sur son métier, et la seule chose que je savais vraiment), pour me dire : « Hé, Sherry ? Tu es rentrée ? » Ou bien, quand je rentrais après lui, il m'attendait dans le canapé avec son journal.

Mais la nuit dernière, l'espace d'un moment, alors qu'il me pénétrait par-derrière et qu'il me serrait les seins trop fort dans ses mains, il était vraiment l'inconnu qu'il faisait semblant d'être.

Et peut-être était-ce là ce qu'il essayait d'obtenir – le statut de l'inconnu. (*Tu crois que c'est ce que cela te ferait, d'être baisée par ton garagiste ?*) Suis-je, peut-être, devenue aussi peu mystérieuse à ses yeux qu'il l'est devenu aux miens ? Est-ce la raison pour laquelle cela l'excite de m'imaginer à travers les yeux d'un inconnu, ou d'imaginer qu'un inconnu me pénètre ?

Est-ce que je lui semble aussi sûre (et terne) qu'il l'est pour moi ?

Devrais-je être flattée de le voir si excité par les attentions d'un autre homme, ou plutôt insultée ?

J'ai encore mis la robe en soie – même si vers la fin de la matinée un vent d'est s'était mis à souffler, que je sentais s'infiltrer à travers les fentes autour de la fenêtre, alors que je m'habillais pour aller au travail. Les vitres vibraient dans leur cadre.

Hier, avec le soleil et la température plus chaude, une mouche, gisant morte entre la vitre et la moustiquaire depuis le début de l'hiver, était revenue à la vie. (Ou plutôt, avait semblé revenir à la vie : est-ce possible, est-ce que les mouches hibernent, ou bien est-ce qu'elles meurent puis ressuscitent ?) Ce matin, elle bourdonnait quand je m'éveillai, elle se jetait frénétiquement contre le double vitrage, en faisant tout un cirque. Mais, le temps de sortir de la douche, le vent s'était levé, le front froid commençait à se faire sentir dans la maison et la mouche perdait ses forces ; quand je pris le temps d'ouvrir les rideaux, elle avait cessé de se cogner à la vitre, elle rampait lentement, tristement, dans la poussière accumulée au fond du rebord – et, lorsque je fus habillée, elle avait à nouveau l'air morte.

De fait, le printemps s'était doucement approché pour battre en retraite un moment après, mais j'avais décidé de porter une robe de printemps. C'est en tremblant dans cette robe que je fis démarrer la voiture, qui était si froide que le moteur me donna l'impression, alors qu'il renaissait bruyamment à la vie, d'être juste en train de décider s'il allait ou non démarrer, si cela l'intéressait ou non de quitter l'allée par ce froid. Mais il finit par démarrer, le chauffage fut vite perceptible, qui me projetait violemment par les aérateurs des souffles de chaleur dans la figure, chargés de la poussière qui s'était peu à peu amassée là au fil des kilomètres parcourus – plus de cent mille au compteur ce matin-là – pour m'être ensuite recrachée au visage sous forme de chaleur.

J'allumai la radio sur la station de musique classique, mais il n'y avait pas de musique classique. C'était plutôt une sorte de symphonie à moitié moderne, avec des violons et des synthétiseurs sans âme qui peinaient dans un manque total d'harmonie.

Un gel gris sur l'herbe morte.

Les arbres nus et noirs qui se découpent contre ce gel.

La neige a fondu juste assez pour montrer le bas-côté de la route, souillé de sacs de nourriture de fast-food et de paquets de cigarettes.

Avril est peut-être le mois le plus cruel, mais mars est bien le mois le plus sale. Le mois des détritus. Le blanc a pris la couleur des cendres, il s'est retiré juste assez pour révéler les ordures qui n'ont jamais cessé d'être là, mais il n'y avait ni feuilles ni fleurs pour distraire l'œil de ces rejets qui s'entassaient autour de nous de tous côtés – nos propres rejets, bien sûr, mais qui semblent être ceux de la nature, ceux des dieux, tant il y en a.

Je suis entrée sur l'autoroute en sentant, comme toujours, sa force m'emporter – le revêtement lisse sous mes roues et la façon dont les voitures s'écartaient et changeaient de file pour me laisser entrer.

J'étais un objet parmi d'autres objets. Une particule en mouvement. Je n'avais pas besoin de penser à ma conduite, j'y étais si habituée – je me suis donc mise à penser à... lui.

Bram Smith.

L'avais-je, réellement, déjà vu ?

Je n'en étais pas sûre.

J'avais fouillé et refouillé ce recoin de ma mémoire datant de... quand ? Il y avait un an, deux ans ? Cet homme dans un coin de ma vision, vêtu de ce tee-shirt vert olive, avec ces traits taillés au burin...

est-ce que cela pouvait vraiment être lui ? Est-ce que même je me rappelais réellement quelqu'un ?

Cela n'avait aucune importance.

J'avais déjà inscrit au fer rouge dans mon cerveau l'image de cet homme dans les quelques heures qui avaient suivi le moment où Garrett l'avait mentionné au cours du dîner – une image construite à partir de ce dont je croyais me rappeler et de ce qu'on m'avait dit, si bien que le fantasme avait fini par avoir une odeur (le chêne, le moteur), des mains et une voix. Puis j'y avais pensé et repensé, à cette image incandescente, en préparant le dîner, en faisant la vaisselle après – les plats que l'on essuie à l'aide du papier ménager avant de les ranger dans le lave-vaisselle, les miettes nettoyées de la table avec une éponge –, sous la douche, que j'avais réglée si chaude que je sentais l'eau sur mes os, pendant que Jon et moi faisions l'amour, et alors que j'étais étendue, après l'amour – j'entendais la voix du fantasme dans ma tête, qui m'appelait par mon nom –, pendant que je faisais le lit ce matin, tirant les draps à fleurs, pendant que je me maquillais, aussi, et que je mangeais un bol de céréales devant l'évier de la cuisine. Et durant tout ce temps, alors que je pensais à lui, je me sentais également honteuse de le faire. Je me réprimandais. *Tu n'es même pas sûre que ce soit lui.*

Et même si c'est lui, tu ne sais absolument rien de lui.

À dire vrai, alors que je roulais sur l'autoroute ce matin-là, à plus de cent vingt kilomètres à l'heure, dans ma robe de soie, savoir qui était vraiment Bram Smith n'avait plus aucune importance.

Il était, déjà, un personnage tout à fait élaboré dans mon imagination :

Il aurait un rire profond, songeais-je. Ses mains seraient fortes, mais adroites, un peu sales parce qu'il travaillait de ses mains. Ses phalanges seraient abîmées, ses paumes calleuses. Plus jeune que moi, mais un homme adulte malgré tout. Un corps solide. Il sentirait la terre, et le savon. Faire l'amour avec lui serait exaltant, terrifiant. Un homme qui laissait des billets pareils à une totale inconnue était un homme de passion, un homme à femmes. Je ne pourrais jamais lui faire confiance.

Mais est-ce que je voulais seulement lui faire confiance ?

Non.

Et que voulais-je donc vraiment de lui ?

Ce que je voulais, me disais-je, ce que je voulais vraiment, c'était lui demander si c'était vrai.

S'il pensait vraiment ce qu'il avait écrit, *Sois à moi pour toujours* ?

Étais-je vraiment le genre de femme qui pouvait inspirer un tel intérêt ?

Chez un homme plus jeune ?

Un homme comme vous ?

Je m'imaginais en train de lui demander cela, j'imaginais sa réponse (*oui*), et sa main qui trace un chemin de mon cou à mon épaule, puis de mon épaule à mon sein, avant de se pencher contre moi, pour me redire *oui*, pour souffler mon nom (*Chérie*) dans mon oreille, avec l'odeur de la poussière du chauffage de la voiture, je sentais un souffle chaud me pénétrer, murmurer *oui*, quand soudain cela s'est produit – quand cela a surgi du ciel pour se jeter sur ma route :

Merde!

Je pilai net, mais il était trop tard, comme si j'avais été frappée par la foudre, mais par une foudre solide, qui avait un corps, une masse, du poids – un corps projeté sur le capot de ma voiture, où il éclata en une gerbe de sang. Je parvins tant bien que mal à m'arrêter sur la bande d'urgence, avec la radio qui marchait toujours et mes essuie-glaces qui continuaient à balayer mécaniquement le sang sur le pare-brise. J'étais plantée, dans ma robe de soie, sur le bord de la route, le vent me transperçait la peau, quand un homme en blouse blanche de laboratoire jaillit en courant de sa voiture sur la bande d'urgence pour se ruer vers moi.

« Vous allez bien, madame ? »

Je secouai la tête pour lui signifier que je n'en avais aucune idée.

« Qu'est-ce qui s'est passé ? demandai-je.

— Vous avez heurté une biche », dit-il avant de se tourner pour montrer la bande médiane où une chose indéfinissable au pelage fauve, gisant sur le flanc, souleva la tête puis la laissa retomber.

Les voitures et les camions nous dépassaient en grondant à une vitesse incroyable. Ma robe claquait sur mes jambes dans le vent qu'ils soulevaient. Çà et là, j'apercevais le visage d'un conducteur – dégoûté, attristé, ou bien surpris. L'homme en blouse blanche me regarda.

« Vous avez de la chance, dit-il en constatant que je n'étais pas blessée. Beaucoup de chance. Vous auriez pu être tuée.

— Honnêtement ? demandai-je.

— Honnêtement », dit-il.

Nous nous regardâmes quelques secondes, mais ses traits restèrent flous. Ce n'était pas quelqu'un que j'avais déjà rencontré.

« Vraiment, dit-il. J'ai tout vu. Je me suis rangé parce que j'ai cru que vous seriez peut-être morte.

— Je ne le suis pas, dis-je. Je vais bien. »

Du coin de l'œil, je revis la chose sur la bande médiane, qui levait la tête, la baissait à nouveau, soit pour mourir, soit pour se reposer.

L'homme en blouse blanche s'approcha de l'avant de ma voiture pour inspecter les dégâts, puis il leva la voix dans le vacarme de la circulation pour me dire qu'il pensait que je pouvais la conduire, mais qu'il faudrait que je fasse redresser le pare-chocs. Il était très abîmé.

Nous ne parlâmes ni l'un ni l'autre de l'animal. On ne parla pas de l'aider. Ni de le tuer. Ce ne fut que bien plus tard dans la journée que j'y repensai – ce péché inévitable, parce que qu'aurions-nous pu faire ? Si l'un de nous avait tenté de traverser l'autoroute pour aller jusqu'à la biche, nous aurions connu le même destin.

« Comment puis-je vous remercier ? demandai-je avant de le quitter.

— En conduisant prudemment », répondit-il en secouant la tête.

Au travail, on fit grand, grand cas de mon accident. Beth me dit de m'asseoir, une fois que je lui eus expliqué pourquoi j'étais en retard, et elle m'apporta une tasse de café avec tant de crème et de sucre qu'on aurait dit du sirop, ou un médicament – épais, écœurant, je ne pus le boire –, et elle entreprit ensuite d'informer tout le monde.

« Sherry a heurté une biche sur l'autoroute ! »

Condoléances, commisération, et durant tout ce temps-là, je tremblais dans ma robe de soie – non pas de froid, car il faisait assez chaud dans le bureau, mais toujours de surprise. La solidité de cet animal, et puis le sang qui gicle en cascade sur ma Honda blanche, comme une pluie terrifiante sur le pare-brise. Lorsque je garai ma voiture sur le parking de la fac, le véhicule était encore plein de sang, le pare-brise, surtout, et je ne pus me résoudre à aller inspecter l'avant, pour voir s'il y avait encore des restes de l'animal sur mon pare-chocs, ou sur le capot.

Ce genre d'accident, appris-je alors, était déjà arrivé à tant de gens – tant d'histoires circulèrent dès lors dans le bureau – qu'il devint peu à peu surprenant qu'il soit resté encore une biche pour que je puisse la tuer. Robert Z. en avait même touché deux l'an dernier, une biche et son faon. (Ils avaient surgi de nulle part lors d'une tempête de neige, alors qu'il rentrait chez lui pour rendre visite à ses parents dans le Wisconsin à l'occasion de Noël. Seul le faon avait été tué. La biche lui avait jeté un dernier regard avant de poursuivre son chemin.) L'oncle de Beth avait foncé dans une véritable harde dans le nord, par brouillard, il avait bousillé sa voiture mais la police de l'État lui avait donné la permission d'emporter un des cadavres pour la viande.

Il y avait des histoires encore pires. Le voisin de quelqu'un avait été tué, il avait fait un écart pour éviter un daim sur une route de campagne, mais il avait percuté un arbre et était mort sur le coup.

Le cousin de quelqu'un avait été tué lorsque l'animal qu'il avait touché avait été projeté contre le pare-brise et avait atterri dans la voiture en écrasant le conducteur – l'animal avait atterri, disaient les secours arrivés sur les lieux, littéralement dans les bras du cousin.

« Ton trajet est trop long, dit Amanda Stefanski. Tu n'as jamais pensé à déménager en ville ? »

Amanda est la dernière enseignante à avoir rejoint le département – c'est une petite femme ordinaire qui n'a pas encore trente ans. Elle a bon cœur, elle est toujours prête à offrir des solutions aux problèmes, à donner des conseils avisés. Tous les ans à Noël, elle dépose dans nos casiers des cartes qu'elle a faites elle-même et ornées de petits dessins, nous disant d'aimer Jésus et de célébrer l'anniversaire de Sa naissance. Un jour, Sue a suggéré qu'on essaie de la caser avec Robert Z., « si toutefois on pouvait être sûr qu'il n'était pas gay ». Non, avais-je dit, elle est trop moche. Ce ne serait pas le genre de Robert Z., même s'il n'était pas gay. Les cheveux d'Amanda étaient d'un blond délavé, avec des mèches mal coupées et trop courtes sur le front. Elle avait une large mâchoire, aussi forte que celle d'un homme, mais aussi de grands yeux bleus et des épaules délicates.

Sue avait plissé les paupières quand j'avais dit qu'elle était trop moche.

« Je veux dire, ajoutai-je immédiatement, elle est adorable, vraiment adorable, mais...

— D'accord, dit Sue. Pas assez adorable pour ton Robert à toi.

— Ce n'est pas mon Robert à moi, dis-je. Ça n'a

rien à voir avec moi. Je ne voudrais simplement pas qu'Amanda souffre. Je veux dire, Robert...

— Robert n'est peut-être pas aussi difficile que toi.

— D'accord, dis-je. Je suis sûre que tu as raison. Occupe-toi d'eux, Sue. »

Mais Sue avait dû finir par comprendre ça toute seule, parce qu'elle ne m'avait jamais plus reparlé du sujet, et pour autant que je le sache, elle n'avait jamais tenté d'arranger quoi que ce fût entre ces deux-là.

Amanda se baissa pour m'embrasser. Elle sentait *Windsong*, ou bien *Charlie*, en tout cas un parfum de drugstore, bon marché mais pas déplaisant.

« Vraiment, Sherry, dit-elle, tu dois déménager. C'était différent, avant, c'était vraiment la campagne. Maintenant, il y a trop de circulation.

— Merci, Amanda, dis-je. Mais, vraiment, la biche n'a rien à voir avec la circulation. C'est... »

Mais Amanda avait les paupières bien fermées, comme si elle priait ou comme si elle s'efforçait de ne pas faire entrer en elle ce que je lui disais.

« Peut-être qu'on le fera. Je veux dire, Jon ne voudra pas déménager, pas encore, mais je pourrais louer quelque chose pour les lundis et les mercredis soir. On en a déjà parlé, même avant cela. »

Jon.

Je n'avais même pas encore pensé à l'appeler.

Cela le blesserait, j'imaginais, de savoir qu'il avait été le dernier à être informé – même si c'était fini, maintenant, et, de toute façon, que pouvait-il y faire ? En plus, je n'avais pas été blessée. La voiture marchait toujours. En quittant l'autoroute, je m'étais arrêtée à une station-service et j'avais appelé la police pour les avertir. Une femme à la voix profonde avait pris ma déclaration – le lieu, mon numéro d'immatriculation – au téléphone et elle m'avait dit qu'elle était désolée mais que cela arrivait tout le temps, comme si elle pensait que j'appelais pour me plaindre.

De toute façon, Jon ne pouvait rien y faire, et moi je devais faire cours. J'étais déjà en retard.

« Fais bien attention, dans le couloir, mon cœur », me dit Robert Z. lorsque je me levai pour y aller.

Il s'approcha et me serra le coude.

« Ne marche pas trop vite. »

Je la revis, en rentrant à la maison :

Un corps brun tordu, qui avait l'air à moitié humain, à moitié animal, étalé au milieu de la chaussée.

Les pattes pliées comme si elle courait, encore, dans le sommeil. Dans la mort.

Je ralentis. J'avais l'impression que je devais le faire. Par respect, ou pour la voir vraiment.

Je regardai attentivement et je vis que c'était bien une biche, il n'y avait pas d'andouillers.

C'était la tombée du jour, mais je la vis clairement, je vis même son museau, je vis que ses yeux étaient grands ouverts – c'est alors que l'horreur me frappa, je regardais une créature que j'avais tuée.

La fille en fuite et transfigurée d'une déesse – le spectre d'une femme plus jeune qui tentait d'échapper à quelque chose ou à quelqu'un, juste derrière elle, qui la poursuivait.

Où pensait-elle donc aller ? Voulait-elle regagner l'obscurité des bois, de l'autre côté de l'autoroute, se demandait-elle comment elle avait atterri sur la mauvaise route, se demandait-elle où aller – mais à l'aveugle, à l'odorat, avec un martèlement sourd dans les oreilles ?

Jésus ! dis-je dans un souffle. *Mon Dieu, pardonne-moi...*

Mais est-ce que les dieux allaient me reprocher ça ? Ou bien me pardonneraient-ils ? Y aurait-il un châtiment spécial en enfer pour la femme qui avait tué ce bel animal, cette créature divine, que cela ait été un accident ou pas ?

Peut-être un engin elliptique en enfer.

Une éternelle danse aérobic, pieds nus sur un sol brûlant.

Je serrais si fort le volant que je ne sentais plus mes doigts, puis je me retrouvai devant chez moi, dans mon allée, et Jon vint à la porte.

« Hé, hé, j'ai entendu dire par le téléphone arabe qu'on allait manger du gibier à dîner, ce soir. »

J'avais oublié de l'appeler durant assez longtemps pour que cela finît par me sembler inutile de le faire. Je le verrais bien assez vite quand je rentrerais à la maison, me disais-je, et je lui montrerais le pare-chocs abîmé et lui dirais que je le ferais réparer le lendemain, que Garrett allait s'en occuper.

Dans le couloir après les cours, j'avais croisé Garrett et lui avais raconté ce qui s'était passé.

« Waouh, madame Seymour ! Mais ça aurait pu être grave. Vous avez vraiment de la chance. Et votre voiture ? »

Je lui parlai du pare-chocs et il eut l'air soucieux – en expert, qui estime le problème –, puis il proposa de jeter un coup d'œil. Je pris donc mon manteau et le menai jusqu'à la voiture, qui, malgré la neige tombée très régulièrement toute la journée, offrait toujours un spectacle effrayant. Le sang, sur le pare-brise, était devenu collant, il s'était épaissi, mais cela ressemblait toujours à du sang, et il y en avait de sombres traînées qui avaient coulé le long des flancs blancs de la voiture, le long du capot.

Garrett n'avait pas pris son manteau et, alors qu'il était à genoux pour examiner mon pare-chocs, seulement vêtu de sa fine chemise, je me souvins l'avoir observé un hiver, il avait son uniforme de louveteau, on était dehors, lors d'une réunion de la meute, il tremblait mais refusait de rentrer ou de mettre sa veste.

À genoux devant mon pare-chocs, Garrett ne tremblait pas, même si sa chemise était ridée par le vent autour de ses épaules d'une façon qui me faisait, moi, frissonner.

« On doit pouvoir redresser ça sans trop de mal, dit Garrett en levant les yeux vers moi. Il nous faut des outils. Vous avez le temps de la déposer au garage ? demanda-t-il en faisant un signe de tête vers le bâtiment de la mécanique auto.

— Pas aujourd'hui, dis-je. Demain ?

— Bien sûr, dit Garrett. Y a pas de problème à conduire comme ça. Mais vous devriez aller laver votre voiture. »

Cela nous fit rire tous les deux – tout ce sang sur le capot de ma voiture, que penseraient les gens qui conduisaient à côté de moi sur l'autoroute ?

Pendant que nous discutions, les flocons s'accumulaient sur les cheveux courts et sombres de Garrett. Je me souvins de semblables flocons dans les cheveux de Chad, lorsque je me penchais au-dessus de sa tête et que j'essuyais sa chevelure de ma main gantée – des centaines de flocons étoilés, éparpillés, lors du premier hiver de sa vie, alors que je remontais la fermeture Éclair de sa combinaison matelassée. Tout d'une pièce. Comme il était carré dans mes bras, alors que je le portais de la voiture à la maison, ou de la maison à la voiture. Un ballot. Un paquet. En regardant les cheveux de Garrett couverts de neige, je ressentis un tel désir de voir Chad – une douleur physique – que je dus détourner les yeux. Où était donc Chad, maintenant ?

Ailleurs.

Ailleurs, là où il ne tombait pas de neige.

Garrett repartit s'occuper de mon pare-chocs, je le regardai faire, et il me parut, alors que je me tenais là, perdue et inutile sous la neige, pendant qu'il retirait de la fourrure blonde de la calandre et la lançait sur le côté de la route, que Chad avait été effacé de la surface de la terre. Comme s'il ne restait plus rien d'autre de lui que des souvenirs de lui. L'imaginer à Berkeley n'était ni plus facile ni plus étrange que l'imaginer au ciel.

« Garrett, finis-je par dire, en sortant brusquement de mon chagrin imaginaire. Tu vas attraper une pneumonie. Entrons et je vais t'offrir une tasse de chocolat chaud.

— Je n'ai pas froid, répondit Garrett. (Ils disaient toujours ça, ces garçons-là. *Je n'ai pas froid, je ne suis pas fatigué, je n'ai pas les mains sales, je n'ai pas besoin de bonnet.*) Mais oui, d'accord. »

La cafétéria nous sembla d'une chaleur étouffante quand nous entrâmes en venant du froid pour nous asseoir tous les deux à une table. Garrett prit une tasse de café, pas de chocolat, et je pris une bouteille d'eau, parce que j'avais soif ; je transpirais dans mon manteau, même avec ma robe de soie.

Nous bavardâmes du froid, des cours, des biches et de l'autoroute et de la circulation. Je me sentais plus légère que je ne l'avais été depuis des jours, peut-être même des semaines. Une compagnie très agréable. Un jeune homme poli et facile. Nous conversions sans effort – non pas comme mère et fils, ni comme étudiant et professeur, mais comme des amis. De vieux amis. Il paraissait sincèrement soulagé et étonné devant ma bonne fortune : j'avais écrasé une biche sur l'autoroute et je n'avais qu'un pare-chocs cabossé pour en témoigner. Il s'enfonça dans son fauteuil.

« Ça a dû vous faire drôle, de toucher un animal aussi gros, et à cette vitesse, au milieu de toutes ces voitures, dit-il en cognant ses poings l'un contre l'autre. Seigneur ! madame Seymour, ça aurait pu causer une réaction en chaîne. Vous avez eu de la chance de ne rien voir venir, sinon vous auriez pilé et le gars derrière vous vous serait rentré dedans. Waouh !

— Mais j'ai pilé, dis-je. Enfin, je crois.

— Peut-être pas, dit Garrett. Je pense que non. »

En une demi-heure seulement, Garrett était devenu l'expert, l'arbitre, de mon accident. Il secoua la tête comme pour s'éclaircir les idées, puis il se mit à parler des Honda, des modèles plus récents, des carrosseries en acier, pour dire que là aussi j'avais eu de la chance. Il compara ma voiture à d'autres marques et à d'autres modèles. Il sirotait son café (noir) dans un gobelet de polystyrène, et je ne pouvais m'empêcher de penser que ce qu'il faisait là était une imitation parfaite d'un homme adulte. Garrett (les mains pleines de Lego et de petites voitures Matchbox, planté sur la galerie derrière ma maison à attendre que j'ouvre la fermeture Éclair de l'anorak de Chad pour que je fasse la même chose avec son anorak) qui fait maintenant semblant, et de manière très convaincante, d'être un homme.

« Bon, alors, madame Seymour, dit-il en regardant sa montre. Vous apportez la voiture demain ?

— Oui, dis-je. Dans l'après-midi ?

— Super ! dit-il. Allez jusqu'à l'entrée du garage. Je vais prévenir Bram.

— Ah, dis-je. Bram. »

Je rebouchai ma bouteille d'eau et la regardai. AQUA-PURA. Sur l'étiquette, l'eau blanche d'un petit ruisseau descendant d'une montagne d'un vert luxuriant.

« On n'a pas le droit de travailler sur les voitures sans prévenir d'abord notre instructeur.

— Il sera là ? »

Garrett sourit et reposa son gobelet vide un peu trop vivement sur la table. Le gobelet se renversa mais rien ne coula.

« Possible, dit Garrett. Je vais peut-être avoir une meilleure note parce que je vous aurai fait venir. Vous avez eu d'autres lettres ? demanda-t-il.

— Oui, lui dis-je. J'en ai reçu une autre. »

Je baissai les yeux sur la table et vis un reflet brouillé de mon visage dans le panneau de formica – une femme plus jeune, une étudiante, sans traits ni détails, qui parlait de lettres d'amour et de béguins avec un ami –, puis je relevai les yeux vers Garrett pour constater qu'il avait haussé les sourcils, et nous éclatâmes tous les deux de rire. Il me taquinait, comme Sue pouvait me taquiner, ou bien Jon, ou même encore Chad.

« Garrett, demandai-je. As-tu de bonnes raisons de penser que c'est bien Bram Smith qui écrit ces lettres ?

— En fait oui. Il a encore parlé de vous, l'autre jour, dit Garrett en hochant la tête. Cette nana du département d'anglais, et cetera, et cetera, dit-il en faisant un geste de la main qui faisait penser à une roue qui tourne et qui roule vers l'infini. Je ne veux pas vous gêner, madame Seymour, en vous en disant plus.

— Mais il n'est pas marié, ce Bram Smith ? Il a quelque chose qui ne va pas ? Pourquoi s'intéresse-t-il autant aux vieilles profs d'anglais ? »

Je regardai à nouveau l'étiquette de mon AQUA-PURA, en me projetant dans le paysage de montagne. Je serpentais avec le ruisselet. Je m'arrêtais pour plonger la main dans les eaux glacées.

« Mais, madame Seymour, vous n'êtes pas vieille ! » s'exclama Garrett avec une telle sincérité que je relevai les yeux.

Et il était là dans ses yeux bleus – le petit garçon à qui j'avais demandé de ne pas fracasser ses petits camions contre les pieds de mes meubles. Avec ses grands yeux. Son air inquiet. Un nouveau venu dans ce monde.

« Merci, Garrett, dis-je. Mais je suis beaucoup plus vieille que votre instructeur de mécanique.

— Et alors, qu'est-ce que je peux dire ? Qu'il a très bon goût en matière de femmes ? »

Je rougis. Je le sentis, cela monta le long de mon cou, et puis la chaleur envahit mes joues. Je me sentis à nouveau comme une petite fille, qui devenait cramoisie au fond du bus quand un garçon que j'aimais bien disait que j'étais jolie. Garrett se levait, il repoussait sa chaise sous la table, en me souriant, il voulait simplement être gentil avec moi, sincèrement, avec une tendresse étonnante, et je pensai alors à mon père, à la façon dont les infirmières l'appelaient dans le couloir, à son air content et reconnaissant – cet enfant, parmi les enfants qui étaient, d'une façon ou d'une autre, devenus des adultes.

« Qui te l'a dit ? demandai-je à Jon, au moment où il prenait mon manteau, avec douceur et gentillesse, comme un avocat ou un parent.

— C'est Chad. Il a appelé.

— Quoi ? »

Je sentis de la viande qui brûlait dans la cuisine. Jon préparait-il le dîner ? Depuis combien de temps une chose pareille ne s'était pas produite ?

« Bon sang, mais comment Chad a-t-il pu savoir que j'avais renversé une biche ?

— Garrett lui a envoyé un mail.

— Ah, d'accord », dis-je.

Un mail. J'avais oublié ça, j'avais oublié que Chad passait des heures chaque jour à regarder son courrier électronique et à envoyer des messages. J'avais oublié que le monde s'était réduit à cela, que lui et Garrett n'avaient plus besoin de stylos ou de téléphones pour se parler.

« D'ailleurs, Sherry, Chad comme moi, on n'a pas été trop contents d'avoir cette information vitale sur notre femme et mère de la part d'un étranger.

— Je suis désolée, dis-je. Je devais faire cours, et après j'ai oublié, et...

— C'est bon, dit Jon. Je suis juste heureux que tu ailles bien. »

Il m'attira contre lui. J'enfouis mon visage contre sa poitrine, contre son tee-shirt, avant d'appuyer l'oreille juste contre son cœur et d'en écouter le battement humide et régulier.

« Je crois qu'il faut qu'on te trouve un endroit en ville, après tout, pour ne plus avoir tous ces trajets, Sherry. Moi, ça me va, une ou deux nuits par semaine, si c'est ce que tu veux, mon chou. Je suis désolé de ne pas avoir insisté plus tôt. »

Il se recula pour me regarder dans les yeux.

« En plus, ce sera commode pour tes rendez-vous avec ton amant. »

Il souriait. Il remonta la main le long de mon cou, puis la baissa vers ma poitrine, il déboutonna mon chemisier et glissa la main sur un de mes seins.

Quand nous eûmes fini de faire l'amour, le rôti que Jon avait jeté dans le four pour me faire une surprise – à une bonne vingtaine de degrés de plus que cela aurait dû être parce qu'il n'avait pas pris la peine de mettre ses lunettes lorsqu'il avait tourné le bouton réglant la température – avait noirci et s'était réduit à la taille d'un poing.

Nous étions allongés sur le lit, Jon était toujours sur moi, lorsque le détecteur de fumée s'est déclenché, et nous avons dû descendre quatre à quatre, nus, en riant, pour éteindre le four, ouvrir les fenêtres, et agiter les bras devant nos visages afin de chasser la fumée. Puis, lorsqu'il eut sorti le rôti carbonisé du four pour le jeter à la poubelle, nous nous rendîmes compte que nous avions faim et que la seule chose qui nous restait dans le réfrigérateur avait été bousillée.

« On n'a qu'à sortir, dit Jon.

— Mais il est très tard », dis-je.

Jon regarda sa montre, c'était tout ce qu'il portait.

« Depuis quand, demanda-t-il, neuf heures trente, c'est trop tard pour sortir ? »

Il avait raison, bien sûr. Depuis quand, neuf heures trente, c'était trop tard pour sortir ?

Mais moi, je savais depuis quand c'était trop tard – depuis dix-huit ans, depuis l'époque où Chad devait avoir été baigné et nourri, puis mis au lit à huit heures.

Comment se faisait-il, cela dit, qu'une aussi brève période – cette première année de sa petite enfance – avait réussi à former des habitudes aussi durables ? Je me souvins de Jon plaisantant au téléphone avec sa sœur, lui laissant un message sur son répondeur, le jour où nous étions rentrés de l'hôpital avec Chad :

« Salut, Brenda ! On l'a, ce bébé dont on te parlait. Si tu veux plus de détails, appelle-nous. On va être à la maison pour environ les dix-huit prochaines années. »

C'était une plaisanterie, mais elle avait fini par prendre vie.

« Habille-toi, dit Jon. On va chez Stiver's. »

Stiver's, un bar-restaurant pour routiers, un peu plus loin sur la route. Des hamburgers. De la bière. Un karaoké. Je n'y étais jamais allée, mais cela me parut l'endroit idéal.

« Je prends une douche, d'abord, dis-je.

— On n'en a rien à foutre, de ta douche ! dit Jon. Mets ta nouvelle robe sexy, c'est tout. »

Est-ce que Stiver's correspondait à ce que j'avais pu imaginer, toutes ces années où j'étais passée devant cet endroit en roulant vers l'autoroute ?

Au moment où Jon et moi sommes entrés, j'avais oublié ce qu'avaient pu être ces années d'impressions accumulées. En passant devant en voiture, je m'étais toujours émerveillée de voir qu'il pouvait y avoir des gens dans un bar à six heures du soir un mardi, ou à deux heures un mercredi après-midi. En passant devant en voiture avec mon enfant attaché dans son siège à l'arrière, ou en allant le chercher à l'école – roulant à vive allure, m'envolant littéralement vers l'autoroute –, je regardais l'endroit et m'étonnais :

Il y a des gens qui n'ont rien d'autre à faire un mardi après-midi que boire de la bière dans un bar miteux.

Pas d'enfants qui les attendent. Pas de dîner à préparer. Pas d'écoliers à aider pour leurs devoirs.

Est-ce que je les plaignais, ou est-ce que je les enviais ?

Lorsque j'entrai chez Stiver's avec Jon pour la première fois, j'oubliai tout ce que j'avais pu penser de cet endroit et de ses clients – demeurait juste la vague impression d'un vaste lieu d'exemption des devoirs maternels. Le désert, la prairie, contenus dans ces murs en mauvais état. SOIRÉ KARAOKAY, plein de fautes, écrit sur le panneau à roulettes installé près de la porte.

L'endroit avait un jour dû être la maison de quelqu'un – un trailer grande largeur. Il y avait une jardinière sous la grande fenêtre aux vitres obscurcies qui donnait sur la route (rien d'autre, dans la jardinière, que des mégots), et une porte à moustiquaire, sans moustiquaire. J'étais sûre que ce serait bondé, parce qu'il y avait beaucoup de voitures sur le parking (Jon avait dû faire plusieurs fois le tour du parking, avant de finir par décider de se garer sur le bord, dans la terre), mais il n'empêche que je fus surprise par la foule, par la promiscuité, et j'eus l'impression que chaque personne, dans la salle, se tournait pour nous regarder entrer, après avoir émergé du froid de l'extérieur et pénétré dans la fumée et l'obscurité du bar, et pour nous suivre des yeux alors qu'on se dirigeait vers une table remisée dans un petit coin.

La musique était assourdissante, elle noyait tout. Je ne voyais pas d'où elle venait, mais une voix follement fausse, une voix de femme, gémissait une chanson country. Jon cria plus fort qu'elle.

« Je vais aller commander au bar », dit-il après avoir tiré ma chaise pour que je puisse m'asseoir.

Le temps qu'il revienne, je regardai autour de moi. Au bar, deux hommes (la cinquantaine ?) – le premier portait un chapeau de cow-boy, l'autre une casquette – avaient fait un demi-tour complet sur leur tabouret de bar, leurs bouteilles de bière bien serrées dans les poings, pour m'examiner. Ils me sourirent et me firent un signe de tête. Je leur rendis leur sourire avant de détourner le regard. Quand je les regardai à nouveau, je constatai qu'ils étaient tout simplement occupés à me fixer des yeux. Ils firent demi-tour lorsque Jon revint à notre table avec deux bières.

« Ils n'avaient que de la Old Milwaukee, hurla-t-il sur la musique. Je nous ai commandé deux hamburgers, ajouta-t-il en haussant les épaules. On verra bien. »

Nouveau chanteur. Un homme qui braillait *Blue Eyes Crying in the Rain*. Par-dessus l'épaule de Jon, je vis les têtes et les épaules des danseurs, sur la petite piste de danse, qui bougeaient en rythme avec les braillements de l'homme. Jon tendit le bras pour me serrer la main.

« Alors, tu t'amuses ? » cria-t-il.

Est-ce que je m'amusais ?

Oui.

La bière avait un goût métallique sur mes dents. Ça me rappela le lycée, quand je buvais de la bière bon marché dans le sous-sol de la maison de mon petit ami, tandis que ses parents dormaient à l'étage, juste au-dessus de nos têtes. Il y avait toujours un plumet de vapeur qui montait, quand on ouvrait une bouteille ou une cannette, et cela me faisait chaque fois penser à un génie, à des esprits, qui sentaient la mouffette, la levure – un esprit qui n'aurait jamais jailli d'une bouteille de bon vin, ni lorsqu'on brisait le sceau d'un cognac de luxe.

Depuis combien de temps n'avais-je pas bu de bière bon marché ?

Jon éclata de rire en voyant que j'avais déjà fini, et il se leva pour aller en chercher une autre.

Je contemplai les danseurs.

Une femme, vêtue d'un pull sans manches en lamé argent, bougeait avec tant de sensualité – elle se tortillait, s'enroulait autour de son partenaire – qu'il était impossible de ne pas la regarder. Un autre couple dansait avec raideur, ils ne se regardaient pas, comme s'ils se disputaient tout en dansant. Deux femmes d'une vingtaine d'années dansaient ensemble pendant que leurs petits copains les observaient du bar.

« Mademoiselle ? »

Je sursautai lorsque, levant les yeux, je vis l'homme au chapeau de cow-boy penché au-dessus de moi.

« Si cela ne dérange pas votre ami, demanda-t-il en baissant la voix, voudriez-vous danser ? »

Mon regard alla de l'homme à la piste de danse Je regardai derrière moi et vis le dos de Jon, au bar, puis je me tournai vers l'homme à nouveau.

« Oui, bien sûr. Cela ne le dérangera pas. »

Une pluie glaciale s'était mise à tomber pendant que nous étions chez Stiver's.

Ils ne nous apportèrent jamais nos hamburgers.

À la place, nous avons bu quatre bières chacun et, à la fin de la soirée, j'avais dansé avec le routier et son ami au moins sept ou huit fois – dont plusieurs slows, dans leurs bras.

Celui au chapeau de cow-boy, qui s'appelait Nathan, était un énorme danseur balourd. J'avais l'impression d'être une enfant, dans ses bras. Il sentait comme mon père – la cigarette et l'after-shave –, mais sous son blouson de coton, il avait un tee-shirt collant et ses muscles étaient d'une dureté surprenante. Il était fort. Et j'avais raison, c'était un routier. Il venait de l'Iowa et se rendait dans le Maine avec une cargaison quelconque. Il n'avait aucune idée de ce qu'il transportait, et ne tenait pas particulièrement à le savoir, dit-il.

Mais l'autre dansait comme s'il avait, comme moi, pris des cours durant toute son enfance. C'était une façon de danser étudiée – bien que, contrairement à moi, il eût un don naturel pour cela.

Il était gracieux. Il entendait la musique, apparemment, dans ses membres. Je me sentis tout d'abord maladroite. Il s'appuya sur ses talons et me regarda un moment, il attendait que je commence quelque chose, que je donne une impulsion, et j'eus tout d'abord envie de faire demi-tour et de regagner la table pour demander à Jon de me ramener à la maison.

Puis je vis l'expression d'appréciation positive qu'il avait sur le visage, alors qu'il me regardait danser (est-ce que je dansais bien ?), son regard sur mon corps, et ce fut plus fort que moi, je me débarrassai de ma gêne comme d'une vieille peau, et puis, comme si nous étions en train de discuter, il se mit à me répondre en dansant, son corps s'approcha du mien, frôla le mien. À un moment, je sentis même le dos de sa main me frôler les seins. Sûr, me dis-je, que c'était par accident, mais tout mon corps y réagit – à ce moment-là, un slow a commencé et, sans rien me demander, il m'a prise par la taille, a appuyé ses mains contre mes reins et j'ai collé mon visage contre son épaule.

L'homme qui chantait cette chanson country hurlait les paroles avec tant de passion que j'en sentais l'intensité descendre le long de mon cou et de ma colonne vertébrale, jusqu'à l'endroit où ce camionneur, dont je ne sus jamais le nom, avait plaqué ses mains.

Il avait le visage tout contre mon oreille, je l'entendais respirer.

C'était comme faire l'amour en public, avec un inconnu, et, chaque fois que nous tournions, je voyais Jon par-dessus mon épaule – Jon qui regardait fixement, en sirotant sa bière, enfoncé dans sa chaise, Jon qui me regardait dans les bras d'un autre homme, sous ses yeux, avec un air que je ne lui avais jamais vu – comme s'il était un inconnu, qui regardait des inconnus, mais aussi comme s'il participait à cette danse, comme s'il pouvait sentir les mains de ce camionneur sur mes hanches, et son corps chaud qui ondulait contre le mien.

Celui-là sentait carrément la sueur.

Il était plus jeune que Nathan.

Il ne voulait pas parler de l'endroit où il allait, ni d'où il venait. Lorsque la chanson fut finie, il fit glisser ses mains le long de mon dos, et me regarda comme s'il songeait à m'embrasser, avant de se raviser, de me dire « Merci, beauté ! », et de me laisser plantée au milieu de la piste, tentant de reprendre mes esprits et de retrouver mon chemin jusqu'à Jon.

Sur le parking, Jon resta silencieux.

Il ouvrit pour moi la portière côté passager et, lorsque je me glissai à l'intérieur, il tendit la main pour remonter ma robe et découvrir mes genoux, il se pencha et me caressa le mollet, en me regardant dans les yeux, sous l'éclairage à vapeur suspendu à la gouttière du bar. Il glissa sa main plus haut, le long de ma cuisse, et me dit : « Mais c'est qu'on n'a pas été très sage », d'un ton à moitié sérieux, à moitié blagueur – avant d'enfoncer carrément la main entre mes jambes et, pour la première fois, je me rendis alors compte que j'étais très chaude et très mouillée ; il me dit : « À la maison, tu vas voir comme je vais te baiser, pour la peine... »

J'avais du mal à reprendre ma respiration. Lorsque nous arrivâmes à la maison, mes genoux étaient si faibles qu'il dut m'aider à sortir de la voiture.

« Mais qu'est-ce qui se passe, bordel ? Vous êtes où, bordel ? »

« Qu'est-ce qui se passe, enfin ? J'ai attendu toute la nuit, à côté du téléphone. Quand vous trouvez ce message, appelez-moi immédiatement, vous m'entendez ? »

« Seigneur, maintenant, si je veux des nouvelles de ma mère, il faut que je passe par Garrett Thompson ? Il faut que j'appelle Garrett pour savoir où est ma mère, bordel ? »

« Vous pouvez encore m'appeler, vous savez. C'est trois heures plus tôt, ici. Je ne fais pas encore dodo ! J'attends, je veux savoir ce qui se passe, bordel ! »

Ce ne fut qu'une fois que nous en eûmes fini au lit (Jon ne s'était pas sitôt retiré qu'il recommençait) que je vis la lumière des messages sur le répondeur, qui clignotait avec sept messages de Chad.

J'étais, j'imagine, trop ivre pour me souvenir de son numéro de téléphone. Je dus regarder le signal du numéro d'appel, mais composai mal le numéro et tombai sur une femme à la voix pâteuse, qui me raccrocha au nez après m'avoir dit que j'avais fait un mauvais numéro.

Chad répondit à la première sonnerie, il avait l'air tout à fait réveillé et furieux. Je crus que sa voix tremblait – un tremblement qu'il avait toujours eu, même lorsqu'il avait deux ans, quand il était en colère ou bouleversé, ce qui donnait l'impression qu'il parlait du dernier wagon d'un train roulant sur des rails peu réguliers.

« Super ! Merci de rappeler, maman, dit-il.

— Désolée, Chad. Ton père et moi, on est sortis...

— Jusqu'à deux heures du matin ? Un soir de semaine ? »

Je ne pus m'empêcher de rire.

« Ah, tu trouves ça drôle, maman ? Que je sois resté debout dans ma chambre toute la nuit, malade d'inquiétude ?

— Non, bien sûr que non. C'est juste que... »

J'eus peur de continuer. J'avais peur qu'il puisse s'apercevoir que j'étais ivre.

« Alors pourquoi tu ne me dis pas ce qui s'est passé ?

— Qu'est-ce que tu veux dire ? »

Durant une folle seconde, je crus qu'il parlait de Stiver's et des camionneurs.

« Comment, qu'est-ce que je veux dire ? Je veux dire que Garrett dit que tu as renversé une biche sur l'autoroute, maman. Tu vas bien, vraiment ?

— Oui, Chad, bien sûr que je vais bien. Il n'y a que le pare-chocs qui est cabossé. Tout le reste va bien, dis-je avant de marquer une pause. Sauf la biche.

— Bon sang ! dit Chad. Mais y a des gens qui meurent, dans des trucs comme ça. Vous deux, vous devez habiter en ville. Ces trajets sont trop dangereux. Je voudrais parler à papa. »

Jon était sous la douche. J'entendais couler l'eau. Il chantait, aussi, un truc d'opéra, un peu ridicule. Bientôt, il tomberait dans un profond sommeil.

« Il est déjà couché, dis-je à Chad. Je lui dirai demain que tu as appelé.

— Bon, dit Chad. Tu ferais bien d'aller te coucher aussi. T'es allée voir le médecin ? Tu t'es assurée que...

— Tout va bien, dis-je.

— T'en sais rien, maman. Des fois, les gens ont des blessures internes ou bien aux os et y a pas de symptômes immédiats. Tu t'es cogné la tête ?

— Non, Chad, dis-je. J'ai écrasé une biche. »

Je n'ai pas pu m'en empêcher. Je me suis à nouveau mise à rire. J'étais vraiment ivre.

« Très drôle, maman, dit Chad. C'est vraiment très drôle. Va te coucher et dis à papa de m'appeler demain matin. Et merci de m'avoir rappelé aussi vite. »

Il a raccroché.

Gueule de bois, ce matin. Et avec toute cette activité sexuelle, les muscles de mon ventre sont douloureux. J'ai mal entre les jambes. Une brûlure piquante sous la peau, à l'intérieur de mes cuisses. Autant de vagues douleurs familières, presque oubliées, celles de la passion.

« Je veux que tu découvres qui est cet admirateur secret, avait dit Jon la veille, alors qu'il me retournait et me regardait dans les yeux tout en me pénétrant, et je veux que tu baises avec lui.

— D'accord, murmurai-je.

— Je veux que tu le laisses te faire tout ce qu'il veut, dit-il.

— D'accord.

— Je veux que tu baises avec un autre homme. »

Les yeux de Jon étaient à moitié fermés, et il avait une expression plus intense que ce que j'avais pu lui voir depuis des années. Mon cœur se mit à battre plus vite, en voyant ça, comme si je venais juste d'apercevoir un animal au zoo, qui serait sorti de sa cage, ou bien un homme qui entrerait dans une banque, une arme à la main. *Tout pourrait arriver là*, pensai-je, et je me sentis si excitée que j'eus peur de me retrouver dans ce lieu ordinaire soudain éclairé par un potentiel aussi extraordinaire.

« Tu comprends ? » demanda-t-il, en posant les mains sur mes épaules, son visage contre mon cou, et en me pénétrant brutalement.

Oui, répondis-je en arquant le dos pour venir à sa rencontre.

Ce ne fut que lorsque nous eûmes terminé, après que je fus descendue, après que j'avais appelé Chad, puis raccroché, que j'étais remontée pour trouver Jon sorti de la douche et déjà endormi, nu, allongé sur le dos dans notre lit, ce ne fut qu'à ce moment-là que je me demandai s'il avait été si sérieux que ça, s'il avait même été vraiment sérieux.

Cette expression sur son visage – il avait réellement eu l'air sérieux.

Mais ça, c'était parce qu'on faisait l'amour.

C'était le moment, c'était le fantasme. Bien sûr qu'il n'était pas sérieux. Nous n'avions jamais même tenté de vivre nos fantasmes – même lorsque nous étions jeunes, sans enfant, avec des emplois encore marginaux, avec bien moins à perdre, et avec bien plus de temps devant nous. Et cette fois-là – avec Ferris –, lorsqu'il avait semblé que je pourrais m'égarer, Jon avait réagi, à la fin, sans aucun plaisir. Il y avait si longtemps, quand je lui avais parlé de la déclaration d'amour de Ferris, du baiser (comme il semblait innocent, maintenant, ce baiser furtif sur le parking), et de ma propre confusion, avant les prières pleines de larmes de Jon (*Tu ne peux pas détruire notre famille, Sherry. Tu ne peux pas me faire ça, tu ne peux pas faire ça à Chad. Je t'en prie, dis-moi que tu ne le feras pas, que tu vas nous revenir*), il avait été furieux. Il avait attrapé une lampe de chevet et, en la tenant par le pied, il l'avait agitée dans ma direction.

J'étais au lit, en chemise de nuit, je tenais un livre (*Mrs Dalloway*) si serré dans mes mains que les pages gardèrent les marques de mes doigts pour toujours. Jon était debout et me dominait de sa hauteur, et j'avais soudain pris conscience de ma vulnérabilité – que mes os, mon crâne, pourraient se briser facilement, s'il le voulait, ou même (et peut-être surtout) s'il ne le voulait pas, mais s'il perdait tout contrôle, s'il perdait toute notion de ce qu'il voulait ou ne voulait pas.

De quoi était donc fait mon corps, au bout du compte, me suis-je alors dit, sinon de chair, et de sang ? J'allais me crever, comme un oreiller. J'allais me briser en mille morceaux, comme un œuf – et pourtant, obstinément, absurdement, je pensais toujours à Ferris, son crayon fiché derrière l'oreille, qui pousse un projecteur de plafond dans le couloir, son air fatigué, intelligent et très chaleureux, Ferris et son polo, qui me dit qu'il est amoureux, pour la première fois de sa vie, et trop tard (il a deux enfants, une femme enceinte), qu'il est amoureux de moi.

Vas-y, tue-moi, avais-je pensé, en regardant Jon qui, furieux, brandissait la lampe au-dessus de moi.

Mais il l'avait reposée sur la table de chevet et s'était éloigné.

Non, me dis-je.

Mon mari ne voulait pas réellement que je baise avec un autre homme.

Même s'il croyait le vouloir, quand il m'avait tenue par les épaules en me le disant – *Je veux que tu baises avec un autre homme* –, il se trompait.

C'était sûr que si mon admirateur secret se montrait, Jon se sentirait jaloux, menacé. L'excitation résidait dans la possibilité, et non dans l'acte lui-même, j'en étais sûre.

Et moi ?

Est-ce que j'avais jamais vraiment désiré avoir un amant ?

Jusqu'à présent, non. J'en étais sûre. Pas même Ferris. Je me souvenais toujours du soulagement qui m'avait submergée, sous la lumière fluorescente, lorsqu'il m'avait appris, dans un coin de ma salle de cours après le départ des étudiants, qu'il avait accepté un emploi dans le Missouri, je me souvenais encore que ma vie avait alors paru s'ouvrir à la possibilité d'être la femme que je voulais être – la ferme, l'enfant, la voiture qui démarrait du premier coup – pour toujours.

Mais Chad marchait à peine, à l'époque. J'étais tellement plus jeune. Maintenant, j'avais déjà été cette femme. Maintenant, j'étais libre d'être autre chose, si je le désirais. Alors, est-ce que je voulais un amant ?

Dans le noir, dans notre lit, à côté de Jon, je pensai longtemps à cela, sans avoir la moindre idée de ce que pourrait être la réponse. Tenter de chercher la réponse à cette question dans mon esprit revenait à me trouver soudainement à l'intérieur d'un tunnel résonnant d'échos :

Est-ce que je veux un amant ? Est-ce que je veux qu'un amant me désire ? Est-ce que je veux que Jon désire que j'aie un amant ? Est-ce que je veux que Jon désire que je désire un amant ?

Je ne pouvais même pas me décider sur une question assez longtemps pour avoir le temps de me décider sur une réponse.

Pour finir, je me suis endormie.

Et c'est ainsi que je m'éveillai – en clignant des yeux sous la faible lumière du matin, accablée par une gueule de bois trop forte pour aller travailler. Avec toutes ces douleurs diffuses – le ventre, les cuisses, la peau. Mes lèvres, gercées. Mes yeux, irrités. Très soif. Et une palpitation chaude, juste derrière mes pommettes.

La mauvaise bière.

J'appelai le secrétariat pour annuler mes heures de réception.

Je me douchai, je bus trois verres de jus d'orange et je dressai la liste des courses à faire :

Lait, linguines, pain, céréales, jus d'orange – et des centaines d'autres petites choses écrites d'une main hésitante au dos d'une enveloppe vide (robe de printemps, facture de la carte du grand magasin, ouverte et payée il y avait plusieurs jours de cela) adressée à Mme Sherry Seymour – une femme dont je n'aurais jamais imaginé qu'elle pût se réveiller un mercredi matin avec la gueule de bois, après avoir dansé toute la nuit chez Stiver's avec deux camionneurs, mais la femme, je m'en rendis compte après avoir regardé suffisamment longtemps le nom écrit sur l'enveloppe, que j'étais aussi malgré tout.

Après mes courses, je rangeai les achats et m'allongeai pour une sieste tranquille, mais délicieuse.

C'était à nouveau une matinée grise – un crachin brumeux sur la route vers le supermarché, mais avec un soleil qui tentait, au moins, de consumer les nuages pour les traverser.

Aujourd'hui, me dis-je, en baissant juste un peu la vitre pour humer l'air, *c'est le dernier vrai jour d'hiver.*

Le printemps... Je le sentais là, aux marges du monde, ou bien qui attendait, avec impatience maintenant, sous toutes ces couches d'hiver si laborieusement étalées. Je pensai aux bulbes enterrés dans le jardin – qui devaient s'étirer et pousser, éveillés par le changement. Bientôt, ils se tortilleraient jusqu'à la surface du sol pour percer et venir au monde à nouveau. Et les oiseaux reviendraient avec leurs chants. Les bébés lapins. Les grenouilles qui coassent dans la mare des Henslin.

Sur le lit, s'étalait une flaque de cette nouvelle lumière blanche et fraîche.

Lorsque je m'étais allongée pour faire ma sieste, je ne m'étais même pas souciée de tirer les rideaux.

Je m'étais allongée au centre de cette lumière et m'étais endormie.

Pas le moindre rêve.

Durant ce court somme, un siècle aurait pu s'achever et un autre commencer. De nombreux hivers sont passés, encadrés par des saisons douces et sans pluie. J'ai dormi durant tout ce temps. Je ne suis même pas sûre d'avoir bougé une seule fois. J'imagine que mes paupières n'ont même pas palpité. Dans cette enveloppe d'inconscience et de temps, je n'étais personne. J'étais nulle part. J'étais totalement libre de tout de ce que j'avais jamais été, fait, pensé, ou dit – et, lorsque le téléphone sonna, et que je me réveillai soudainement, en clignant des yeux, je me sentis complètement régénérée. Une nouvelle naissance. Tout juste sortie du nid, ou du sol. Prête pour le monde. Je savais exactement qui j'étais, et ce que je voulais. Je m'étirai. Les douleurs avaient disparu. Je bâillai. Je laissai la machine – ses heures et ses heures de mémoire vide qui attendait pour se remplir, toutes ses petites roues et poulies qui absorbaient les sons du monde sans verser le sang, sans prononcer aucun jugement – s'occuper de l'appel.

C'était Garrett.

Je m'assis sur le lit afin de mieux entendre son message.

« Bonjour, madame Seymour, c'est Garrett. En fait, on pensait que vous alliez déposer la voiture, aujourd'hui, mais vous n'êtes pas là. Vous comptez toujours le faire ? Vous pouvez nous appeler ? Bram dit que c'est quand vous voulez, cet après-midi. Il y a plein de gars, ici, qui pourront s'en occuper. »

Est-ce mon imagination, ou y avait-il eu une sorte de rire sourd et sombre en bruit de fond, lorsque Garrett avait raccroché ?

Ça aurait pu tout simplement être le bruit d'un moteur qui démarre.

Ou un corbeau qui survolait l'endroit.

Ou alors, peut-être était-ce Bram Smith qui riait, derrière Garrett.

Bram Smith – qui n'était encore qu'un personnage imaginaire aux bras musclés, en tee-shirt, en jean, qui peut-être même fume une cigarette, comme un homme tout droit sorti de mes rêves d'été d'adolescente – que j'avais, jusqu'alors, presque complètement oublié, mais qui revenait soudain à moi avec toute l'intensité sexuelle d'un après-midi d'été – alors que je suis allongée sur le dos, dans la maison de mon enfance, alors qu'une cacophonie de chants d'oiseaux me vient de l'extérieur par la fenêtre ouverte, que toute ma vie est devant moi, encore uniquement faite de rêves, de lumière de télévision et de soie, comme si des millions de vers, quelque part, s'activaient avec diligence à tisser cet avenir pour moi.

Je mis des bas fins gris, ma jupe en daim couleur taupe, un chemisier rose, un rang de perles et une trace de Chanel *N° 5* à chaque poignet, et je pris ma voiture pour rouler tout droit jusqu'à lui.

Deux

Et soudain, le printemps.

Je sus qu'il était arrivé le matin où je suis passée en voiture devant la biche, comme d'habitude, sur l'autoroute, et que j'ai vu un urubu noir au plumage luisant courbé sur elle.

Tout d'abord, en voyant cet oiseau perché sur la biche, il me parut, de manière horrible, que c'était un peu comme s'il lui avait poussé ces énormes ailes noires et qu'elle tentait de s'envoler. C'est alors que je vis la tête rouge de l'urubu et que je compris que c'était une buse, et que le printemps avait fini par arriver. Ils sont les premiers, et les plus sûrs signes du printemps, ces oiseaux-là. Leur retour signifie que la neige a fondu sur les cadavres gisant au bord de la route, et qu'il y a suffisamment de mort tendre, à nouveau, pour subvenir à leur existence.

D'abord les buses, et ensuite les autres oiseaux qui reviennent, tous en même temps. Les rouges-gorges qui sautillent dans l'herbe boueuse comme des oiseaux mécaniques, comme de petits jouets. Puis viennent les grands V des vols d'oies, qui traversent le ciel en cacardant, tous les soirs au crépuscule. Et les grues du Canada, à l'allure préhistorique et maladroite dans les champs, qui hochent lentement la tête, semblant être à la recherche de quelque chose qu'elles auraient perdu par terre. Et tous les autres – je n'avais aucune idée de leurs noms, d'où ils étaient allés, je savais seulement qu'ils avaient voyagé sur des milliers de kilomètres pour nous abandonner ici tout l'hiver, et maintenant ils étaient de retour.

Et surtout, il y avait à nouveau des ombres !

Celle des poteaux téléphoniques – de longues croix étirées sur la route. Et puis les arbres, encore dépourvus de feuilles, qui projetaient des ombres difformes contre les murs de la maison. Même moi, je projetais une ombre – une longue robe grise devant moi le matin, et puis une sorte d'obscurité que je traînais derrière moi le soir –, comme si mon corps avait été repassé et aplati jusqu'à produire cette impression sans traits, cette arrière-pensée.

Pour deux cent vingt dollars par semaine, je trouvai un petit studio dans une résidence appelée Rose Gardens, juste en face de la fac, où j'allais pouvoir dormir les lundis et mercredis soir. Je m'achetai une cafetière et deux tasses, deux assiettes, deux bols, deux cuillers, deux fourchettes, deux couteaux et quelques serviettes. L'appartement était déjà meublé d'une petite table de cuisine ronde et de deux chaises. Jon monta un futon – juste le matelas, je n'avais pas besoin du cadre, le sol était assez ferme – et eut bien du mal à le mettre en place.

C'était confortable, vraiment, tout autant que le lit Posturepedic dernier cri à deux mille dollars dans lequel Jon et moi dormions à la maison.

Bram ne ressemblait que vaguement à ce que j'avais imaginé. Il était certainement un rêve, mais une version légèrement différente du mien. Lorsque j'arrêtai la voiture dans le garage du bâtiment de mécanique auto, je sus tout de suite lequel de ces hommes (qui s'activaient ici et là avec leurs outils à la main, des bouts brillants de métal peint, des pieds-de-biche, du chrome) était Bram. Je l'avais vu des centaines et des centaines de fois, en fait – à des assemblées d'enseignants, à la cafétéria, à la bibliothèque, à la librairie.

Il avait bien les yeux sombres et il était bien musclé, avec des cheveux noirs, mais il était plus petit et avait l'air plus intelligent que ce que j'avais imaginé, il était une sorte de version studieuse de mon fantasme d'adolescente. Il ne faisait pas un mètre quatre-vingts, il ne faisait en fait que quelques centimètres de plus que moi, et bien qu'il fût solidement musclé, il était trop mince – élégant, même – pour en imposer physiquement.

Lorsque je l'avais aperçu, avant, sur le campus, je l'avais pris pour un professeur de dessin technique, ou un informaticien. Bel homme, indéniablement, mais pas le genre d'homme que j'imaginais avoir les mains profondément enfouies dans un moteur toute la journée, ni écrire des lettres d'amour secrètes et passionnées à des professeurs d'anglais.

Et pourtant, lorsque je le vis... je le sus :

Bien sûr.

C'est toi, mon amoureux.

Et comme s'il m'avait attendue, il sourit en me voyant approcher en voiture.

« Vous voilà, dit-il lorsque je baissai ma vitre. Notre tueuse de biches. »

J'ouvris la bouche pour parler, mais je ne dis rien. Je ne pouvais que le regarder fixement.

Il avait des dents parfaitement blanches et droites, et des yeux si profonds qu'il était surprenant, presque impossible, de les regarder fixement. Vous pouviez trébucher, en regardant dans ces yeux-là. La mâchoire carrée, la barbe et la moustache soigneusement taillées – c'était bien ce que je lui avais inventé dans mon imagination –, mais les mains gracieuses, aux longs doigts, ces mains propres, étaient tout à fait à lui.

Il portait une montre en or. Autour du col de son tee-shirt noir, je crus voir briller une chaîne en or. Il avait une unique fossette insistante, du côté droit de son sourire.

« Garez-vous donc, madame Seymour. On va vous arranger ça. »

Plus tard cet après-midi-là – après que l'aile avait été démontée, travaillée, replacée, que les derniers poils fauves avaient été retirés, après les blagues des gars sur les saucisses de gibier, sur le fait que j'avais peut-être dû accélérer pour toucher l'animal, ou alors ralentir, ou sur le fait que je devrais peut-être attendre l'ouverture de la chasse pour tuer le prochain –, j'allai chercher mon courrier et trouvai ce que j'attendais réellement, venant cette fois de quelqu'un en la réalité duquel je pouvais croire, quelqu'un que j'aurais pu toucher, dans les bras duquel j'aurais pu me retrouver tout simplement en me retournant et en me jetant littéralement contre lui.

Tu es si belle que je ferais n'importe quoi pour que tu sois à moi pour toujours.

Je dus m'appuyer contre les casiers, une sorte de faiblesse commençant à monter de mes chevilles vers ma colonne vertébrale.

Je glissai la note dans mon sac.

J'allai à mon bureau, pris le téléphone et demandai à la standardiste de me passer la boîte vocale de Bram Smith, sur laquelle je laissai un message de mon cru :

« Merci. (Je dus lutter pour reprendre mon souffle, et ma voix tremblait.) Je voudrais vous offrir un café. Quand vous serez libre. Pour vous remercier. »

Ensuite, prête à tout, je lui laissai le numéro de mon bureau pour qu'il puisse me rappeler.

Puis, ce fut le week-end. Sue vint me voir le samedi avec les jumeaux. Je ne l'avais pas revue depuis l'après-midi, dans mon bureau, où je lui avais dit que Bram Smith était l'auteur de ces lettres. Elle ne m'avait même pas rappelée, et j'avais été trop préoccupée pour songer à la rappeler. Mais aussi, au fil des années de notre amitié, nous avions passé de nombreuses semaines ainsi, parfois même quelques mois. Nos vies devenaient très occupées, ou bien il planait quelque vague conflit que ni l'une ni l'autre ne souhaitait affronter, un désaccord non exprimé que seul un peu de temps sans se voir pourrait résoudre. Quelques appels, une ou deux tasses de café plus tard, et tout redevenait comme avant.

Les jumeaux paraissaient plus grands et plus fous que la dernière fois que je les avais vus, il y avait deux mois de cela, au Chuck E. Cheese, pour leur neuvième anniversaire. « Coucou, tante Sherry ! » dirent-ils à l'unisson, avant de sortir comme des flèches de la voiture de Sue pour se ruer vers les broussailles, derrière la maison. L'un des deux prit un bâton et se jeta sur l'autre, en hurlant.

Sue portait un pantalon de survêtement et un tee-shirt marqué à l'effigie de MICHIGAN STATE UNIVERSITY, une institution avec laquelle Sue n'avait aucun lien. Comme Chad, elle était allée à Berkeley. Elle ne connaissait absolument rien du Middle West, quand elle était étudiante. (« J'aurais été incapable de trouver cet endroit sur une carte, quand j'avais vingt ans, disait-elle, chaque fois que le sujet de ses origines était abordé, et, maintenant, j'ai passé plus de temps ici que dans n'importe quel autre endroit. La vie est étrange. »)

Jon vint jusqu'à la porte pour dire bonjour, en tapotant gentiment le dos de Sue en guise de salut, puis il annonça qu'il allait au magasin de bricolage.

« Je m'en vais, comme ça, mesdames, vous allez pouvoir dégoiser sur vos maris.

— Merci », dis-je en blaguant.

Sue fit un vague sourire avant de se diriger vers la cuisine.

« Doux Jésus, me dit-il lorsque Sue ne put plus nous entendre. Elle a une mine affreuse. Vraiment.

— Les enfants sont épuisants », dis-je.

Nous entendions maintenant de véritables hurlements venant de l'arrière – de vrais cris de guerre stridents et discordants. Kujo s'était aventuré en dehors du jardin des Henslin, et un des jumeaux avait le visage enfoui dans le cou du chien galeux.

« Tu vois bien », dis-je en lui montrant l'autre, qui fouettait un tronc d'arbre avec son long bâton.

C'était lui qui poussait les hurlements.

« Tu serais épuisé, toi aussi. »

Mais, d'une manière cruelle et vaine, j'étais heureuse qu'il l'ait remarqué. Une autre femme, de mon âge, qui s'effondrait physiquement, c'était comme un amer compliment qui m'était adressé, à moi qui avais su me préserver d'un destin similaire. Lorsque nous étions plus jeunes, j'avais toujours pensé que c'était Sue, la jolie. La blonde californienne. Avec ses pommettes saillantes. Lorsque nous sortions ensemble, les hommes semblaient également attirés par elle ou par moi, mais c'était toujours elle qui était remarquée en premier. C'étaient les longs cheveux blonds.

« Oui, enfin, comment le fait d'avoir des jumeaux turbulents te fait prendre trente kilos ? demanda Jon. Doux Jésus !

— Je ne sais pas, Jon. C'est difficile, de rester mince. Et puis, ce n'est pas trente kilos.

— D'accord, d'accord, vingt-cinq, alors. En tout cas, Dieu merci, ma femme a su rester mince », dit-il en passant la porte, non sans m'avoir donné une tape sur les fesses au passage.

Je m'éclaircis la gorge.

« Prends des piles, aussi, pour la lampe, tu veux bien ? J'en aurai besoin pour le studio, d'accord ? lui demandai-je, assez fort pour que Sue ne sache pas qu'on avait murmuré sur son compte.

— On a peur dans le noir, sans moi ?

— Oui, déjà, et puis il y a quelque chose de coincé dans le vide-ordures, je voudrais y regarder de plus près. »

Nous nous embrassâmes sur le seuil. Jon posa la main sur mon cou avec affection et il me regarda dans les yeux.

« Je t'aime, dis-je.

— Je t'aime aussi », dit-il.

Sur un des sets de la table de la cuisine, Sue avait étalé les nombreuses pièces d'un objet vert olive.

« Un char Lego, dit-elle, lorsqu'elle me sentit m'approcher par-dessus son épaule. Je leur ai promis que j'allais le monter s'ils voulaient bien jouer dehors pendant une heure sans se disputer. »

Mais cela paraissait impossible – comme quelque chose qui était si loin d'exister, si loin d'avoir même jamais existé, comme un char qu'aucun laps de temps ne pourrait permettre de monter. Et les mains de Sue – avec des ongles vaguement bleutés, des doigts qui semblaient gonflés – ne paraissaient pas du tout à hauteur de la tâche. Alors que je regardais les petites pièces dispersées sur ma table, j'eus l'impression que cela faisait bien longtemps – que cela datait d'une autre vie – que j'avais pour la dernière fois assemblé quelque chose en plastique, ou marché pieds nus sur un de ces fragments au beau milieu de la nuit dans la chambre de Chad – quand je m'y glissais pour remonter sa couverture sur ses épaules, ou pour éteindre le magnétophone dans sa chambre, qui jouait encore des berceuses ou du Mozart. Ce qui me vint à l'esprit, en pensant à cela, fut la triste sensation physique que quelque chose avait été retiré de mon corps, une bouffée, dans l'air, des cheveux d'enfant de Chad, mais aussi – et ça, c'était nouveau – une sorte de soulagement, comme si une brise fraîche était entrée par la fenêtre et avait d'un souffle bien rangé le fouillis dans les tiroirs et les penderies, chaque chose à sa place.

Je versai du thé à Sue, une assiette de biscuits trônait entre nous – des Pepperidge Farms, aux pépites de chocolat. Elle en prit un immédiatement, elle le tint devant elle, mais ne l'amena à sa bouche qu'après avoir levé les yeux au ciel.

« Je ne devais pas manger de biscuits, cette année, dit-elle. Merci, Sherry. »

Puis elle mordit dans le biscuit.

L'espace d'une seconde, je pensai à ranger les biscuits.

Est-ce qu'une amie meilleure aurait fait ça ? Est-ce qu'une amie meilleure aurait reconnu que, oui, il y avait bien eu une prise de poids, que cela n'était pas bon pour la santé, que les biscuits, de toute façon, n'étaient là que pour les jumeaux, ou par politesse ? Aurais-je dû lui offrir une pomme, plutôt ? Ou alors, avais-je eu raison de dire, comme je l'avais fait : « Mais tu le mérites bien, Sue. Tu es en grande forme. » Qu'aurait fait Sue ?

Sue aurait été, à mon avis, honnête avec moi.

Lorsque j'eus ma première coupe de cheveux de femme – lorsque les longues mèches folles avaient commencé à vraiment avoir l'air démodé, et peu seyantes, du moins était-ce mon avis, pour une mère de famille de trente-deux ans vivant dans une banlieue résidentielle –, Sue avait reculé d'un pas, choquée (horrifiée ?), quand elle m'avait vue entrer dans le Starbucks.

« Oh, mon Dieu ! avait-elle dit. Mais Sherry, c'est ignoble !

— Super. Merci, avais-je répondu, alors que mes yeux s'embuaient de larmes, si bien que Sue me parut se trouver de l'autre côté d'une porte de douche et non à quelques centimètres seulement de moi, avec une énorme tasse de cappuccino à la main.

— Oh, dit-elle, je suis vraiment désolée d'avoir dit ça. »

Mais elle ne l'avait jamais retiré. Elle ne m'avait jamais dit que cette nouvelle coupe était flatteuse, ou bien que sa première impression avait été la mauvaise. Cela n'avait jamais été le style de Sue. Quand elle disait quelque chose, elle le pensait.

Et, elle m'avait rendu service, en fait, au bout du compte. Même Jon avait fini par admettre, après que je l'avais empoisonné sur le sujet pendant deux bonnes semaines, que oui, cette coupe me vieillissait un peu. C'était plus conservateur, peut-être, qu'il n'était nécessaire. Que oui, s'il avait son mot à dire, je devrais les laisser pousser. Et lorsqu'ils eurent enfin repoussé, j'avais admiré, en passant devant une vitrine un après-midi, les cheveux de la femme que je voyais là et je m'étais rendu compte que ce nouveau style avait été une terrible erreur, que Sue m'avait simplement dit la vérité, et je ressentis de la reconnaissance pour elle, qui avait bien voulu me dire ça.

Je savais, en la regardant manger le biscuit et tendre la main pour en prendre un autre, que si j'avais pris autant de poids qu'elle, elle m'aurait retiré l'assiette et m'aurait dit que j'étais grosse – chose que je n'aurais jamais pu lui dire.

Nous bavardâmes des choses habituelles. Robert Z. Le temps. Jon. (Sue n'a jamais pris position, en ce qui concerne Jon. Quand je me plains, elle écoute. Quand je dis du bien de lui, elle fait la même chose.) On parla de Mack, son mari, envers lequel ma position a toujours été la défensive amusée. À de nombreuses reprises, ils s'étaient retrouvés à quelques battements de cœur du divorce, et quand Sue avait été la plus sérieuse à ce propos (louant un appartement, consultant un avocat), je n'avais pas pu supporter l'idée. « Non, Sue, avais-je dit. Tu ne peux pas laisser une chose pareille arriver. Tu vas te retrouver toute seule. Il va te manquer plus que tu ne l'imagines. Et les garçons... Et même Mack... »

À la vérité, Mack était bel et bien celui que je ne pouvais supporter de savoir seul.

Ce gros ballot de Mack, l'homme le plus paisible et le plus passif du monde.

Un jour, je le vis verser de vraies larmes parce qu'il avait dû abattre un arbre, dont les racines avaient tracé leur chemin sous les fondations de leur maison et les mettaient en pièces, sous la terre. Il avait déjà quarante ans lorsqu'il avait épousé Sue, qui était alors enceinte de six mois des jumeaux. À leur mariage, il avait même chanté, de sa voix profonde de baryton d'ancienne vedette de la comédie musicale de son lycée (un peu trop fort, et légèrement faux... *Sunrise, Sunset*) et sa mère s'était alors mise à pleurnicher, au premier rang de l'église.

Il était impossible d'imaginer Mack, qui dirigeait un restaurant japonais spécialisé en entrées végétariennes crues (« Qu'est-ce que ça peut bien être ? blaguait toujours Jon. De l'eau ? Des feuilles ? »), capable de supporter un divorce. Sue m'avait raconté qu'il avait été renvoyé des Peace Corps après un mois seulement passé en Afrique parce qu'il avait des problèmes chroniques d'ampoules aux pieds. Après seulement deux semaines, il ne pouvait plus du tout marcher, et puis les ampoules s'étaient infectées, et, brièvement, on avait eu peur d'être obligé de l'amputer et qu'il ne puisse plus jamais marcher. Depuis, même au cœur de l'hiver, Mack ne porte que des sandales Birkenstock, souvent avec d'épaisses chaussettes noires.

Aujourd'hui il n'y avait pas grand-chose à dire sur Mack. Les garçons avaient eu des ennuis à l'école, mais c'était juste pour des histoires de petits garçons, et surtout parce qu'ils refusaient de rester assis tranquillement durant les périodes de lecture libre. Nous avons fini par discuter longuement, on se demandait si c'était une bonne chose ou pas, que Sue et Mack insistent pour que les garçons continuent leurs leçons de taekwondo, alors qu'ils semblaient détester ça.

« Tu ne crois pas qu'ils ont besoin d'apprendre la discipline ? me demanda-t-elle. Ils n'apprendront pas cela auprès de Mack ou de moi. »

Je souris. Je haussai les épaules. Je n'avais pas d'avis. Quand Chad avait cet âge-là, si on enseignait le taekwondo dans notre quartier, je n'en avais en tout cas pas entendu parler.

Tandis que nous bavardions, les garçons entraient et sortaient de la maison, et ils mangeaient aussi des biscuits. Donc, des miettes sur la table et par terre.

De temps à autre, nous entendions un cri perçant venant du jardin de derrière, quand ils étaient dehors, mais Sue ne se donnait même pas la peine de regarder par la fenêtre. Nous bâillions toutes deux beaucoup. À un moment, je ressentis le besoin de me lever et de m'étirer.

« Je suis vraiment devenue aussi ennuyeuse que ça, pour toi ? » demanda Sue.

Je me rassis immédiatement.

« Mais non ! dis-je.

— Avoue-le. Je t'ennuie à mourir, Sherry. Pourquoi tu te crois toujours obligée d'être aussi gentille ?

— Mais je ne suis pas gentille, dis-je en riant. Je suis désolée, c'est tout. »

Sue se mit à rire aussi.

« Tu vois, dit-elle, tu es si gentille que tu t'excuses parce que je te rase. »

Elle prit un biscuit.

« Pas de problème, dit-elle, plus sérieusement. Un jour, tu vas craquer, Sherry Seymour, et alors, on verra tous qui tu es vraiment. »

Je levai les yeux au ciel.

« Si quelqu'un a vu qui j'étais vraiment, dis-je, c'est toi, Sue.

— Bien sûr », dit-elle avant de finir son biscuit.

Nous changeâmes de sujet pour parler de sa mère, puis de mon père, et enfin, pendant un long moment, nous parlâmes des difficultés que l'on rencontre quand on a des parents âgés, tandis que les garçons hurlaient toujours dehors et que, occasionnellement, Kujo poussait un aboiement sonore, puis s'arrêtait. De loin – dans un jardin clos, ou bien attaché à un arbre par une chaîne ? – un autre chien lui répondait. Après environ une demi-heure, Sue regarda sa montre.

« Mon Dieu, mais il faut encore que j'aille faire les courses pour le dîner ! »

Je fus, à dire vrai, contente de pouvoir reprendre le cours de ma journée.

Une douche. Un magazine.

Je fus surprise de voir que je pensais, aussi, à aller au lit, que je pensais en fait à faire l'amour, quand Jon rentrerait du magasin de bricolage. Depuis combien de temps n'avais-je pas pensé à ça un samedi après-midi ? Je me mis à balayer les miettes de biscuits sur la table avant même qu'elle se soit levée, mais je crus surprendre un regard froid de sa part, je secouai donc ma main au-dessus de l'évier et me tournai vers elle avec le sourire le plus chaleureux dont j'étais capable.

« Je t'en prie, dis-je. T'es pas si pressée. C'est si bon, de t'avoir ici.

— Non, non, dit-elle en se levant, ce qui fit tomber par terre les miettes qu'elle avait sur les jambes. Il faut qu'on rentre.

— T'es sûre ? lui demandai-je deux fois.

— Oui », répondit-elle chaque fois.

Elle alla dans le couloir chercher son sac, et je ne pus alors m'empêcher de remarquer, comme elle s'éloignait de moi, que son tee-shirt n'était pas rentré dans son pantalon par-derrière, et qu'une bande de chair était visible tout autour de sa taille.

« Ne me laisse pas oublier mes Lego ! cria-t-elle du couloir.

— D'accord », dis-je.

Je pris les petites pièces, comme les miettes, dans ma main. Elle n'avait pas réussi à monter le char, alors je mis tout dans un sac Ziploc. Quand je le lui tendis, elle me le redonna.

« Non, dit-elle, si tu veux bien le monter et passer me le rendre après...

— Désolée, dis-je, mais j'ai jamais réussi à monter un de ces machins-là. Mais je pourrais l'envoyer à Chad, en Californie, si tu veux. Il me le renverrait par FedEx.

— Laisse tomber! dit Sue. C'est pas ton problème, après tout. »

Elle fourra le sac dans la poche de son manteau, et nous restâmes face à face un moment dans le couloir.

« C'était vraiment sympa de passer », dis-je, avant de le regretter immédiatement.

Ça sonnait faux, et guindé – le genre de chose qu'on dirait à un nouveau voisin, mais pas à la femme dont vous aviez serré la main à mort au moment où vous mettiez votre bébé au monde. (Jon s'était évanoui et on avait dû appeler Sue, qui se trouvait là en « solution de secours ».) Sue parut se hérisser en entendant le son de ma voix. Elle ne répondit rien, mais elle dit aux garçons – qui regardaient alors quelque chose de bruyant à la télévision du salon – qu'il était l'heure d'y aller. Ils gémirent tous les deux, mais ils nous dépassèrent et furent dehors à claquer les portières de la voiture avant même qu'on ait atteint le perron.

Dehors, c'était vraiment une nouvelle saison. Les feuilles n'étaient pas encore vraiment apparues sur les arbres, l'herbe n'était pas encore verte, mais tout était humide et brillant, tout se préparait. Au bout de la route, j'entendis meugler les vaches des Henslin – un bruit de contentement, me suis-je dit. Le bruit de la chaleur, de la boue, du soleil, le bruit d'une vie en train d'être vécue, sur le moment, en tout cas, sans en savoir assez pour se faire du souci.

Nous nous avançâmes vers les marches du perron. J'entendis un des jumeaux qui criait sa colère du siège arrière de la voiture de Sue. Mais il y avait aussi le chant des oiseaux, et les petits carillons que j'avais attachés aux bardeaux du garage tintaient doucement.

« Bon sang! On a discuté tout l'après-midi, dit Sue, et je ne t'ai même pas demandé comment toi, tu allais. »

Ce n'était pas vrai, et elle le savait. Elle m'avait posé la question et j'avais dit que j'allais bien. C'était simplement sa façon de me le demander à nouveau, et il me traversa alors l'esprit qu'il y avait quelque chose de soupçonneux dans sa manière de me regarder dans les yeux, comme si elle avait attendu tout l'après-midi pour cette information qu'elle serait peut-être capable de m'arracher durant ces ultimes secondes.

Mais je me contentai de hausser les épaules.

« Rien de nouveau, par ici, dis-je.

— Allons! Et ton admirateur secret?

— Rien à signaler sur ce sujet », mentis-je.

« C'est ton cou, qui me rend fou », avait dit Bram.

Il posa les lèvres sur le petit point où battait le pouls, à la base du cou, et il remua la langue en cercles sur la peau pendant de longues minutes, avant de remonter, sous mon oreille, en repoussant mes cheveux et en enfonçant les dents.

« Je te l'ai dit, murmura-t-il, pas vrai, que j'étais un vampire ? »

Je voulus rire, mais il ne sortit qu'un léger soupir. Jon était en train de déboutonner mon chemisier d'une main, tout en lissant mes cheveux et en dégageant mon cou de l'autre, il me poussait en arrière vers le futon, sa langue et ses dents se trouvaient juste sous mon oreille, jusqu'au moment où mon corps tout entier – sur toute la longueur de la peau qui m'entourait du haut du front aux pieds – se mit à réagir.

Chair de poule.

C'est un lapin qui marche sur ta tombe, disait toujours ma grand-mère.

Des frissons, mais si chauds qu'un ruisselet de sueur coulant de ma cage thoracique au bas de mon ventre me parut très froid.

Il mit la tête entre mes seins, je sentis son souffle chaud sur ma chair moite. Il passa la main dans mon dos, dégrafa mon soutien-gorge, puis glissa sa main vers l'avant sur ma poitrine, il prit un de mes seins dans sa main, il le regarda et y porta la bouche.

Il avait bien dit qu'il était un vampire.

Alors qu'on était en train de prendre le café, quelques jours plus tôt à la cafétéria, je lui avais demandé comment il se faisait qu'il s'appelle Bram, et il avait répondu : « Je suis un vampire. » J'avais souri. J'avais du mal à le regarder – à soutenir ces yeux sombres et profonds sous la lumière trop blafarde de la cafétéria. Le bruit des plateaux qui claquent, les étudiantes qui glapissent. Quelqu'un, dans la cuisine peut-être, tapait, apparemment, avec une cuiller sur une casserole. La caisse enregistreuse sonnait pour chaque café et chaque hamburger qui se présentait, une sonnerie métallique, hystérique. Cet endroit semblait si chaotique et si vivant qu'on aurait dit une sorte de carnaval infernal – un carnaval qui commençait juste à devenir incontrôlable. Bientôt, semblait-il, les batailles de nourriture allaient commencer, puis les hurlements, et enfin l'orgie, et alors les balles se mettraient à ricocher dans tous les sens.

« Vraiment, dis-je. C'est original. C'est à cause de Bram Stoker ?

— Oui, dit-il. Incroyable, non ? Ma mère était un drôle d'oiseau, comme vous pouvez l'imaginer, pour appeler son fils en l'honneur du gars de *Dracula*.

— Pourquoi l'a-t-elle fait ? »

Il tambourinait des doigts sur le plateau de la table. Il avait un bracelet d'argent au poignet droit. De l'autre main, il serra son gobelet à café assez fort pour qu'il se cabosse sans toutefois l'écraser.

« Elle était prof d'anglais, dit-il en faisant un signe de tête dans ma direction. Comme vous. Mais en lycée. Elle aimait bien *Dracula*. Comme loisir, elle écrivait des histoires de vampires.

— Vraiment ?

— Vraiment.

— Elle les a fait publier ?

— Un seul. C'était un genre de livre de poche un peu dégueulasse. C'est épuisé, maintenant.

— Vous l'avez lu ?

— Non, répondit-il. Quand j'ai été assez âgé pour m'y intéresser, elle est morte. Et après, je ne pouvais pas supporter l'idée d'ouvrir ce livre. Je le commençais, mais c'était trop bizarre. Ma mère morte, qui aimait les vampires. Vous savez, c'est le genre de chose qui peut rendre un ado cinglé. Et maintenant, je ne l'ai même plus, ce putain de bouquin.

— C'était quoi, le titre ?

— *Sanguinaire*. Un seul mot.

— Waouh...

— Comme vous dites. Je suis sûr que c'est plein de sexe. C'est ça, aussi, ce que vous n'avez pas envie de lire, écrit par votre mère, quand vous avez dix-sept ans.

— C'est vrai », dis-je.

Il s'enfonça contre son dossier.

Je pouvais voir, bien qu'il ne fût pas très grand, que son corps était plutôt longiligne. Ses abdominaux, sous le tee-shirt qu'il portait, semblaient solides. Il était bâti comme un coureur, me dis-je. Il y avait une ligne de sueur sur le coton gris, qui divisait son torse exactement en deux.

Il faisait chaud. C'était seulement la première semaine de mars, mais la montée de la température extérieure n'avait pas encore donné aux techniciens de la fac l'idée de baisser la chaudière – et là, dans la cafétéria, la vapeur s'était tellement épaissie sur les vitres que des filets d'eau dégringolaient en lignes brisées le long du verre. Ceux d'entre nous qui devaient passer toute la journée dans des bureaux et des salles de cours surchauffés avaient déjà enlevé tous les vêtements qu'il était possible d'enlever. Les pulls, bien sûr. Les collants. Les sweat-shirts. J'avais ôté mon rang de perles parce qu'il commençait à se faire glissant et lourd autour de mon cou.

« Et vous, parlez-moi de vous », dit-il.

Je n'avais aucune idée de ce que je pourrais dire. Mon esprit était soudain devenu une photographie du vide. Je lui avait offert une tasse de café, en insistant sur le fait que c'était pour le remercier du travail qu'il avait effectué sur ma voiture, mais je savais bien, à la façon dont il me regardait, et il savait bien, juste parce que j'étais incapable de le regarder dans les yeux, j'imagine, pourquoi je l'avais appelé pour lui proposer ce café.

« Pas de problème, ajouta-t-il lorsqu'il devint évident que je ne serais pas capable de parler. Vous me raconterez une autre fois. »

Dimanche, en fin de matinée, je sortis dans le jardin avec un râteau.

Je faisais toujours ça en mars, lorsqu'il y avait une trêve climatique assez longue pour que je puisse commencer à nettoyer les vestiges de l'hiver. L'hiver allait revenir, je le savais – de la pluie glacée, une autre tempête de neige –, mais aujourd'hui, il faisait une quinzaine de degrés, et les branches cassantes du chèvrefeuille, les chrysanthèmes desséchés, les grimpantes mortes, et même quelques cosses de roses trémières que je n'avais pas pincées durant l'été, et qui avaient collé aux tiges, brunes et ratatinées, durant tout l'hiver, cédaient facilement sous le râteau, comme si elles avaient perdu devant la mort depuis si longtemps qu'il n'y avait même plus le plus vague lien à cette terre. Les racines étaient si sèches qu'elles sortaient de la terre en une quinte rapide et poussiéreuse, alors que je ne faisais que tirer légèrement, mes mains protégées par les gants de jardin, et elles apparaissaient alors couvertes de poussière. En quelques heures seulement, j'avais réussi à remplir sept brouettées du jardin de l'an dernier et à les transporter jusqu'aux broussailles au fond du jardin. Demain, Jon brûlerait tout ça, et l'ensemble s'élèverait rapidement avant de retomber en une cendre grise très légère, et il ne resterait plus rien du tout de la floraison exubérante de l'été précédent – aucune preuve que cela eût jamais existé. Disparu sans laisser de trace, comme une pensée.

Une fois le jardin débarrassé des détritus, je vis les petites pointes vertes des tulipes qui perçaient le sol pour trouver la chaleur du printemps, et les quelques perce-neige, déjà en fleur, qui baissaient la tête avec modestie sous le soleil. Je ne cessais de penser à Bram, à ses mains sur mes seins, à son corps sur le mien, et je devais alors m'appuyer sur mon râteau pour me calmer. Jon passa me voir en faisant le tour par le côté de la maison, où il faisait des putts dans des trous de taupes, et je lui souris, de loin.

« Mais à quoi penses-tu donc ? » demanda-t-il.

Je ne lui dis rien.

« Est-ce que cette jupe est trop courte ? » demandai-je.

Lundi matin. Nous avions remplacé les contre-fenêtres par les moustiquaires durant le week-end, et levé une des fenêtres de la chambre de quelques centimètres cette nuit-là. Une brise fraîche, mais porteuse, elle aussi, d'une allusion printanière – une odeur de feuillage, de chevelure fraîchement lavée – entrait en murmurant par l'ouverture.

C'était une jupe en lamé argenté que j'avais achetée quelques années plus tôt mais que je n'avais portée qu'une fois, et encore, lors d'un goûter de collègues femmes organisé par une des enseignantes en céramique. Même là, même alors, je m'étais sentie un peu gênée – même si, en vérité, la jupe n'est qu'à quelques centimètres au-dessus des genoux, ce qui pour moi il y a quinze ans aurait été une jupe vraiment longue, à l'époque où je portais des robes si courtes que m'asseoir devenait dangereux.

« Tu plaisantes ? » dit Jon.

Il détourna les yeux du miroir, devant lequel il regardait un reflet de lui-même en train de faire son nœud de cravate, pour m'examiner dans ma jupe.

« Y a jamais de jupes trop courtes, quand on a des cannes pareilles. »

Je lissai la jupe contre mes cuisses.

« Merci, dis-je.

— Ton petit copain va l'adorer, celle-là, dit-il en regardant à nouveau le miroir. C'est pour ça que tu portes une jupe aussi courte pour aller travailler, aujourd'hui ? »

Son ton était jovial, mais je sentis mon pouls s'accélérer un peu au niveau de mes poignets.

Vendredi, lorsque j'étais rentrée à la maison, après la nuit précédente passée dans mon studio, sur mon futon, avec Bram, je m'étais sentie engourdie, comme quelqu'un qui serait resté trop longtemps dans un bain trop chaud – un bain plein de pétales de rose, profond, soyeux et d'une odeur trop douceâtre. Je me souvins que lorsque nous étions arrivés dans notre maison, Mme Henslin nous avait apporté un sac plein de fraises de son jardin, en guise de cadeau de bienvenue. Je les avais prises, je l'avais remerciée, mais je les avais ensuite oubliées. Je les avais laissées sur la galerie, derrière la maison. C'était le mois d'août et au moment où je m'en étais rendu compte et où j'avais ouvert le sac de papier, elles étaient devenues quelque chose qui m'avait fait reculer, horrifiée ; ce sac de fruits sentait un peu comme je croyais moi-même sentir ce soir-là, en entrant dans ma propre maison, en voyant Jon là, qui m'attendait, assis sur la causeuse avec son journal. Je n'étais pas sûre de ressentir de la honte, exactement, ou même de la peur. Je me sentais comme la femme qui avait été chassée du village où elle avait toujours vécu, qui y revenait après une longue absence, et qui revoyait les lieux. Qu'allait-elle y trouver ?

« Salut ! dit Jon. Ça faisait longtemps qu'on s'était pas vus.

— Salut », dis-je en jetant mon sac sur la table, près de la porte de derrière.

Il se leva.

« Tu as l'air fatiguée », dit-il.

Il m'embrassa sur la joue. En sentant les lèvres familières posées sur ma peau, et en sentant son odeur, je ne pus faire autrement que reculer.

« On a fait des folies de son corps, la nuit dernière ? demanda-t-il.

— Non », répondis-je... trop vite ?

Il m'entoura la taille de ses bras.

« Tu peux me le dire, murmura-t-il. Tu as baisé avec un autre homme, c'est ça ? Tu peux me le dire. »

Il plaisantait, j'en étais sûre – une plaisanterie, moitié taquine, moitié sérieuse, qui avait pris une vie propre. Mais, en regardant attentivement son visage, je me suis dit : *Non. Il sait. Et il s'en fout.*

« Non, Jon », répondis-je, malgré tout.

Je retrouvai Bram à la cafétéria. Il versait du café dans son gobelet en polystyrène quand j'entrai.

« Hé, hé ! » dit-il en levant les yeux.

Il portait une chemise couleur lavande, et à le voir ainsi – avec cette délicate couleur printanière, avec ce corps si masculin, et même la vue de ses mains, l'une qui tenait le gobelet, l'autre qui cherchait de la monnaie dans la poche du jean pour payer –, il me traversa l'esprit que je pourrais bien m'évanouir, que si je ne me calmais pas un peu en m'accrochant très fort à la bandoulière de mon sac, je pourrais bien quitter ce monde, soudainement, comme si quelque chose de très chaud et d'irrésistible me fondait dessus dans un entonnoir sombre fait de plumes et de sueur, emportant ma conscience dans le mouvement.

« Salut », dit-il.

Il regarda mes jambes, puis mon visage.

Ces yeux...

Il ne dit rien, il n'avait pas besoin de dire quoi que ce fût. Après une seconde ou deux, je me décidai.

« C'est moi qui paie », dis-je en faisant un signe de tête vers le gobelet.

Bram regarda à son tour le gobelet, comme s'il n'avait pas compris qu'il le tenait toujours à la main, et il haussa les épaules.

« D'accord », dit-il.

Il se pencha vers moi au moment où je m'approchais pour lui prendre la cafetière. Je sentis son souffle sur mon cou lorsqu'il me parla.

« Bon, alors, ce soir ?

Oui », dis-je en un murmure, avant même de me rendre compte que j'avais ouvert la bouche pour parler.

Il recula d'un pas. Je versai le café dans ma tasse, mais ne la remplis qu'à moitié, parce que ma main tremblait et que j'avais peur de tout renverser.

Bram attendit au bout de la file pendant que je payais les cafés.

« Je ne peux pas rester, ce matin, j'en ai peur. Je dois rencontrer un étudiant à mon bureau. On se voit plus tard ? me dit-il une fois que je l'eus rejoint.

— D'accord », lui dis-je.

Cette fois-ci, mon ton était professionnel, même si j'étais déçue. Le mot « plaquée » me traversa vivement l'esprit – une libellule en feu – avant qu'il me sourie. La fossette. Il regarda une fois encore mes jambes, et mon sang sembla affluer à mes poignets, derrière mes oreilles. Quand il me regarda à nouveau dans les yeux, je dus détourner le regard, par-dessus son épaule, et j'aperçus Garrett, au milieu d'un groupe d'étudiants, qui parlait à un garçon ressemblant à Chad, mais qui n'était pas Chad – juste la ligne de la mâchoire, les cheveux, qui m'avaient rappelé Chad, mais il n'aurait jamais porté le blouson en nylon des Red Sox de ce garçon.

Bram se tourna. Comme il s'éloignait, je restai plantée là avec mon café, avec cette noirceur tremblante dans le gobelet que je tenais à la main – quelques étincelles de lumière traversaient la surface en rubans, comme le soleil le ferait sur un lac très profond mais étroit.

Il flâne, me dis-je, en levant les yeux du café vers le dos de Bram.

Cet homme était un *flâneur*.

Sa démarche était si sexy dans sa nonchalance (des pas si longs – même lentement, ces pas l'amèneraient très vite partout où il voudrait aller) qu'il faisait penser à un homme qui, pas une seule fois dans sa vie, n'avait été pressé. Au moment où il passa à côté de Garrett, il dut lui dire quelque chose, parce que Garrett s'est tourné, ils se sont claqué les paumes de la main, et le garçon qui ressemblait à Chad a levé le pouce en direction de Chad ; l'espace d'un horrible moment, j'imaginai que ce signe avait quelque chose à voir avec moi, et ce pénible instant fit qu'un peu du café de mon gobelet – qui n'était pourtant qu'à moitié plein – se renversa, et une goutte brûlante atterrit sur ma cheville.

Était-ce possible ?

Est-ce que Bram pouvait en avoir parlé à quelqu'un ?

Est-ce que tout ça pouvait finalement être un genre de... complot ? Une blague ? Un jeu ?

Non.

Je bus une gorgée de café. Il me brûla les lèvres.

Non.

C'était juste un reste de terreur du lycée, de l'époque où ces jeux-là avaient été inventés, perpétrés, puis abandonnés. C'était juste un mauvais et froid souvenir d'une matinée de janvier, en classe, après un week-end durant lequel j'avais laissé Tony Houseman me toucher les seins, glisser la main sous ma jupe, sous mon soutien-gorge, alors que nous nous trouvions sur la banquette arrière de la voiture de son frère.

À l'avant, son frère conduisait.

Il nous avait laissés au cinéma où nous allions voir un film (*Nos plus belles années*) et il était passé nous chercher à la fin du film.

Depuis le début, c'était de son frère dont j'étais amoureuse, Bobby. Il était en terminale, j'étais en seconde. Bobby était calme et triste, tandis que Tony, son petit frère, était le clown de la classe – un garçon qui ne se taisait jamais, qui racontait tant de blagues que, par défaut, certaines étaient incroyablement drôles, alors que la plupart étaient maladroites, ennuyeuses et salées.

Bobby, à ma connaissance, n'avait jamais eu de petite amie sérieuse, et il fréquentait un groupe de garçons qui semblaient être pareils – indifférents aux filles, mais radieusement beaux, des garçons athlétiques qui se serraient occasionnellement la main dans les couloirs, en un geste si adulte et si masculin que tous les autres qui passaient semblaient crétins et enfantins, comme si nous étions des personnages de dessins animés qui avaient atterri en titubant dans le vrai monde.

Tony et moi, on s'est pelotés durant presque tout le film, au fond de la salle, qui était presque vide, de toute façon. Il m'avait invitée au cinéma, il avait payé pour nous deux, il m'avait acheté du pop-corn et un énorme verre de Seven-Up. Je me sentais donc obligée – en plus, il était lui aussi assez séduisant. Je l'avais laissé glisser ses mains le long de mon corps, enfoncer sa langue si profondément dans ma bouche que j'eus l'impression que j'allais étouffer, et puis il s'était figé, la main à trois centimètres de mes seins.

« Je peux toucher ? demanda-t-il.

— Non, dis-je, en mettant le bras en travers de ma poitrine pour bloquer sa main. Pas maintenant.

— Quand ? »

Je ne voulais pas, je crois, paraître mesquine.

« Pas au cinéma, dis-je. Plus tard, dans la voiture. »

Nous n'étions pas assis depuis deux secondes à l'arrière de la voiture de Bobby Houseman que Tony reprit ses explorations linguales. Il faisait sombre, dans la voiture, il était onze heures du soir, et nous étions sur l'autoroute quand il s'est un peu reculé.

« Et maintenant ? murmura-t-il.

— D'accord », murmurai-je en retour.

À l'avant, Bobby semblait hocher la tête en rythme avec la musique qui passait à la radio et regarder la route devant lui, mais dès que Tony entreprit de relever mon tee-shirt et mon soutien-gorge, exposant mes seins d'une façon que je n'avais pas du tout anticipée, Bobby Houseman se mit à regarder dans le rétroviseur – et je le vis qui regardait, il me fixa droit dans les yeux, avant de regarder mon sein droit.

« Vas-y, pince, Tony, dit-il. Mords-le, mon pote. »

Tout mon corps rougit de honte, mais il était trop tard. J'étais là, j'avais autorisé ça, j'étais d'accord avec ça, cela ne servirait à rien, maintenant, de me débattre, de baisser mon tee-shirt en vitesse. Je laissai Tony continuer. Je le laissai m'écraser le sein, puis baisser son visage contre ma poitrine et chercher le mamelon avec sa bouche pour le mordre très fort, pendant que son frère regardait, avant de lui dire, une fois que Tony avait refait surface et regardé vers son frère en quête d'approbation : « Du bon boulot, Tonio. Du bon boulot, petit frère. La prochaine fois, attaque la culotte. Mets-lui un doigt. » Nous avons alors fini par nous garer devant ma maison et, le cœur battant, j'ai baissé mon tee-shirt et je me suis ruée hors de la voiture, pour filer droit dans ma chambre, et je me suis couchée toute habillée.

Le lendemain, un dimanche, je passai la journée entière à tenter de me convaincre que cela ne s'était jamais produit. Bobby Houseman n'avait rien pu voir de ce qui se passait sur le siège arrière. Il n'avait pas vu mes seins. Il n'avait pas regardé Tony me mordre le mamelon. Ce n'est pas de moi qu'il parlait, en fait. Il parlait à Tony de quelqu'un d'autre. C'était une conversation entre frères qui n'avait rien à voir avec moi. Parce qu'il était impossible que Bobby Houseman ait regardé son frère me toucher et me mordre les seins. Ou alors, s'il avait regardé, il n'avait rien vu du tout.

Mais après les cours, durant lequel un des potes de Tony Houseman s'était léché les lèvres en regardant mes seins quand j'étais arrivée, et plus tard, dans le couloir – tous ces garçons, qui passaient devant moi en formant comme un mur masculin, éclatant de rire –, lorsque l'un des amis de Bobby Houseman s'est retourné et a dit à Bobby : « Alors tu dis qu'elle a de beaux petits nichons ? Avec des petits mamelons marron ? » et que Bobby Houseman avait répondu d'une voix forte : « Ouais, mais faudra demander à mon frère pour savoir quel goût ils ont », ce fut comme si toute une série de voiles me couvrant avaient rapidement été arrachés les uns après les autres, m'exposant aux regards si vite que je pouvais à peine continuer à marcher.

Non.

Ça, c'était au lycée. Je suis une femme, maintenant. Et Bram Smith n'est pas un lycéen – même s'il n'a pas encore trente ans, comme je le croyais, mais vingt-huit. (Moi, je sortais peut-être avec Tony, ou avec un autre du même genre, le jour de sa naissance.) Mais, quand je lui avais dit : « Je sais que tu sais que personne ne doit savoir... », il m'avait regardée avec une sincérité grave, avec la sagesse de l'homme qui avait déjà eu nombre de maîtresses secrètes, qui avait lui-même été un amant secret, et il avait dit : « De la discrétion ? Pas de problème. Bien sûr. Tu n'as rien à craindre de moi, mon chou. Je suis la discrétion incarnée. »

Il n'empêche, lorsque le regard de Garrett était passé de Bram à moi, quand il avait surpris mon propre regard et qu'il m'avait fait un signe, j'avais frémi. Je voulais faire demi-tour et m'éloigner comme si je ne l'avais pas vu, mais il m'avait appelée : « Madame Seymour ! », et avait fait au revoir de la main à son ami au blouson de nylon rouge, pour courir vers moi.

« Garrett, dis-je quand il fut près de moi.

— Je voulais juste savoir comment allait Chad, dit-il. Je lui ai envoyé plusieurs e-mails, et j'ai pas eu de réponse.

— Chad va bien, dis-je en m'efforçant de sourire plus naturellement que je ne le faisais. C'est juste que Chad doit être débordé, à la fac.

— Oui, eh bien, si vous lui parlez, dites-lui que je lui dis bonjour. Vous allez à votre bureau ? Alors, je vous accompagne.

— Oui, dis-je, mais je vais m'arrêter aux toilettes d'abord. Je suis désolée.

— Pas de problème, dit Garrett. J'étais juste content de vous voir. »

Cette joie de jeune chiot. D'où, me demandai-je, venait-elle ? Les deux parents de Garrett m'avaient toujours paru sombres, voire moroses, du temps où ils étaient encore en vie. Et les tragédies de leurs morts – comment Garrett avait-il fait, pour sortir de ce nid-là avec cette personnalité-là ?

Cet optimisme ?

Je pensai à Chad. Jon, au moins, si ce n'était pas mon cas, était tout optimisme – et pourtant Chad, notre fils, ne se serait jamais retrouvé dans une cafétéria à parler si joyeusement et sans aucune arrière-pensée à la mère d'un de ses amis. Il n'aurait jamais porté cette chemise écossaise toute simple. Une poche avec deux crayons dedans. Les cheveux passés à la tondeuse. Tout ce côté ordinaire sans aucun complexe, l'esprit même de l'ordinaire. Si, pour une raison ou une autre, Chad s'était retrouvé ici et non à Berkeley, il aurait été comme certains de mes étudiants, renfrogné au fond de la classe, trop intelligent pour se donner la peine de briller. Il aurait fait un signe de tête poli à la mère de son ami, certainement, mais il ne lui aurait pas fait de signe de la main, ni de sourire. Il n'aurait pas traversé la cafétéria au pas de course un lundi matin pour lui poser une question sur son fils.

Mais je ne pouvais pas aller jusqu'à mon bureau avec Garrett. Mes mains tremblaient. Si je devais continuer à lui parler et à lui dire plus de quelques mots, je n'étais pas sûre de pouvoir maintenir bien longtemps hors de la conversation le mot, le son, *Bram*.

Nous nous sommes séparés devant les toilettes des dames.

« À plus tard, madame Seymour, dit Garrett. Passez une très bonne journée. »

Durant mon cours d'introduction à la littérature, je me sentis étrangement nerveuse, saisie par le genre de trac que je ressentais lorsque j'étais toute jeune enseignante.

Nous étions en train de discuter du premier acte de *Hamlet*, et les étudiants semblaient à la fois rasés et inquiets – une sorte de confusion qui se manifestait par des bâillements, de l'agitation, par une attitude défensive. Le bras de Derek Heng jaillit, il dit : « À quoi ça sert, de lire *Hamlet*, si on n'y comprend rien ? », ce qui provoqua le hochement de toutes les têtes de la classe. Plus tôt, Bethany Stout avait suggéré qu'on trouve une meilleure traduction, parce que celle qu'on lisait était trop vieille – une déclaration qui m'avait semblé à la fois tristement ignorante et pourtant pleine de jugeote. Sa suggestion m'avait tellement surprise que je n'avais pu que bégayer l'évidence, que ce n'était pas une traduction, que c'était vieux parce que c'était ancien.

« L'idée, dis-je en réponse à Derek Heng, quand on lit *Hamlet*, c'est justement d'apprendre à le comprendre. »

Mais, parce qu'il parut évident, alors, que le problème était que je ne leur apprenais pas vraiment à comprendre le texte, je sentis quelque chose comme les douves entourant un château de sable s'effondrer près de mon sternum, et je ne pus aller plus loin, je me retrouvai complètement incapable même, tout en tournant les pages fines du texte posé sur mes genoux, de trouver un passage dont ils auraient pu percevoir la beauté et la pertinence.

(*Hélas! pauvre Yorick!... Je l'ai connu, Horatio! C'était un garçon d'une verve infinie...*)

Mon corps était tout froid. Je portais une jupe trop courte, j'en étais sûre, maintenant. Je les ai laissé sortir avant l'heure et suis retournée dans mon bureau.

Là, j'ai écouté les messages, sur mon répondeur :

Deux messages de la part d'étudiants qui s'excusaient pour leur absence au cours. Une voiture qui ne voulait pas démarrer. Un bébé qui avait une otite. Un message d'une représentante en manuels, une erreur de numéro, et Amanda Stefanski qui me demandait si j'aurais le temps de prendre un café avec elle demain ou après-demain, car nous avions un étudiant difficile en commun et elle voulait me demander conseil. Et puis Jon, qui voulait savoir si j'avais vu mon « petit copain ».

Sois gentille, disait-il. *Mais pas trop.*

Et il y avait dans ces deux courtes phrases une telle indifférence légère que, brièvement, cela me mit en colère, avant que je me dise : *Non*. Ce n'était pas Jon. C'était ce cours raté. J'avais froid, j'étais fatiguée, et même si cela n'était pas encore le cas, j'aurais dû me sentir coupable.

Pourtant, pour la première fois, je me dis que le fantasme de Jon était insultant, que c'était comme les essais de marché que faisait son entreprise de logiciels lorsqu'ils avaient une idée nouvelle – on offrait le produit, pour s'assurer qu'ils n'étaient pas les seuls à voir de la valeur dans cet élément de propriété intellectuelle, avant d'y consacrer plus de temps ou d'énergie – et j'ai éloigné l'écouteur de mon oreille jusqu'à la fin du message.

Enfin, l'assistante du médecin de la maison de retraite de Summerbrook, qui m'appelait pour me dire qu'on donnait maintenant à mon père de faibles doses de Zoloft.

Il était si déprimé ces dernières semaines, disait-elle. *Il a complètement perdu l'appétit, et il ne veut plus quitter sa chambre. Vous voulez bien nous appeler ?*

Je composai le numéro de Summerbrook aussi vite que possible – avec mes doigts qui glissaient sur les chiffres, quand je voulais appuyer sur les touches. Mais le médecin était déjà reparti et l'aide-soignante ne semblait pas savoir qui était mon père.

Je soupirai, exaspérée.

« Pouvez-vous me passer la chambre 27 ? » demandai-je.

Elle n'était pas sûre, avait-elle répondu, mais elle allait essayer.

Il y eut quelques longues minutes d'espace mort durant lesquelles je pus entendre ce qui me parut être le lac Michigan rugissant au loin – un rythme liquide et ondulant qui aurait pu venir du téléphone, ou bien de mon oreille interne – et puis un déclic. Elle avait réussi à me passer la chambre.

Le téléphone a sonné onze fois avant qu'un vieil homme (mon père ?) réponde.

« Papa ?

— Oui ? dit-il.

— Papa, c'est moi. Sherry.

— Oui.

— Tu vas bien, papa ? On m'a laissé un message comme quoi tu aurais perdu l'appétit.

— Hein ?

— Papa, tu vas bien ? C'est sûr ?

— Je vais bien, dit-il.

— Je vais venir te voir, dis-je.

— Je n'ai besoin de rien, dit-il.

— Je sais, papa, dis-je. Mais moi, j'ai besoin de te voir. Tu me manques.

— Fais comme tu le sens », dit-il.

J'ai dit, « Je t'aime, papa », même si je n'étais toujours pas certaine que l'homme, à l'autre bout de la ligne, fût mon père.

Comment pouvais-je le savoir ?

À quoi ressemblait la voix de mon père, maintenant, et comment pourrais-je la reconnaître ?

La voix de mon père plus jeune était celle que j'aurais pu reconnaître, mais cette voix avait disparu, et à présent sa voix était interchangeable avec les voix de tous les vieillards – une voix rocailleuse et distante, comme quelque chose qui se soulève sous un tas de cailloux, comme la voix d'un petit oiseau que des mains d'enfant tiennent trop serré.

Il ne dit rien de plus. Il y eut un coup, à l'autre bout de la ligne, comme s'il avait laissé tomber le combiné qui aurait rebondi ou roulé par terre.

Et puis un déclic. Quelqu'un avait raccroché.

Je m'arrêtai au supermarché, en rentrant à mon studio, j'achetai une bouteille de merlot et deux verres, deux steaks, deux pommes de terre, ainsi qu'une botte d'asperges qui avait l'air si vertes et si robustes qu'on ne pouvait imaginer qu'elles avaient été cueillies et empaquetées en Californie avant de traverser le pays dans des cageots. On aurait dit un produit local. Les tiges avaient toute la luxuriance du printemps et les pointes étaient des flèches si pointues qu'elles en paraissaient dangereuses. Des armes déguisées en légumes. Je restai un moment dans l'aile des produits frais, je tenais la botte contre mon visage, et je la respirais.

Une vieille femme passa alors devant moi, elle poussait son caddy tout en s'appuyant dessus, un caddy vide, à part quelques bananes piquetées de brun.

Elle me regarda et je la regardai.

La peau de son visage était fine et poudreuse, je fus sûre que si je la touchais un film blanc et brillant allait se déposer sur le bout de mes doigts.

Je l'avais déjà vue, j'en étais certaine – un jour, dans une des salles d'un laboratoire, dans le sous-sol de l'hôpital, où j'attendais pour un examen de sang de routine. Cholestérol. Bilan hormonal. Fer. Les plaquettes. Le compte de toutes ces choses qui circulent dans le sang et que l'on pouvait quantifier et interpréter. Elle tricotait, elle portait une robe grise, et le son calme de ses aiguilles qui cliquetaient l'une contre l'autre avait suggéré, cet après-midi-là, l'affirmation tranquille du temps qui passait. Des secondes qui s'additionnent pour former quelque chose. L'éternité découpée en couvertures pour bébés, transformée en écharpes pour l'hiver.

Mais la vieille dame ne sembla pas me reconnaître, ni même m'apprécier, dans cette allée des produits frais. Ses yeux posés sur moi étaient petits et larmoyants, elle m'observait d'un air sceptique tandis que j'aspirais cette verdeur qui avait transpercé le sol à trois mille kilomètres de là, comme si je tentais encore d'avoir le soleil, l'eau et la terre, après leur disparition, comme si elle savait combien tout cela était futile.

Elle me regarda passer tout en poussant ses bananes dans son caddy, comme si elle savait vaguement qui j'étais et ce que je mijotais, et comme si elle n'approuvait pas.

À huit heures exactement, Bram est arrivé, dans une chemise blanche étincelante. Sur le palier, par le judas, il avait l'air de l'inconnu sombre et mystérieux que vous ne laisseriez pas entrer sans appréhension, mais aussi de l'homme que vous finissiez par faire entrer malgré tout.

J'ai ouvert la porte.

Pendant un moment, nous restâmes immobiles, gênés, dans l'unique pièce. Je fis ensuite un signe de tête vers la bouteille de vin posée sur le comptoir, à côté de l'évier, vers les deux verres neufs que j'avais lavés et essuyés ; je dis, d'une voix qui semblait venir de derrière moi, d'une autre femme, une femme que je n'avais jamais rencontrée : « Tu veux un verre de vin ? »

Il sourit et baissa le regard vers ses souliers, comme s'il voulait s'empêcher de rire, avant de le relever vers moi, les sourcils haussés, pour me fixer droit dans les yeux.

« Bien sûr. Mais j'avais autre chose en tête, pour commencer. »

Il tendit le bras, prit ma main, m'attira vers lui et porta ma main à sa bouche. Il posa d'abord ses lèvres, en les déplaçant lentement sur mes phalanges, puis il posa la langue.

La chaleur quémandeuse de cette langue, et le fait de le regarder faire, de voir sa tête penchée sur ma main – et de voir ma main, comme si elle était détachée de mon corps, devenir le centre de la concentration intense de cet homme plus jeune et si beau –, tout cela me donna l'impression, fugitivement, que je pourrais bien m'évanouir. Je dus faire un pas vers lui, appuyer mon épaule contre la sienne, pour reprendre l'équilibre.

Je me penchai pour poser mon visage contre son cou, en gémissant, en le respirant, en respirant ce qui devait sûrement être des gaz d'échappement, des odeurs de moteurs, de l'huile, et de la virilité.

Nous nous retrouvâmes par terre, sur l'épaisse moquette grise de mon studio.

Il m'embrassa profondément, je lui rendis violemment son baiser, ma bouche était grande ouverte, mes mains posées sur ses épaules.

Il se recula pour retirer sa chemise, avant de la jeter vers la table de la cuisine, puis il se pencha sur moi, avec l'air sérieux d'un médecin, ou d'un garagiste – un expert sur le point de jeter un coup d'œil sur une partie de moi qui nous concernait tous les deux, et il commença à déboutonner mon chemisier.

Un instant, il se cala en arrière sur ses talons pour me regarder, pour regarder mon corps étalé sous lui. Je tremblais toujours. Il respirait régulièrement, mais mon souffle à moi était accidenté.

J'avais froid, sur le sol – je me sentais comme un objet, comme une patiente anesthésiée, voire un cadavre, qu'on observerait dans un laboratoire, sauf que mes mamelons étaient raides et que je ne pouvais m'empêcher d'arquer le corps vers lui, involontairement.

Je me tendais vers lui douloureusement, j'en mourais presque, pour finir par ahaner et grogner quand enfin il me toucha, une main qui frôla légèrement un mamelon, et puis l'autre, deux doigts sur un mamelon, ensuite, qui serrent, et puis l'autre mamelon, assez durement, cette fois, pour que le feu du choc me transperçât, et j'émis un son animal et bruyant que je n'avais jamais poussé auparavant, il glissa alors son autre main sous ma jupe, sous l'entrejambe de mon slip, il enfonça un doigt, et je me savais si mouillée que j'en avais honte, puis il appuya la paume de sa main contre mon clitoris, il la frotta, tout en me pinçant les mamelons de l'autre main, il savait exactement ce qu'il faisait, ce que cela me faisait, et il me regarda, avec ce qui semblait être une distance amusée mais excitée, jouir en vagues déferlantes, sous lui, par terre.

Après, Bram s'est simplement assis en arrière et m'a regardée pendant une bonne minute, et le silence de son examen se fit si gênant que je voulus rabattre mon chemisier sur mes seins.

Mais il a ri, en disant : « Oh que non, tu ne fais pas ça » ; il a ouvert le chemisier, il a remonté ma jupe en haut de mes cuisses, il a fait glisser mon slip jusqu'à mes chevilles, et il m'a écarté les jambes, avant de dire : « Et maintenant, je vais te baiser, chérie. »

Au milieu de la nuit, je me réveillai sur le futon pour découvrir Bram debout au-dessus de moi. Le clair de lune brillait par la fenêtre qui donnait sur la ruelle, sur un garage et, au-delà, sur le parking où j'avais garé ma voiture.

Il enfilait son caleçon, et l'ombre qu'il projetait sur moi était fraîche, bleutée et longue.

En voyant la longueur de son corps penché sur moi – la ligne sombre des poils allant de son pubis à son sternum, sa chair rendue tangible par le clair de lune –, je crus voir la chose la plus sensuelle, la plus terrestre, de ma vie.

Dans sa pure beauté masculine.

Dans toute sa beauté interdite.

J'étais une femme mariée qui couchait, un soir de semaine, avec un homme beaucoup plus jeune qu'elle. Nous avions baisé sur le sol de l'appartement, puis à nouveau sur le futon, nous avions ensuite pris une douche ensemble qui s'était terminée avec moi à ses genoux, sous l'eau chaude qui me dégoulinait dans le dos, et son sexe tendu qui entrait et sortait de ma bouche, jusqu'au moment où il a joui dans ma gorge en de chaudes pulsations salées.

Dans le noir, son ombre projetée au-dessus de moi et la vue de son corps au clair de lune, la terreur excitante qu'il suscita, me fit perdre le souffle, puis il baissa les yeux et vit que j'étais éveillée. Je crus déceler un éclair de sympathie qui lui traversait le visage. Il était désolé. Il ne voulait pas m'effrayer.

« Ce n'est que moi, beauté, dit-il.

— Tu ne pars pas, si ? » demandai-je.

Je ne pus retenir la note de désir dans ma voix.

« Je me disais que je devrais y aller, dit-il. Pour pouvoir changer de vêtements au matin. À la maison. Je ne voulais pas aller au travail en sentant la chatte. »

Le caractère cru de la remarque me fit à nouveau perdre la respiration. Depuis le lycée, je n'avais entendu personne prononcer ce mot, ni aucun autre mot de ce genre, en référence à moi.

« Oh, dis-je.

— Mais maintenant, je n'en suis plus si sûr, dit-il, avec un sourire dont l'éclair se refléta dans la lumière venue de la fenêtre. C'est trop tentant de regagner le nid et de revenir me blottir contre toi. »

Je tendis les mains et il s'agenouilla dans mes bras, avant de se glisser sous les draps tout contre moi. Nous nous réveillâmes ensemble, au matin, au son du camion des éboueurs – bip-bip-bip – qui reculait sous la fenêtre.

En rentrant chez moi en voiture ce soir-là, entre deux pensées de Bram, je songeai, en me sentant coupable, à mon père, je me l'imaginai dans son fauteuil, dans sa chambre – avec cette énorme rose posée, dans le gobelet en polystyrène, sur le rebord de la fenêtre, et la façon dont elle s'était penchée avant de tomber par terre.

Dans mon imagination, cette fois, il n'y avait personne pour la ramasser, juste une flaque d'eau et des pétales étalés sur le lino, aux pieds de mon père, avec le froid et le mouillé qui trempent ses chaussons. Qui sait combien de temps cela allait rester ainsi sur le sol, avant qu'une aide-soignante la trouve et nettoie tout ça ?

J'irais le voir dès que je pourrais le faire, me dis-je.

Peut-être, pensai-je, que le Zoloft allait aider.

J'aimais bien le nom, en tout cas, *Zoloft*. Comme si la joie pouvait être transportée dans une sorte d'aéroplane, un aéroplane où mon père pouvait embarquer, pour être soulevé, *zolofté* loin du désespoir de la vieillesse et du déclin physique vers... quoi ?

Il avait été un homme bon, mais il avait toujours été morose, me dis-je. Mes amis disaient toujours : « Ton père, il est très cool », mais ils ne le connaissaient qu'à partir de brèves et occasionnelles conversations dans l'allée devant la maison, ou en passant un moment avec lui dans la cuisine un week-end. Mon père avait été tout sauf cool. Je le voyais encore assis à la table de la cuisine les matins où il ne devait pas aller travailler – la cigarette posée sur le bord d'un cendrier, les doigts qui pianotent sans entrain sur le plateau de la table, les yeux fixés quelque part devant lui, sur le papier peint beige. Si je ne toussais pas un peu avant de pénétrer dans la pièce, il sursautait, inspirait un grand coup et jurait.

« Merde, Sherry ! Qu'est-ce que tu fous à t'avancer derrière moi sans faire de bruit ? »

C'est à cela que je pensais, quand je la vis, elle. Si jamais je l'avais cherchée, je ne m'en étais pas rendu compte – mais soudain, elle était devenue tout ce que je voyais dans le pare-brise, sur la bande médiane, cette biche morte, qui semblait être tombée du ciel, avoir atterri doucement, mais au bout d'une chute qui l'avait néanmoins tuée.

L'herbe, tout autour d'elle, avait commencé à pousser. Pas encore vert émeraude, mais une sorte de vert qui portait la promesse de plus de vert encore. Son pelage avait commencé à pâlir. Maintenant, elle ressemblait un peu à un animal pur et blanc – le genre qui pourrait sortir de la forêt, dans un conte de fées, en poussant du museau la main d'une vierge.

Mais, à part cela, elle était intacte. Elle n'avait pas bougé d'un centimètre.

Mais n'y avait-il donc pas, me dis-je, un service du comté chargé de venir ramasser les animaux tués sur la route ? Et, si cela n'était pas le cas, quels autres changements allais-je voir sur elle au cours du printemps, en passant devant elle sur l'autoroute ? En partant. En revenant. Combien de temps s'écoulerait-il, me demandai-je, avant qu'elle disparaisse complètement et retourne à la terre ? Son ombre allait-elle planer là tout l'été ? Cette trace d'elle dans l'herbe ? Ou bien est-ce que l'herbe allait finir par pousser tout autour d'elle, fertilisée par elle, et recouvrir entièrement ce mauvais souvenir ?

« Tu as l'air épuisée, dit Jon, assis dans la causeuse, lorsque j'entrai. Une nuit agitée ? »

Les portes de devant et de derrière étaient ouvertes. La fenêtre de la cuisine aussi. Venant de la ferme des Henslin, l'odeur de purin s'infiltrait dans la maison. Mais ce n'était pas une odeur désagréable. C'était doux, et ce n'est que si quelqu'un vous avait dit ce que c'était que vous auriez su qu'il s'agissait de purin, de merde étalée partout dans les champs.

« Je suis fatiguée », dis-je.

Jon portait un short en coton et un tee-shirt que je lui avais achetés lors d'un voyage que nous avions fait à l'île de Mackinac avec Chad. Le long pont suspendu était reproduit sur le tee-shirt, chaque extrémité avortée, comme si le pont ne reliait rien à rien.

L'été où nous étions allés là-bas, Chad avait quatre ans et ne voulait pas passer en voiture sur le pont – le plus long du monde de ce genre –, mais nous l'avions fait malgré tout, même si nous n'avions rien de particulier à faire de l'autre côté du pont, à part faire demi-tour et revenir. Nous voulions juste qu'il puisse dire qu'il était passé sur ce pont, et lui montrer qu'il n'y avait aucune raison d'avoir peur.

C'était en août, il y avait du vent, et l'automne semblait déjà descendre en soufflant de la Péninsule au nord de l'État – un ciel violet foncé, au-dessus du pont, promettant la pluie –, et chaque fois qu'une rafale bousculait la berline de Jon, Chad gémissait.

Je ne cessais de lui répéter : « Tout va bien, Chad. Tout va bien », en me retournant vers le siège arrière pour lui sourire. « Tout va bien. Maman et papa ne te feraient pas traverser un pont si c'était dangereux. »

Cela semblait le réconforter. Il cessa peu à peu de se couvrir les yeux des mains pour regarder, apeuré, par la vitre. À un moment, il oublia suffisamment sa peur pour remarquer un bateau qui flottait sur l'eau en contrebas. « Regardez ! », dit-il – mais alors le vent bouscula à nouveau la voiture, Jon dit : « Waouh ! » et Chad se mit à pleurer. Mes mains étaient trempées de sueur. J'avais lu des récits, dans les journaux, j'en avais lu beaucoup, des histoires de voitures que les vents violents avaient fait tomber du pont de Mackinac. C'était dangereux, après tout.

Je le savais, ça. Mais pas Chad.

Ou peut-être, à présent, le savait-il.

Et alors, s'il avait maintenant appris cela – que des voitures peuvent tomber de ce pont – et s'il se souvenait de ce que je lui avais dit (*Maman et papa ne te feraient pas traverser un pont si c'était dangereux...*), trouverait-il cela amusant, ce faux réconfort, ou bien penserait-il que sa mère avait tout simplement été une ignorante, illusionnée, voire une menteuse ?

Lorsque Jon vint vers moi les bras ouverts, avec ce tee-shirt, je me mis à pleurer. *Chad. Bram. La biche morte. Mon père. Jon.* Toutes ces pertes, toutes ces trahisons, et même l'amour, les rêves, les fantasmes – des fardeaux de souvenirs, des fardeaux faits d'air, qui tombaient si facilement des ponts.

Non, non ! J'étais juste, me dis-je, fatiguée.

« Enfin, dit Jon en m'embrassant le sommet du crâne, Sherry, qu'est-ce qui ne va pas ? »

Je levai les yeux vers lui.

Jon. Jon, tel qu'en lui-même, qui baisse les yeux vers moi. Il recula d'un pas. Il essuya une larme restée sur mes cils.

Il dit : « Dis-moi ce qui ne va pas », et l'expression de son visage était si douce, si sage et si brillante d'amour que, je le savais, si je lui disais la vérité, il me dirait : *Mais bien sûr. Je sais. Tu ne le savais pas ? J'ai toujours su.*

Et, s'il ne savait pas déjà – complètement, vraiment –, quand je lui dirais, il comprendrait. Nous étions des adultes. Il en assumerait la responsabilité. Il dirait que son fantasme avait été comme une sorte de permission. Qu'il y avait participé, bien sûr, à sa façon.

« Raconte-moi », dit-il.

Un film brillant et mouillé couvrait ses yeux, dans lesquels se lut alors mon reflet, me renvoyant à moi-même – un moi-même miniaturisé, en train de se noyer. Dehors, le soleil se couchait, et les grenouilles qui s'étaient réveillées dans les étangs près de notre maison avaient commencé à coasser – en rythme, comme une sorte de moteur, comme le générateur qui se trouvait au centre de tout : le monde, le sexe, le printemps, une douce machine faite de chair amphibie, mais néanmoins à la source de tout. Sans fin. Le gel, le dégel, les coassements, les vibrations, l'humidité et le vert, au-dehors. Des traînées roses et rouges de lumière qui pénétraient pas les fenêtres, se déversant comme une lueur baptismale sur le front de Jon.

« Qu'est-ce que tu nous as encore fait, Sherry ? » demanda-t-il.

Je reculai pour aller m'asseoir au bord de la causeuse.

Il s'agenouilla à côté de moi.

« Tu as passé toute la nuit à baiser avec ton petit ami, Sherry ? »

J'inspirai. Je sentis mes lèvres trembler.

« Oui », dis-je.

Jon inspira aussi.

« Raconte-moi tout, dit-il.

— Qu'est-ce que tu veux savoir ? » demandai-je.

Je vis que ses mains, jointes devant lui comme s'il était en prière, tremblaient.

« Combien de fois ? demanda-t-il.

— Je ne sais pas, dis-je.

— Allons, Sherry ! Tu le sais très bien. Dis-moi. Je ne suis pas idiot. »

Quelques gouttes de sueur brillantes perlaient sur son front. D'où venaient-elles ? Comment avaient-elles jailli à la surface si rapidement ?

Je haussai les épaules.

« Deux fois, dis-je, d'une voix qui me parut surgir d'un puits profond et vide. Deux fois par terre, je crois, et une fois sur le futon. »

Jon remonta ma jupe sur mes cuisses, puis il me regarda dans les yeux. Une des gouttes de sueur poursuivait son voyage, vivement, vers l'arche de son nez.

« Tu es sûre que ce n'est pas quatre fois, plutôt ? demanda-t-il. Est-ce que cela n'aurait pas pu être quatre fois ? »

À la vérité, je n'en étais pas vraiment sûre.

« Ça aurait pu être quatre fois », dis-je.

Jon sourit à nouveau. Il se lécha les lèvres.

« T'as aimé ? demanda-t-il.

— J'ai aimé », dis-je.

Jon avait les yeux grands ouverts, en attente, et il respirait lourdement.

« Il a aimé ? »

Et, à nouveau, l'espace d'un instant, ce même éclair de colère qui me traverse : les essais de marché.

« Il a adoré », dis-je, en le regardant aussi profondément et ouvertement dans les yeux que je pouvais le faire en disant cela.

Jon posa alors les doigts sur mon genou, et pendant quelques secondes, il le regarda fixement, comme si c'était là le premier genou, le seul genou, qu'il ait jamais vu, et puis il se retrouva entre mes jambes, il les écarta, remonta la jupe au maximum, sur mes cuisses, et son visage se pressa contre le fond de mon slip, il se mit à me mordre, là, repoussant le slip sur le côté avec ses doigts, il me griffait et il me mordait, il agitait la langue, appuyait les dents ; il mit un doigt en moi, puis deux, il défit la boucle de sa ceinture – il respirait irrégulièrement, il s'enfonça en moi, il se regarda me pénétrer en même temps, puis il leva les yeux vers mon visage, de la grande distance de son plaisir, avant de jouir.

Je me réveillai avec l'alarme. Jon était déjà réveillé, calé sur un coude, il souriait (un sourire démoniaque ?) vers mon visage. Je lui avais dit la vérité, je m'en souvenais, et tout allait bien malgré tout. Je lui avais dit la vérité sur ce que je faisais, et il ne m'avait pas demandé d'arrêter. Il m'embrassa sur les yeux. Il m'embrassa dans le cou.

« J'ai beaucoup aimé, dit-il.

— Moi aussi », dis-je, mais sans le regarder.

J'avais les yeux fixés sur un minuscule point noir au-dessus de son épaule.

C'était une fourmi.

Elle avançait si lentement sur le plafond que je dus cligner des yeux pour voir qu'elle bougeait réellement.

Pour cette fourmi, me suis-je dit, notre plafond doit paraître grand comme l'Arctique, comme le Sahara, grand comme la mort, aussi, puisque c'était totalement dépourvu de climat.

« Et tout ça, c'est vrai... ton amant ? demanda Jon. Quatre fois, Sherry ? Par terre, sur le futon, sur... »

Je posai un doigt sur sa bouche.

« Chut... », dis-je.

Le son de sa voix – trop impatiente, trop forte – allait tout détruire, je m'en rendis compte, s'il continuait à parler. Ce matin, ce moment, ces vingt dernières années. J'allais passer, je le craignais, d'une vague insatisfaction à quelque chose de tout à fait différent. Ce ne serait plus simplement une question de ne pas vraiment apprécier le son de sa voix si près de mon visage le matin, mais carrément de détester ça. La fourmi, perdue au-dessus de nous dans ses rêves de fourmi, pourrait l'entendre aussi, si jamais les fourmis entendaient. Elle se rendrait soudain compte où elle était et où elle n'était pas.

Le trajet jusqu'à la fac me parut étrangement bref. Je n'eus même pas l'occasion de jeter un coup d'œil en direction de la biche morte. Pour la première fois, je remarquai que les arbres avaient des feuilles, et, en voyant cette nouvelle et soudaine verdure, je me dis que tout ce qu'ils venaient de traverser, toute la vie qui avait été agitée dans la terre autour de ces arbres et qui s'était frayé un chemin dans leur sève, dans leurs veines, et qui aboutissait à ce bourgeonnement furieux, tout cela je le sentais, moi aussi, dans mes veines.

Quelque chose d'érotique. Quelque chose de chaud, qui s'agite. Quelque chose qui est là, depuis longtemps, qui attend d'être réveillé par la chaleur, pour se déverser dans ce soulèvement de vert.

Mais, alors même que je pensais cela, sur l'autoroute, en dépassant un camion plein de vaches (dont l'une avait passé le museau et la gueule entre les barreaux de la remorque, pour sentir le vent, ou alors pour appeler à l'aide ?), j'avais honte de ces pensées.

Je n'avais rien à voir avec ces arbres.

J'étais un professeur d'anglais, d'âge moyen, qui avait une liaison avec un homme plus jeune – un instructeur en mécanique auto –, qui faisait l'amour sur le sol d'un studio d'étudiant, qui dépensait une fortune en robes et en chaussures neuves, qui organisait sa journée devant une tasse de café avec un inconnu dans la cafétéria, qui lui donnait rendez-vous à nouveau le soir.

Il n'empêche que la honte ne calmait en rien l'excitation. Je mis un CD. *Le Clavier bien tempéré*, mais alors, dès les premières notes brillantes, je me dis : *Non*, avant d'aller chercher sous le siège un disque de Chad, quelque chose qu'il aurait laissé là, et j'ai récupéré Nick Cave and the Bad Seeds, que j'ai mis à la place de l'autre CD.

J'ai monté le son, les basses faisaient trembler les vitres de la voiture, et la voix du chanteur (Nick Cave ?), grave et mélodieuse, me rappela irrésistiblement Bram – et, bien que je fusse au volant de ma voiture, roulant à cent vingt kilomètres à l'heure sur l'autoroute, intérieurement, j'eus un étourdissement.

Cet étourdissement, je m'en rendis alors compte, durant toutes ces années de vie de mère et d'épouse, cet étourdissement de jeune fille, c'était ce qui m'avait manqué.

La sensation dangereuse de vouloir quelque chose qui se trouvait juste hors de ma portée.

La terrible implosion du désir. Le flux brûlant du désir. La montée de sang du désir. C'était cela que les arbres (je pensai à eux à nouveau) devaient avoir ressenti juste avant cette dernière poussée qui avait fait jaillir les feuilles.

Garrett m'attendait devant mon bureau lorsque j'y arrivai ce matin-là. Il lisait un poème que j'avais punaisé à ma porte – un poème sur un agneau mort, de Richard Eberhart :

J'ai vu, sur la colline, un agneau putride,
Soutenu par les pâquerettes.

Je l'avais punaisé là il y avait tant d'années que j'avais oublié pourquoi je l'avais fait, sauf que le poème m'avait fait pleurer la première fois que je l'avais lu dans une anthologie. Robert Z. avait déclaré que c'étaient des vers de mirliton. (« Sherry, ma douce, c'est quoi ce truc, ça vient d'un stage chez Hallmark ? Bon Dieu ! Putride, c'est le mot juste ! ») Mais je n'avais pas eu le cœur d'enlever le poème. Il m'avait accompagné durant mes années d'enseignement et il m'accueillait chaque matin à mon arrivée. Ferris, avant de déménager avec sa famille, aimait s'arrêter devant ma porte pour le lire ou pour faire semblant de le lire, chaque jour, entre ses cours, en allant et en venant de son propre bureau qui se trouvait à quelques portes du mien. Je le trouvais devant ma porte, je lui touchais l'épaule et il se tournait pour me regarder, intensément, douloureusement.

Le poème avait jauni, mais il tenait toujours avec sa punaise gris argenté. Les derniers vers disaient :

Dis qu'il est quelque part dans le vent,
Dis qu'il y a un agneau dans les pâquerettes.

Cela ne manquait jamais de me piquer les yeux, ce sentiment – cette idée que l'agneau mort n'était pas mort, mais qu'il était, en mourant, devenu une partie du tout.

Garrett sursauta quand je m'approchai de lui et que je lui tapotai l'épaule.

« Madame Seymour, dit-il en se retournant, je voulais juste vous voir pour vous parler de quelque chose. Vous avez une minute ? »

Oui. J'étais en avance. J'avais une demi-heure à tuer avant de retrouver Bram à la cafétéria, puis Amanda Stefanski dans mon bureau.

« Entre », dis-je en ouvrant la porte de mon bureau avec ma clé.

Garrett me suivit. Je lui fis signe de bouger un livre qui se trouvait sur une chaise et de s'asseoir, ce qu'il fit. Il posa un pied sur le genou de l'autre jambe et ensuite, pensant peut-être que c'était trop décontracté, ou plus ou moins un manque de respect, il enleva son pied et posa les deux pieds par terre devant lui, en se redressant, l'air gêné sur sa chaise au siège en vinyle.

Je m'assis à mon bureau en face de lui et je souris.

Garrett portait un tee-shirt bleu sous une belle chemise blanche, et je me dis qu'il devait retirer cette chemise quand il allait au cours de mécanique, qu'ils étaient tous là en tee-shirt, penchés sur leurs engins, se parlant en criant au-dessus des rugissements des moteurs, au-dessus du grondement régulier du grand garage où j'avais vu Bram pour la première fois – ou pour ce qui m'avait semblé être la première fois.

Je voyais bien que Garrett avait trop chaud dans mon bureau. Il avait les joues rouges, et le cou aussi. Ils n'arrivaient jamais à bien régler la température dans ces bureaux, lorsque le temps changeait, et les fenêtres réglementaires, bien sûr, ne s'ouvraient pas.

« Ça va, Garrett ? demandai-je.

— Je vais très bien, madame Seymour, dit-il. Je voulais juste passer vous dire la nouvelle.

— Qu'est-ce que c'est, Garrett ? Je suis tout ouïe.

— Je me suis engagé dans les marines, madame Seymour, dit-il. Le programme d'intégration différé. Je pars au camp d'entraînement en août. »

Je le regardai.

Le soleil, en passant par la fenêtre, avait dessiné un halo sur le mur derrière lui, là où j'avais punaisé une reproduction de *La Rose* de Dalí – une spectaculaire et surnaturelle floraison flottant dans un ciel bleu sur un vaste désert. Je l'avais achetée et mise là il y avait bien longtemps, à l'époque où je tentais encore de faire pousser des roses dans le jardin, avant que de petits vers noirs les dévorent toutes un été, détruisant des centaines de dollars de plantes et transformant les merveilleuses fleurs en haillons veloutés.

Lorsque cette destruction avait commencé, j'étais allée à la bibliothèque, mais je n'avais rien trouvé sur les petits vers noirs et les roses, j'avais donc appelé Mme Henslin, qui avait une roseraie qui semblait prospérer chaque été sans que je la voie jamais, pas même une fois, s'en occuper.

Elle était venue un matin, avec son tablier et un gros tuyau d'arrosage, elle avait étudié mes roses, elle s'était penchée sur les feuilles, sur les vers.

« Il vous faut du poison, si vous voulez faire pousser des roses », dit-elle.

Elle secoua la tête, comme si mon ignorance était renversante. Elle me dit qu'elle enverrait un de ses petits-fils avec le pulvérisateur pour les asperger.

« Euh, dis-je, je ne sais pas. J'ai peur, en fait, de ce genre de poison. »

Mme Henslin rit. Dans le clair soleil d'été, je vis que ses joues étaient striées de petites lignes bleues, qui ressemblaient à des ruisselets, à de fins estuaires, sur une carte ou bien vus du ciel. Elle portait un rouge à lèvres rose, mais je vis quand même une tache noire sur sa lèvre inférieure. Une tache de vieillissement, une cicatrice, ou quelque chose de malin.

« D'accord, dit-elle en secouant la tête, mais on ne peut rien faire pousser, sans poison. »

Je me demandai alors ce qu'ils utilisaient, chez eux, sur le soja, sur le maïs, et était-ce cela que je sentais, parfois, cette douceur chimique, que la brise amenait par les fenêtres de la chambre lorsque le vent soufflait de l'est ?

Pour finir, toutes les roses sont mortes.

J'avais, j'imagine, laissé ces roses mourir.

Je les remplaçai avec de simples annuelles – des soucis, surtout, qui s'étalaient comme le cancer sur toute la plate-bande, où, occasionnellement, une branche de rosier abandonnée fleurissait inexplicablement en été, même si les boutons tombaient toujours dans les soucis avant de vraiment s'ouvrir.

« Mais, Garrett... », dis-je.

Ses yeux étaient si bleus qu'ils semblaient presque incolores dans toute cette lumière printanière. Il souriait si largement que je voyais l'endroit où la chair se tendait sur ses pommettes, révélant une belle ossature sous la peau – les os parfaitement formés derrière le visage qu'il avait hérité de son père.

« Mais pourquoi, Garrett ? » demandai-je.

Garrett baissa les yeux sur ses genoux, sur son jean, là où la toile avait pâli et commençait à s'user.

« Eh bien, répondit-il, mon recruteur dit que c'est un moyen génial de finir mes études de mécanique auto sans devoir suivre trop de, disons, cours d'anglais – si je peux me permettre. Et je dois penser à finir ce semestre, à finir le boulot sur ma Mustang. Je peux louer la maison, m'organiser. Chad et moi on peut se voir un peu quand il rentrera de la fac cet été. »

Chad.

Chad ?

Je me demandai soudain s'il était possible que Chad fût le seul ami de Garrett – Chad, qui semblait éprouver si peu d'intérêt pour Garrett, et qui, j'en étais sûre, ne projetait pas de passer son été à traîner avec lui.

« Tu as des nouvelles de Chad ? demandai-je en m'imaginant, fugitivement, irrationnellement, que Chad avait convaincu Garrett de rejoindre les Marines.

— Non, dit Garrett.

— Garrett, dis-je, je suis contente pour toi. Mais ça me soucie, aussi. Il y a une guerre, Garrett. Tu... »

La veille au soir, encore, on avait vu une photo dans le journal, celle d'un marine qui venait d'une ville voisine. Il avait été tué dans l'explosion d'une voiture, et il avait été impossible de ne pas regarder son portrait rigide, dans le journal – regardant droit devant lui, comme s'il fixait le canon d'une arme. Ce marine mort ne ressemblait pas du tout, sur la photo, à Garrett, bien sûr, qui était assis en face de moi dans ce radieux soleil de printemps, baignant dans cet espoir juvénile en l'avenir. Mais la mère de l'autre garçon n'avait pas vu non plus la mort sur le visage de son fils, n'est-ce pas ?

« Je sais, madame Seymour, dit Garrett. Je le sais. C'est pour ça que je veux y aller. Le pays a besoin de moi. Je lui dois ça. »

Garrett poursuivit, sur le pays et ses besoins, sur son propre rôle dans le grand schéma des menaces et des désirs qui constituaient le monde – sur son petit morceau d'histoire du monde.

« Et puis, j'ai envie de voyager, aussi, ajouta-t-il. Je n'ai jamais quitté notre État, sauf pour aller en Floride. »

Et, à la façon dont Garrett décrivait ce monde dans lequel il allait s'élancer, je ne pouvais imaginer que s'y trouvait la mort, ni même des hommes. Je pensais, plutôt, à ces camions qui se heurtaient aux pieds de la table basse dans mon salon, au petit Garrett qui faisait des bruits de moteurs de camions, perdu dans ses rêves et s'amusant beaucoup. Comme il en parlait, ce monde se faisait de plus en plus petit dans mon bureau, au point que j'aurais pu le glisser dans mon sac, ou dans ma poche, ou même l'avaler sous la forme d'une pilule, avec mon jus d'orange du matin. Je m'imaginais de minuscules avions décollant et atterrissant dans un bac à sable. Des tanks en Lego démantibulés sur la table de la cuisine. Des boules de neige. Des mottes de terre. Des conflits de petits garçons.

Pourtant, quand il se tut pour reprendre sa respiration, je lui posai la question.

« C'est trop tard, maintenant, Garrett ? Tu as signé pour de bon, ou tu peux encore réfléchir ? »

Il avait signé. Ils lui avaient donné un tee-shirt. Il défit les boutons de sa chemise pour me le montrer.

SEMPER FI.

« Vous savez ce que ça veut dire, madame Seymour ? »

Je le savais. J'avais fait trois ans de latin au lycée et deux à la fac, mais je secouai la tête.

« Toujours fidèle », dit Garrett.

On frappa à la porte de mon bureau.

Je regardai ma montre.

Dès que je vis l'heure, je compris que c'était Bram.

« D'accord, d'accord, dit Bram. Je ne peux pas venir dans ton bureau. Et y a quoi d'autre, que je ne peux pas faire ? Je peux faire ça ? »

Il tendit le bras sur la table de la cafétéria pour me caresser le cou d'un doigt.

« Bram... », dis-je en reculant devant sa caresse, renversant presque du café de mon gobelet – alors même que chaque nerf de mon corps s'était animé, soudain, pour s'épanouir en direction du doigt de Bram posé sur mon cou.

« Désolé, dit Bram. Je ne sais pas ce qui m'a pris. »

Il sourit, de son demi-sourire. Cette fossette persistante sur le côté droit de son visage. Il passa la main dans ses cheveux sombres.

« Votre cou, il est vraiment trop, madame Seymour, dit-il. Je suis sûr qu'on vous l'a déjà dit des millions de fois, mais c'est comme le cou d'un cygne. »

Il m'appelait « madame Seymour » pour se moquer de Garrett, qui avait paru surpris et nerveux quand Bram était entré dans mon bureau et l'avait trouvé là.

« Bien, madame Seymour, avait répété plusieurs fois Garrett, en se levant vivement pour se diriger vers le couloir. On se reparle, madame Seymour. Merci de m'avoir écouté, madame Seymour. »

Bram l'avait regardé partir.

« Ça veut dire quoi, ça ? » demanda-t-il, en faisant un signe de tête en direction du dos de Garrett.

Je lui appris que Garrett avait rejoint les marines. Les yeux de Bram continuèrent de suivre Garrett dans le couloir.

« Bien », dit-il.

« Ton cou, dit Bram en se penchant vers moi, c'est la première chose que j'ai remarquée quand tu as amené ta bagnole pourrie au garage. J'ai tout de suite su que je voulais y enfoncer les dents, pour te faire te tortiller de plaisir. »

Mes lèvres s'entrouvrirent, mais je ne pus rien dire. Je regardai ailleurs, autour de moi dans la cafétéria. Elle était pleine de gens que je connaissais. Des collègues. Des étudiants. Des secrétaires. La pellicule de transpiration, qui était peut-être invisible mais qui s'était étalée sur ma chair, était en train de s'évaporer, et me rafraîchissait. Ma chair en suivait les mouvements... sur ma poitrine, sur mes bras. Est-ce que les gens pouvaient voir ça ? Pouvaient-ils deviner ce que Bram Smith était en train de dire à Sherry Seymour ?

« Bram, dis-je en reculant un peu ma chaise de la table. Ne fais pas ça. »

Il s'enfonça dans son siège et croisa les bras. Pardessus son épaule, je vis Amanda Stefanski qui parlait à un étudiant, un garçon en pantalon baggy. Elle riait, joignant les mains sur son ventre comme si elle dirigeait une prière. Je jetai un coup d'œil à ma montre. J'aurais dû la retrouver dans mon bureau il y avait dix minutes. Est-ce qu'elle était venue à la cafétéria pour me chercher ? Beth lui avait-elle dit où j'étais ?

J'inspirai, je me raclai la gorge, et je regardai à nouveau Bram, qui me fixait des yeux, sans ciller, avec son demi-sourire.

Je voulus lui rendre son sourire, tout en essayant également de me dégager de lui, de jouer le rôle d'une femme ayant une conversation banale avec un collègue dans la cafétéria. Pourtant, chaque battement de mon cœur poussait mon corps vers lui.

Tous les deux, nous formions, je le savais, un secret exposé au grand jour. Il est sûr que quiconque regardant dans notre direction pourrait le voir sur nous. Et, même si une voix raisonnable en moi me disait : *Tu ne veux surtout pas diffuser cette nouvelle, madame Seymour*, chaque centimètre carré de mon corps était néanmoins très excité à l'idée d'être la femme au secret, dans cette cafétéria, la femme assise en face de Bram Smith, qui lui regardait toujours le cou d'un œil appréciateur. Je sentais le frisson de l'interdit dans chaque cellule de mon corps et, malgré moi, je me penchai à nouveau vers lui au-dessus de la table, encore plus près, il prit cela pour l'invitation que c'était et il s'approcha aussi de moi. Nous étions maintenant suffisamment proches l'un de l'autre pour que je puise entendre son souffle entrer et sortir de ses poumons. Il tendit une fois encore la main pour me toucher le cou du bout des doigts. Cette fois-ci, je laissai les doigts s'attarder plus longtemps, avant de me reculer. Puis je bus une gorgée de mon café, je l'avalai et regardai autour de moi dans la cafétéria.

Personne n'avait vu.

Personne même ne regardait dans notre direction.

Amanda bavardait toujours avec le garçon. Derrière elle, je vis Robert Z., qui nous tournait le dos, planté devant les portes fermées de l'ascenseur, deux gobelets de café à la main. Quelques tables plus loin, Habib, mon étudiant, lisait dans un énorme manuel posé sur la table devant lui, son visage était si profondément enfoui dans le livre qu'on aurait dit qu'il comptait les particules de poussière déposées sur les pages. Je crus apercevoir Sue faisant le tour du comptoir près des distributeurs. Beth se glissait, les bras pleins de documents, dans la salle des photocopies. Tous ces gens de ma vie antérieure, songeai-je, vaquaient à leurs occupations habituelles, ces choses que moi aussi je faisais, avant... Je regardai Bram en laissant ma main errer vers la sienne sur la table, il posa la main avec laquelle il m'avait caressé le cou sur la mienne – et, là encore, je laissai ma main un moment avant de la retirer pour la poser sur mes genoux. Immédiatement, il se cala contre son dossier, avec l'air de celui qui vient de gagner une partie de cartes, ou un concours de calembours, et son demi-sourire fut alors si érotique, si intime que je dus détourner les yeux. Je les baissai vers la table qui se trouvait entre nous – plate et terne, comme un étang vidé de son eau des siècles auparavant, mon reflet y était aussi plat et terne, comme le corps d'une femme qu'on aurait pu trouver au fond de cet étang.

Bram toussota et je levai les yeux vers lui.

« Tu penses à quoi, là, beauté ? » demanda-t-il.

J'inspirai, et même l'air qui pénétra alors mes poumons me parut sexuel, comme une caresse. Je ne pouvais pas le regarder en face, mais il fallait que je pose la question.

« Je me demande ce qui, chez moi, t'a poussé à faire ça, Bram. Pourquoi moi, pourquoi m'envoyer ces lettres ? »

C'était ce que je voulais savoir depuis le début, mais que je n'avais pas encore osé lui demander : *Pourquoi moi ?*

Comment avais-je pu, moi, attirer l'attention d'un homme comme lui ? Quand m'avait-il vue pour la première fois, qu'est-ce qui lui avait fait penser qu'il me désirait, qu'est-ce qui lui avait fait penser *Sois à moi pour toujours* ?

Bram avala une gorgée de café.

Lorsqu'il reposa son gobelet sur la table, il souriait toujours.

« Quelles lettres ? demanda-t-il.

— De la Saint-Valentin, dis-je.

— De la Saint-Valentin ?

— *Sois à moi pour toujours* », dis-je.

Il secoua la tête. Le sourire s'était un peu effacé. Il regarda sa montre, une Rolex en or, ou ce qui semblait être une Rolex en or, puis il vérifia l'heure à la pendule du mur, au-dessus de son épaule.

« Désolé, mon chou, dit-il à la pendule, mais j'ai pas écrit de cartes de Saint-Valentin.

— Et les autres ? dis-je. Sur du papier jaune ? »

Bram, en reportant son regard de la pendule vers moi, avait une expression, à mon avis, un peu piteuse, mais il semblait aussi sincèrement surpris. Il haussa les épaules.

« Je ne suis pas vraiment le gars Hallmark, chouchou. Mais c'est une bonne idée. J'aurais bien aimé l'avoir. »

Je ne pouvais que le regarder fixement.

Il baissa à nouveau les yeux vers sa montre.

Cet or profond, brillant.

C'était un cadeau, avait-il dit. Sa mère la lui avait offerte avant de mourir.

Je secouai la tête. Je clignai des paupières.

« Tu n'as pas écrit ces lettres ? »

Ma voix me parut enrouée. Je m'éclaircis la gorge à nouveau, mais il y avait quelque chose – poussière, pollen, quelque chose d'invisible dans l'air, qui s'était installé en moi.

Il haussa une fois encore les épaules.

« Alors, comme ça, y a quelqu'un qui t'écrit des lettres d'amour ? »

Quelque chose lui traversa alors le visage. De l'agacement ? De la jalousie ?

Je me touchai le cou.

« Je croyais que c'était toi, dis-je. C'est pour ça que...

— Eh bien, dit Bram en s'enfonçant contre son dossier, je crois que t'es trompée de gars, madame Seymour. Tu ferais peut-être mieux de continuer à chercher. Je suis juste un garagiste. Je n'écris pas de poésie. »

« Sherry ! »

Je me retournai.

Amanda Stefanski s'approchait de notre table. Elle portait une robe orange – trop froufroutante, trop transparente. Elle ressemblait à un énorme abat-jour, songeai-je, mais je vis les yeux de Bram se promener sur sa taille, sur ses seins et son cou. Le demi-sourire, à nouveau. Je ne pus m'empêcher d'observer son expression, même si je savais que j'aurais dû lever les yeux vers Amanda.

« Bram, dis-je. Tu connais Amanda ? »

Bram se leva et tendit la main.

« Non, mais je vous ai certainement déjà vue. Heureux de faire enfin votre connaissance. »

Elle avait un air, me dis-je, très content. Un petit chiot, qui veut plaire. Mais elle avait également l'air un peu embarrassé, et ses yeux ne cessaient d'aller de Bram à moi. Je me levai aussi.

« Amanda et moi devons discuter de quelque chose, dis-je à Bram. Sympa d'avoir pu bavarder avec toi, Bram.

— Oh, dit Amanda, mais il ne faut pas que je vous interrompe. Je te retrouve à ton bureau, Sherry. Ça va comme ça ? ajouta-t-elle en reculant et en faisant un signe de la main. Contente de vous avoir rencontré ! dit-elle à Bram.

— Tout le plaisir est pour moi ! » dit Bram.

Il regarda le dos d'Amanda qui s'éloignait à petits pas rapides, et je continuai à le regarder qui la regardait. Puis nous nous retrouvâmes face à face. Je tenais mon gobelet de café à la main, mais celui de Bram était posé, vide, sur la table. Il se pencha vers moi.

« Tu ferais mieux de ne pas trop chercher l'autre type, mon chou, me dit-il à l'oreille. Souviens-toi, tu es à moi pour toujours, dit-il avec un clin d'œil. On se voit chez toi. »

Alors que j'attendais Amanda dans mon bureau, j'entendais battre mon propre cœur, si fort qu'on aurait dit des coups de marteau frappés aux murs. J'avais tant de choses à faire – des devoirs à corriger, des formulaires à remplir, des appels téléphoniques à donner, des cours à préparer – que je ne savais pas par quoi commencer. En plus, je ne voulais pas du tout faire ces choses-là. Faire tout cela me semblait dénué de sens, chaque chose étant une tâche pour Sisyphe – autant de rochers à pousser, juste pour les voir rouler de l'autre côté de cette montagne de rochers similaires. Tout ce que je voulais, c'était me retrouver au studio, avec Bram. Ou même à la maison, avec Jon. Ou alors, avec Chad. Au cinéma. Ou bien encore au parc, où nous étions allés durant tant d'années avant de ne plus jamais y retourner. Je voyais encore Chad, qui se balançait trop fort, provoquant les lois de la gravité d'une façon qui me terrifiait. Je me tournai vers mon ordinateur. J'ouvris ma boîte e-mail et écrivis un message.

Chéri, j'espère que tu vas bien. Papa et moi, on a hâte de te voir. Dans deux semaines ? Tu as réservé ta place dans l'avion ? Tu ferais mieux d'envoyer assez vite les choses que tu ne voudras pas garder là-bas. Grand-père ne se sent pas très bien, quand tu seras à la maison, on ira le voir ? Je sais qu'il sera content de te voir. Tu savais que Garrett s'était engagé dans les marines ? Je t'aime de tout mon cœur. Maman.

Amanda avait l'air assagi, un peu timide, en pénétrant dans mon bureau. Avait-elle deviné ? Avait-elle compris qu'il se passait quelque chose, là, à cette table, entre Bram et moi ? Est-ce qu'elle nous avait entendus parler, avant de prononcer mon nom ?

Sous la rose de Dalí, dans sa robe orange vif, elle faisait penser à quelque chose qui aurait poussé de manière incontrôlée dans le jardin d'une vieille femme. Je pensai à d'énormes fleurs tropicales qui ne fleurissaient que tous les cinquante ans. Trop vive, trop voyante. Elle s'éclaircit la gorge et me dit qu'elle avait Doug Bly dans son cours d'expression écrite deuxième année ce semestre, et qu'elle avait besoin d'un conseil. Elle savait que je l'avais eu à mon cours de *Creative Writing* première année. Avait-il perturbé mon cours autant qu'il avait perturbé le sien ? Elle ne savait plus quoi faire, admit-elle. Il la cherchait, dit-elle, constamment. Il faisait des commentaires narquois sur les autres étudiants. Il imitait ses gestes à elle. Elle était sûre qu'il lui avait fait un doigt d'honneur un après-midi, quand elle s'était retournée vers le tableau. Elle lui avait parlé, l'avait menacé de l'exclure du cours, mais cela n'avait eu aucun effet. Elle avait, dit-elle, un peu peur. Que pouvait-elle faire ?

Je ne me souvenais pas de Doug Bly.

« Tu es sûre qu'il était dans mon cours ? demandai-je.

— C'est ce qu'il m'a dit, répondit Amanda. J'ai regardé son dossier. Tu lui as donné un B+. »

Doug Bly ?

Si c'était celui dont je me souvenais de l'année précédente, c'était un jeune homme parfaitement bien élevé. Il aurait pu avoir un A sauf qu'il avait rendu ses deux derniers devoirs en retard. Il m'appelait toujours « madame ».

J'essayai de dire à Amanda qu'elle devait être plus sévère.

J'étais sûre qu'elle ne l'était pas assez.

Elle n'avait, après tout, que vingt-sept ans. Doug Bly sentait probablement son manque d'assurance, il voyait bien qu'elle était jeune, inexpérimentée, et il n'aimait pas ça. Peut-être que sous le comportement poli dans mon cours, cela avait toujours été là, le petit côté requin, et, avec Amanda, il avait enfin senti le sang. Je lui dis que la prochaine fois qu'il interrompait le cours, elle devait aller à la porte de la classe et la maintenir ouverte pour qu'il sorte. S'il refusait de sortir, qu'elle appelle alors la sécurité. Après cela, elle devrait aller voir le doyen pédagogique pour demander son exclusion du cours. Elle dirait au doyen qu'elle craignait pour sa propre sécurité – ce qui mettait toujours les choses en route, très vite.

Amanda montra une reconnaissance pathétique, pour ces conseils. Elle s'assit un peu plus droit, remarquai-je. Elle redressa les épaules.

« C'est tellement bien d'avoir une collègue plus âgée pour parler de tout ça. Un mentor. Merci, merci, merci ! »

Et cette robe...

Je me souvins d'un poisson rouge que Chad avait gagné une année à la fête de Brighton, parce qu'il avait réussi à lancer un anneau de caoutchouc autour du goulot d'une bouteille de Coca. Au début, le poisson n'était pas plus grand que le pouce de Chad, mais, à la fin de l'année, il était devenu trop gros pour son bocal. Nous avons dû lui acheter un aquarium. Ça nous avait bien fait rire, mais il y avait aussi quelque chose qui n'allait pas, là-dedans. Cela ne pouvait pas durer. Jon avait dit à Chad : « Tu ne dois plus nourrir autant ce poisson », mais Chad n'avait que six ans, et il ne pouvait pas s'arrêter. Chaque fois qu'il prenait la boîte d'aliments, il donnait au poisson tout ce qu'il pouvait avaler – à savoir une quantité extraordinaire de flocons. Au bout du compte, on est rentrés à la maison un après-midi pour trouver le poisson qui flottait à la surface de l'eau, ses nageoires s'agitant comme de petits foulards autour de son corps gonflé. Chad pleura, je le réconfortai avec une glace et une description du paradis des poissons (des châteaux en céramique, des algues), mais, intérieurement, j'étais soulagée. Tout cela ne pouvait pas continuer comme ça, cette croissance, ce poisson.

« Je me sens si jeune et si inexpérimentée », dit Amanda.

Sans même y penser, je lui tapotai le bras.

« Ça passera vite. »

Ni l'une ni l'autre ne savions vraiment ce que je voulais dire par là, mais nous avons ri un peu. Ce qui nous détendit. Elle me demanda des nouvelles de Chad. Je lui demandai des nouvelles de sa chienne Pretty, qu'elle avait adoptée l'année précédente à la fourrière. Amanda avait alors dit que Pretty semblait parfaitement heureuse avec elle, mais qu'elle aboyait et grognait après tout le monde. Les voisins s'étaient plaints et avaient dit qu'ils avaient peur que le chien ne brise sa laisse et ne vienne mordre leurs enfants. Elle avait donc emmené Pretty à un centre de dressage, mais Pretty s'était montrée si menaçante envers les autres chiens et leurs propriétaires qu'elle avait dû renoncer. La dernière fois qu'on en avait parlé, Amanda avait peur de devoir aller rendre Pretty à la fourrière.

Mais maintenant Pretty allait merveilleusement bien, dit Amanda. Pretty s'était calmée. Totalement. C'était une chienne tout à fait différente. Une chienne heureuse.

« Pretty aime même Rob », dit Amanda.

Rob ?

Le visage qui apparut en un éclair dans mon esprit à l'évocation du nom fut celui de mon frère. Qui tenait le canon d'un revolver contre sa tempe.

« Qui ? demandai-je, d'une voix trop forte.

— Rob, dit Amanda. Robert.

— Robert Z. ? » demandai-je.

Amanda gloussa.

« Oui, dit-elle. Tu ne savais pas ? Qu'on sort ensemble ? »

J'avalai ma salive.

Je sentis mon cœur dans ma poitrine.

Il avait bien sauté un battement, non ? Et maintenant, il devait faire des efforts pour reprendre son rythme, pour en rétablir la régularité.

« Non, dis-je, je n'en avais aucune idée.

— Depuis janvier, dit-elle. Ça se passe vraiment (et de regarder le plafond en inspirant profondément) très bien.

— Je n'en avais aucune idée », répétai-je.

Amanda me regarda. Elle dut sentir quelque chose, là, parce qu'elle cessa de sourire.

« Oh, mais ça ne te contrarie pas, j'espère ? »

J'expirai l'air par le nez. Comme un léger ricanement, parce qu'elle eut l'air surpris. Je secouai la tête à petits coups rapides.

« Bien sûr que non. Pourquoi ça me contrarierait ?

— Eh bien, peut-être parce qu'on est dans le même département que toi. Peut-être pour des raisons... politiques ?

— Comment ça, des raisons politiques ? »

Ma voix eut l'air incrédule, me dis-je, mais également amère. Qu'est-ce qui n'allait pas ? J'étais réellement contrariée ? Je me souvins de Sue insinuant que je serais jalouse si Robert Z. et Amanda sortaient ensemble, que je serais jalouse si Robert Z. avait une petite amie, d'ailleurs. (« Tu as vraiment l'air de vouloir qu'il soit gay, avait dit Sue. On n'a aucune raison, tu sais, de penser qu'il est gay. »)

Mais je croyais sincèrement qu'il l'était.

Et, s'il ne l'était pas, je n'aurais jamais pensé, de

toute façon, qu'Amanda Stefanski serait le genre de femme, le genre de fille, qui l'intéresserait.

Je la regardai.

Ces yeux... Ils étaient si grands, comme ceux d'un insecte, ou même d'un veau. Elle avait les cheveux fins, mais brillants. Tout autour de son menton se trouvaient une bande de boutons, qu'elle tentait de cacher sous du fond de teint. Elle avait l'air si jeune, si docile, si ouvertement accommodante. Robert Z. pouvait-il être amoureux d'une fille comme elle?

Et puis je repensai à Bram la regardant, de la taille au cou. Dans cette robe ridicule! Je pouvais voir l'étiquette du soutien-gorge sous le tissu transparent. Je voyais aussi la petite bande de gras de son ventre qui ressortait au milieu sous la ceinture nouée.

Mais Amanda avait de petites mains délicates, comme je le remarquai alors pour la première fois. La peau en était vraiment blanche et lisse. Ses ongles étaient coupés court. Elle porta une main à sa bouche et se mit à se mordiller les ongles. Je levai les yeux vers son visage. Était-elle vraiment séduisante, après tout?

Je me levai. Je lui pris la main qu'elle ne tenait pas à sa bouche.

« Amanda, lui dis-je, je suis vraiment heureuse pour toi. Et pour Robert. »

Je me forçai à sourire.

« Je suis même heureuse pour Pretty, ajoutai-je, mon sourire encore un peu plus forcé.

— Oh, dit Amanda. Merci beaucoup! Ça me fait vraiment plaisir. Je ne supporterais pas que tu n'approuves pas. »

Je continuai à sourire jusqu'au moment où je refermai la porte derrière elle.

Chad répondit à mon message dans l'heure qui suivit :

Désolé pour grand-père, maman. Oui, je savais, pour Garrett. Il va se faire mettre en pièces. Dois aller au cours de physique. J'appelle ce soir. Vouzèmtoulé2.

Bram était déjà au studio quand j'y arrivai. Je lui avais fait faire une clé, que j'avais laissée dans son casier à la fac, il s'en était servi pour entrer.

Avant même d'ouvrir la porte, j'avais compris qu'il était là. Je le sentais – une ombre puissante, une impression d'énergie – de l'autre côté de la porte. Il se tenait près de l'évier de la cuisine et buvait une bière. Lorsque j'entrai et le regardai, il dit « Hé ! », d'une façon qui me donna l'impression qu'une plume, une brise ou un souffle, m'avait rapidement frôlé l'arrière des genoux.

« Hé ! » répondis-je.

Je laissai tomber mon sac par terre et avançai vers lui.

Sur le futon, nous fûmes plus rapides que jamais. Je jouis très vite sous son corps, il avait la bouche collée sur mon cou, je tendis la main entre nous pour lui prendre les testicules.

« Tu mouilles vraiment beaucoup, dit-il. J'adore ça. »

Nous nous endormîmes enlacés sur le futon avant huit heures, pour nous réveiller juste après minuit.

Le réveil que j'avais apporté de la maison brillait sur le sol, d'un bleu sombre, et la petite aiguille semblait tourner trop vite, trop facilement, autour du cadran pour garder vraiment trace du temps qui passait.

Cette fois, il me fit rouler sur le côté et me pénétra par-derrière. Cela dura plus longtemps que la première fois et, lorsque nous eûmes terminé, les draps étaient froissés et trempés, et nous étions tous deux très essoufflés – Bram allongé sur le dos et moi toujours sur le côté. Après quelques minutes passées à simplement respirer ensemble dans le noir, sous le clair de lune qui pénétrait par la fenêtre, avec la lueur du réveil, il tendit la main pour la poser sur ma hanche.

« Tout va bien, mon chou ? Tu es heureuse ? »

Je roulai sur le dos.

Tout son corps s'étendait contre moi, frais et bleuté dans l'obscurité.

« Oui, Bram, dis-je. Je suis heureuse.

— Moi aussi », dit-il.

Sans avoir à regarder son visage, ses yeux profonds, c'était plus facile de lui parler, de lui poser la question.

« Comment tout cela est-il arrivé, Bram ?

— Tu as écrasé une biche, dit-il. Et puis je t'ai vue. Et alors, il fallait que je t'aie.

— C'est tout ? demandai-je. Je veux dire, tu m'avais déjà vue, avant, non ?

— Peut-être, dit-il. Mais pas comme ça. Avec cette jupe. Et ce parfum de roses. C'est là que je t'ai vraiment remarquée, mon chou. Impossible de ne pas te remarquer. »

Mais Garrett avait dit qu'il avait parlé de moi. La prof canon du département d'anglais. Ils devraient tous aller suivre ses cours. Garrett avait été si sûr qu'il parlait de moi.

Mais si ce n'était pas de moi, de qui, alors ? Les autres femmes du département, à part Amanda, étaient toutes plus âgées que moi. Aucune n'aurait pu être décrite, sinon dans un but sarcastique, comme « canon ». Est-ce que ça pouvait être...

« Tu avais déjà vu Amanda Stefanski, avant aujourd'hui ? demandai-je.

— C'est qui, Amanda Stefanski ? » demanda-t-il.

Il me caressait la hanche. Il roula sur le flanc.

« La femme qui est venue nous voir, à la cafétéria. La prof d'anglais. »

Il roula à nouveau sur le dos.

« Bien sûr, que je l'ai déjà vue.

— Et tu dirais qu'elle est comment ? demandai-je.

— Plutôt agréable à regarder, dit Bram. Et plutôt canon, ajouta-t-il. Mais pas comme toi », dit-il en m'attirant dans ses bras et en pressant son sexe tendu contre moi.

Après, je me levai pour aller boire de l'eau au lavabo de la salle de bains.

J'allumai la lumière et me regardai dans le miroir.

J'avais des marques de morsures sur mon épaule droite.

Entre chaque cours, dans la matinée, j'allai aux toilettes pour jeter un œil à ces marques. Chaque fois, j'en avais le souffle coupé – une profonde poussée électrique entre les os de mon bassin. Parce qu'on était mardi et que le soir je dormirais chez moi, je ne savais pas si ce désir magnétique était pour Bram, ou pour Jon. Est-ce que je voulais être mordue par mon amant, ou seulement montrer à mon mari que mon amant m'avait mordue ?

« Il t'a vraiment mordue ? » demanda Jon, les yeux de plus en plus largement ouverts, tout en faisant glisser mon chemisier pour regarder.

Je hochai la tête.

Il vit les marques, qui, durant la journée, étaient passées du rose au violet.

Lorsqu'il vit cela, je sentis que tout son corps se raidissait contre le mien. Il posa la bouche sur les marques, puis il m'arracha mon chemisier – mon beau chemisier blanc, en tout cas celui qui allait avec toutes les jupes et tous les pantalons que je mettais pour aller travailler – en faisant sauter les boutons en forme de perles, qui allèrent s'éparpiller entre nous sur le sol.

Garrett.

Je me suis éveillée au côté de Jon au milieu de la nuit – courbaturée, raide, comme si j'avais dormi de nombreuses heures dans un train –, je devais aller aux toilettes, avec une douleur aiguë au centre de mon bassin qui se diffusait en une douleur plus large et plus vague.

J'urinai dans la salle de bains, dans le noir, puis je me relevai et allumai pour me regarder dans le miroir. J'étais, bien sûr, une fois de plus une inconnue (je ne suis jamais, jamais plus, la femme que je m'attends à trouver dans le miroir), mais pas déplaisante, après tout :

Une femme qui a un mari qui la baise par terre dans le salon.

Une femme qui a un amant jaloux parce qu'un autre homme lui a écrit des lettres d'amour.

Mes cheveux foncés étaient ébouriffés, et le maquillage de mes yeux s'étalait sombrement sur mes paupières. En clignant des yeux dans ce miroir, je me trouvais encore assez jeune pour être moi-même, des années auparavant, à l'époque où, lorsque je traversais la rue, des hommes au volant me sifflaient en passant dans un sens ou dans l'autre.

J'entendais leurs sifflets, je regardais mes pieds, plus ou moins honteuse d'avoir attiré sur moi ce genre d'attention, mais très profondément amoureuse, aussi, de cette attention.

J'ouvris bien les yeux, j'étais à nouveau moi-même.

La femme de Jon.

La mère de Chad.

La maîtresse de Bram...

C'est alors que je compris, soudainement et totalement, qui avait écrit ces lettres si ce n'était pas Bram.

C'était, bien sûr, Garrett.

Garrett...

Ce pauvre Garrett, perdu, dont j'avais tenu le petit corps osseux dans mes bras lorsqu'il s'était fait mal en tombant dans l'allée, en courant après Chad, et qui s'était relevé les deux genoux en sang.

Le sang de petit garçon de Garrett partout sur ma jupe à l'imprimé oriental, et ses larmes sur mon chemisier.

Il était petit, alors, même pour son âge. Ses cheveux étaient toujours hérissés à l'arrière de son crâne. Il sentait les corn-flakes, et le soleil. Il avait appuyé son visage contre mon ventre en pleurant. Je lui avais mis un pansement décoré sur chaque genou et lui avait donné une petite glace.

Garrett, bien sûr.

Sa mère, sans doute une alcoolique, déjà morte. Son père, mort.

Garrett m'avait vue dans les couloirs, j'imaginais, et un vague souvenir de ce moment de consolation, d'il y avait des années, de cette proximité physique, lui était revenu ; il avait alors pensé, à tort, qu'il était amoureux de moi – parce que j'avais été gentille, un jour, parce qu'il était seul. C'est pour ça, bien sûr, qu'il m'avait dit que les lettres venaient de Bram. Ça le gênait, de les avoir écrites. Il essayait de me lancer sur une autre piste.

Garrett, Garrett, me dis-je, en m'asseyant sur le couvercle baissé des toilettes, et en pensant à lui assis en face de moi, sous la rose de Dalí, qui m'annonce qu'il s'est engagé dans les marines. Avait-il voulu m'impressionner ? (*Le premier à partir se battre.*)

Mon Dieu, non...

Pauvre petit Garrett, dont le camion vient cogner le pied de ma table basse, ses petites fesses en l'air, Garrett qui fait de grands *vroum vroum.*

Je t'en prie, mon Dieu, ne laisse pas ce pauvre petit Garrett partir à la guerre et se faire tuer.

Quand je me réveillai au matin, Jon me respirait dans le cou.

« Je veux que tu l'amènes ici. Je veux qu'il te baise dans notre lit. »

Il roula sur moi, son pénis rigide entre mes jambes.

« Comment ? demandai-je.

— Je ne sais pas, dit-il. Dis-lui que je suis parti. Je partirai, d'ailleurs. Mais je rentrerai plus tôt que prévu, c'est tout. »

Il m'écarta davantage les jambes avec les siennes. Il avait un air sérieux, me dis-je. Dangereux, à nouveau. Et stupide, aussi, songeai-je. Il ne connaissait pas Bram. Il ne comprenait pas ce qu'il demandait.

Ou bien il n'en avait tout simplement rien à faire – de moi, de notre mariage, de tout, sauf de lui et de son fantasme sexuel.

« Non », dis-je.

Il parut surpris.

« Pourquoi ? dit-il.

— Comment ça, pourquoi ? Pourquoi tu me demandes de faire ça, d'abord ? demandai-je.

— Parce que je... je... »

Il ne semblait pas comprendre la question. Il semblait peiné que je la pose. Il fait le malheureux, me dis-je.

« Non, dis-je en repoussant doucement sa poitrine avec la paume de mes mains. Je ne l'amène pas ici, Jon. Je ne l'amènerai jamais ici. »

Jon s'éloigna et roula sur le côté, mais il me regardait toujours dans les yeux. Il boudait. Il faisait la tête. Mais il y avait également une sorte d'entêtement, aussi. Je pensai à Chad, les bras croisés sur sa poitrine dans le magasin Toys « R » Us, qui refuse de quitter le rayon Hot Wheels sans une voiture miniature de plus.

« C'est notre lit, dis-je à Jon en énonçant chaque mot très distinctement. (*Non... Tu as droit à trois voitures, jeune homme, pas une de plus. Allez, on y va.*) Je n'amènerai pas un étranger chez nous.

— Tu n'amèneras pas un étranger chez nous, ricana Jon. Tu ne crois pas que tu as déjà amené un étranger chez nous ? demanda-t-il en riant. Tu ne penses pas que c'est déjà fait ? »

Il avait les yeux grands ouverts, comme si tout cela était avant tout très amusant, comme si le problème, c'était mon entêtement, et non le sien.

Je ne dis rien.

Nous nous trouvions au seuil d'une pièce dans laquelle je ne voulais pas entrer. Je ne voulais pas parler de ce que tout cela voulait dire – sur notre mariage, sur nos vies. Je ne voulais pas que Jon dise quoi que ce fût signifiant que c'était déjà fait, jamais, ou que cela changeait quelque chose entre nous, que cela avait apporté quelque chose de nouveau dans notre mariage, quelque chose qui allait peut-être rester là pour toujours.

Mais aussi, comme si mon silence était un consentement à son plan, Jon se roula à nouveau sur moi.

« Allons, Sherry, dit-il, je veux que tu baises avec lui dans notre lit. Je veux voir les taches de son sperme sur nos draps quand je rentre. »

Il appuya le bout de son pénis contre l'entrée de mon vagin.

« D'accord ? dit-il. Dis oui, je t'en prie. »

Je vis alors, dans le visage de mon mari penché au-dessus du mien, qu'il n'y aurait pas moyen de le dissuader. (*Allez, d'accord, encore une. Mais c'est tout, jeune homme, après, on s'en va.*) Et il me vint à l'esprit, en regardant son expression de gamin têtu, illuminé d'énergie sexuelle, qu'il n'y aurait plus rien d'autre pour nous, après ça.

Toutes ces nuits de plaisir ordinaire, ces vingt années de plaisir ordinaire, après une longue journée, une fois que Chad était au lit, après que les plats avaient été chargés dans le lave-vaisselle, que les lumières avaient été éteintes, que nous nous étions brossé les dents – toutes ces nuits où nous nous étions tranquillement, et de manière conviviale, déshabillés, où nous nous étions touchés, embrassés, où nous avions fait l'amour simplement, sans danger – ces nuits-là étaient finies.

Et qu'est-ce qui viendrait, si jamais il devait y avoir quelque chose, remplacer ce jeu des nerfs lorsque, comme cela devait se produire, la liaison avec Bram serait terminée ?

Une autre liaison ? Le souvenir de cette liaison ?

Ou bien rien ?

« D'accord ? demanda-t-il à nouveau. D'accord ? répéta-t-il, plus fort cette fois, comme si je ne l'avais pas déjà entendu, et de façon un peu plus menaçante. Écoute-moi bien, Sherry, je te laisse baiser avec ce type. Alors, tu me dois bien ça, non ? »

Il me pénétra si violemment et si soudainement que la douleur me fit pousser un cri, et il me baisa alors un long moment, comme s'il n'avait pas entendu ce cri de douleur, comme s'il ne voyait pas, ou ne s'en souciait pas, que, sous son corps, j'étais épuisée, gênée et un peu apeurée.

« D'accord, d'accord, dis-je quand il eut terminé.

— Génial, dit Jon en se levant pour aller vers la salle de bains. Tu es une gentille fille. Vendredi ? » proposa-t-il si tranquillement qu'il aurait tout aussi bien pu parler d'inviter un autre couple à dîner.

Comme Sue et Mack. Ou comme s'il parlait d'aller au cinéma.

Lorsqu'il fut dans la salle de bains, je fus surprise de constater que j'avais les poings serrés le long de mon corps. Je fus surprise de me retrouver à penser : *D'accord.* Allongée dans le lit, j'écoutais les chants des tourterelles tristes, dehors, tandis que Jon se douchait et se préparait pour aller travailler, j'écoutais aussi le bruit de quelque chose en train de construire ce qui devait être un nid sous l'une des fenêtres de notre chambre (un cliquètement insistant, une agitation, quelque chose de compliqué et de fatigant en train de se faire), comme chaque année – des passereaux, des pinsons qui faisaient leurs nids sous les gouttières, sous les fenêtres, dans les plantes suspendues sur la galerie devant la maison, dans le moindre recoin qu'ils pouvaient trouver, comme si la maison n'était plus la nôtre, mais la leur.

Il avait raison, bien sûr. Qui étais-je pour penser que je n'avais pas déjà amené un étranger chez nous ?

Lorsque Jon revint dans la chambre, vêtu de son costume, souriant, sentant le savon, je me dis : *Oui, d'accord, ça va.*

Sur la route vers la fac, je l'ai vue, de loin tout d'abord, et je l'ai alors prise à tort pour un vieux manteau abandonné au milieu de la chaussée – un manteau en poil de chameau – vide, jeté d'une voiture, un beau manteau, le genre de manteau que portait ma mère, et je me suis dit : *Mais pourquoi quelqu'un voudrait-il jeter un manteau comme celui-là?* avant de la reconnaître et de me souvenir de ce que j'avais fait.

« Comment ça va? »

Sue, à l'autre bout du fil, avait l'air de se trouver beaucoup plus loin qu'à quelques bureaux du mien.

« Mais pourquoi on se parle au téléphone? demandai-je. J'arrive. »

Quand je la vis, je lui trouvai une peau pâle, mais luisante; elle était assise à son bureau. Il y avait quelque chose d'étrange dans sa peau, comme une absence de pores, un peu comme la peau de Chad, un ou deux ans plus tôt, lorsqu'on avait soigné son acné avec de l'Accutane.

L'acné avait bel et bien disparu, mais il était resté une perfection de masque qui m'avait terrifiée. Cela n'était pas naturel. Lorsque j'avais lu qu'un garçon, dans l'Illinois, s'était tué et que ses parents avaient mis ça sur le compte de l'Accutane, j'avais dit à Chad de cesser de l'utiliser. « Pas de problème, avait-il dit. C'est toi qui n'aimes pas mes boutons, pas moi. »

Et il avait raison. C'était bien moi qui me faisais du souci pour ces éruptions rouges sur ses joues, et c'était parce que, en fait, elles signifiaient qu'il n'était plus un bébé – que sa peau n'était plus sans poils, sans pores, sans défauts et sans transpiration...

Mais après avoir arrêté l'Accutane, Chad n'avait plus jamais eu un seul bouton.

C'était Sue, aujourd'hui, qui semblait porter un genre de masque. On aurait dit que sa peau serait sèche au toucher.

« Tu vas bien ? » demandai-je.

Sa partie du bureau était un vrai foutoir, ce qui était inhabituel. Généralement, c'était Sue qui se plaignait des mauvaises habitudes de celle qui partageait le bureau avec elle, une vieille femme excentrique de l'Alabama qui enseignait l'anglais comme langue étrangère et dont les étudiants – des Syriens, des Coréens, des Nicaraguayens – sortaient de ses cours en parlant leur seconde langue avec un aristocratique accent traînant du Sud. « Regarde-moi ça, disait toujours Sue en montrant un gobelet de café plein abandonné sur le bureau de MayBell, recouvert de moisi, il faut vraiment que quelqu'un lui apprenne à nettoyer derrière elle. Celle-là, elle s'attend toujours à ce que ses esclaves rentrent des champs. »

Une pile de vieux journaux était tombée par terre du bureau de Sue et personne ne s'était soucié de la ramasser. Je me penchai afin de le faire pour elle.

« Je vais très bien, dit-elle. Toi aussi, j'imagine. Mais je ne fais qu'imaginer, bien sûr. »

Le ton de sa voix était franchement celui de la colère. Cela me surprit. Je reculai d'un pas.

« Quoi ? dis-je. Qu'est-ce que tu veux dire ?

— Eh bien, tu m'as demandé comment j'allais. Moi, je me demande où tu étais.

— Mais j'étais... ici, dis-je en montrant l'air tout autour de moi. Je ne suis allée nulle part. »

Elle rit dans sa barbe. Un rire fragile.

« Ah bon, dit-elle. Bon, j'imagine que durant ces vingt dernières années, je m'étais simplement habituée à avoir de tes nouvelles tous les deux jours, alors quand pendant deux semaines...

— Mais non ! dis-je en portant les mains sur mon cœur. Sue, ça fait vraiment si longtemps ? Je suis...

— Mais ne sois donc pas désolée, Sherry. Je ne suis pas en train de te culpabiliser. Je suis juste étonnée.

— Mon Dieu, dis-je, Sue, j'étais...

— Tu étais quoi ? »

Ses yeux se plissèrent. Elle m'étudiait, me dis-je, de plus près.

« J'étais... je ne sais pas, Sue. »

Je restai immobile un moment, je sentais l'air renfermé du bureau m'étreindre trop chaudement. J'inspirai. Je m'assis en face d'elle. J'expirai une bouffée d'air.

« Comment je peux te dire ça, Sue ? dis-je d'une voix différente, plus profonde.

— Qu'est-ce qu'il y a, Sherry ? Qu'est-ce qui t'arrive ? »

J'ouvris la bouche.

Elle attendait.

Je devais le lui dire.

J'inspirai à nouveau de l'air, et, cette fois, je sentis des particules de poussière entrer en moi.

« Sue, Sue, dis-je, comment je pourrais te raconter ça ?

— Fais-moi confiance, dit-elle. Qu'est-ce qu'il y a ?

— Je ne sais pas, dis-je. La crise de la quarantaine ? Sue, je... »

Je me rendis compte que j'utilisais mes mains tout en prononçant ces quelques mots vagues, que je les agitais dans l'air – chose que je ne faisais habituellement que lorsque j'enseignais, lorsque j'essayais vraiment de montrer l'énormité ou la complexité de quelque chose, ou d'indiquer quelque chose que j'avais écrit sur le tableau. Je vis mes mains dans l'air devant moi et me rendis compte que Sue les regardait aussi, l'air agacé.

« Je suis désolée », dis-je à nouveau en posant mes mains sur mes genoux.

Elle poussa un soupir brutal.

« N'y pense plus, dit-elle. Je n'ai pas à connaître tous tes secrets, si c'est comme ça que tu vois les choses. Les amitiés changent. Je...

— Non ! »

Mes mains bondirent sur mon cou, cette fois. Pourquoi avais-je dit cela si fort ? Cette idée de l'amitié entre nous qui changeait, qui se faisait moins proche, m'était-elle insupportable... si insupportable que je ne pouvais même pas entendre les mots sortir de sa bouche ?

Oui, me rendis-je alors compte, c'était ça. Elle me connaissait depuis vingt ans. Je la connaissais depuis vingt ans. C'était sacré. Je ne pouvais pas supporter ça.

« Sue, dis-je, je vais te dire la vérité. Mais tu ne seras pas contente de moi. »

Elle tourna vers le plafond ses paumes posées sur ses genoux.

« Fais-moi confiance, dit-elle, comme si c'était cette information qu'elle attendait, comme si elle m'avait attirée dans son bureau précisément pour apprendre la nouvelle que j'allais lui donner.

— Sue, commençai-je, en baissant les yeux vers ses mains vides. Je vois quelqu'un, ajoutai-je en levant les yeux vers son visage. Un homme. »

Sue ouvrit les yeux plus grands, avant de détourner rapidement son regard de moi, pour le diriger par-dessus mon épaule, vers le tableau d'affichage qui se trouvait derrière moi. Il n'y avait rien sur ce tableau – juste des punaises et les trous laissés par d'autres punaises. Puis elle me regarda à nouveau.

« Mon Dieu... », dit-elle, apparemment incapable d'ajouter autre chose.

Maintenant, je devais tout lui dire.

Le silence, entre nous, était plein du son des lumières fluorescentes qui brûlaient trop vivement au-dessus de nos têtes. Le couloir, derrière sa porte, était vide. Le téléphone reposait sur son bureau sans offrir la moindre indication qu'il ait jamais pu sonner, ou qu'il sonnerait à nouveau un jour. Ce silence planait simplement au-dessus cde nous, il attendait que je le remplisse. Je me mordis la lèvre inférieure.

« Tout a commencé, dis-je, avec ces lettres, tu sais... »

À ces mots, Sue ricana, et je me redressai sur mon siège, piquée au vif. Je la regardai pour guetter une explication, mais elle ne fit que secouer la tête, les yeux baissés sur ses chaussures, des chaussures plates, noires, à semelles de caoutchouc – les chaussures d'une femme plus âgée, rien à voir avec les sandales ou les hauts talons avec lesquels elle trottinait, jadis, dans les couloirs entre deux cours.

« Elles ne venaient pas de Bram, dis-je. Tu connais... Bram ?

— Oui, je le connais, Bram, dit Sue avec un ton si sarcastique qu'il grésilla une minute dans le vide entre nous. On le connaît toutes, Bram, ajouta-t-elle, plus doucement, cette fois.

— Eh bien, les lettres ne venaient pas de Bram, mais moi je le croyais, et ensuite je l'ai rencontré, et... tout a commencé.

— Merde ! Sherry ! Tu as une liaison avec Bram Smith ? »

Elle resta un moment la bouche grande ouverte. Elle secouait la tête, incrédule. Elle se répéta.

« Merde ! Sherry ! Tu as... »

Je ne pus supporter de l'entendre le redire.

« Oui, oui, l'interrompis-je. Oui, Sue, oui. »

Elle continua de secouer la tête pendant ce qui parut être un très long moment, comme pour éclaircir quelque chose, ou pour voir quelque chose, ou pour le nier totalement, puis elle s'arrêta et se pencha vers moi, les yeux plissés, comme si elle voulait me voir à travers une sorte de brume, ou de lumière vive.

« Tu blagues ou quoi ? » dit-elle.

Cette fois-ci, je secouai la tête à mon tour, mais juste un tout petit peu.

Calée contre son siège, elle leva les yeux vers le plafond. J'aurais bien suivi son regard, mais je savais ce qu'il y avait là-haut. Rien. Les plaques du plafond. Grises, fonctionnelles, sans aucun poids.

Au lieu de cela, je regardai le sol.

Aucune de nous ne parla pendant un moment.

« Oh, mon Dieu ! s'exclama ensuite Sue.

— Sue, commençai-je, sans savoir comment continuer. Sue, dis-je à nouveau sur le ton d'une affirmation, cette fois, ou plutôt d'une supplique.

— Et alors, dit-elle d'un ton plus calme, comme si on parlait de plans de cours ou de choix de papier peint. Alors, tu vas quitter Jon ?

— Non ! dis-je. Bien sûr que non.

— D'accord, dit Sue. Je suis sûre que Monsieur Mécanique Auto est super au pieu, Sherry, mais tu as déjà essayé de lui parler ?

— Non, dis-je, je veux dire, oui, Sue, je lui ai parlé. C'est un homme bien. Il est vraiment très gentil, et... »

Elle se leva alors, vivement, délibérément, comme pour me faire taire – et, l'espace d'un instant fou, j'ai cru qu'elle allait peut-être me frapper. Mais, bien sûr, elle n'en a rien fait. Elle avait les bras croisés. Elle serrait si fort ses bras que je voyais la chair, sur ses muscles, pâlir et devenir toute blanche. Elle se lécha les lèvres et avala sa salive, avant de me regarder.

« Je ne crois pas que je puisse en entendre davantage, Sherry, dit-elle. Tu vas te mettre à me dire que tu es amoureuse de Bram Smith... je veux dire... c'est juste que je ne me vois pas rester assise à prendre tout ça au sérieux. Je crois, sincèrement, que tu devrais grandir un peu, Sherry. Je trouve ça dégoûtant, si tu veux que je te dise la vérité. »

Je tressaillis, comme si elle m'avait vraiment frappée.

« Sue, dis-je, je t'en prie. Je suis... je suis désolée. Je...

— S'il te plaît, dit-elle, arrête de répéter ça. Tu dis beaucoup trop que tu es désolée. Et en plus, c'est pas à moi que tu dois présenter tes excuses. Je pense plutôt que tu dois des excuses, sous une forme ou une autre, à Jon.

— Ce n'est pas le problème, lui dis-je, en me cachant le visage dans les mains, pour parler ensuite entre mes doigts. C'est pas ça. Jon est au courant.

— Oh, mon Dieu! dit Sue. Alors, tu vas vraiment quitter Jon? »

Elle se mit à secouer la tête si vite, cette fois, que ses boucles d'oreilles – deux petits bateaux noirs pendant à des crochets – s'agitèrent follement autour de son cou. Elles paraissaient dangereuses, songeai-je. Pleines de rage.

« Non, dis-je en secouant la tête à mon tour. Jon sait. Et... et, cela ne le gêne pas.

— Quoi? demanda Sue en s'affalant dans son siège. Jon sait, tu dis? Jon approuve, tu dis? »

Je ne dis rien. Sue ouvrit la bouche. Rien ne sortit. Puis elle se leva à nouveau.

« Là, j'en ai vraiment entendu assez, Sherry. C'est moi, celle qui est désolée, maintenant. Ça fait longtemps qu'on est amies, et je serai à tes côtés quand tout cela sera fini, mais pour l'instant, je ne...

— Je sais, dis-je. Je sais, je sais. Je n'aurais pas dû te le dire. Je voulais juste que tu comprennes pourquoi j'avais pris cette distance. Ça n'a rien à voir avec nous, Sue. Je t'aime. Tu es ma meilleure amie. C'est juste que je..., dis-je, avant de hausser les épaules en tentant un sourire, c'est juste... que je suis complètement idiote, pour l'instant. Une femme d'âge moyen complètement idiote, qui fait quelque chose d'incroyablement... idiot. »

Elle cligna des paupières, puis elle ouvrit largement les yeux, avec un air, cette fois, plus amusé qu'en colère.

« Bon sang, dit-elle, Sherry Seymour! Je croyais te connaître, ma chère. Je veux dire, tu resteras toujours ma meilleure amie, mais il va me falloir du temps pour réapprendre à te connaître. »

Elle s'avança vers moi et m'entoura de ses bras. Son étreinte coinça mes bras contre mon corps, si bien que je ne pus l'embrasser en retour. Elle se recula et me regarda.

« Il faut que j'y aille, maintenant. Je dois emmener les garçons chez le dentiste. Tu me (elle marqua un temps d'hésitation) tiens au courant, pas vrai ? »

Elle alla jusqu'à la porte et l'ouvrit, avant de s'engager dans le couloir et de tendre un bras en arrière pour éteindre sa lumière et fermer la porte derrière elle, en me laissant toujours assise sur le bord de son bureau, dans le noir.

Je criai son nom lorsque je le vis dans la cafétéria au cours de la matinée.

« Garrett ! »

Il se trouvait là où il se tenait souvent le matin avant son premier cours, un cours de mécanique deuxième année. Il parlait cette fois encore au garçon qui ressemblait à Chad, et ce garçon portait, comme d'habitude, son blouson de nylon rouge. Lorsque je criai le nom de Garrett, le garçon se retourna également pour me regarder, et je surpris un éclair de ressentiment lui traverser le visage lorsque je m'approchai d'eux. J'étais une prof, une femme plus âgée, la mère ennuyeuse de quelqu'un, et j'interrompais quelque chose d'intéressant. Mais Garrett avait l'air content. Son visage s'éclaira, lorsqu'il se tourna vers moi.

« Tu as une minute, Garrett ? demandai-je. Tu peux venir jusqu'à mon bureau ?

— Bien sûr ! » dit-il.

Nous traversâmes ensemble les groupes d'étudiants, d'un bout à l'autre de la cafétéria. Le vacarme était assourdissant, les couleurs trop vives – vestes, écharpes, jupes. Le printemps était arrivé dans la cafétéria. Toutes les doudounes noires, toutes les épaisses vestes de flanelle, tous les bruns et tous les gris avaient été abandonnés ou rangés.

Et on aurait maintenant cru traverser des troupeaux d'oiseaux tropicaux, traverser la furieuse pagaille de la nature. Çà et là, le walkman ou l'iPod de quelqu'un, réglé trop fort pour la santé des oreilles, laissait entendre un peu de musique par une oreillette – un bourdonnement symphonique, un adolescent gémissant, ou les tristes et furieuses incantations du rap. À une table, quelqu'un racontait une blague, je ne pouvais pas entendre les mots, mais le rythme du dépliage narratif restait assez familier, la construction d'une histoire, *et alors, il a dit...* Un petit groupe de garçons en tee-shirt ornés des noms d'équipes de football se serrait autour de celui qui racontait la blague, ils attendaient tous la chute. Une voix de femme cria : *Va te faire foutre !*

Garrett marchait devant moi, ouvrant un chemin que je suivais, il séparait les étudiants en avançant, et alors – je l'ai vu approcher, j'ai compris ce qui allait se passer avant que cela n'arrive, mais je n'ai rien pu faire pour l'empêcher – une fille pâle en robe blanche, qui marchait à reculons, trop vite, en faisant des signes à ses amis, me heurta avec une force étrange, plus comme une voiture roulant à vive allure qui me renverse qu'une jeune fille en robe blanche qui me rentre dedans et me fait perdre l'équilibre. Je basculai en avant sur mes hauts talons. Deux pas, trois pas. Garrett tendit la main pour me rattraper par le coude, il y réussit presque mais trop tard. Je tombai sur les genoux, devant les ballerines roses de la fille, qui s'excusait avec profusion avant même d'avoir compris ce qui se passait.

Vue du sol, la foule, tout autour de moi, me parut monstrueuse. Des oiseaux tropicaux – mais avides, et sauvages. Je ne pus, tout d'abord, me relever, puis Garrett me prit par la main, il me remit sur mes pieds, et la pâle jeune fille (*Oh mon Dieu, oh mon Dieu, je suis tellement désolée, je suis une telle idiote*) essuya ma jupe avec sa main.

« Merci », leur dis-je à tous les deux, une fois debout.

Je baissai les yeux. Mon collant était déchiré, mes deux genoux étaient écorchés, ils saignaient, et de longues traînées de sang me coulaient déjà sur les mollets.

« Madame Seymour, dit Garrett, en regardant le sang. Mince ! »

Et la fille, à nouveau : *Oh mon Dieu ! Oh mon Dieu !*

Mais, à vrai dire, je n'avais pas mal, la blessure était superficielle, me dis-je. C'est pour ça qu'il y avait tant de sang. Je le savais. J'avais passé des années et des années à soigner ce genre d'éraflures. Je leur dis que j'allais bien, que j'avais juste besoin de serviettes en papier, qu'il n'y avait pas de dégâts importants.

Et c'était la réalité.

J'avais seulement été heurtée et poussée à terre par l'esprit du printemps, qui avait continué son babillage coloré et bruyant – totalement indifférent, ne s'interrompant pas, tout comme si, me dis-je, cela m'avait tuée.

Je me nettoyai dans les toilettes des femmes, j'arrêtai les saignements avec des serviettes en papier mouillées, je jetai mon collant à la poubelle (heureusement, il faisait assez chaud et je n'en avais pas réellement besoin), et je retournai à mon bureau. Garrett était devant la porte, il lisait, une fois encore, le poème. (*Mais les entrailles étaient là pour que les corbeaux les dévorent.*)

« Madame Seymour, dit-il. Vous allez bien ? Je...

— Je vais bien, dis-je. Vraiment. Je vais bien. »

Il regarda mes genoux.

Ils ne saignaient plus, mais la peau était écorchée, un rose cru et vif sur mon genou gauche, une croûte brunâtre qui se formait déjà sur le genou droit. Il plissa les yeux.

J'ouvris ma porte et il me suivit dans le bureau. Nous nous assîmes l'un en face de l'autre.

« Eh bien, Garrett, avant que tout cela arrive, je voulais juste te parler de ton projet. Ton engagement. Je me demandais... c'est vraiment trop tard ? Je veux dire, tu as vraiment bien pesé le pour et le contre ? Tu ne crois pas que tu devrais finir tes études d'abord, pour y aller après, si tu en as toujours envie ? Peut-être qu'après tout ça, après la guerre, si jamais ça se termine, un jour, peut-être que tu pourras... ?

— C'est trop tard, dit Garrett en hochant la tête et en souriant. C'est vraiment gentil de vous faire du souci comme ça. Mais oui, c'est trop tard, et je suis vraiment heureux, vraiment sûr de moi. Je me sens totalement engagé, madame Seymour. C'est ce que je veux faire. »

Garrett portait un tee-shirt gris avec le mot MARINES écrit sur sa poitrine, dans ce qui me parut être une écriture incongrue de fille. Le tee-shirt était si neuf, si propre et si raide, qu'il se serait tenu droit tout seul. Il n'avait encore jamais été porté, je le voyais bien – jamais lavé, jamais mis dans un sèche-linge. Dans ce tee-shirt, les épaules de Garrett paraissaient étroites, osseuses, aussi, et je me souvins du contact de ces épaules, collées contre ma jupe, et de ses larmes sur mon chemisier, de ses genoux écorchés qui saignaient sur nous deux.

« Oh, Garrett... », dis-je.

Mais il souriait.

« Je suis vraiment désolé, mais je dois aller en cours, madame Seymour. »

Il se leva, je lui ouvris la porte, et avant même que quelques centimètres de lumière du couloir ne pénètrent par l'embrasure, je sus ce qu'il y avait de l'autre côté.

Une odeur, une vibration, une ombre, Bram.

Il avait les bras croisés.

« Bonjour, madame Seymour ! dit-il. Je lisais votre poème, là. Hé ! Garrett ! Tu vas être en retard en cours, non ? »

Puis le regard de Bram descendit de mon cou à mes genoux.

« C'est quoi, ça ? »

« Je ne l'aime pas. Je ne veux pas que tu restes seule avec lui dans ton bureau », dit Bram plus tard, alors que nous dînions au studio.

Du chinois. J'avais acheté ça en rentrant du travail. Bram aimait le bœuf à la mongole, comme Jon. J'avais pris du poulet frit et du riz pour moi. Nous n'avions pas allumé les lumières. Dehors, il ne faisait pas encore sombre, mais une pluie glacée et régulière ne cessait de tomber. Au cours de l'après-midi, un froid violacé avait soufflé du l'ouest – une dernière rafale d'hiver –, la température avait chuté, et cette pluie glaciale s'était mise à tomber. Dans les ombres, le visage de Bram, de l'autre côté de la table, semblait dépourvu de traits, il ne semblait fait que de dents et d'yeux.

« Bram, dis-je. Je connais Garrett depuis qu'il a cinq ans. C'est le meilleur ami de mon fils (ce qui n'était pas vrai, mais paraissait, me disais-je, plutôt raisonnable) et très certainement...

— Tu as reçu d'autres lettres d'amour ? » demanda Bram.

Il avait fini de manger. Il reposa la fourchette au bord de son assiette vide.

« Non, dis-je.

— Bon, dit-il, et puisque tu sais que ces lettres ne viennent pas de moi, tu crois que c'est qui, qui les a écrites ?

— Je ne sais pas.

— Bien sûr que si, tu sais », dit-il.

Je posai ma fourchette.

« Qui ? demandai-je, connaissant bien la réponse.

— Garrett Thompson, évidemment », dit Bram.

J'inspirai un peu d'air.

« Oui mais Bram, dis-je, même si c'était... »

Bram se leva.

« Que ce soit lui ou pas, dit-il, ce fils de pute a intérêt à faire attention à ce qu'il fait. »

Bram vint me retrouver de mon côté de la table et il me prit la main, il me tira pour que je me lève. Son sexe en érection, contre moi, me parut gênant, insistant. Il posa la bouche sur mon cou, une main sur le creux de mes reins, me collant contre lui, et posa l'autre main sur mes seins.

Lorsque je m'éveillai, je me rendis compte que j'avais dormi beaucoup trop longtemps. J'avais oublié de régler le réveil, et le soleil qui se déversait par la fenêtre était déjà haut et clair. J'avais du mal à ouvrir les yeux, et, quand je pus enfin le faire, ils étaient pleins de larmes et un paysage de sanglots brillants se peignit sur l'espace vide du plafond.

Je ne me souciai pas de sortir rapidement du lit, ni de réveiller Bram. Sans même regarder le réveil, je savais qu'il était déjà trop tard. Mon premier cours du jeudi commençait une heure et demie avant que le soleil ne puisse avoir le temps de monter aussi haut dans le ciel.

Je restai allongée, résignée.

(*Trop tard, trop tard, pour se dépêcher.*)

Et, les yeux pleins de larmes et de soleil – un soleil trop vif pour que j'y voie quelque chose – j'eus le souvenir du jour où, alors que Chad avait seulement trois ans, Jon et moi l'avions emmené au bord du lac Michigan après un voyage à l'ouest de l'État, après une visite à mon père. C'était en juillet, un jour d'un bleu si vif que même avec mes lunettes de soleil j'étais éblouie quand je voulais regarder l'eau – ce vaste néant écumant, impossible à contempler vraiment, étincelant comme s'il générait sa propre brillance, une sorte de feu blanc qui allait jusqu'à l'horizon.

Avant d'arriver à la plage, je m'étais vue étendant nos serviettes, puis prenant Chad par la main pour l'amener jusqu'au bord de l'eau, pour que ses petits pieds potelés de bébé s'enfoncent d'eux-mêmes dans la bande de galets humides, puis s'avancent sur les galets entre la plage et l'eau, avant de se tremper dans l'eau du lac. On marcherait peut-être un peu plus loin encore, pour qu'il ait de l'eau jusqu'au ventre, jusqu'au moment où il aurait peur, et alors je le prendrais dans mes bras, ou bien je le passerais à Jon, et nous le rassurerions, nous lui dirions qu'avec nous il était en sécurité.

Mais, alors que j'étendais les serviettes, et que Jon retirait ses chaussures, qu'il fourrait ses clés de voiture au fond d'une chaussure, qu'il resserrait la corde de son maillot, alors que chacun de nous deux pensait que l'autre surveillait notre fils, Chad partit en courant vers le lac, dans les vagues. Je regardai de mon côté, là où mon fils s'était tenu, et il n'y avait plus rien.

Lorsqu'en me tournant je vis qu'il n'était pas avec Jon (deux secondes s'étaient écoulées, en fait, peut-être même une seule), j'ouvris la bouche et entendis sortir les mots *Mais où est Chad?* puis je vis le choc intense et vide s'inscrire sur le visage de Jon. Il regarda vers le lac et dit, en tendant le bras : « Là! »

Mais qu'est-ce que cela voulait dire, « Là! », par une journée d'une telle vacance lumineuse?

L'eau, une illusion, le soleil qui l'éclabousse – « Là ! », ça n'existait pas.

C'était aussi peu précis que « Nulle part ! »

J'étais une femme aveugle, en maillot de bain, qui cherchait l'éclat argenté d'une aiguille, et puis nous nous mîmes tous les deux à courir vers l'eau.

« Là ! criait toujours Jon, là ! »

Mais il n'y avait rien, là. De l'eau, du soleil ; du soleil, de l'eau. Absolument rien.

Et puis, soudain, je le vis – une petite silhouette au bout du monde, juste avant que le monde le submerge de ses couches de brillance et d'obscurité, dont un énorme tube s'emparait de sa silhouette au bord de l'horizon.

Je me retrouvai ensuite dans l'eau, que je fouillai comme une folle, incapable d'y voir quoi que ce fût, à part mes propres ongles, peints en rouge, et la nuque rose de Jon qui, penché en avant, cherchait dans l'eau, tout en continuant à hurler « Là ! Là ! »

Un pied blanc – ou un poisson ? –, je me précipitai dessus.

Je le saisis.

Un miracle.

Quelque chose que la nature avait volé avant de me le rendre. Mon bébé. Tiré du lac Michigan, et qui riait. Je tins contre moi sa forme heureuse et agitée pendant trop longtemps. Il se mit à pleurer.

Une fois séchés et suffisamment calmés pour pouvoir nous parler à nouveau, Jon et moi rangeâmes les affaires.

Nous prîmes la voiture et rentrâmes à la maison, dans un silence abasourdi.

Au lit, ce soir-là, on en a parlé, par monosyllabes.

« Mince !

— Flûte !

— Si...

— Je sais.

— Merde !

— Oh ! Jon...

— Si près de...

— Je peux pas...

— Je sais. »

Chaque fois que je fermais les yeux, je revoyais le tout :

Ce rien, ce « Là ! » étincelant, mon bébé au milieu.

« Tu penses à quoi, mon chou ? » demanda Bram.

Il s'était calé sur un coude et me regardait. L'ombre qu'il projetait me permit d'ouvrir les yeux. Je le regardai.

« Je crois qu'on est vraiment trop en retard, dis-je.

— Et alors, qu'est-ce que ça peut faire ? demanda-t-il en m'attirant vers lui. Je ne vois pas d'endroit au monde où je préférerais être plutôt qu'ici.

— Et ton cours ? demandai-je.

— Rien à foutre, de mon cours, dit-il. Ils vont bien trouver une solution. »

Il m'embrassa. Il retira le drap qui recouvrait mon corps, et fit glisser sa main de mon cou à mes hanches.

« Tu es si belle, dit-il. On dirait une statue. »

Il m'embrassa l'épaule, là où il m'avait mordue. Il fit courir sa langue dans le creux de mon bras jusqu'à mon coude. Il se glissa vers mes jambes, embrassa les genoux écorchés – le gauche, d'abord, qui avait commencé à cicatriser, puis le droit, qui me piqua sous ses lèvres, ce qui me fit tressaillir.

« Désolé », murmura-t-il, avant de remonter pour m'embrasser à nouveau l'épaule et redescendre ensuite le long de mon bras, jusqu'au poignet. Il embrassa mon poignet. Il le mordit légèrement. Il prit le poignet dans sa main et le cala au-dessus de ma tête, il fit de même avec l'autre.

« Je veux t'attacher et te faire jouir. »

Je fus surprise de voir combien tout mon corps s'électrifia, involontairement, à cette suggestion – comme un diapason coincé quelque part dans mon ventre, qui me fit me tendre en avant, et qui durcit mes mamelons sans même qu'ils aient été touchés.

Bram se leva et prit son pantalon qui traînait par terre, il sortit de la poche un bout de corde si évident que je n'arrivai pas à croire qu'il l'avait apporté sans que je remarque rien.

Je regardai la corde.

Il se tourna, en souriant, et brandit la corde pour que je la voie mieux – une corde à linge, comme celle que ma grand-mère tendait toujours entre deux arbres dans son jardin. Je la vis soudain, incongrue, dans une robe rose – le genre de robe qu'elle n'aurait jamais portée, avec de grandes poches pleines de pinces à linge. Ma grand-mère, morte depuis vingt ans. Bram fit claquer la corde.

« Il t'attache, quelquefois, ton mari ? demanda-t-il.

— Non, dis-je, en respirant si fort que j'avais du mal à parler.

— Eh bien, moi, dit-il en souriant, je vais t'attacher. »

Au début, malgré le désir, malgré le pincement de peur, je me sentais un peu idiote, allongée là, tranquillement, sur le dos, patiente et nue, attendant que Bram m'attache les poignets au-dessus de la tête pour ensuite nouer la corde au pied d'une chaise qu'il avait tirée à côté du futon. Je me suis demandé si, pour donner à tout ça un peu plus qu'une signification symbolique, je ne devrais pas me débattre un peu pour me détacher ? Ou au moins faire semblant de me débattre ?

Mais je restai immobile, les yeux clos, je pensais, malgré moi, au bureau, à mon cours. Il aurait déjà dû commencer et se terminer. Combien de temps, me demandai-je, mes étudiants auront attendu assis dans la classe ? Ou alors est-ce qu'ils s'étaient joyeusement tapé les paumes des mains en se précipitant dehors ? (*Ouais ! Y a pas cours !*) Est-ce que quelqu'un était allé au secrétariat d'anglais pour prévenir que Mme Seymour n'était pas venue ? Est-ce que Beth allait essayer de m'appeler chez moi, ou allait-elle simplement m'envoyer un e-mail, ou même se contenter de hausser les épaules ?

Mais lorsque je me rendis compte que la corde était assez serrée autour de mes poignets pour que, si je voulais me dégager, je doive renverser la chaise et ramper sur mes genoux écorchés – que je serai maladroite, à tenter de m'échapper, et facilement rattrapée et maîtrisée, lorsque je me rendis compte que Bram m'écartait les jambes et qu'il s'agitait entre mes cuisses, qu'il embrassait mes cuisses, que je sentais son souffle chaud contre ma peau, lorsque j'ouvris les yeux pour regarder droit vers le plafond, j'oubliai mon cours, mes genoux écorchés, Jon, Garrett, Chad, mon père, j'oubliai que j'étais une enseignante d'anglais d'âge moyen, allongée sur un futon – et mes hanches se soulevèrent vers le ciel, et tout ne fut plus qu'un ciel, au moment où il glissa deux doigts en moi, je tirai violemment sur la corde malgré moi, futilement, et Bram eut à peine besoin de me toucher avec sa langue pour que je commence à jouir.

Après, les bras toujours attachés au-dessus de ma tête, tandis que Bram allait et venait doucement en moi, je me dis : Est-ce que c'est ça ? Faire l'amour juste pour le plaisir ? Est-ce cela, le grand cadeau qui vous arrive en vieillissant, quand la procréation, le mariage et l'avenir sont derrière nous, se trouver avec quelqu'un sans chercher à avoir plus, sans vouloir quoi que ce soit en échange de ce que je donnais – la capacité négative de tout cela. Ce pur plaisir était tout ce qui était nécessaire entre nous.

Mais, alors que je pensais cela, Bram me regarda droit dans les yeux.

« Et souviens-toi, mon chou, tu es à moi pour toujours. »

Je tentai de me glisser dans mon bureau sans me faire voir, mais Beth fit demi-tour et lâcha son ordinateur à la seconde où j'entrais.

« Sherry ! cria-t-elle. Tu vas bien ? Pourquoi tu n'étais pas en cours ?

— Euh, dis-je, je ne me suis pas réveillée. Je ne me sens pas... euh... très bien. »

Elle me dévisagea une seconde.

« En tout cas, tu as l'air en grande forme », dit-elle.

Sur ma boîte vocale, il y avait sept messages.

Deux venaient de Beth – le premier pour voir si j'étais dans mon bureau, le second confirmant que je n'y étais pas et que j'avais manqué le cours. Puis un message d'une étudiante me disant qu'elle avait laissé son devoir dans mon casier. Un message de Sue, qui avait appris par Robert Z. que j'avais manqué mon cours et qui se demandait si j'allais aussi manquer les cours de l'après-midi, elle disait : « J'espère que tu vas bien », du ton soucieux mais froid d'une collègue et non d'une amie. Et puis, deux messages de Jon.

« Bon sang, Sherry ! Tu as manqué ton cours ! Qu'est-ce qui se passe ? »

Je fus heureuse d'entendre le ton d'inquiétude dans sa voix. Une voix connue, conjugale – la réaction qu'un mari, dans une situation domestique ordinaire, aurait en apprenant que sa femme, ce matin-là, n'était pas venue travailler.

Mais le deuxième message de Jon était à moitié murmuré.

« J'espère que ce qui se passe est ce que je pense. Quand tu rentres, je veux que tu me racontes tout. »

Le dernier message venait de Summerbrook.

« Juste pour vous dire que votre père va beaucoup mieux. Appelez-nous si vous voulez en savoir plus. »

La voix de la femme ne m'était pas familière. Guillerette. Enfantine. Pleine, me dis-je, de faux entrain.

Je devais répondre à ces appels, mais je ne me sentais pas encore capable de parler sans me trahir, sans révéler où j'avais été et ce que j'avais fait. Tout cela devait encore se trouver dans ma voix, cette longue matinée au lit avec mon amant. Il était sûr qu'en entendant ma voix on pourrait également entendre tout ça.

J'allumai mon ordinateur.

Dans ma boîte de réception, un message de Chad :

Salut, maman. Si toi et papa vous n'êtes pas trop occupés, tu crois que vous pouvez passer me chercher à l'aéroport ? Dimanche en huit. Je serai le gars au carrousel des bagages qui était connu avant comme votre fils. Tu te souviens de moi ? T'es bien ma mère ?

Chad.

P.S. T'as convaincu Garrett de renoncer à ses ambitions guerrières ? Moi, je lui dirais : Vas-y, champion, ça nous fera plus à bouffer, ici...

Après avoir éteint l'ordinateur, je pris le téléphone pour appeler Summerbrook, où ce que l'assistante du médecin pouvait bien penser de moi ou de mes histoires extramaritales n'avait aucune importance. Qu'est-ce que cela pouvait bien faire, si elle entendait quelque chose dans ma voix. Quand je l'ai demandée, on m'a dit qu'elle était là et qu'on allait me la passer.

« Allô ? »

Elle répondit d'une voix joyeuse, musicale, le même ton de voix avec lequel elle avait laissé son message à une machine. Je lui dis qui j'étais, qui était mon père et elle s'exclama : « Oh mais oui, oui, oui ! » Il allait, dit-elle, bien bien mieux depuis qu'ils avaient commencé à lui donner du Zoloft. Hier, ils avaient réussi à le convaincre de descendre pour les activités artistiques (je crus l'entendre feuilleter des papiers, comme si elle consultait ses notes sur mon père, sur son bonheur ou son désespoir relatifs – des piles de papiers que j'imaginais vierges, blancs, de l'épaisseur d'une pelure d'oignon) et il avait paru très très heureux. Il avait fait de petits paniers de Pâques avec quelques dames. Il mangeait à nouveau. (Je dus écarter le combiné de mon oreille, elle me parlait trop fort, d'une voix trop exaltée.) « Vous devriez le voir ! » dit-elle – et je sentis alors la culpabilité me poignarder quelque part près des sinus, je sentis les larmes naître là et couler derrière mon visage, dans ma gorge, où je pouvais en percevoir le goût, plutôt doux et l'arrière-goût prolongé du bonbon à la menthe que j'avais mangé en allant à la fac, comme si quelque chose d'acide, mais aussi de sucré, m'avait piqué entre les deux yeux.

« Je suis désolée, dis-je. Je suis désolée de ne pas avoir pu venir le voir. Mais j'ai été si...

— Occupée ! » s'exclama-t-elle, comme s'il s'était agi d'un concours, comme si elle était très contente d'avoir crié la bonne réponse, pour avoir rempli le blanc à ma place avec le mot même que je cherchais.

« Madame Seymour, dit-elle, mais c'est à cela que nous servons. C'est notre travail, de prendre soin de ceux qui n'ont personne ayant assez de temps pour s'occuper d'eux. »

Je me redressai sur mon siège.

Était-elle en train de me critiquer – brillamment, subtilement, avec cette fausse jovialité, ce reproche amical – ou bien était-ce simplement la brutale vérité ?

Cela n'avait aucune importance. Je voulais encore m'excuser. Je voulais lui dire : *Écoutez, il a toujours été un homme dur. Même quand j'étais enfant. Des années pouvaient passer sans qu'il fasse le moindre sourire. Nous n'avons jamais été très proches. C'était ma mère, dont j'étais proche ; mon père, il était comme une ombre sur le mur, il...*

Je voulais lui dire que j'avais eu un frère. Mon père et lui étaient beaucoup plus proches que lui et moi ne l'avions jamais été, et mon frère s'était tué, il avait mis fin à ses jours – et n'était-ce pas là l'acte ultime d'abandon, ne méritait-il pas quelque reproche pour cela, ne devrait-il pas, s'étant retiré si totalement sans aucun souci pour notre père, ni pour moi, ne devrait-il pas endosser quelque responsabilité, aussi ? *Pourquoi cela devrait toujours être la fille qui...*

Et puis elle reprit, comme si elle apportait de bonnes nouvelles : « Vous ne pouvez rien faire pour lui, madame Seymour. Nous nous occupons très bien de lui. »

Elle prenait des airs de propriétaire, me dis-je... comme si, maintenant, mon père lui appartenait.

Au-dessus de l'autoroute, deux grues volaient bas, l'air préhistorique et déterminé, comme deux longs crucifix lisses croisant dans le ciel – l'un qui suit docilement l'autre, et les deux qui poussent des cris perçants.

Est-ce qu'elles se parlaient ? Ou bien, me demandai-je, est-ce qu'elles appelaient le reste du monde ?

« Alors, dit Jon en m'accueillant à la porte. Qu'est-ce qui t'est arrivé hier soir, pour que tu manques ton cours du matin ? »

Un éclat de lumière venant de la fenêtre lui éclaboussait le visage et baignait ses traits d'une clarté si vive que je n'aurais jamais été capable de le reconnaître parmi d'autres suspects, ni même dans la rue. Je voyais bien qu'il souriait, mais je ne pouvais déterminer si son sourire était forcé ou sincère.

« Le réveil était débranché, en fait, dis-je. Du coup, je ne me suis pas réveillée. »

Son sourire s'évanouit. Il avança d'un pas vers moi, sortant ainsi du rayon de soleil venant de la fenêtre.

« Je ne te crois pas, dit-il. Je crois que tu étais avec ton amant. »

J'ai jeté mon sac par terre, en secouant la tête.

« Oui, dit-il en me prenant dans ses bras. Je le sens sur toi, Sherry, ajouta-t-il en enfouissant son visage dans mes cheveux. Y a pas de problème. Tu peux me le dire. »

Une douleur sourde vint me frapper à la base du crâne – une veine qui bat contre un nerf, je supposai. Je sentis les larmes me monter à nouveau aux yeux, mais je réussis cette fois à les contenir en clignant des paupières.

« Tu as raison, dis-je en avalant ma salive. Il m'a attachée.

— Bon sang ! dit Jon en s'éloignant de mes cheveux pour me regarder. Il t'a attachée ?

— Oui, dis-je.

— Sherry, Sherry, dit Jon, en posant une main sur mes seins. C'est bien, dit-il. Je veux qu'on monte, et je veux que tu me racontes exactement ce qui s'est passé. »

Nous avions déjà fait l'amour, pris une douche, et nous nous étions déjà recouchés, mais Jon eut immédiatement une nouvelle érection. Pendant que nous faisions l'amour, il m'avait fait dire le nom de Bram. *Dis son nom,* avait dit Jon. *Je veux t'entendre dire son nom quand je vais jouir.*

Je l'avais dit, et en le faisant, j'avais vu le visage de Bram penché au-dessus du mien, qui baissait les yeux sur moi, en me disant : *Souviens-toi, mon chou, tu es à moi pour toujours.*

Comment cela avait-il pu arriver, me demandai-je, mon amant qui était devenu jaloux et possessif, tandis que mon mari essayait de me donner à un autre ? J'avais dit à nouveau son nom, et Jon avait poussé plus fort en moi, avant de jouir.

Après, Jon m'attira contre lui.

« Tu lui as dit, demanda-t-il, que tu veux qu'il vienne ici ? Que tu veux baiser avec lui dans ton lit conjugal sacré ? »

Jon riait mais il était malgré tout en même temps sérieux, et le sarcasme me transperça.

Tout cela n'était qu'un jeu, pour lui, me dis-je à ce moment-là, pleine d'amertume. Pas seulement la liaison, mais aussi le mariage. Je me souvins de ma mère penchée sur mon frère quand il avait douze ou treize ans. Il venait de lui dire quelque chose d'odieux – une de ces choses qu'il disait si souvent. *Espèce de pute !* ou bien *Je te hais*, ou encore : *Tu sens la pisse*, il souriait vers elle et elle lui disait : « Je devrais faire disparaître ce sourire à coups de gifles, mon petit vieux. »

« Alors ? Tu lui as demandé ? répéta Jon.

— Non, dis-je. J'ai oublié.

— Comment ça, tu as oublié ? »

Jon réfléchit une minute, mais il souriait toujours.

« Tu me fais marcher, là, Sherry. Comment tu peux oublier une chose pareille ? Enfin, Sherry ! T'as oublié ! »

En vérité, je n'avais pas oublié. J'y avais pensé toute la journée – Bram chez nous, dans notre lit – et la majeure partie de la nuit, aussi. J'y avais pensé en faisant cours. Allongée sur le futon à côté de Bram, j'y pensais encore. Sur la route du retour, j'y avais repensé. Et toujours, ce tunnel résonnant d'échos :

Est-ce que je voulais – est-ce que je pouvais vouloir – amener Bram dans ma maison, dans mon lit ? Est-ce que je le voulais parce que Jon le voulait ? Ou est-ce que je ne le voulais pas parce que Jon le voulait ? Est-ce que je voulais que Bram le veuille aussi ?

Et pourquoi cela me donnait-il, malgré l'insistance de mon mari, le sentiment d'une trahison, plus que tout le reste – une trahison du mariage, de notre vie ?

Parce que cela l'était ?

Non. Je me dis : Non, bien sûr que non.

Pourquoi serait-ce plus une trahison de notre mariage que le fait d'écarter les jambes pour Bram ? De le prendre en moi ? De dormir à côté de lui ?

À dire vrai, avant même que Jon ait abordé le sujet, j'avais eu envie d'amener Bram ici, pas vrai ? J'avais voulu lui montrer où je vivais, qui j'étais. Car j'avais commencé à penser que pour lui le studio était mon lieu, ma façon de vivre – qui il croyait que j'étais – une femme qui n'avait rien d'autre qu'un futon et deux assiettes, pas d'histoire, pas de famille, pas de possessions ni de goûts. J'avais alors voulu, songeai-je, qu'il voie mon jardin, mon poêle à bois, toute ma vie, en somme. Je m'étais imaginée le guidant dans une visite de ma maison. *Tu vois, c'est ici que je vis, ce sont mes objets...*

« Tu ferais mieux de lui dire dès demain », dit Jon.

Je le regardai.

Son sexe érigé était toujours collé contre ma hanche.

J'avais presque oublié que Jon était là.

« Chad revient dimanche prochain, après ce sera trop tard. »

Chad.

Dimanche.

J'avais presque oublié Chad, aussi.

Je n'avais même pas répondu à son message.

La mention de son nom à ce moment-là me calma tout à fait, je m'éloignai un peu de Jon, de son sexe tendu et de ses murmures torrides, et, soudain, tout le pathos et toute l'absurdité de la situation me submergèrent, me traversèrent, réellement, que du sang et de la honte, et puis ce sentiment d'urgence désespérée et dénuée de sens.

« D'accord, dis-je. D'accord, je le lui dirai. »

Bram déboucha au coin du couloir menant à mon bureau au moment où je me tenais devant ma porte, que j'étais en train d'ouvrir, avec une de mes étudiantes – Merienne, en échec à mon cours d'intro à la littérature, une blonde portant un haut si décolleté qu'il serait impossible à quiconque de ne pas regarder vers les ombres sur lesquelles il plongeait. Elle était superbe, et, quand je vis Bram derrière nous, j'eus envie de jeter une couverture sur Merienne, pour qu'il ne la voie pas, pour qu'il ne compare pas sa fermeté éblouissante avec la mienne.

Mais il a tout vu.

Comment aurait-il pu en être autrement ?

Et, avant même que je puisse me retourner vers ma porte, je vis les yeux de Bram se promener le long du corps de la fille, et une poussée d'humiliation me parcourut – chimique, liquide, sentant les produits d'entretien pour la maison, le formol, surgissant simultanément de tous les pores de ma peau.

« Hé ! » me dit-il, tout en la regardant.

J'entrai dans mon bureau, suivie de Merienne.

« Il faudra que je te parle, après », dis-je à Bram, en fermant la porte.

« Comme ça, dit Bram, plus tard, à la cafétéria, je n'ai vraiment pas le droit de te voir à ton bureau ?

— Si, dis-je, mais c'est gênant. Je vois des étudiants, là. Et, te voir...

— Ça te distrait ? » demanda Bram.

Sa main survola un moment son gobelet de café posé devant lui, et je me rendis alors compte que, peut-être, il cherchait une sorte d'assurance. Il posait des questions sur son propre pouvoir sur moi, il vérifiait.

« Oui, ça me distrait beaucoup, dis-je.

— Je ne veux surtout pas te distraire dans ton travail, dit-il en tendant la main au-dessus de la table pour faire courir ses doigts sur mes phalanges. Mais j'aimerais beaucoup te distraire ailleurs. »

Je retirai ma main tout en regardant autour de moi. La cafétéria était presque vide, mais Derek Heng était assis à la table voisine de la nôtre. Il me regardait. Il n'était plus venu en cours depuis le jour où nous avions eu cette discussion sur le premier acte d'*Hamlet*, lorsqu'il m'avait demandé à quoi cela servait de lire ce texte s'ils ne le comprenaient pas.

Derek me fit un signe de tête évasif. Je le lui rendis.

Je me retournai ensuite vers Bram.

Il me regardait. Une obscurité brumeuse. Quelque chose, juste derrière ses iris, qui couvait. Je sentais le sang palpiter à mon cou. Je posai les doigts sur la veine. J'ouvris la bouche pour parler, mais à ce moment-là, quelque chose vint atterrir sur la table, entre nous. Un frelon ? Une chose dorée et bourdonnante. Je repoussai ma chaise au moment où la chose se mettait à suivre un filet de liquide collant qui séchait sur la table. Bram agita la main au-dessus de la chose, qui s'envola, dans un son semblable à une très faible alarme étouffée.

Je levai les yeux vers lui.

« Tu peux venir chez moi ?

— Bien sûr, dit-il, sans me quitter des yeux et sans ciller. Je veux bien venir chez toi, mon chou. Tu es sûre que ton mari ne nous tombera pas dessus ?

— Non, dis-je.

— D'accord », dit-il.

Bram me suivit de la cafétéria à mon bureau. Lorsque nous entrâmes ensemble dans le bureau du département, Beth leva les sourcils avant de se retourner vers son ordinateur, vers la ligne de piques et de cœurs étalée sur son écran.

Après que j'eus fermé la porte derrière nous, Bram fit le tour de la pièce, en touchant mes objets.

Un presse-papier. L'agrafeuse. Une boîte de trombones.

Il prit une photo de Chad, qu'il regarda très intensivement, pendant si longtemps que je fus tentée de la lui arracher des mains, ce que je ne fis pas. Je le laissai regarder. Je regardai par-dessus son épaule. Sur la photo, Chad avait onze ans, il portait un tee-shirt de base-ball et une casquette verte. Son sourire était si large et tellement plein de désir qu'il en finissait pas être difficile à regarder. Ce moment précis, me disais-je toujours quand je regardais cette photo, marquait la dernière partie de son enfance. Après cela, il avait appris, comme nous tous, à cacher au monde, et surtout à la caméra, son enthousiasme nu pour la vie. Après cela, il n'y eut plus jamais de photo de Chad sur laquelle il n'avait pas de sourire à moitié ironique. Comme un ricanement. Une expression qui disait : *Oui, c'est moi, et je souris.*

Bram reposa sur mon bureau la photo de Chad dans son petit cadre de bronze, doucement, et il prit une photo de Jon. Il ne la regarda qu'une seconde, narquois, et la reposa, face contre le bureau. Il se tourna vers moi, me prit par la taille et m'attira vers lui.

« Tu es à moi, maintenant », dit-il en m'embrassant profondément, en me penchant en arrière, jusqu'à ce que nous tombions sur le bureau, et il se retrouva entre mes jambes.

Mais je ne fis rien pour arrêter les choses. Nous avons joui tous les deux, là, comme ça, rapidement, puis il s'est reculé pour me regarder, sa braguette toujours ouverte, sa chemise humide sous les bras, les lèvres entrouvertes, les yeux plissés.

« N'oublie jamais, dit-il. Toute à moi. »

Il remonta la fermeture Éclair de sa braguette, rentra sa chemise dans son jean et sortit.

Je restai longtemps assise à mon bureau, je n'osais pas quitter la pièce. J'attendis jusqu'à l'heure du déjeuner, que Beth soit sortie pour une heure. Je voulais pouvoir me regarder dans le miroir des toilettes avant que quelqu'un pût me voir.

Après être passée par les toilettes des femmes – où je suis restée un long moment à m'observer dans le miroir en pied –, je me dirigeai vers la cafétéria. J'y vis Garrett, au loin, je l'appelai mais il ne se retourna pas. Et puis, de derrière, j'entendis Sue me dire : « Salut, l'amie ! »

Je me tournai pour la découvrir qui se tenait à quelques centimètres de moi, un gobelet à la main. Elle portait une robe bleue ornée d'une large ceinture marron à la taille, elle souriait.

« Sue », dis-je.

Elle semblait en forme, me dis-je, reposée. Elle avait une nouvelle coupe de cheveux et les petites boucles, sur son front, faisaient très jeune fille, très optimiste.

« Tu as une mine splendide, Sue, dis-je.

— Mais je suis splendide, dit-elle.

— Tu es plus jolie que jamais, dis-je. Tu es... radieuse.

— Et toi, Sherry, comment tu vas ? demanda-t-elle.

— Je vais bien aussi », dis-je – me sentant soudain prude, exposée, sachant ce qu'elle savait de moi, ce que je lui avais moi-même dit.

Maintenant, je voulais tout reprendre, lui dire que ce que je lui avais dit de Bram, de la liaison... que j'avais tout inventé. Que tout cela, c'était un fantasme, une histoire. Rien ne s'était réellement passé.

Mais pouvais-je seulement le faire ? Pouvais-je vraiment rire, mentir et faire de tout cela une petite blague ?

Non.

Si j'avais jamais menti à Sue, je ne m'en souvenais pas. Bien sûr, je lui avais dit plusieurs fois que j'aimais bien un pantalon ou des chaussures qu'elle s'était achetés, alors que ce n'était pas vraiment le cas – mais est-ce que cela comptait comme un mensonge ? En plus, quelle explication plausible allais-je pouvoir lui donner, pour avoir inventé une histoire pareille ? Elle me connaissait trop bien. Elle savait tout, maintenant, elle savait tout sur Bram. C'est moi qui lui avais tout dit, bien sûr – mais j'éprouvais malgré tout un certain ressentiment, comme si elle m'avait emprunté quelque chose qu'elle refusait de me rendre. Je le lui avais donné, bien sûr, mais elle le conservait maintenant contre ma volonté – ou alors nous savions toutes les deux qu'elle pouvait le faire si elle le voulait.

Peut-être pour nous distraire de ce qui planait entre nous, je fis un signe en direction de Garrett, planté à sa place habituelle dans la cafétéria, qui parlait à son ami au blouson de nylon rouge.

« Tu te souviens de lui ? dis-je. C'était le petit camarade de Chad à l'école primaire. Garrett.

— Celui dont le père est mort ?

— Oui, dis-je.

— Dis donc ! dit-elle. Ça grandit drôlement vite. Mes garçons, ils vont devenir comme ça, un jour ?

— Oui, dis-je. Et en un clin d'œil.

— En attendant, dit-elle, il faut que j'y aille, je dois apporter des gâteaux à leur classe. Je suis responsable de la collation, aujourd'hui.

— Responsable de la collation... », répétai-je en me souvenant.

Le poids d'un plateau chargé de petits gâteaux, le problème de les couvrir de papier alu ou de cellophane sans bousiller le glaçage et les petits vermicelles de sucre. Les petites serviettes en papier. Les enfants assis à leurs bureaux. L'odeur de gâteau dans une petite pièce. Le parfum de quelque chose de sucré qui a été fait par la mère d'un enfant. Le grand et simple plaisir d'être la mère qui a fait ça.

« Il s'est engagé dans les marines, lui dis-je.

— Ce n'est pas vrai ! » dit-elle.

Elle avala une gorgée de café dans le gobelet qu'elle tenait à deux mains et nous nous mîmes à avancer lentement toutes les deux vers nos bureaux. Comme on sortait, je vis Robert Z. à l'autre bout de la cafétéria, mais je détournai le regard, je ne voulais pas avoir à lui parler, surtout devant Sue, de l'endroit où je me trouvais la veille et de la raison pour laquelle j'avais manqué mon cours.

« Oui, dis-je, j'ai essayé de l'en dissuader...

— Y a pas moyen de les dissuader, dit Sue. Certains de ces garçons, j'en ai eu dans mes cours, c'est comme des papillons de nuit attirés par la flamme. Ils ne croient pas encore à la mort. Et ils croient en ce qu'ils font.

— Je sais, dis-je. Mais avec Garrett, je me sens… responsable. Je me sens…

— Pourquoi ? dit Sue. Tu n'es pas sa mère, ajouta-t-elle avant de s'arrêter pour avaler une autre gorgée de café. Tu n'as rien à voir avec ça. »

Je m'arrêtai aussi et me tournai vers elle.

« J'ai le sentiment que si.

— Pourquoi ? demanda-t-elle alors que nous nous remettions en marche. Tu ne le connais même pas très bien, si ?

— Un peu, dis-je. Je le connais un peu.

— Oui, dit Sue, mais un peu, c'est rien. Tu ne peux pas, comme ça, te sentir responsable de tous les jeunes que tu connais un peu. »

Je m'arrêtai dans le couloir et me tournai vers elle.

« Tu te souviens de ces lettres, que j'ai reçues ? »

Sue continuait à marcher en hochant la tête, sans se tourner vers moi. Je la suivis.

« Tu sais, dis-je, je croyais qu'elles venaient de… Bram… »

J'avais prononcé son nom dans un souffle, et elle s'arrêta, se tourna vers moi, mais ne me regarda toujours pas. Elle avait les yeux rivés sur le lac noir de son café, comme si elle y avait perdu quelque chose.

« Mais ce n'était pas lui, dis-je. C'était Garrett. »

Sue ricana et leva les yeux, en secouant la tête.

Elle ne me regardait pas dans les yeux. Elle regardait mon cou. Elle continuait à secouer la tête, un peu de café noir s'échappa de son gobelet et coula sur sa main, mais elle ne sembla rien remarquer. Elle inspira.

« Non, Sherry, dit-elle, comme si elle était à la fois épuisée et soulagée de parler. Ces notes ne venaient pas de Bram, et elles ne viennent pas de Garrett.

— Je sais, dis-je, je sais que ça a l'air ridicule, parce que Garrett est si jeune, mais je crois que c'est possible, je ne sais pas, qu'il ait projeté des sentiments, des sentiments filiaux, peut-être, sur moi, et que... »

Elle soupira, alors, et me regarda droit dans les yeux. Elle sourit – un sourire qui me parut faible, plein d'excuses.

« J'aurais bien fini par te le dire, Sherry, mais je crois qu'il faut que je le fasse maintenant, parce que ça va trop loin. Je crois que c'est une bourde. J'avais de bonnes intentions, mais de toute évidence, c'est une grosse bourde. Ces billets (elle inspira profondément) venaient de moi. »

Instinctivement, je portai les mains à ma gorge.

Un petit bruit s'échappa de ma bouche.

Sue leva les yeux, comme elle s'attendait à ce que je dise quelque chose, ce que je voulus tout d'abord faire, mais les mots refusèrent de sortir. Elle ouvrit alors la bouche, la referma, puis haussa les épaules en baissant les yeux vers ses pieds.

Je regardai également ses pieds, et je crus voir le sol glisser légèrement sous nous. Un rai de lumière qui flotte sur le lino. Une illusion d'optique. Mais je m'approchai du mur, pour m'y appuyer, pour me caler. J'avais toujours les mains sur ma gorge. J'avalai ma salive.

« Pourquoi ? » finis-je par dire.

Sue ne dit rien.

« Pourquoi ? » demandai-je à nouveau, avec plus d'insistance, cette fois.

À nouveau, Sue haussa les épaules.

« J'avais de la peine pour toi, Sherry. Je pensais que le départ de Chad pour l'université était dur à vivre. Tu avais toujours l'air si fatigué, comme si tu ne t'occupais plus de toi – un air lessivé. Je voulais mettre un peu de piment dans ta vie. Je pensais que ça te ferait du bien, de penser que tu avais un admirateur secret. C'est juste que ça a marché un peu trop bien. »

De retour dans mon bureau, je pris les lettres dans le tiroir et dans le classeur et, sans même les regarder, je les froissai et les jetai à la poubelle.

Dans le couloir, j'étais restée sans voix devant elle pendant ce qui m'avait paru un très long moment, et même après tout ce temps durant lequel j'aurais pu reprendre mes esprits, la seule chose que j'avais réussi à dire, c'était « Oh ».

Oh.

Oh.

Elle m'observait, je trouvais, avec une certaine distance, avec un air sur le visage que je reconnus être, pensai-je, une certaine satisfaction.

Qu'est-ce que cela aurait pu être d'autre ?

Elle n'avait l'air ni désolé, ni triste, ni sympathisant. Elle se tenait très droite, me regardait dans les yeux, et son regard ne vacilla jamais. Elle avait fait quelque chose, qu'elle avait voulu faire, et elle avait gardé le secret assez longtemps, voilà ce que disait son regard.

Et il n'y avait rien d'autre à en dire.

Mais, dans ce couloir, observée par elle, je m'étais sentie disparaître en arrière, à grande vitesse.

Une femme attachée au mât d'un bateau.

Non, une femme attachée à une fusée.

Une femme qui devient de plus en plus petite, observée. Toutes ces années d'amitié, alors, qui se télescopent en quelques battements de cœur, dans le couloir, et, soudain, j'étais à des millions de kilomètres de là. Elle ne pouvait vraiment pas me voir, me dis-je, même si elle me regardait fixement, et paraissait réellement me voir. Même si elle me voyait toujours, me dis-je, elle allait avoir besoin de cligner des yeux. Elle allait avoir besoin d'utiliser des jumelles – et même avec ça, j'aurais l'air d'une fourmi. D'une minuscule tache noire. J'avais été propulsée loin d'elle, à des années, en quelques secondes. J'avais complètement disparu. J'avais été effacée par le soleil, de la salle du Centre d'écriture, le jour de notre première rencontre. J'avais été oblitérée à la vitesse de ma propre propulsion – soufflée en arrière au-dessus d'un paysage jonché de gobelets en polystyrène, de vêtements abandonnés, d'enveloppes déchirées, de fleurs blanches – celles qu'elle avait portées dans ses cheveux le jour de mon mariage – et de toutes les cartes de Noël et d'anniversaire qu'elle avait signées de cette écriture fluide et juvénile. Son écriture, j'aurais dû la reconnaître immédiatement... pourquoi ne l'avais-je pas reconnue ?

Sois à moi pour toujours.

Amitiés, Sue.

Comment avais-je pu louper ça, toutes ces années, dans cette *amitié*, la haine, aussi ?

« Allez, Sherry, avait-elle dit, n'en fais pas un drame, d'accord ? »

Trois

Allongé sur le dos à la place de Jon dans notre lit, la tête posée sur l'oreiller de Jon, Bram avait l'air de l'étranger qu'il était.

Sous son corps, dans notre lit, je m'étais sentie creuse. Stupide. Grosse. Cela faisait des semaines que j'avais cessé d'aller tous les soirs au gymnase comme je le faisais habituellement. Tandis que Bram allait et venait en moi (l'expression douloureuse et érotique sur son visage semblant presque, dans la lumière trop vive de l'après-midi, être une expression de plaisir de dessin animé), je voyais bien que la bande de chair que j'étais si fière d'avoir perdue après ces kilomètres et ces kilomètres menant nulle part parcourus sur des engins elliptiques était revenue.

Jon avait eu une voix tremblante et lasse, ce matin-là quand il avait appelé de son travail.

« À quelle heure tu crois que vous allez arriver chez nous ? À quelle heure tu crois que tu baiseras avec lui dans notre lit ? »

La veille au soir, il m'avait montré un magnétophone qu'il avait acheté à Best Buy. Fin et argenté.

« Je vais installer ça sous le lit, avait-il dit.

— Non, avais-je dit. Et si ça fait du bruit ? Et si Bram l'entend ?

— J'y ai pensé, dit Jon dont les yeux brillaient, avec des pupilles petites comme des pointes d'épingles. J'ai demandé au vendeur et j'ai vérifié moi-même. C'est digital. Ça ne fait pas de bruit.

— Je ne veux pas de ça, dis-je en me dirigeant vers la salle de bains pour prendre ma douche.

— Pourquoi ? »

Il me suivit, le magnétophone à la main, il me le tendait comme un cadeau – une bague de fiançailles – qui devrait avoir autant de valeur pour moi que ça en avait pour lui.

« Qu'est-ce qu'il y a, dis-je en me retournant brusquement, tu veux une preuve, Jon ? Tu ne me crois pas, c'est ça, tu ne crois pas que je vais l'amener ici, tu as vraiment besoin d'une preuve ?

— Non, dit-il. Je n'en ai pas besoin, Sherry. Rien de tout cela n'a à voir avec ce dont toi ou moi on peut avoir besoin. C'est...

— Tout cela prend des proportions impossibles, Jon. Ça devient vraiment malsain, violent, et...

— Violent ? Quoi ? Qu'est-ce que tu veux dire ? C'est violent, de vouloir avoir une vie sexuelle un peu chaude avec sa femme ? C'est violent, de vouloir penser à elle qui se fait baiser par un autre homme ?

— On ne dirait pas vraiment que tu veux avoir une vie sexuelle un peu chaude avec moi, on dirait plutôt que tu veux me... ressusciter. Depuis quand suis-je devenue si terne, pour toi, Jon, si peu sexy que tu dois t'exciter comme ça, simplement pour me voir, simplement pour...

— Sherry, Sherry, bon sang... Tu sais, ça fait vingt ans que nous sommes mariés, au cas où tu n'aurais pas remarqué. Je suis désolé si...

— Si tu as besoin d'imaginer qu'un autre homme me baise pour pouvoir me baiser toi-même ?

— Enfin, Sherry, on a toujours eu ce genre de fantasme. Depuis le début. Avant même notre mariage, on parlait toujours...

— C'était différent, dis-je. Ça nous concernait tous les deux. Là, ça ne concerne que toi. »

Jon éclata alors de rire – une brusque explosion tout d'abord, puis il continua de rire. Il riait comme s'il gardait ce rire enfermé dans une bouteille depuis longtemps. Comme s'il avait été acteur dans des sketches comiques pendant des années, réprimant ce rire, et que maintenant le spectacle était fini. *De bon cœur*, me dis-je. L'expression qui aurait le mieux décrit le rire de Jon, à ce moment-là, était : *de bon cœur*. Il laissa son bras, qui brandissait toujours le magnétophone vers moi, retomber, tout en continuant à rire. Il s'appuya contre le mur, il riait toujours.

« D'accord, Sherry, dit-il lorsqu'il eut enfin cessé de rire, ne le fais pas, dans ce cas. Je ne me rendais pas compte. J'avais l'impression que s'amuser un peu à ce petit jeu, avec un magnéto..., ajouta-t-il avant de hausser les épaules, les yeux toujours humides de ses larmes de rire. Je ne me rendais pas compte, je crois, que tu étais aussi réticente pour jouer à ça. Parce que tu cachais bien ton jeu. »

Cette fois encore, je sentis ma mère debout au-dessus de mon frère.

Elle ne le fit jamais. Elle ne lui effaça jamais son sourire avec une gifle. Elle n'avait fait que menacer de le faire, et il avait été plus malin. Il avait vu clair en son jeu.

« D'accord, Jon, dis-je, vaincue. Fais ce que tu veux avec ce magnéto. Je vais prendre ma douche.

— D'accord, Sherry, dit Jon, en ajoutant, à l'adresse de mon dos, comme je m'éloignais vers la salle de bains : Tu es toujours d'accord pour le faire venir ici, hein ? »

Je n'étais pas restée au studio mercredi soir, comme je le faisais chaque semaine, parce que je n'avais pas fermé l'œil de la nuit précédente. Après la discussion sur le magnétophone, j'étais restée éveillée toute la nuit, allongée les yeux fermés, à écouter les bruits qui circulaient dans l'obscurité du dehors.

Un coyote qui hurle.

L'épagneul des Henslin qui répond.

Une voiture qui passe trop vite à notre carrefour.

La brise. Les feuilles. Les grenouilles qui poussent leurs trilles dans la mare boueuse des Henslin.

Comme elles semblaient gonflées de leur propre importance !

Tout cela n'était-il pas une question de sexe, après tout ?

Avaient-elles la moindre idée de combien leurs vies seraient brèves, combien la mare dans laquelle elles étaient nées était sale et peu profonde, que cette mare n'était pas la seule mare du monde, c'était juste une mare parmi des millions de mares, et même pas une des plus belles mares qui fût ?

Je les imaginais dans leur mare. Qui chantent. Qui nagent. Qui baisent. J'avais lu quelque part que les grenouilles mâles, durant la saison des amours, seraient heureuses de faire l'amour avec une poignée de boue si elle avait la forme d'une grenouille.

Elles baiseraient la boue. Ou bien d'autres mâles. On peut imaginer qu'elles baiseraient aussi des grenouilles malades, des vieilles grenouilles, ou même des grenouilles mortes. Il s'agissait juste d'un instinct aveugle, sans objet particulier. Rien de personnel. Rien d'important. J'imaginais tout ce qui se passait dans la mare des Henslin – cette rage, ces étreintes frénétiques – et, à la marge de tout cela, dans le noir, Sue, avec son expression sur le visage :

Je voulais juste mettre un peu de piment dans ta vie.

Oh, avais-je dit, avec une voix qui avait l'air de venir de très loin de moi. Et puis, faiblement, alors que je m'éloignais d'elle, audible de moi seule : *Ça m'avait traversé l'esprit.*

Mais en fait cela ne m'avait absolument jamais traversé l'esprit.

Alors que je regagnais mon bureau, Robert me croisa à nouveau dans le couloir, il ne me jeta qu'un bref coup d'œil et leva la main pour faire un salut un peu mou. Il avait vu quelque chose sur mon visage, j'en étais sûre, qui l'empêchait de s'arrêter, de me taquiner – « *Alors, on a fait l'école buissonnière, hier, Sherry ?* », et il me vint en tête, alors, que tout le monde savait – tout le monde savait que j'avais une liaison avec Bram, que les lettres venaient de Sue, que j'étais tombée dans le piège, ils savaient tout, que j'étais assez vaniteuse et stupide pour continuer indéfiniment, alors même qu'ils me regardaient tous.

Était-ce là ce que Sue avait voulu, depuis le début ?

L'avais-je trahie si gravement – pas assez d'attention quand je l'écoutais, pas assez d'appels de ma part – qu'elle avait fini par mettre au point un plan qui m'humilierait pour toujours ?

Avait-elle, au fil des années, nourri un tel mépris pour moi – mon inquiétude pour mon poids, mes goûts vestimentaires, ma façon de parler, les livres ou les films que j'aimais ou que je n'aimais pas – qu'elle voulait mettre ainsi un terme à notre amitié ?

Durant toutes ces années, peut-être n'avais-je simplement pas remarqué, tandis que je ne cessais de parler des réussites de Chad, du bon caractère de Jon, des roses trémières dans le jardin, de ce que j'allais faire pour le dîner, ou de ce que je venais juste d'acheter au centre commercial, les signaux qu'elle m'envoyait ?

Je me souvins avoir noté, une fois, une expression sur son visage, un après-midi, alors que je lui montrais les photos de notre semaine au Costa Rica. Elle m'avait vraiment surprise, cette expression.

« Excuse-moi, Sue, avais-je dit lorsque je m'en étais aperçue. Je te saoule, là ?

— Non », avait-elle dit, mais son expression était restée la même.

J'avais continué, l'océan, les fleurs tropicales... Je n'avais pas du tout vu ce dont il s'agissait – de l'ennui, du dédain. De plus en plus profonds, de plus en plus forts.

Peut-être.

Ou peut-être cela lui était-il venu, soudainement, un matin. Elle s'était peut-être simplement réveillée un matin pour se rendre compte qu'elle me détestait.

Ou peut-être encore ne faisait-elle que dire la vérité, dans le couloir, cet après-midi-là ? Qu'elle avait tout simplement de la peine pour moi ? Que j'avais l'air lessivée. Qu'elle voulait seulement mettre un peu de piment dans ma vie ?

Laquelle de ces possibilités serait-il moins douloureux de croire ?

Mercredi après-midi, j'appelai Bram au téléphone pour lui dire que je rentrais chez moi ce soir-là, que je n'allais pas au studio.

« Tu blagues ou quoi ? » me dit-il.

Et pourquoi blaguerais-je ?

« Non, lui dis-je. Bram, j'ai des trucs à faire, et je suis fatiguée...

— Qu'est-ce que tu as à faire ?

— Chad rentre dimanche, dis-je. Je dois faire la lessive. Je dois... »

Je ne trouvai rien d'autre et décidai donc de dire la vérité.

« Je suis épuisée, dis-je. Je n'ai pas fermé l'œil la nuit dernière. »

Il y eut un silence à l'autre bout de la ligne qui, me sembla-t-il alors, aurait très bien pu englober une troisième personne, qui écoutait. Soudain, j'en fus certaine. Qui étaient les standardistes, à la fac ? Je ne les avais jamais vus, en fait. J'avais eu l'impression qu'ils avaient tous été remplacés, des années auparavant, par des enregistrements, mais cela n'était pas possible, ou bien si ? Il devait bien y avoir quelqu'un pour parler aux gens qui avaient des questions auxquelles une machine ne pouvait pas répondre.

Alors, où étaient-ils ? Et qui étaient-ils ? Est-ce qu'ils s'ennuyaient, où qu'ils fussent, à écouter aller et venir les conversations d'un bout à l'autre du campus ?

« Ah bon, dit Bram.

— Mais on se voit demain, proposai-je.

— Comme tu veux », dit Bram.

Derrière lui, j'entendis un moteur démarrer et quelque chose de métallique – à la fois insignifiant et lourd – s'écraser sur le ciment.

Il était maintenant allongé sur le dos, dans notre lit, à la place de Jon.

« Alors qu'est-ce qu'on va faire, Sherry ? » demanda-t-il, tout en regardant le plafond.

Je fus soulagée, je m'en rendis compte – un poids qui se soulève de ma poitrine, comme si un gros oiseau avait été perché là – de l'entendre dire quelque chose sur ce qui se passait entre nous, comme une petite porte qui s'ouvrait sur la possibilité que tout cela n'allait pas, que cela devait se terminer. Dans ce rayon de lumière, je crus que je pouvais encore m'apercevoir dans mon ancienne vie – qui peut-être porte un panier plein de linge propre au premier étage. Ou qui fais une promenade tranquille avec Jon dans le parc, on se tient les mains, on est plus vieux, ou bien encore qui place un plat de bœuf aux oignons sur une table entre mon fils et mon mari.

« Bram, dis-je, tu as raison. On ne peut pas continuer comme ça.

— Je veux que tu quittes ce connard, mon chou. Je te veux toute à moi », dit Bram.

J'étais incapable de bouger.

Incapable de respirer.

Les mots *toute à moi* semblaient se répéter en écho aux quatre coins de la chambre, se réduisant à l'essentiel (*moi moi moi*), rebondissant d'un mur contre l'autre – tandis que, au-dehors, se fit complètement silencieux tout ce qui avait paru un peu plus tôt être des milliers et des milliers d'oiseaux du printemps marquant leur territoire, exprimant leurs peurs ou leurs plans d'avenir dans les arbres avec leurs chants.

Je m'assis dans le lit.

Que faisais-je là, avec cet étranger, dans mon lit conjugal ? Que Jon l'ait voulu ou pas, c'était bel et bien une trahison totale, et je l'avais commise par pure vanité, en fait. Ce n'était pas pour Jon. Je ne pouvais même pas faire semblant de cela. C'était pour moi :

Tu vois tout ça, Bram ? Je suis une femme qui a une belle maison. Je suis une femme qui a des choses, des gens dans sa vie, et...

Non.

C'était en fait pour Sue.

Tu vois, Sue ? Personne n'avait besoin de mettre de piment dans ma vie.

C'était pour eux tous. Pour Beth, assise devant son ordinateur, qui fait des réussites, tout en m'observant du coin de l'œil. Pour Amanda Stefanski dans sa robe orange, qui me dit que je suis un mentor merveilleux. Pour Robert Z., qui n'était pas du tout gay, mais qui ne s'intéressait pas à moi pour autant. Pour mon étudiante Merienne, avec son prénom mal orthographié, et son décolleté plongeant.

Pour Derek Heng. *À quoi ça sert de lire* Hamlet *si on ne le comprend pas ?* Pour ma mère, qui était morte quand elle avait mon âge. Pour mon frère, qui était allé se tirer une balle dans la tête, dans un Holiday Inn de Houston, sans même laisser de note. J'avais fait cela pour eux tous.

Mais, ce faisant, je m'en rendais alors compte en écoutant Bram respirer à la place de Jon dans notre lit, tout en regardant le plafond, je m'étais moi-même arraché l'œil droit. Et j'avais moi-même pris le couteau en main.

« Nous devons y aller », dis-je à Bram en sortant du lit.

Il se leva plus lentement que moi, mais il sortit quand même du lit et, comme il se rhabillait derrière moi, je lissai les taies d'oreiller et les draps des paumes de mes mains. Il n'y avait rien, mais je lissai le tout quand même. Des cellules de peau. Des molécules. Notre poussière et nos détritus. Mes mains tremblaient. Je fis le lit, je tirai les draps, je les bordai – et la couette blanche, dont la simplicité familière brisait le cœur, comme une page vierge sur laquelle j'avais écrit tout cela, je la tirai aussi, j'aplatis les plis, balayant la surface de la main et tapotant la couette pour qu'elle soit exactement comme d'habitude – même si je vis bien, en me reculant, que ce n'était plus le même lit que celui dans lequel Jon et moi avions dormi la nuit précédente, et la nuit d'avant aussi, et toutes les nuits remémorées et oubliées qui s'étendaient derrière moi, à travers le temps. Il avait été changé, pour toujours – la subtile altération ayant eu lieu, apparemment, au niveau de sa structure atomique, quelques particules déplacées qui en avaient fait un tout autre lit, le lit d'un couple que je n'avais jamais rencontré, un couple que je n'aurais pas reconnu en le croisant dans la rue. Un couple que je n'aurais pas reconnu, surtout parce que la femme, qui passait devant moi avec son mari, aurait présenté une ressemblance trop étrangement inquiétante avec moi.

« On y va, mon chou, demanda Bram, ou bien on reste ici à regarder le lit ? »

Je ne me retournai pas pour le regarder.

Je ne pouvais me détacher du lit.

J'étais figée, gelée dans le temps, devant mon propre lit. Il y avait quelque chose, me disais-je, dont je devais me souvenir, à propos de ce lit – mais à ce moment-là Bram, derrière moi, toussota impatiemment, et je me détournai du lit, tandis qu'en dessous le magnétophone poursuivait son murmure digital, que je n'entendais pas, ou que j'avais choisi de ne pas entendre.

Bram conduisit ma voiture jusqu'en ville. Il avait laissé sa Thunderbird rouge sur le parking de la fac, de toute évidence pour que mon mari, qui était censé être en déplacement, n'apprenne pas par les voisins que la voiture d'un autre homme s'était trouvée dans notre allée.

Être assise à côté de lui dans ma voiture était assez semblable à se trouver au lit avec lui. Il savait ce qu'il faisait. Il était complètement absorbé dans sa conduite, dans l'aspect mécanique de sa conduite.

Mais je me sentais, étrangement, plus timide à côté de lui dans ma voiture, que je ne l'avais été, même la première fois, au lit avec lui – j'avais ajusté avec soin la ceinture en travers de ma poitrine, j'avais installé maladroitement la visière pour que le soleil, qui commençait déjà à sortir du ciel vers l'ouest, ne me tombe pas dans les yeux.

Je croisai les chevilles, mais comme cela me sembla faire grosse bonne femme, je croisai les jambes.

Bram baissa les yeux sur mes jambes, il posa brièvement une main sur un de mes genoux – celui qui avait toujours une profonde marque bleue et un peu de peau à vif depuis ma chute dans la cafétéria –, puis il reposa les deux mains sur le volant lorsqu'on entra sur l'autoroute.

Tandis qu'il conduisait, je regardais son profil. Vu ainsi, alors qu'il conduisait, il ressemblait, me dis-je, à un homme qui n'aimait rien, personne, davantage qu'un moteur compliqué, et le coup de terreur que j'avais ressenti à côté de lui au lit... *Non...* Il était passionné, certes, mais il était aussi, sûrement, un homme raisonnable. Quand je lui dirais que notre liaison devait s'arrêter, il serait compréhensif, et discret. Il serait poli quand il me verrait dans les couloirs de la fac. Il se glisserait poliment hors de ma vie. Bram Smith n'aimait rien d'autre que ça – une voiture, la conduire, complètement absorbé dans ce qu'il faisait, totalement perdu au monde, de l'autre côté du monde, tandis que, en même temps, il restait absolument attentif au réseau de courroies et d'engrenages et d'acier huilé qui constituaient le moteur de ce qu'il conduisait, à savoir, pour le moment, ma voiture.

Je décelais tout cela dans ses yeux, et je fus soulagée de voir qu'il regardait devant lui, et non vers moi, avec une telle intensité.

« Cette voiture est réglée trop serré, dit-il alors, en écoutant un bruit. Ces bagnoles japonaises... »

Il secoua la tête. Il me suggéra de faire vérifier quelque chose (la courroie de distribution ?). Il dit qu'il y avait un cliquetis quand les vitesses passaient, un raclement, et que la voiture tirait un peu à droite. Depuis quand je n'avais pas fait équilibrer les pneus ?

Je lui dis que je n'en avais aucune idée. Je devais faire équilibrer les pneus ?

Il ricana en hochant la tête.

« Ton putain de mari, il n'y connaît donc rien aux voitures ? »

Non, lui répondis-je. Mon mari s'y connaissait en ordinateurs, il concevait des logiciels, d'importants...

« Des logiciels, dit Bram. Un truc de gonzesse. »

J'inspirai brusquement en entendant le mot, ma bouche resta ouverte, en attendant que le souffle revienne du fond de ma poitrine vers le monde – choquée par la force de l'impact : ce mot, appliqué à Jon. C'était comme si j'avais été frappé sur le dos de la main avec quelque chose de mince, mais de dur.

« Il tire, aussi, dis-je de manière défensive. Il chasse... »

Mais je ne finis pas ma phrase, je m'imaginai Jon devant la maison avec sa veste orange, qui visait un écureuil sur le toit de notre maison.

« En tout cas, il devrait prendre plus de soin de la voiture de sa femme, dit Bram, en me touchant à nouveau le genou et en me regardant de la tête aux pieds. Pour ne rien dire des autres besoins de sa femme. »

Nous roulâmes pendant des kilomètres avant de parler à nouveau.

C'était une parodie d'un après-midi de fin de printemps. Un ciel bleu minéral. Tous les arbres en fleurs. Une herbe verte émeraude. Je baissai ma vitre de quelques centimètres et pus alors sentir la glaise humide, les jeunes feuilles. Même le long de l'autoroute, les jonquilles et les narcisses dressaient leurs torches sucrées dans les fossés – preuve du triomphe de la beauté sur le déclin, avec cette suggestion parfumée que, sous la terre, durant tout l'hiver, quelque chose les avait recréés, avait transformé leur mort en quelque chose de frivole, de léger, avant de les renvoyer dans le monde, porteurs de tout cela.

Nous passâmes devant l'endroit où j'avais heurté la biche, mais, lorsque je regardai vers le milieu de la chaussée, je ne vis rien.

Est-ce que l'herbe avait tout simplement fini par la consumer – la nature qui l'efface de ce monde, qui la réabsorbe, fourrure, sang et os, pour la ramener à la terre ? Ou bien quelqu'un était-il venu avec un camion, une fourche, et, dans son uniforme orange et ses gants de plastique, avait-il débarrassé les restes ?

Est-ce que cela avait de l'importance ?

Elle avait disparu.

Nous étions proches de la sortie que nous devions emprunter pour arriver à la fac, et je n'étais pas sûre que Bram soit jamais arrivé par cet itinéraire, j'étais donc sur le point de lui montrer où sortir, lorsqu'il se racla la gorge.

« J'ai dit deux mots à notre ami Garrett », dit-il.

Je me tournai vers lui.

Il avait la bouche ouverte. Les narines dilatées. Ses deux mains, sur le volant, étaient plus serrées que nécessaire.

« Quoi ? ai-je dit.

— J'ai dit à Garrett que s'il continuait à t'ennuyer comme ça, il pourrait bien avoir de sérieux problèmes.

— Mais, mon Dieu ! dis-je, Bram... »

Je portai la main à ma bouche. En un ou deux battements de cœur seulement, je fus en sueur. Je sentis une gouttelette fraîche couler de ma nuque le long de mon dos.

« Tu n'aurais pas dû parler à Garrett, dis-je, derrière ma main toujours collée à ma bouche. Je...

— Ça, c'est entre Garrett et moi, dit Bram en dépassant notre sortie. Je ne veux pas en discuter. Je pensais juste que tu devais savoir. »

Je retirai ma main de devant ma bouche et baissai les yeux vers mes genoux. Mes mains me parurent détachées, distantes – comme des parties de moi qui auraient facilement pu glisser et se perdre. Je sentais mon cœur battre derrière mes oreilles, une voix sourde monter de mon sang, insistante (*fini fini fini*), j'ouvris la bouche pour tenter de dire quelque chose, mais avant que je puisse le faire, Bram regarda tout autour de lui et me devança.

« On est où, bordel ? Putain ! On a loupé la sortie ? »

Je réussis à lui dire que oui, qu'il faudrait qu'on prenne la suivante, revenir sur nos pas, faire demi-tour.

La circulation s'était maintenant réduite à rien du tout – un unique camion branlant sur la file de gauche, que Bram dépassa sans peiner. Au moment où nous le dépassions, je vis ce qui était écrit sur le véhicule (DEUX HOMMES ET UN CAMION) et j'aperçus un jeune homme au volant, qui soit chantait soit parlait tout seul. Chad apparut devant mes yeux au moment où Bram se dirigeait vers la bonne sortie.

Chad, sur la photo où il pose avec sa tenue de base-ball.

Chad à onze ans, qui ne cille pas, qui ne se censure pas, de l'enthousiasme pur qui regarde l'objectif.

Les pulsations de mon sang derrière mes oreilles s'atténuèrent tout en se faisant malgré tout plus insistantes.

C'était la voix de petit garçon de Chad, maintenant.

M'man m'man m'man.

Sur la route du retour, j'y repensai :

Le magnétophone.

Je ne l'avais jamais mis sous le lit, mais je n'avais jamais vérifié non plus si Jon l'avait installé.

Une pluie lourde était arrivée de l'est, transportée dans le ciel par un unique et massif nuage bleu noir, les essuie-glaces se mirent à faire le bruit d'une respiration difficile et congestionnée en balayant les torrents d'eau qui tombaient sur le pare-brise. Je m'arrêtai dans notre allée, coupai le moteur et restai assise, en tentant de me préparer – à la pluie, à la course jusqu'à la maison, à Jon.

Non, me dis-je.

Il ne pouvait pas être sous le lit.

Certainement qu'après notre discussion Jon l'avait rapporté à Best Buy, ou bien rangé dans un tiroir.

Et, même s'il l'avait mis sous le lit, même s'il l'avait mis en marche, le matin, lui-même, la bande aurait été terminée bien avant que Bram et moi nous mettions au lit.

Mais, me dis-je aussi, et s'il avait été sous le lit, et s'il avait tout enregistré ?

Ets-ce que Jon avait entendu ce qu'il voulait entendre ?

Des bruits de moi baisant avec un autre homme.

Et puis, que dirait-il du *Je veux que tu quittes ce connard, mon chou. Je te veux toute à moi.*

Que dirait-il de cela ?

Et si l'appareil avait enregistré ça ?

Je me souvins de Bethany Stout, jeudi en cours, qui lève la main, tandis que nous débattons dans une dernière discussion sur *Hamlet*. « Madame Seymour, cette histoire, là, quand Hamlet est enlevé par les pirates, est-ce que ce n'est pas un très bon exemple de ce qu'on appelle le *deus ex machina* ? Je veux dire... (et elle agite les mains comme si elle n'en pouvait plus, de Shakespeare)... j'veux dire, on n'y croit pas... »

Où, me demandai-je, avait-elle appris ce terme ? *Deus ex machina.*

C'était la même fille qui, plus tôt dans le semestre, avait demandé pourquoi je n'aurais pas pu donner une traduction plus récente de la pièce.

J'ouvris les mains, comme pour attraper ce qu'elle avait lancé dans l'air, et Tood Wrigley prit la parole. « C'est quoi, bon sang, ce *machina* ? »

Bethany se retourna sur sa chaise pour s'adresser à lui directement. « Ça veut dire, dit-elle, le dieu qui vient de la machine », et, malgré cette traduction hésitante, elle entreprit d'expliquer le concept littéraire à Todd Wrigley, beaucoup mieux que je n'aurais pu le faire.

Non.

Il n'y avait jamais eu de machine sous le lit.

Et quand bien même, j'étais prête, me dis-je, à rentrer, à voir Jon, à lui expliquer, aussi simplement que Bethany s'était expliquée avec Todd Wrigley, ce que nous avions laissé se produire, et pourquoi on devait tout arrêter. J'étais prête à sortir de la voiture, à monter les marches menant chez moi, à m'asseoir à côté de Jon, à parler. Je l'étais vraiment – mais la pluie qui martelait le toit de ma voiture et le sol autour de ma voiture était si forte qu'on aurait dit qu'une harde de cerfs passait tout près, au grand galop, avec leurs sabots délicats qui frappent à l'unisson, des cerfs pris de panique, qui passent à toute vitesse devant la maison, mettant le jardin à sac, changeant pour toujours le paysage sur lequel nous évoluions. Je restai assise un long moment derrière mon volant, à l'écoute. Dans une sorte de stase d'écoute. J'aurais pu rester comme ça, assise, dans l'allée, pendant quelques minutes, ou de longues heures, regardant droit devant moi, écoutant ces sabots. Lorsque je finis par sortir de la voiture, pour courir sous la pluie et monter les marches, trempée, Jon se trouvait sur le pas de la porte.

Je pus voir qu'il avait pleuré.

« Tu allais rester dans ta putain de voiture toute la nuit, Sherry ? Tu avais peur d'entrer et de me parler ? »

« Comment as-tu pu faire une chose pareille, Sherry ? Comment as-tu pu me tromper comme ça ? Comment as-tu pu amener un autre homme ici ? Comment as-tu pu baiser avec lui dans notre propre lit ?

— Quoi ? » dis-je.

Je déposai mon sac par terre, lentement. Une petite mare de pluie se formait déjà à mes pieds. Ma robe était dégoulinante, mes cheveux aussi. Les poings de Jon étaient serrés et il les tenait contre sa poitrine comme un boxeur prêt à frapper. Je reculai.

« Le magnéto, Sherry. Il était sous le lit. J'ai tout entendu. Ab-so-lu-ment tout. Tu ne pourras pas me dire que tu simulais !

— Que je simulais quoi, Jon ? dis-je, aussi gentiment et calmement que je le pus, en m'efforçant de ne pas l'entraîner vers un passage à l'acte. Pourquoi simulerais-je quelque chose ? »

Sa bouche s'ouvrit, comme s'il était étonné, il laissa retomber ses poings devant lui, en un geste lent. D'énormes et soudaines larmes jaillirent de ses yeux, pour tomber sur le sol, à ses pieds. On aurait dit des larmes de dessin animé. Des larmes d'illustrations. Comment des larmes réelles pouvaient-elles être aussi grosses, et tomber aussi vite ?

« Sherry, reprit-il comme s'il était complètement vaincu, tu me détestes tant que ça ? Tu me détestes vraiment tant que ça ? »

Je m'avançai prudemment vers lui. Je posai la main sur son bras. Je voulus le caresser. Je voulus lever les yeux vers lui, mais il s'écarta violemment, son attention à nouveau captée, et il me regarda fixement.

Une fois encore, je reculai, je m'éloignai.

« Espèce de salope ! » grogna-t-il.

Je mis la main sur ma bouche.

« Espèce de pute malsaine, siffla-t-il.

— Jon ! dis-je en tendant les mains vers lui. Jon, pourquoi tu fais ça ? D'accord, d'accord, le magnéto. Tu as entendu. Tu as tout entendu. Mais il ne s'agit pas de quelque chose que tu ne savais pas. Ce n'est pas quelque chose que tu m'aurais demandé, encore et encore, de ne pas faire. »

Jon me sauta dessus, alors, il me repoussa avec les paumes de ses mains contre ma poitrine, et j'allai m'effondrer sur la causeuse, la bouche ouverte de surprise ; et il se mit à crier – assez fort, me dis-je pour que les Henslin entende, à l'autre bout de la route...

« Salope ! Salope de menteuse ! Ne me mets pas ça sur le dos ! C'était un fantasme, et tu le sais très bien. Je ne t'ai jamais dit de faire quoi que ce soit. Quel genre de mari tu crois donc que je suis ? »

Je continuai à le regarder, bouche bée.

Les grosses veines de son cou.

Cette terrible rougeur brûlante sur son visage.

Cette rage perplexe et folle.

Ses yeux – un noir pur, mais plein d'éclat.

« Jon... » dis-je... et je le sentis à nouveau, comme dans le couloir, avec Sue : une sorte de télescopage.

Un retour en arrière, toutes ces semaines, tout ce sexe, toutes ces insistances murmurées – était-ce possible ? Tout cela avait vraiment été un jeu ? Il n'avait jamais vraiment su ? Il avait pensé... ?

Non.

« Jon, dis-je. À quoi tu pensais, donc ? Qu'est-ce que tu croyais trouver sur ce magnéto en le...

— Je pensais que tu inventerais quelque chose, Sherry. Je pensais que tu jouerais le jeu. Comme pour les marques de dents. Je pensais que tu simulerais quelque chose. Pour le fantasme. Je pensais que tu... »

Il cessa de parler, se mit à genoux et commença à sangloter – des sanglots horribles, inconsolables – dans ses mains. Dehors, la pluie avait cessé et le soudain silence total devint stupéfiant, perturbant, exaspérant. Je portai les mains à mes tempes pour me couvrir les oreilles, pour ne plus l'entendre.

Chad, à l'aéroport :

Je le vis d'abord de dos, qui surveillait le tapis roulant des bagages.

Quand il était petit, je pouvais scruter une pièce pleine d'enfants, ou une piscine, ou bien le parc, et le trouver immédiatement.

Cela n'avait rien à voir avec la façon dont il était habillé, ni avec un quelconque détail de sa personne – coupe de cheveux, ou taille. C'était tout, c'était un tout, tout d'un coup – tout son être, absolument différent de tous les autres enfants. Mon regard pouvait survoler des centaines d'autres enfants, dans une sorte de flou, pour atterrir sur lui avec une exactitude parfaite (*à moi, celui-là*) et avec une rapidité qui ne manquait jamais de me surprendre.

Mais ce jeune homme, devant le carrousel des bagages, la tête penchée, qui observe les lentes évolutions du tapis roulant, aurait pu être n'importe quel jeune homme. Mon regard le survola une première fois pour aller se poser par erreur sur un garçon qui riait, porteur d'un sac de clubs de golf, puis sur un homme plus âgé, bâti comme Chad, et enfin sur un petit garçon – dix ans ? onze ans ? – avant de le voir, mon fils, qui regarde les bagages défiler devant lui, en attendant son sac. Je dus m'accrocher au bras de Jon pour ne pas tomber, en voyant ainsi notre fils – une vague de peur qui me submergea si rapidement qu'on aurait dit que quelque chose m'avait été injecté directement dans les veines.

Il savait ?

Pouvait-il savoir ?

Garrett pouvait-il le lui avoir dit ?

Un coup de fil ? Un e-mail ? (*L'amant de ta mère m'a menacé de mort.*)

Ou bien y avait-il, peut-être, d'autres personnes au courant qui auraient pu le lui dire – par méchanceté, par inquiétude, par intérêt ?

Sue ? Beth ? Ou même Bram ?

Ou bien encore, était-il possible qu'il soit tellement une partie de moi, de mon corps, toujours (mon bébé), que, d'une façon ou d'une autre, il savait, tout simplement ?

C'est alors que Chad se retourna comme s'il nous avait entendus ou sentis derrière lui, et il sourit, en avançant vers nous, les bras ouverts – et la vague, dans mes veines, s'éleva de moi, comme une sensation fraîche et flottante dans mes membres, dans ma poitrine. Non, me dis-je, il ne sait pas. Garrett, le brave garçon, le patriote, l'ami loyal – Garrett préférerait emporter un tel secret dans la tombe. Et il n'y avait personne d'autre pour vouloir nous faire autant de mal de cette façon-là. Et il était impossible de tout simplement savoir – avec la distance d'un continent entre nous. Chad ne savait pas, un point c'est tout. Je le laissai me prendre dans ses bras. Je pressai mon visage contre son blouson de jean, il avait sur lui l'odeur du fuel, de l'ozone, de l'aéroport. Derrière nous, Jon restait les mains dans les poches, et lorsque je me tournai vers lui, je vis qu'il y avait des larmes – glissantes et iridescentes – dans ses yeux.

Je fis des spaghettis pour le dîner. Du pain à l'ail et de la salade. Chad était mort de faim, apparemment. Il mangea tant que je ne me resservis pas, dans la crainte qu'il n'y en ait plus assez pour lui – même si j'avais étrangement faim, comme si j'avais passé des jours et des jours (était-ce le cas ?) sans manger, ou comme si j'avais couru un marathon.

Jon et moi lui posâmes les questions habituelles sur la fac.

Les notes (que des A). La vie au dortoir. La nourriture de la cafétéria. Les amis.

Mais la conversation s'épuisa vite – c'était un long vol, pour Chad, me dis-je, et il y avait le changement d'horaire.

Et, pour Jon et moi, les deux derniers jours, depuis que Bram était venu chez nous, passés en d'anxieuses conversations, à se rassurer sur notre union, sur nos vies. Deux nuits sans sommeil. Deux longs jours d'oubli, aussi, de limbes – de conversation, de chagrin.

Il y avait eu des larmes, des hurlements, des silences éberlués, et, à un moment, Jon s'était dressé devant moi en brandissant le poing.

« Comment as-tu pu faire ça ? hurla-t-il. Comment as-tu pu faire ça, que tu aies cru que je le voulais ou pas, espèce de sale pute ? »

Mais ce fut sa dernière injure, et je fus surprise de voir comme sa colère s'adoucit vite en tristesse, en douleur, puis nous nous étreignîmes, nous nous agenouillâmes ensemble par terre, en sanglotant tous les deux, en nous accrochant l'un à l'autre, en pleurant et en bégayant.

Il me caressa les cheveux.

« C'est ma faute. C'est ma faute. C'est ma faute, ne cessait-il de répéter.

— Bien sûr que non, sanglotai-je. Comment ça pourrait être ta faute ? C'est ma faute à moi.

— Non, dit Jon avec une telle conviction que je ne discutai plus. C'est entièrement ma faute. »

Pendant des heures, cette première nuit, nous nous agrippâmes et nous accrochâmes l'un à l'autre, à genoux – des amants qui se noient dans un lac peu profond – sanglotant, sanglotant, parlant, parlant, parlant. Nous nous embrassâmes. Nous goûtâmes nos larmes. Nous allâmes dans la salle de bains et nous nous lavâmes le visage au lavabo, chacun notre tour. Lorsque Jon redressa la tête, avec l'eau qui lui coulait des cils, le long de ses joues, il leva les yeux vers moi.

« Sherry, dit-il, mais comment ai-je fait pour ne pas savoir ? »

Je lui posai la main sur le front, comme si je vérifiais la température d'un enfant, comme si je baptisais un enfant.

« Jon, Jon, dis-je, tu n'as jamais rien soupçonné ? Rien du tout ?

— Non, dit-il, dans un souffle, apparemment pétrifié, abasourdi. Cela ne m'a jamais traversé l'esprit, Sherry. »

Il eut alors un air tellement ravagé que je dus détourner les yeux. Je regardai sa poitrine, concentrai mon regard sur un vague point du côté de son cœur.

« Et, tu... »

Je ne pouvais le dire.

... *me pardonnes?*

Parce qu'il risquait de dire non?

« Bien sûr que je te pardonne, Sherry. Tu es toute ma vie, Sherry. Qu'est-ce que ça m'apporterait, de ne pas te pardonner? »

Il se redressa et alla vers les serviettes de toilette, il enfouit son visage dans une serviette, s'appuya contre le mur, respirant lourdement dans la serviette pendant quelques minutes, tandis que je restais immobile, à le regarder, figée dans l'espace et dans le temps; puis il leva la tête de la serviette – et lorsqu'il se tourna, je fus choquée de voir qu'il souriait – un sourire lointain et triste, mais un sourire tout de même.

« Je ne te connaissais pas, hein? dit-il en secouant la tête mais en souriant toujours. C'est embarrassant. Vraiment, Sherry, c'est le mot. C'est embarrassant. Je me trouvais dans un monde imaginaire, durant toutes ces semaines – non, durant toutes ces années – pendant que tu vivais dans le vrai monde. »

Je ne souris pas.

J'allai vers lui.

Il me prit la tête dans ses mains. Il me regarda de près, comme s'il voulait lire une réponse à une question, écrite en tout petits caractères sur mon visage.

« Mais tout ça, c'est fini, dit-il. C'est bien fini ?

— Oh oui, Jon. Mon Dieu, mais oui. C'est fini », dis-je.

Il m'embrassa alors le front. Il inspira profondément.

« Je veux juste que tout soit comme avant, dit-il en m'embrassant les cheveux. Comme ça a toujours été. »

Il me serra plus fort dans ses bras.

Nous prolongeâmes cette étreinte pendant deux jours.

Nous restâmes dans la même pièce tout le temps, en nous donnant la main, nos genoux et nos épaules se touchaient constamment. Nous nous allongeâmes ensemble dans notre lit le soir, sans dormir, sans faire l'amour, nous ne nous glissions même pas sous les couvertures. Nous nous regardions dans les yeux pendant de longs, de très longs moments. Pendant des heures. Occasionnellement, je voyais Jon cligner des yeux, ou bien grimacer, comme s'il se souvenait de quelque chose, puis il voyait que j'avais vu, et il essayait de sourire. Il m'embrassait – mes lèvres, mes paupières, mes oreilles. Nous pleurâmes, les pleurs se firent ensuite rires, et nous rîmes, puis les rires se firent pleurs. Nous ne répondîmes pas au téléphone. Nous ne quittâmes pas la maison.

Nous fîmes des projets.

Nous étions, dit Jon, dans le même bateau. Il acceptait d'assumer la responsabilité, parce qu'il était convaincu, totalement, que je n'aurais jamais eu cette liaison s'il ne m'y avait pas poussée, et que je voulais autant que lui que tout cela soit terminé. C'était notre erreur à tous les deux, insista-t-il – un malentendu issu d'une certaine complaisance, d'un aveuglement, d'une complète ingratitude pour notre longue union, pour notre vie parfaite. Et donc, en y mettant un terme, nous étions des conspirateurs, des partenaires dans un jeu dont les atouts étaient importants. Comme nous nous étreignions en faisant ces projets, je me rendis compte que nous n'avions jamais été (réellement ?) aussi passionnés, ensemble, pour quoi que ce fût – pas même pour la maison, pas même pour notre enfant, et jamais pour notre mariage – que nous l'étions maintenant en pensant à la façon dont nous allions traiter le problème de mon amant.

Nous décidâmes que j'allais retrouver Bram, mardi au café qui se trouvait près du studio (et pas au studio), pour lui dire que, comme le semestre était terminé, j'avais résilié mon bail, et que nous n'avions plus d'endroit pour nous rencontrer.

Et j'allais bien résilier le bail. Sur-le-champ. Il n'y aurait plus de studio. À l'automne, Jon et moi, on chercherait un appartement en copropriété, plus près de nos lieux de travail, en ville. Plus de trajets, plus de séparations. (« Je me fous de la maison, Sherry, dit Jon. Sans toi, la maison n'est plus rien. »)

Le mardi, au café, je dirais à Bram que j'avais fait une terrible erreur, que mon fils rentrait de l'université, que mon mari avait des soupçons et que j'avais trop à perdre. Je lui dirais que les gens, à la fac, pourraient bien tout découvrir, que certains, peut-être, soupçonnaient déjà, et que nos emplois étaient peut-être en danger. Si besoin était, je lui dirais que mon mari avait un fusil, qu'il était chasseur, qu'il pouvait devenir violent – pour convaincre Bram que le danger était grand, que cette liaison devait vraiment s'arrêter.

Même Jon pensait que je ne pouvais pas, que je ne devais pas, lui dire que mon mari était au courant.

Qui pouvait savoir ce que serait la réaction de Bram, dans ce cas ?

Scandalisé ? Humilié ?

Jon, comme moi, avait été choqué par le poids et la conviction de cette phrase (*Je te veux toute à moi*) et nous étions d'accord pour dire que nous ne connaissions pas du tout cet homme. Nous n'avions aucune idée de ce que pourraient être ses réactions à tout cela. Nous pensions qu'il ne fallait plus jamais que je me retrouve seule avec lui, que je devrais y aller doucement, mais être totalement convaincante. Déterminée. Pas la moindre hésitation dans ma voix. Je mettrais un terme à tout ça, et tout redeviendrait comme avant.

Tout serait comme cela avait toujours été.

« Alors, dit Chad en reposant sa fourchette après sa troisième assiette de spaghettis. Je vous ai tout raconté de ma vie. Et ici, quoi de neuf?

— Pas grand-chose, répondit, Jon, très vite.

— Rien de neuf ici, dis-je en haussant les épaules.

— Bon, dit Chad. Alors, on passe à autre chose. »

Nous parlâmes du temps. Nous parlâmes de la guerre. Et une fois que Chad et Jon m'eurent aidée à débarrasser la table, nous nous dîmes bonne nuit, Chad partit dans sa chambre, nous allâmes dans la nôtre – où, pour la première fois depuis que Bram y était venu, Jon et moi nous nous couchâmes et nous nous endormîmes dans les bras l'un de l'autre.

Au milieu de la nuit, je me réveillai et sortis d'un rêve dans lequel Chad, petit garçon, pataugeait au bord de ce que je pensais être un lac peu profond. J'étais très détendue, dans ce rêve. Totalement satisfaite. Le ciel, au-dessus de nous, était couvert, mais cela, aussi, me rendait heureuse. Nous n'avions pas besoin d'écran total. Tout baignait dans la brume. Le lac était peu profond. Et tout allait bien, pensais-je, comme il en avait toujours été. Nous étions tout à fait en sécurité.

Mais, même, dans ce rêve, je savais que si je ressentais ces choses, si j'en étais si consciente – le caractère plaisant et sûr de l'ensemble –, quelque chose de mauvais allait se produire. C'était, après tout, un rêve. Je me redressai donc sur la chaise longue dans laquelle j'étais allongée au bord de l'eau dans mon rêve, et me forçai à me réveiller avant que cette mauvaise chose ne puisse se produire.

Après, je restai longtemps éveillée à côté de Jon, et ressentis le soulagement face au désastre évité de justesse, même si cela n'aurait été que dans un rêve.

Il devait être, me dis-je, trois heures du matin, mais j'entendis Chad dans sa chambre – la stéréo émettait un battement sourd de l'autre côté du mur.

Le décalage horaire.

Un garçon venu d'un autre fuseau noraire.

Un garçon venu d'une autre vie.

C'était à la fois réconfortant et exaspérant de l'entendre là, me rendis-je compte – notre petit garçon, de retour à la maison.

Mais, aussi, un étranger dans la maison.

Je m'étais peu à peu habituée à la tranquillité apportée par son départ, je le savais. Faire l'amour avec Jon dans le salon. Circuler nue de la chambre à la salle de bains.

Là, je mis mon peignoir juste après être sortie du lit – chose que je ne m'étais plus souciée de faire depuis la dernière fois où Chad s'était trouvé à la maison. Je le serrai autour de moi. Je me dirigeai vers la salle de bains. En passant devant la chambre de Chad, je marquai une pause à sa porte et je jetai un œil dans la pièce. La lumière, au-dessus de son lit, était allumée, Chad était étalé sur les couvertures en caleçon, il lisait un livre à la couverture verte.

« Coucou, dis-je.

— Coucou, m'man », dit Chad en posant le livre sur sa poitrine, où il reposa, les ailes déployées, comme un corbeau.

Ses valises avaient été ouvertes, et différentes choses – des livres, une serviette avec une bouteille de bière Corona imprimée dessus (une chose que je n'avais jamais vue en la possession de Chad), et quelques tee-shirts passés – étaient étalées par terre.

Depuis les vacances de printemps, je n'étais entrée dans sa chambre que pour remettre quelque chose en place, pour faire la poussière. Je n'avais passé l'aspirateur qu'une fois. Chad absent, c'était comme si cette chambre n'était à personne. Je l'avais surtout complètement négligée.

Mais maintenant, déjà, c'était à nouveau la chambre de Chad, totalement récupérée par lui. Sans y penser vraiment, je ressentis une montée d'agacement – le linge sale jonchant le sol – qu'il dut lire sur mon visage, ou alors il m'a simplement vue baisser les yeux vers le fouillis.

« Ne t'en fais pas, m'man, dit-il. Tu pourras faire le ménage et ma lessive demain matin. Je ne suis pas du tout pressé. »

Mon regard alla du fouillis au garçon, je souris, je levai les yeux au ciel.

« Tu as eu assez à manger, ce soir ? » demandai-je.

Chad secoua la tête.

« En fait non, m'man, dit-il. Tu veux bien me faire des côtes de porc, là ? »

Il éclata de rire.

Je hochai la tête. J'avais compris : *Pourquoi me demander ça ?*

« Je me demandais juste si tu avais des problèmes pour dormir. »

Chad se redressa sur ses coudes.

« Je peux dormir, m'man. C'est juste que je choisis de ne pas dormir. »

Ce sarcasme (ou était-ce de l'ironie ?) – d'où venait-il, quand cela avait-il commencé ? J'aimais bien ça, en fait, mais c'était l'attitude de quelqu'un que je ne connaissais pas vraiment. Un employé du magasin de vidéo qui faisait le malin. Un étudiant du dernier rang.

« Bon, je vais te laisser, Chad », dis-je.

Il hocha la tête.

« Bonne nuit, m'man. On se voit demain matin.

— Peut-être, quand tu auras repris tes marques

ici et récupéré ton sommeil, on pourrait aller voir grand-père ?

— Bien sûr, dit Chad. Mais ça ne peut être que dimanche, d'accord ? Je travaille mardi et mercredi (le service de tonte de pelouses pour lequel il avait travaillé l'été précédent) et donc demain, je vais voir Ophelia, si papa me prête la voiture.

— Ophelia ?

— Oui, Ophelia, dit Chad.

— Où est-elle ?

— Elle reste à Kalamazoo tout l'été, dans sa sororité.

— Alors, comme ça, dis-je, tu la vois toujours ? Ophelia ?

— Oui, quoi, je la vois demain, maman. Sinon, je ne l'ai pas vue depuis les vacances de printemps. Pourquoi tu prononces son nom comme ça, comme si c'était le nom d'une maladie tropicale ?

— Mais ce n'est pas vrai ! dis-je, trop fort (j'allais réveiller Jon). Je dis ça comme tout le monde. *Ophelia.*

— *Ophelia* », dit-il en me corrigeant, même si je ne perçus aucune différence entre sa prononciation et la mienne.

Ophelia.

Il allait la voir si vite que ça, le lendemain de son retour ?

Qu'avait-elle donc, me demandai-je, cette fille qui ne m'avait semblé ni particulièrement jolie ni très intelligente, pour intéresser Chad comme ça ? Il était sûr que les filles, à Berkeley, devaient être infiniment plus sophistiquées, et plus passionnantes. Je m'étais imaginé que, là-bas, Chad se trouverait quelqu'un de mince, de cultivé, me disais-je – une étudiante en littérature anglaise, peut-être quelqu'un qui écrivait, quelqu'un, à dire vrai, un peu comme moi.

Mais, Ophelia ?

Je me souvins que ses pieds, plats, engoncés dans des chaussures trop serrées, avaient semblé douloureux le jour où elle avait chancelé dans l'herbe de notre jardin, devant la maison, tandis que Jon voulait la prendre en photo avec Chad. « On sourit », avait dit Jon – et puis le sourire distant et nonchalant de Chad, à côté du sourire trop empressé et trop large de Ophelia Vanriper – qui, me disais-je maintenant, n'était pas seulement ordinaire, elle était surtout une de ces filles en équilibre si précaire entre ordinaire et moche qu'il suffisait d'une qualité d'éclairage pour la faire passer de l'un à l'autre.

Et, au moment où je me disais cela, je fus surprise de penser des choses aussi méchantes d'une gentille fille que mon fils aimait bien.

Depuis quand la beauté des filles était une chose importante pour moi ?

N'avais-je pas toujours été celle qui disait à Chad, quand il était petit, de ne pas se moquer des fillettes un peu grosses, de ne pas penser que parce qu'une fille n'était pas jolie elle n'était pas aimable ? Lorsqu'il était en cinquième, j'avais trouvé sur son bureau le numéro spécial « maillots de bain » de *Sports Illustrated*, j'avais alors saisi l'occasion de lui parler de l'objectification des femmes, que c'était très bien si quelqu'un était beau à l'extérieur, mais que c'était en fait l'intérieur qui comptait.

Quelle raison avais-je donc de détester Ophelia Vanriper, qui avait toujours été polie avec moi ?

« D'accord, dis-je en essayant de rire sincèrement – généreusement, chaleureusement. Si papa ne te prête pas sa voiture, tu pourras prendre la mienne.

— Super ! dit Chad. Tu es toujours la meilleure des mères. »

Il fit un clin d'œil.

Chad et Jon étaient déjà partis lorsque je m'éveillai. Je regardai dehors et vis que la voiture de Jon n'était plus dans l'allée et que, dans la nuit ou durant les quelques heures de soleil matinal où j'avais dormi, le lilas au coin de notre jardin avait fleuri en grappes violacées.

J'ouvris la fenêtre.

Je pouvais le sentir.

Son parfum était si familier, évoquant la maison, la paix, la certitude domestique, que je me trouvai emplie d'un optimisme aveugle – une foi en l'avenir si totale que je dus m'asseoir au bord du lit pour reprendre mon souffle.

Je regardai tout autour de moi.

Là, sur ma coiffeuse, mes bijoux.

Là, sur le papier peint, ces roses.

Les rideaux de dentelle. L'abat-jour blanc. Le tapis tressé, par terre. Dehors, comme d'habitude, Kujo fouillait dans les broussailles. Les oiseaux chantaient. Un nid, construit par des pinsons dans la fougère suspendue sur la galerie derrière la maison était déjà plein de bébés oiseaux, et, de l'endroit où je regardais, je voyais la mère aller et venir avec empressement. Je sentais leur odeur musquée (plumes humides, merde d'oiseau) et j'entendais les clairs babils quand ils appelaient leur mère après son départ. Et, encore plus haut, de très loin, à des kilomètres et des kilomètres dans le ciel, j'entendis un jet passer d'un bout à l'autre du monde, à très grande vitesse, sans aucune plume. Tout va bien aller, me dis-je.

Je vais faire du café, en prendre une tasse et la boire sur la galerie. Je vais reprendre ce livre que j'ai abandonné il y a de nombreuses semaines, celui sur Virginia Woolf. Je vais le lire. Je vais appeler Sue, à laquelle je n'ai pas parlé depuis l'après-midi, dans le couloir, où elle m'avait dit, pour les lettres. Je lui dirai qu'elle est ma meilleure amie. Qu'elle sera toujours ma meilleure amie. Je vais lui pardonner totalement. Quel autre choix ai-je donc ? Ne me suis-je pas révélée être, durant toutes ces semaines, quelqu'un qui était capable de faire du mal à ceux que j'aimais le plus ? Ne m'étais-je pas montrée capable, durant toutes ces semaines, de garder des secrets – douloureux, amers, méchants – et ceux-là n'existaient-ils pas, tout à côté du dévouement profond et total que j'avais pour ceux que j'aimais ?

Et Garrett.

Je vais appeler Garrett.

J'essaierai d'expliquer à Garrett que tout cela avait été un malentendu. Un terrible malentendu. Quoi que Bram ait pu lui dire – je t'en prie, je t'en prie, oublie tout. Je vais inviter Garrett à dîner. Je vais lui dire que Chad est rentré de Californie, et qu'il veut le voir. Je ferai des hamburgers, ou bien des nachos, en tout cas un de ces solides repas pour jeunes hommes. Ils pourront boire toute la bière qu'ils voudront.

Et puis j'appellerai Bram pour lui expliquer que ma vie est la vie d'une femme simple.

Une femme d'ici.

Une mère. Une épouse.

Que j'appartiens à cette vie, que j'ai toujours appartenu à cette vie, et que je ne pourrais jamais lui appartenir à lui.

Je vais me lever.

Je vais inspirer.

Le lilas.

Le matin.

Prête à commencer ma journée ordinaire. À retrouver ma vie ordinaire.

C'est alors que le téléphone sonna – sonore, insistant, comme une explosion dans le silence de la maison. Je me suis vite levée du lit pour descendre l'escalier pieds nus et répondre. Ma voix eut l'air essoufflée, me dis-je, et guindée, elle ne m'était même pas familière, lorsque je décrochai.

« Allô ?

— Salut, mon chou. »

Bram.

J'avalai ma salive.

L'espace d'un instant, je ne dis rien.

« Bram, finis-je par dire, là tu m'appelles chez moi.

— Et alors, dit Bram, t'es pas dans ton bureau. Quand suis-je censé t'appeler ?

— Tu ne peux pas m'appeler ici, dis-je. Mon fils est rentré de l'université. Il aurait pu répondre.

— Oui, dit Bram. Eh bien, je lui aurais dit que je vends des encyclopédies. Ou que je suis le plombier. »

Il y eut un grincement dans l'air entre nous. Un rire ?

« Tu es où ? demandai-je.

— À ton studio, dit-il. J'appelle de mon portable. Je suis allongé sur ton futon.

— Tu sais, Bram, dis-je, je vais devoir résilier le bail. Le semestre est fini. Je...

— Ici, je pense à toi, et ça me fait bander.

— Bram.

— Sherry. Qu'est-ce que tu portes, là ? »

J'hésitai. Il reposa sa question. Ma chemise de nuit. Elle était blanche.

« Remonte-la sur tes cuisses », dit-il.

Je ne l'ai pas fait, mais quand il me demanda si je l'avais fait, j'ai dit que oui. Cela me parut, sur le moment, la chose la plus simple, ce qui pourrait mettre un terme le plus rapidement possible à la conversation. Je pris le téléphone et allai m'asseoir sur le divan.

« Tu as une culotte ?

— Oui, dis-je.

— Enlève-la. Je veux qu'elle soit à tes chevilles. »

Il marqua une pause.

« Ça y est ?

— Oui, dis-je. Ça y est.

— Écarte les jambes. Je veux que tu écartes les genoux. Je veux que tu ouvres tes jolies cuisses. Ça y est ?

— Oui, mentis-je.

— Je suis en train de me branler, là, mon chou. Je bande comme un cheval. »

J'écoutai.

Je n'entendais rien d'autre que sa respiration. Et puis le rythme de sa masturbation, de plus en plus intense. Un gémissement. Et puis, une voix rauque.

« Enroule tes lèvres sur elle, mon chou. Mets-la dans ta bouche. Je veux sentir ta langue. Oui, comme ça, comme ça.... »

Puis il fut soudain calme.

Du vent dans un tunnel entre nous.

J'entendis des pattes griffues circuler vivement sur le toit.

Un écureuil. Peut-être deux. Ils étaient revenus. Les enfants de l'écureuil que Jon avait tué en février ? Ou bien une nouvelle famille d'écureuils, qui avaient fait leur nid sous le toit ? Ils avaient l'air très excités. Occupés, frénétiques, ils se faisaient leur nid dans le toit du nôtre. J'écoutai, jusqu'au moment où il finit par gémir : « Oh ! Mon chou ! Je t'aime, mon chou. J'ai besoin d'être en toi, tout de suite. J'ai besoin d'être entre tes jambes. J'ai besoin de te baiser, de te baiser fort, entre tes putain de cuisses, tout de suite, chou, tout de suite. Je suis en train de jouir, mon chou. Je jouis partout sur nous, chérie. »

Je ne dis rien. Je tremblais. J'éloignai le récepteur de ma bouche, j'avais peur qu'il entende claquer mes dents. Bram ne dit rien durant ce qui me parut être une bonne minute – il n'y eut plus que le son de la trotteuse de la cuisine, sèche et statique, comme les griffes des écureuils sur le toit, puis il poussa un soupir.

« Je viens de te jouir sur le visage, mon chou. Je viens de jouir dans ta jolie bouche, madame Seymour.

— Bram, dis-je quand je pus enfin parler à nouveau. Bram. »

Je ne trouvai rien d'autre à dire. Tout, autour de moi, s'était éclairé – une lumière étrange et argentée. La pile de magazines dans le coin. Le vase plein de fleurs séchées sur le manteau de la cheminée. Le tapis oriental aux dessins géométriques étourdissants, aux motifs perturbants. J'entendis au loin une ambulance qui devait se frayer un chemin grâce à ses gémissements. La journée ordinaire de quelqu'un, terminée.

« Bram, dis-je. Tu es toujours là ?

— Oui, je suis là. »

Je m'éclaircis la gorge, appuyai le combiné plus fort contre mon oreille, passai ma main libre sur mes yeux.

« Il faut que je te dise quelque chose, Bram, dis-je. Tout ça doit se terminer.

— Non, dit Bram.

— Mais..., dis-je.

— Combien de temps ça va te prendre pour amener ton joli petit cul ici ? »

Et puis, le petit claquement digital de son portable, qu'il venait de fermer.

J'essayai de poursuivre ma matinée. Je me fis cette tasse de café. Je pris le livre sur Virginia Woolf. Je le reposai. Je passai devant le téléphone, craignant qu'il sonne. J'allai sur la galerie, derrière la maison, une tasse de café à la main, que je n'avais pas encore touchée. Je ne me souciai même pas de prendre le livre avec moi. Je descendis de la galerie, j'avançai sur l'herbe. Elle était humide.

Au loin, chez les Henslin, j'entendis les vaches meugler. Un oiseau insistait dans l'érable et ne cessait de chanter à mon encontre – un torrent régulier de trilles qui semblait à la fois furieux et extatique. Il devait avoir son nid tout près. Il devait essayer de m'en éloigner. Je ne pouvais voir cet oiseau, je ne parvenais pas à trouver la branche de laquelle il me menaçait, parce que l'arbre était couvert de toutes nouvelles branches qui cachaient les autres, mais, après avoir écouté un moment, je me rendis compte que le son (*wik-wik-wik-wik-wik-wik*) paraissait venir de ma poitrine.

Cet oiseau, en moi, semblait en fait être mon propre cœur.

Je rentrai dans la maison.

Je posai la tasse de café.

Je pris l'annuaire et cherchai *Thompson*, laissant glisser mon doigt sur la liste longue de quelques centimètres des Thompson jusqu'au moment où je vis celui qui habitait dans la rue de Garrett. Il répondit à la première sonnerie.

« Allô, Garrett », dis-je.

Il s'éclaircit la gorge.

« Madame Seymour ? » dit-il.

Sa voix parut hésitante, me dis-je, comme réticente, lorsqu'il prononça les deux syllabes de mon nom.

« Garrett, dis-je, il faut que je te parle de quelque chose.

— De quoi, madame Seymour ? »

J'entendis de la musique, derrière lui. (Haendel ? Était-ce seulement possible ? Est-ce que Garrett pouvait vraiment écouter le *Messie* ?)

Et je fus alors incapable de lui dire ce que j'avais voulu lui dire en l'appelant. Je ne pus mentionner ni

Bram, ni la menace. Je ne trouvai aucune excuse, aucune explication, qui pourrait éclaircir les choses. Au lieu de cela, j'inspirai et j'expirai de l'air, j'avalai ma salive.

« Chad est rentré de Californie, Garrett, dis-je enfin. On aimerait que tu viennes dîner chez nous, ce soir.

— D'accord, dit Garrett, comme si je lui avais donné un ordre plutôt que lancé une invitation. À quelle heure ? »

Plus tard dans l'après-midi, Chad s'arrêta dans l'allée avec l'Explorer de Jon, fort brusquement. J'entendis le gravier crisser, rouler sous les pneus. Les freins grincèrent lorsqu'il pila ; et, ensuite, le bruit de ses chaussures qu'il enlève d'un coup de pied sur la galerie derrière la maison.

« Maman ? Tu es à la maison ? »

J'avais pris une douche. Je m'étais habillée. Un tee-shirt rose, un jean délavé. J'avais fait le lit. Mais après, je n'avais rien fait d'autre que rester allongée dessus pendant des heures, jusqu'au moment où je m'étais rendu compte que le matin s'était fondu dans l'après-midi, qu'ils n'allaient pas tarder à rentrer, Chad et Jon, que je ne pourrais pas être allongée sur le lit au moment où ils arriveraient, je m'étais donc levée, j'étais allée dans la cuisine, j'avais mesuré de la farine et de l'eau dans un saladier, pour faire du pain.

« Oui, dis-je, je suis là. »

Je sortis de la cuisine. Avec de la pâte sur mes mains. Je l'avais pétrie, mais je n'avais pas mis assez de farine sur mes mains pour que la pâte ne colle pas. Je gardais mes mains devant moi, en m'efforçant de ne pas toucher mon tee-shirt.

« Hé ! dit Chad en regardant mes mains. Mais tu ne serais pas ma mère, toi ? »

C'était une blague qui venait d'un livre d'images que je lui lisais quand il était enfant – le bébé oiseau, éclos pendant que sa mère est au loin, essaie de poser son empreinte sur les vaches, les avions, les excavateurs, à la recherche de sa mère, et puis, dans un moment de reconnaissance, il trouve sa vraie mère, et il sait instantanément qui elle est.

Petit garçon, Chad n'avait cessé d'être amusé par ce livre. « Regarde, elle est là la mère ! » lui disais-je en tapant sur l'image de la maman oiseau, et il riait en applaudissant.

Il y avait toutes ces années, il avait vraiment été le petit garçon à sa maman, me disais-je – pas dans le sens où il était efféminé ou particulièrement exigeant, mais parce qu'il semblait penser qu'il devrait être (qu'il était, de fait) le centre du monde de sa mère. Lorsque quelque chose venait me distraire (le téléphone, un livre, ou même son père), il s'empressait de récupérer mon attention. Il avait des millions de trucs pour ce faire. Quelque chose se brisait dans la maison. Un vase, une tasse. Il avait soudain faim, ou soif, ou alors il avait perdu une chaussure.

Mais, ensuite, en quelques battements de cœur, il avait grandi, et c'était juste une blague qu'il me disait (*Mais tu ne serais pas ma mère, toi ?*) chaque fois que je faisais quelque chose qui – c'est ce qu'il voulait suggérer – sortait de mon ordinaire, moi sa vraie mère – comme faire du pain.

« Je suis bien ta mère », dis-je en levant toujours les mains pleines de pâte.

J'essayai de sourire.

Il me rendit mon sourire.

Il avait l'air échevelé.

Il portait un short de coton si long et si plein de poches, qui avaient presque toutes l'air très lourdement chargées – de quoi ? de cailloux ? de pièces ? de bijoux ? –, que l'ensemble lui pendait quasiment sur les mollets. Il avait un polo rose, à moitié rentré dans le short, à moitié sorti. À son poignet gauche, il portait la montre que je lui avais donnée pour son diplôme (une montre de l'armée suisse, noire) et un bracelet en macramé avec une seule perle, que je n'avais jamais vu. Il avait l'air, me dis-je, exalté, excité, comme s'il avait participé à une course et qu'il l'avait gagnée.

« Tu t'es bien amusé, avec ton amie ? demandai-je.

— Ophelia, reprit-il avec emphase, comme si j'avais fait exprès de refuser de dire son nom.

— Ophelia, dis-je.

— Oui », dit-il, mais en ricanant.

J'avais encore mal prononcé son nom ?

Je retournai dans la cuisine et, une fois là-bas, je lui reparlai d'une voix que je voulus aussi naturelle que possible.

« Et c'est une petite amie, maintenant ?

— Oui », dit Chad qui me suivit dans la cuisine.

Il ouvrit le réfrigérateur et sortit la bouteille de jus d'orange.

« Tu l'aimes donc beaucoup, alors ? » dis-je.

J'enfonçai à nouveau mes doigts dans la pâte, qui

me parut trop froide, trop dure et trop granuleuse. J'avais loupé quelque chose.

« Oui, m'man. Je l'aime énormément. »

Il but à même la bouteille – il savait que je détestais ça. Je me tournai pour le regarder. Il reboucha la bouteille.

« Désolé », dit-il.

Je ne fus pas sûre qu'il fût en train de s'excuser pour avoir bu à la bouteille, ou pour aimer énormément Ophelia Vanriper.

« Je vais faire une petite sieste, d'accord ? dit-il.

— Bien sûr, dis-je. D'accord. Au fait, Garrett vient dîner, mais pas avant huit heures. »

Chad se retourna pour me regarder.

Il ricanait à nouveau ?

« Alors, comme ça, tu es la mère de Garrett, maintenant ?

— Non », dis-je, trop vivement.

Son ton m'avait surprise. (Mépris ? Accusation ?)

« C'est ton ami, Chad, dis-je, avec moins d'insistance. Je...

— Garrett n'est pas mon ami, dit Chad en croisant les bras. Apparemment, c'est plutôt le tien.

— Chad...

— Enfin, maman, tu sors ça d'où, cette histoire de Garrett qui serait mon ami ? Est-ce que j'ai un jour invité Garrett, moi ? C'est quand, la dernière fois que tu m'as vu traîner avec Garrett ? En septième ? Au cours préparatoire ?

— Chad », dis-je.

Il avait une expression sur le visage que je ne lui avais jamais vue. Est-ce que je l'exaspérais tant que ça ? En avait-il assez de moi ?

« C'est juste que..., repris-je.

— C'est juste que tu aimes bien Garrett Thompson, maman. C'est pas un problème de le dire. Tu aimes bien Garrett Thompson et tu l'as invité à dîner. C'est bon. Mais ne me dis pas que c'est parce que c'est mon ami, d'accord ?

— D'accord », dis-je, ne voyant rien d'autre à dire, mais en regrettant immédiatement de l'avoir dit.

Cela sembla confirmer quelque chose dans l'esprit de Chad.

Il regarda ailleurs.

« Il faut que je dorme un peu, maman », dit-il, avant de sortir de la cuisine.

Je restai plantée sur place, j'écoutai ses pas alors qu'il montait l'escalier, je voulus l'appeler, lui parler, lui dire de se reposer, de dormir, lui dire que je l'aimais, que c'était lui, mon fils, et pas Garrett Thompson, ni un autre. Je voulais lui dire que j'étais désolée.

Mais je n'en fis rien. Je finis de pétrir la pâte. Je me lavai les mains. J'entendis la porte de la chambre de Chad se refermer. J'entendis les ressorts du lit quand il s'allongea. Je mis la pâte sous un torchon propre et la rangeai dans un coin de la cuisine. Je coupai la sonnerie du téléphone, au cas où Bram essaierait, une fois encore, d'appeler pendant que Chad était dans la maison, et j'allai m'installer, avec une tasse de thé, cette fois, pour prendre le livre sur Virginia Woolf, lorsque j'entendis un bruit de pneus dans l'allée, ce qui me poussa plutôt à aller vers la fenêtre.

La Thunderbird rouge de Bram.

« Bram, dis-je en me baissant pour lui parler par la vitre baissée. Qu'est-ce que tu fais ici, Bram ? Mon fils est à la maison. »

Je murmurais. La chambre de Chad donnait juste sur l'allée, et sa fenêtre était ouverte.

« Je m'en fous », dit Bram.

Il ne veillait même pas à parler tout bas.

Il ouvrit la portière et sortit, avant de la refermer violemment et de s'appuyer contre sa voiture. Il me regarda un moment, puis il leva les yeux vers le ciel et fixa le soleil en face, les yeux grands ouverts. Il était ivre ?

« Je ne veux pas qu'il te voie, dis-je. Tu dois partir. »

Je reculai d'un pas, pour aller sous le toit de la galerie, là où Chad ne pourrait pas me voir. Je lui fis des gestes de la main lui signifiant de s'en aller vers sa Thunderbird.

Mais il se contenta de secouer la tête, de regarder le soleil et puis moi, en clignant des paupières, en plissant les yeux. Qu'est-ce que je pouvais être à ses yeux, là, après toute cette incandescence, sinon une silhouette, un découpage de papier noir ?

« Non, mon chou, dit-il. C'est toi qui dois partir. »

Je reculai encore d'un pas. Je sentis les larmes me monter, soudain, aux yeux – qui me brûlaient, qui me brûlaient à blanc.

« Bram, je t'en supplie, dis-je.

— Madame Seymour, dit Bram, si tu ne voulais pas que je vienne ici, il fallait aller au studio. Comme tu avais dit que tu le ferais. »

Il balaya l'air de sa main devant lui. Il haussa les sourcils.

« Comment pouvais-je deviner, reprit-il, ce qui se passait ? Je me suis dit que tu avais peut-être eu un accident. Que tu avais peut-être fauché une autre biche. Tu me dis de ne pas t'appeler ici, alors qu'est-ce que je peux faire d'autre, sinon venir ? »

Les larmes qui avaient jailli de mes yeux coulaient maintenant sur mes joues. Bram s'avança d'un pas et les essuya du pouce sans même y penser. Je lui pris la main et le regardai dans les yeux.

« Bram, dis-je, tu...

— Ton mari est là ? demanda Bram en faisant un signe de tête vers l'Explorer de Jon. C'est sa caisse de merde, ça ? »

Il regarda méchamment le 4 x 4 de Jon, comme s'il avait l'intention de le démonter, pour bien montrer qu'il ne valait rien, comme s'il se demandait par où il allait commencer.

« Non, dis-je. Mon fils est là. Bram, dis-je en reculant et en montant les marches du perron, je vais rentrer chez moi, Bram. Je t'en prie, si tu ressens quelque chose pour moi, tu vas partir. Je t'appellerai plus tard. On pourra se retrouver quelque part pour parler, mais là, il faut que tu partes. »

Mais Bram s'avança d'un pas et m'attira vers lui en me prenant par la taille. J'étais sur une marche et avais donc le visage au niveau du sien. Il n'avait pas l'air, en ce moment précis, d'un amant éconduit, mais d'un enfant en colère (*Tu ne serais pas ma mère, toi ?*), ou d'un enfant qui retient sa mère en otage (*Tu es bien ma mère*).

« Je m'en irai, dit-il, si tu m'embrasses.

— Bram, dis-je.

— S'il te plaît », dit-il.

Je ne pouvais plus parler.

Si je l'embrassais, est-ce qu'il allait partir ?

Quel choix avais-je, sinon l'embrasser ?

Je lui fis signe de s'avancer sur les marches, sous le toit, où Chad, si jamais Chad regardait par la fenêtre de sa chambre, ne pourrait rien voir – et puis je me figeai, le visage tendu vers lui, pour le laisser m'embrasser.

Ce fut un baiser profond – tendre, tout d'abord, ses lèvres paraissaient même trembler, et il m'attira plus près de lui, ses bras étaient serrés si fort autour de ma taille que je ne pouvais pas me dégager, même en appuyant les mains contre sa poitrine ; puis ce baiser se fit plus fort, plus profond, sa langue dans ma bouche, sa main sur ma nuque ; il relâcha enfin son étreinte et me repoussa en arrière, gentiment, mais une poussée malgré tout.

« Merci, dit-il. Tu m'appelles. Tu me dis où on se retrouve. »

J'ouvris la porte de la galerie et entrai très vite, avant de refermer la porte derrière moi.

Bram fit démarrer sa voiture – l'énorme moteur rugit – et il la laissa gronder quelques minutes dans notre allée, avant de reculer et de se lancer sur la route, laissant derrière lui une odeur de caoutchouc brûlé.

Tremblante, je m'assis à la table de la cuisine, et écoutai.

Chad s'était-il levé ? Avait-il regardé par la fenêtre ? Avait-il entendu Bram ? L'avait-il vu ? Ou bien (*Mon Dieu faites que ce soit ça!*) avait-il dormi durant tout ce temps?

Je restai là, assise, pendant plus d'une heure, avant d'entendre Chad bouger au-dessus de moi.

Le bruit des ressorts du lit. Des pas.

La pâte à pain avait alors horriblement gonflé sous le torchon – un énorme nuage atomique déformé, fait de farine et d'air. En entendant Chad dans l'escalier, je me levai, retirai le torchon et le reposai d'un coup de poing sur la boule de pâte. Je fus surprise de voir que la montagne s'affaissait aussi rapidement, mais je ne cessai pas pour autant mes coups de poing.

Chad entra dans la cuisine, derrière moi, et s'adressa à mon dos.

« Hé! Elle t'a fait quoi, cette pâte à pain? »

Je sentis le soulagement s'affaisser avec la pâte. Il n'avait rien entendu. Je sentis le soulagement me submerger comme de l'eau fraîche. Il n'avait rien entendu. Il avait dormi. Ou somnolé. Il ne savait pas.

« Chad..., dis-je en me tournant.

— Oui, maman? dit-il en allant vers le réfrigérateur, vers cette bouteille de jus d'orange, une fois encore.

— Je t'aime, Chad, dis-je.

— Mais je t'aime aussi, maman. »

Il déboucha la bouteille.

Pour me faire plaisir, je crois, il prit un verre dans le placard et le remplit, avant de le lever vers moi comme s'il voulait porter un toast, et de le vider d'un coup.

Dès que Chad partit dans l'Explorer pour aller chercher son père au travail, j'appelai Jon. Le son de sa voix, répondant au téléphone – une voix calme, raisonnable, patiente –, me fit monter dans la gorge quelque chose qui se trouvait là depuis que Bram était reparti dans sa Thunderbird rouge deux heures plus tôt. C'était resté coincé là. Une boule de fer barbelé. Un éclat de verre brisé. Je ne pus parler, sauf pour dire son nom, mais Jon savait déjà que c'était moi.

« Sherry, dit-il. Qu'est-ce qui ne va pas ?

— Jon, dis-je, il s'est passé quelque chose.

— Tu vas bien ? demanda-t-il. Chad va bien ?

— Oui, dis-je. Mais Jon, Bram est passé ici.

— Quoi ?

— Il est venu ici. À la maison. Chad dormait, mais...

— Il t'a touchée ? demanda-t-il avant de se faire plus précis. Il t'a fait mal ?

— Non, dis-je. Il voulait juste me parler. Il voulait que je l'embrasse.

— Bon sang! dit Jon. Tu l'as fait ? Tu l'as embrassé ?

— Oui, dis-je. Je ne pouvais pas faire autrement.

— Sherry », dit Jon, maintenant en colère.

Il y avait une sorte de minceur dans sa voix, une implication que sa patience s'amenuisait.

« Tu dois mettre un terme à tout ça, Sherry. Je sais bien que j'ai joué un rôle, là-dedans, j'assume toute ma responsabilité, et je suis honnête quand je te dis que je ne suis pas en colère contre toi. Mais le jeu est terminé. Tu dois le lui dire.

— Mais je ne voulais pas qu'il vienne ici, dis-je. (Étais-je bien en train de gémir ?) Tu crois vraiment que je voudrais qu'il vienne ici, après tout ce qui s'est passé, et avec Chad dans la maison ?

— Je ne sais pas, dit Jon, dont la platitude de la voix me coupa le souffle.

— Comment, tu ne sais pas ? dis-je lorsque je pus à nouveau parler. Jon, si j'avais voulu qu'il vienne, est-ce que je t'en parlerais maintenant ? »

Il y eut un silence. J'imaginai que dans ce silence il y avait Jon qui prenait la mesure de tout ce qu'il avait jamais su ou pensé de moi. J'avais l'impression qu'un troupeau d'oiseaux invisibles était descendu sur moi – tant de battements d'ailes, tant de respirations, qui fouillaient parmi mes os et mes vêtements pour dévorer ma chair.

« Jon, dis-je, tu crois vraiment que je voulais qu'il vienne ici ? »

Jon ne dit rien.

« Jon, tu es là ? dis-je plus fort, en criant, peut-être même. Tu m'écoutes ? Je te l'ai dit, des dizaines de fois, tu sais comme je suis désolée. Tu ne peux pas me retirer ça, pas vrai ? Tu ne vas pas...

— Non, dit Jon. Bien sûr que non, Sherry. Calme-toi.

— Me calmer ?

— Oui, calme-toi. Non, je ne pense pas que tu voulais qu'il vienne à la maison aujourd'hui, Sherry. Mais je crois aussi que si tu lui avais dit, Sherry, comme je t'ai dit de le faire, que tu mettais un terme à tout ça, il ne serait pas venu. Tu ne devais absolument pas le laisser t'embrasser. Ne me prends pas pour un crétin, Sherry. Je ne suis plus un enfant.

— Jon, dis-je. Tu ne sais pas. Tu ne connais pas Bram comme je le connais, dis-je, en regrettant immédiatement mes paroles.

— Non, dit Jon, et je n'aurais vraiment pas pu me méprendre sur le sarcasme qu'il avait mis dans sa voix. Non, je ne connais pas Bram comme tu le connais, Sherry. Mais je connais les hommes. Ils ne rappliquent pas si on ne leur donne pas un encouragement quelconque à rappliquer. Et il ne reviendra pas si tu lui fais clairement comprendre, Sherry, qu'il n'y a plus rien pour lui. Tu n'as qu'à lui dire que tu appelleras les flics ou que ton mari le tuera, n'importe quoi, s'il revient à la maison. Sois très claire. Bon, il faut que j'y aille, Sherry. Il y a quelqu'un qui m'attend. Appelle-le tout de suite, Sherry. Termine tout ça maintenant. »

Je n'avais jamais eu le numéro de portable de Bram, ni celui de chez lui. Il ne m'avait même jamais donné son adresse, jamais dit s'il partageait un appartement, s'il avait une maison, des animaux. Que savais-je donc de Bram Smith ? J'appelai le seul numéro que j'avais, celui de son bureau, ne m'attendant pas à une réponse – espérant, j'imagine, qu'il n'y aurait pas de réponse –, mais Bram répondit dès la première sonnerie.

« Bram Smith, dit-il.

— C'est Sherry, dis-je.

— Ouais, dit-il.

— J'appelle... pour parler, Bram.

— Je suis occupé, tout de suite, dit-il.

— Tu veux que je rappelle ?

— Oui, dit-il, ce serait mieux.

— Quand ?

— Je ne sais pas, dit-il. Après dîner ?

— Je vais essayer, dis-je. Ce sera...

— Oui, je sais, dit Bram. Tu veux savoir comment je sais ?

— Quoi ?

— Tu veux savoir comme je sais tout sur tes projets pour le dîner ?

— Mais tu parles de quoi, Bram ?

— Je parle de ton invité pour le dîner, madame Seymour. Je viens de le voir, à l'atelier. Je sais tout, il vient chez toi ce soir pour dîner, mon chou. On dirait qu'il y a quelque chose de régulier, là. Un peu comme une porte à tambour, non ?

— Bram... Garrett ? Tu as vu Garrett ?

— Oui, madame Seymour. Le monde est vraiment petit. Tu ne peux pas espérer baiser tous les gars du coin et ne pas imaginer qu'ils vont se croiser de temps en temps ?

— Bram... »

Je cessai de parler pendant ce qui me sembla un très long moment, les mots m'échappaient totalement. L'idée même de mots était une chose que j'avais l'impression d'avoir perdue.

« Bram, dis-je ensuite, il n'y a rien entre moi et Garrett. Pour l'amour de Dieu, Bram. C'est l'ami de mon fils.

— Ce n'est pas ce que dit Garrett, dit Bram. C'est sûr qu'il faut bien un peu tordre le bras de ce petit connard pour avoir toute la vérité, mais quand il finit par cracher le morceau, on voit bien, mon chou, qu'il n'est pas tant que ça ami avec Chad. Je crois que c'est toi, qui en veux, dans cette affaire. Je crois que c'est toi qui veux inviter Garrett à dîner. J'ai raison, non ?

— Non, Bram.

— Bon, comme je vous l'ai dit, je suis plutôt occupé, madame Seymour. Appelez-moi donc après votre sympathique dîner, vous voulez bien ? »

Il raccrocha.

Sur la ligne morte, il y eut un silence si total qu'il en parut animé – un silence qui respirait, qui palpitait, dans lequel je pouvais projeter mon propre son, dans lequel je pouvais tituber, à l'écoute, comme si ce n'était pas du silence, mais de l'espace. Je restai le téléphone à la main, à écouter, pendant un long moment, ce silence en moi qui voyageait vers moi sur les lignes téléphoniques, jusqu'au moment où Jon et Chad passèrent la porte et m'appelèrent au sommet de leurs voix – *Hou-hou, Sherry! Hé, maman!* – et le son de leurs voix me fit brusquement revenir à moi, je reposai le téléphone et, sans même pouvoir répondre à leurs appels, je me dirigeai vers la cuisine pour préparer le dîner.

Garrett arriva à la porte de derrière à huit heures.

Jon le fit entrer. Chad l'accueillit sans se lever de la causeuse, d'un salut. Je sortis de la cuisine.

« Bonjour, Garrett », dis-je.

Ses cheveux rasés n'étaient plus qu'une fine ombre sombre. Il fit un signe de tête dans ma direction, sans toutefois me regarder. Il portait un polo blanc tout propre. Chad finit par se lever, lentement, avant de donner une tape sur l'épaule de Garrett.

« C'est quoi, cette coupe de cheveux, mec? Je croyais que tu ne partais pas avant septembre.

— J'ai changé d'avis, dit Garrett. Je fais accélérer les choses. Je pars au camp d'entraînement dans deux semaines.

— Mais, Garrett... », dis-je.

Chad se tourna si vite pour me regarder que je ne dis rien de plus. L'expression, sur son visage, était, me dis-je, soit de la surprise, soit de l'agacement. Il rit, en se tournant vers Garrett.

« Alors, t'y vas vraiment, mon pote, dit-il. Tu pars défendre la patrie. Je veux être le premier à te serrer la main. »

Ils se serrèrent la main.

Si jamais le sarcasme avait été perçu, rien ne se lut sur le visage de Garrett. Il ne sourit pas plus qu'il ne se montra défensif. Il se contenta de hocher sobrement la tête, une fois la poignée de main terminée.

« Chad, Garrett, dis-je, prenez une bière, les garçons, pendant que je finis le dîner. Ça vous va ? »

Chad me suivit dans la cuisine.

J'ouvris le réfrigérateur et il sortit deux Corona, en les décapsulant avec un ouvre-bouteille que nous gardions suspendu au bout d'une ficelle à un crochet fiché dans le mur, et il repartit vers le salon les deux bières à la main, mais, avant de quitter la cuisine, il me parla, si doucement dans sa barbe que je ne fus pas sûre que je devais entendre ou non, ni même que j'avais bien entendu : « Tu es bien ma mère ? »

Chad et Garrett sortirent sur la galerie devant la maison. La moustiquaire claqua derrière eux. Jon était dans le garage. J'entendis des choses cliqueter – des choses qui tombaient ou qui étaient jetées par terre. Il était contrarié. Avant l'arrivée de Garrett, pendant que Chad lisait le journal sur la causeuse, Jon m'avait parlé à voix basse dans la cuisine.

« Tu l'as appelé ?

— Oui, dis-je. Il n'était pas là. Je le rappellerai plus tard. »

Et Jon était monté à l'étage d'un pas lourd.

Pendant que la viande, pour les nachos, grésillait dans la poêle, je coupai la laitue en lanières. J'émincai un oignon, en m'arrêtant de temps à autre pour m'essuyer les yeux sur les avant-bras. Je coupai une tomate en petits morceaux, puis une deuxième – qui, bien qu'elle eût l'air parfaite du dehors (un rouge profond et faux), était, au centre, toute noire. Elle pourrissait de l'intérieur – ou bien elle avait toujours été comme ça, se gonflant et mûrissant autour de la pourriture ? Je la jetai dans la poubelle, qui était déjà pleine, je sortis le sac de la poubelle, j'attachai les cordons et le portai jusqu'à la porte de derrière.

En passant devant la salle à manger, j'entendis Chad ou Garrett tousser sur la galerie.

La porte de devant était ouverte. Quelque chose de grand et de bourdonnant vint se heurter à la moustiquaire. L'un des deux, Chad ou Garrett, s'éclaircit la gorge. Je restai un moment à l'écoute, le sac d'ordures à la main – j'écoutais aux portes, en fait, sauf qu'il n'y avait rien à écouter. Soit ils avaient cessé de parler parce qu'ils m'avaient entendue traverser la salle à manger, soit ils ne s'étaient pas parlé du tout, pas un mot, sur cette galerie.

Je jetai le sac d'ordures près de la porte de derrière pour que Jon ou Chad le sorte et retournai à la cuisine finir de préparer le dîner. Je mis la table, sortis la nourriture, et les appelai pour leur dire de rentrer.

Lorsqu'ils arrivèrent, je souris comme si rien n'avait changé, comme si j'étais l'épouse, la mère, la mère de l'ami, et je les invitai tous à s'asseoir à la table que j'avais préparée pour eux – exactement la femme que j'étais deux mois plus tôt, l'année précédente, dix ans plus tôt, la femme que j'avais été durant la moitié de ma vie.

Mais le silence qui régnait entre Garrett et Chad s'installa à table avec eux.

Ils se passaient la nourriture, mais ne se regardaient pas.

Jon avait l'air conciliant avec moi, toutefois. Il fit des compliments sur le parfum de la nourriture, sur l'abondance. Chad et Garrett firent un signe de tête pour confirmer. Je remerciai. Je demandai s'ils avaient besoin de quelque chose.

Non. Non. Non.

Tout allait bien.

Tout était génial.

Nous mangeâmes en silence pendant quelques minutes, puis Jon s'éclaircit la gorge et posa à Garrett quelques questions sur l'armée, sur son incorporation, questions auxquelles Garrett répondit poliment.

« J'ai décidé qu'il n'y avait aucune raison de traîner ici tout l'été, finit-il par conclure. Je me suis dit que je devais y aller, c'est tout. »

Je jetai un coup d'œil à Chad qui hochait la tête.

« Hé, mon frère, dit-il, tu veux une autre bière ? »

Garrett s'essuya la bouche avec sa serviette et me regarda.

« Chad, dit Jon. Vous en avez déjà bu combien ? Garrett doit conduire pour rentrer chez lui.

— Oui, dit Garrett. Merci, mais je devrais m'arrêter là. »

Chad ricana.

« Moi, je ne conduis pas. »

Il se leva de table et alla à la cuisine. Jon et moi le regardâmes tous les deux s'éloigner, mais nous ne dîmes rien ni l'un ni l'autre.

« Alors, dit-il lorsqu'il revint, une bouteille ouverte qu'il tenait près de son cou. Alors Garrett, comment elle marche, ta Thunderbird ? Tu l'as fait réparer ? »

Garrett posa sa fourchette chargée de nachos.

« Quoi ? dit-il.

— Ta Thunderbird, mon vieux. Tu sais, je croyais que tu réparais une vieille voiture dans ton garage ?

— C'est une Mustang, dit Garrett.

— Une Mustang, dit Chad. Comme tu veux. »

Une Thunderbird.

Je posai ma fourchette.

J'eus l'impression qu'un coup violent m'arrachait le souffle, qui s'en allait valser dans une autre pièce.

« Elle est toujours dans le garage, dit Garrett. La transmission n'est pas encore remontée. Je me sers toujours du vieux break de ma mère. Mais plus pour longtemps.

— Super », dit Chad avant de prendre une longue gorgée à la bouteille.

Je me levai de table et allai dans la cuisine. Je ne dis rien en sortant.

Une Thunderbird.

C'était un lapsus, Chad s'était simplement trompé, mais cela m'avait transpercée comme un coup de poignard.

Il avait vu, en fait.

Il ne dormait pas.

Il avait vu la Thunderbird de Bram.

Il avait même vu Bram.

Et il m'avait vue avec Bram.

Je dus me tenir au bord de la table un moment.

« Maman ? cria Chad. Tu peux m'apporter une autre serviette pendant que tu es dans la cuisine ? »

Je me passai les mains sur le visage, comme pour le recomposer, avant de retourner vers la salle à manger. Je pris une serviette avec moi. Je la donnai à Chad, qui leva les yeux vers moi.

« Ça va, maman ? demanda-t-il.

— Oui », dis-je.

Jon me regarda. Je ne vis pas d'inquiétude, sur son visage, mais une injonction (*Tiens-toi*). Je me rassis. Chad me regardait toujours.

« Au fait, la dernière fois qu'on s'est vus, maman recevait des lettres d'amour d'un mécano du collège. On en est où, avec ça, maman ? On te fait toujours des propositions ? »

Garrett baissa les yeux, trop vite, me dis-je, sur son assiette. Chad le dévisagea.

« Garrett, tu nous avais pas dit que ton prof de mécanique en pinçait pour ma mère, à ce moment-là ? »

J'ouvris la bouche mais rien ne sortit, et Jon, comme s'il répétait pour ce moment-là depuis des semaines, parla d'une voix si calme et si convaincante que je crus presque, moi-même, à l'absence de toute arrière-pensée.

« On ne sait pas de quoi tu parles, Chad. Ta mère a toujours été adorée par toute une kyrielle de types, on peut pas garder trace de tous.

— Non, dit Chad, avant de se remettre à manger ses nachos. Tu as raison. Bien sûr », dit-il la bouche pleine.

Nous terminâmes le repas en silence et, après, je me levai pour débarrasser la table, en voulant prendre l'assiette de Garrett d'abord. Il n'avait mangé que la moitié de son assiette, mais sa serviette était posée sur la table. Il avait également posé sa fourchette, ses mains étaient sur ses genoux et, avant que je puisse la lui prendre, il s'était levé avec son assiette.

« Madame Seymour, dit-il, laissez-moi vous aider. »

Il prit aussi l'assiette de Chad, celle de Jon, et je le suivis dans la cuisine avec les verres et quelques couverts.

« Madame Seymour..., dit Garrett, une fois que nous fûmes seuls dans la cuisine. Il y a...

— Garrett, dis-je à voix basse, en jetant les couverts dans l'évier et en me tournant vers lui. Je suis désolée, Garrett, que tu aies été mêlé à tout cela. Pardonne-moi, Garrett. Je te le promets, personne ne te fera de mal. C'est une terrible erreur. »

Garrett avança d'un pas vers moi.

« Chad vous a dit, alors? Vous savez qu'il pense... »

Il hocha la tête en direction de la salle à manger, où Chad et Jon parlaient de quelque chose de clinique, apparemment, quelque chose d'abstrait – *mauvaise gestion... précision... occasion de croissance et de développement...*

« Non, dis-je. Pas Chad. Bram... »

Garrett eut l'air tout simplement, absolument, stupéfait. Il posa les assiettes sur le comptoir. Avec sa coupe à ras, me dis-je, et son polo bien empesé, il avait l'air si vulnérable et si jeune que je ne pus m'en empêcher, j'allai vers lui et je le pris, comme je l'avais fait il y avait si longtemps (les genoux écorchés, le sang qui coule en ruisselets poussiéreux le long de ses mollets), dans mes bras. Il me laissa l'étreindre un moment, puis il se dégagea, regarda vers la salle à manger et nous le vîmes tous les deux en même temps – Chad, debout derrière nous à la porte de la cuisine.

Ces voix, c'étaient celles de la télévision, dans le salon, pas celles de Jon et de Chad.

« Je dérange pas, au moins ? » dit Chad.

Garrett recula encore d'un pas.

« Non, Chad, dis-je. Garrett m'aide simplement à...

— Oui, dit Chad. Je vois ça. »

Je restai dans la cuisine après cela, à nettoyer. Lorsque je finis par sortir de la pièce, Chad et Garrett n'étaient plus là.

« Où sont-ils ? » demandai-je à Jon.

Jon haussa les épaules. Il suivait toujours le débat politique à la télévision. Il leva les yeux vers moi.

« Ils sont sortis. Ils ne m'ont pas dit où ils allaient. »

Je demeurai éveillée sur le lit longtemps après minuit, j'attendais le bruit de la voiture de Garrett se garant dans l'allée, pour déposer Chad – mais, au bout du compte, je me suis simplement endormie après avoir entendu les hurlements répétés d'un coyote, au loin.

Un son sinistre mais pas désespéré – un chien sauvage et triste qui chantait une chanson sans mélodie, mais ni un appel à l'aide ni un appel à Dieu. Ce bruit fit son chemin jusque dans mon rêve. Je berçais un bébé (Chad ? Non, c'était un autre bébé, une fille) dans mes bras. Comme nous nous balancions ainsi, elle poussait contre ma poitrine des cris tristes mais vides de plaintes et, après un moment, j'ai fait de même, ce fut étrangement réconfortant, et beau, aussi, de se balancer ensemble, tout en hurlant tranquillement, avec distance, à l'unisson, dans la nuit. Lorsque quelque chose de sonore (une portière qui claque ?) vint crever le silence au-dehors, je me réveillai et m'aperçus que je fredonnais bien à voix haute. Quoi que cela ait pu être, ce bruit du dehors, il ne réveilla pas davantage Jon que mon fredonnement.

Je restai allongée dans le noir pour écouter le silence.

Maintenant, il n'y avait plus rien dehors, comme si la nuit s'était elle-même imposé le silence, comme si elle retenait son souffle, sur la pointe des pieds, un doigt sur les lèvres, chut...

Je tentai de retourner vers mon rêve (le chantonnement apaisant de ce bébé dans mes bras), mais il était parti.

Lorsque je m'endormis enfin, je ne rêvai de rien du tout.

Au matin, le réveil de Chad, strident et insistant, me tira du sommeil et je me souvins que c'était son premier jour de tonte de pelouses. Je sortis du lit pour aller dans sa chambre et, lorsque j'arrivai à la porte, je vis qu'il avait une main posée sur le réveil, qu'il avait réussi à l'arrêter, et qu'il s'était rendormi – sur la couette, tout habillé, avec les vêtements qu'il portait la veille. Sa chambre baignait dans l'odeur – fétide, familière et rappelant le passé – de bière et de cigarette.

« Chad, dis-je, sur le pas de la porte. Il faut que tu ailles travailler, non ? »

Il cligna des yeux, le réveil lui glissa de la main et tomba par terre.

« Oui, dit-il avant de s'asseoir pour me regarder. Maman, j'ai une terrible gueule de bois. Tu m'aimes toujours ?

— Oui », dis-je en clignant des paupières à cause des larmes.

Je descendis faire du café fort, préparer des œufs, du bacon, des toasts, pendant que Chad se douchait. Lorsqu'il descendit, je lui lançai un regard sympathisant mais désapprobateur. Il portait un jean et le teeshirt vantant son patron : FRED – PAYSAGES ET JARDINS.

« Je t'en prie, maman, dit-il. Ne me regarde pas comme ça. Ça me fait mal.

— Tu es rentré à quelle heure, hier soir ? demandai-je.

— Je ne sais pas, dit Chad, en étalant de la confiture de fraises sur son toast.

— Si tard que ça ? dis-je. Et Garrett, il a bu autant que toi ?

— Garrett a beaucoup bu, dit Chad. Une fois que ça s'est su dans le bar que Garrett partait avec les marines et que j'étais son ami, on nous a payé tellement de tournées qu'on n'a pas pu compter.

— Vous étiez où ?
— Chez Stiver's.
— Stiver's ? Mais comment ça ? Tu n'as pas vingt et un ans. »
Chad ricana.
« Maman, dit-il, ça fait des années que je vais boire chez Stiver's. Ils s'en foutent, de ton âge.
— Oh », dis-je.
Ce n'était pas, décidai-je, le moment de l'interroger sur le passé, sur Stiver's, sur la boisson, mais je me demandai... quand ? Avec qui ? Et où étais-je ? Comment j'ai fait pour ne pas savoir ?
« Et Garrett t'a reconduit ici ? demandai-je, à la place.
— Oui, dit Chad.
— Ivre ?
— Je t'en prie, maman. On est rentrés, pas vrai ? Ne me gronde pas. »
Il leva les yeux vers moi et ce que j'y vis me fit reculer d'un pas. C'était une petite menace, me dis-je, cette expression sur son visage – les yeux plissés, les lèvres entrouvertes. Que voulait-il me dire, avec cette expression ? Que savait-il ?
Bram ?
Est-ce que Garrett lui avait dit, après tout ?
Ou alors, c'était la Thunderbird rouge – était-ce certain, alors, il l'avait vue ?
Ou même encore, est-ce que Chad savait, tout simplement, que son père et moi étions rentrés de chez Stiver's, ivres, il y avait seulement deux mois ?
Je ne dis rien de plus.
Je lui versai un peu plus de café dans sa tasse.
« Merci, maman », dit-il.

Alors que nous roulions pour aller chez son patron, Chad garda la tête appuyée contre la vitre du siège passager, les yeux clos, mais lorsque nous nous garâmes devant l'énorme garage de FRED – PAYSAGES ET JARDINS, il se pencha vers moi et m'embrassa la joue (dentifrice, savon) en me disant : « J't'aime, m'man », avant de sortir de la voiture.

Fred – un gros homme vêtu d'un jean qui tombait tellement bas que je vis non seulement son ventre déborder de son tee-shirt, mais aussi ses poils pubiens, noirs et frisés, disparaître sous le pantalon – me fit un signe de la main, puis lui et Chad se tapèrent les paumes. Chad se tourna ensuite et m'envoya un baiser avant de disparaître avec Fred dans le garage.

Il m'aimait toujours.

Rien n'avait changé.

Le baiser qu'il m'envoie. Le boulot d'été.

Juste comme l'été dernier, me dis-je, je viendrais le chercher à cinq heures, et il monterait dans la voiture. Il serait constellé de petites particules humides d'herbe et de feuilles broyées, il sentirait la pelouse, le beau temps et le travail manuel. Il m'embrasserait sur la joue. Il prendrait une douche, une fois à la maison. Nous dînerions quand Jon rentrerait. Si le sujet de la Thunderbird revenait, on trouverait quelque chose, Jon et moi. Si Garrett le lui avait dit, on en discuterait avec Chad. Nous aurions une longue discussion. Nous étions ses parents, et nous trouverions un moyen de nous expliquer.

Lorsque je rentrai à la maison, je me versai le peu de café qui restait dans une tasse et sortit, sur la galerie, derrière la maison.

Le soleil inondait le jardin.

Dans les broussailles, Kujo aboyait, si absorbé par ce qu'il était en train de faire qu'il ne remarqua pas un petit lapin à queue blanche qui sautillait inconsidérément à travers la pelouse pour gagner la route. Lorsque la camionnette du courrier arriva dans la rue, soulevant la poussière et la terre sur son passage, elle dut faire un écart pour éviter de toucher ce petit lapin, qui continua tout droit son chemin vers le véhicule.

Le courrier :

Un catalogue de produits de sports pour Jon, une facture de téléphone, une publicité pour une carte de crédit, et une enveloppe blanche avec mon nom et mon adresse écrits d'une main inconnue.

À l'intérieur, une feuille de papier blanc et, à l'encre noire : *Sherry. Je regrette, maintenant, de ne pas t'avoir écrit de lettre d'amour plus tôt. Je regrette d'avoir attendu si longtemps pour te dire combien tu es belle. Je ne pourrai jamais te laisser partir. Tu es à moi pour toujours. Appelle-moi, je t'en prie. Bram.*

Je n'avais encore jamais vu son écriture – serrée et masculine, comme si écrire avec un stylo sur une feuille de papier était oppressant, féminin. Mon nom, dans cette écriture, me paraissait étranger, comme un nom appartenant à quelqu'un d'autre – à une femme qui avait amené son amant chez elle, qui avait fait l'amour avec lui dans le lit conjugal. À une femme mariée qui avait embrassé son amant sur le perron de sa maison alors que son propre fils dormait dans la chambre juste au-dessus. À une femme qui prétendrait peut-être faiblement avoir mis un terme à la liaison, mais qui, en vérité, n'avait rien dit de clair à l'homme qui avait écrit son nom sur cette enveloppe.

Qu'est-ce qui, me demandai-je, avait fait penser à cette femme qu'il serait facile d'annuler des péchés d'une telle gravité ?

Pourquoi, me demandai-je, s'était-elle attendue à ce que, sans effort réel, elle pût simplement retrouver sa vie ordinaire après s'en être éloignée, si allègrement, si totalement ?

En regardant mon nom, capturé par l'écriture inconnue de Bram, j'entendis la voix de Jon : *Mets un terme à tout cela dès maintenant* ; je rangeai l'enveloppe, avec l'adresse de Bram écrite dans le coin supérieur gauche, dans mon sac, je pris mes clés et me dirigeai vers la voiture.

Le quartier de Bram était une zone de petites maisons, à un peu plus d'un kilomètre de l'autoroute. Ce fut assez facile de trouver sa rue, Linnet Drive, mais plus compliqué de dénicher sa maison, parce qu'il n'y avait pas de numéros visibles de la rue. C'était comme si, ici, quelqu'un était venu dans le quartier pour peindre sur les adresses, pour voler les numéros des boîtes aux lettres, comme une blague assez élaborée. En bonne fille de facteur, je me demandai comment le courrier pouvait être distribué, si les lettres arrivaient souvent à la mauvaise adresse, si les voisins se rendaient les lettres distribuées par erreur, ou bien s'ils les jetaient.

Et puis, je la vis.

La Thunderbird rouge.

Mes mains se mirent alors à trembler. Froides et moites sur le volant, elles devinrent glissantes au moment où j'entrai dans l'allée, derrière l'autre voiture. Je heurtai le trottoir mais réussis à me garer, à sortir de ma voiture, à m'avancer vers la porte.

C'était une maison bleu clair. Il y avait un bouleau dans le jardin, devant la maison. Des bandelettes d'écorce blanche s'étaient détachées du tronc, près des racines, et étaient tombées par terre, révélant une chair rosée, à vif par en dessous. Il y avait des corbeaux dans les branches supérieures. Ils croassèrent lorsque je sortis de la voiture, mais se firent ensuite silencieux, tout en me regardant de ces hautes branches quand je m'avançai en contrebas. Quelque part, un peu plus loin dans la rue, un chat miaula, mais, à part ça, le quartier semblait désert, mortellement calme. Je gravis les deux marches menant à la porte de Bram.

Elle était peinte en rouge. Il y avait un judas au milieu, comme un œil solitaire cerné de cuivre. Les rideaux, à la fenêtre de devant, étaient blancs et lourds, ils étaient tirés. J'inspirai, et frappai à la contre-porte, qui bougea dans son cadre. Je m'immobilisai, alors, aux aguets. Je n'entendis rien à l'intérieur de la maison.

Je frappai à nouveau.

Rien.

Je regardai autour de moi et, ayant fini par trouver une sonnette, derrière les branches d'un forsythia – dont les fleurs jaunes s'étaient déjà épanouies et fanées –, je sonnai ; le son s'avéra si électrique et si fort, même de là où je me tenais, à l'extérieur, que je me l'imaginai ébranlant les murs de la maison, ouvrant les rideaux d'un souffle, renversant les tasses et les assiettes dans les placards – pourtant, je n'entendis toujours aucun mouvement à l'intérieur. Mais, alors que je faisais demi-tour et commençais à me diriger vers ma voiture, je sentis quelque chose derrière moi, et pivotai vivement pour jeter un coup d'œil.

La porte était ouverte, une femme se tenait dans l'embrasure.

« Oui ? » dit-elle, de derrière la moustiquaire.

J'avançai d'un pas vers elle, et elle disparut derrière l'éclat aveuglant de la vitre. Je clignai des yeux, mais je ne pouvais toujours pas la voir.

« Je cherche Bram, dis-je à cet éclat aveuglant. Vous êtes...

— Oui, dit-elle. Je suis sa mère. »

Je sentis mon cœur s'arrêter puis repartir. J'ouvris la bouche pour parler.

« Ah bon », dis-je.

La femme ouvrit alors légèrement la contre-porte, et je pus la voir plus distinctement. Oui. C'était bien le visage de Bram – en féminin, en plus vieux, mais elle avait les yeux très enfoncés de Bram, ses sourcils, la structure de son visage. Elle portait une robe blanche. Son regard était sombre mais pas soupçonneux. Je me trompais, ou elle avait, d'une certaine façon, l'air amusé ? Savait-elle que Bram m'avait dit qu'elle était morte ? (Mais pourquoi donc m'avait-il dit qu'elle était morte ?)

« Vous savez où il est ? » parvins-je enfin à articuler.

Elle sourit et secoua la tête.

« Non, ma belle, répondit-elle. Non, absolument pas.

— Il n'est pas ici ? demandai-je.

— Non, dit-elle. Il n'est pas ici.

— Mais, sa voiture ? dis-je en montrant la Thunderbird.

— Oui, dit-elle. Eh bien, sa voiture est ici, et toutes ses affaires sont ici, ce qui est certainement un mystère. Mais lui, il n'est pas ici. Je n'ai pas de nouvelles de lui depuis hier. Je devais faire les courses quand il est rentré avec sa voiture. Amelia est en train de devenir folle. Il devait prendre les gosses hier soir. Elle a dû appeler une baby-sitter. »

Je reculai d'un pas, je lui dis que j'étais désolée de l'avoir ennuyée, que je travaillais avec Bram à la fac, que...

« Eh bien, dit-elle, si vous le voyez, dites-lui qu'on ne sait pas ce qu'il mijote, mais qu'il faut qu'il contacte sa mère. Ah, les garçons... ajouta-t-elle en secouant la tête. Ils ne grandissent jamais, pas vrai ? »

Elle sourit à nouveau. Je tentai de lui rendre son sourire.

Chad sentait le soleil et l'herbe lorsqu'il grimpa dans la voiture. Il soupira en s'asseyant sur le siège du passager. Il retira son tee-shirt et s'essuya le visage avec. Comme il se penchait pour faire ça, je vis une longue écorchure sur son dos. Une branche, ou un râteau, ou quelque autre danger environnant avait-il égratigné sa chair au cours de la journée ?

« Comment ça va, Chad ? dis-je. Et ta gueule de bois ?

— Mieux, dit-il. Ça m'a fait du bien de transpirer. »

Sur la route, il me raconta sa journée. Une haie qu'ils avaient plantée dans un country club. Une pelouse qu'ils avaient tondue et taillée juste en dehors de la ville. Il me dit que Fred était encore plus bizarre que l'été précédent, alors que Chad le trouvait déjà régulièrement en train de parler tout seul, de pleurer, parfois, à l'arrière du camion dont ils se servaient pour transporter leur matériel.

« Il m'a demandé aujourd'hui si je croyais aux enlèvements par les extra-terrestres, dit Chad.

— Qu'est-ce que tu lui as dit ? demandai-je.

— Je lui ai dit que non, vraiment pas, mais je ne lui ai pas demandé pourquoi il me posait la question.

— Bien vu, dis-je.

— Il n'a rien à me donner, demain, dit Chad. Ils ne m'ont pas encore vraiment intégré dans leur planning. On peut aller voir grand-père, si tu veux.

— Oui, oui, dis-je. On n'a qu'à faire ça, Chad. Allons-y demain.

— Bien sûr, dit Chad. D'accord. »

La voiture, avec Chad à côté de moi, me paraissait plus légère.

Pleine du printemps, toute verte.

Nous nous garâmes dans l'allée, je vis que les lilas étaient toujours en pleine et folle floraison, qu'ils n'étaient même pas encore passés sur l'autre versant de leur parfaite plénitude. Ils en tremblaient – violets, gonflés, odorants.

Cela ne pouvait pas durer, me dis-je, pas plus qu'un jour ou deux, encore, mais, pour le moment, ils étaient au sommet de leur beauté.

Dans les broussailles, Kujo luttait toujours avec quelque chose, creusant avec ses pattes dans les mauvaises herbes. Soit il n'avait pas bougé de là de la matinée, soit il était parti et revenu. Lorsque Chad sortit de la voiture, il appela Kujo, mais le chien ne lui prêta aucune attention.

Durant le trajet qui nous mena à Silver Springs, Chad et moi discutâmes de livres. De films. De la Californie et du temps, de la dépression de grand-père, de la circulation, et puis je l'interrogeai sur Ophelia.

« À quoi elle ressemble ? demandai-je.

— Tu l'as déjà vue, dit Chad.

— Je sais, dis-je. Mais je ne lui ai jamais vraiment parlé.

— Elle est super, dit-il. Elle aime lire. Elle joue au tennis. »

Les jambes, me souvins-je alors. Des jambes solides, athlétiques.

« Que font ses parents ?

— Son père s'est tué quand elle avait quatre ans. Sa mère est assistante dentaire. Son beau-père est flic.

— Son père s'est tué ? »

Je regardai le profil de Chad.

La belle et forte mâchoire. La courbe douce – ne venant ni de Jon ni de moi. Il se tourna pour me regarder, et c'est alors que je le lus dans ses yeux. *Il est amoureux d'elle*, me dis-je – de cette fille ordinaire, tragique, qui lit, qui joue au tennis, qui a les dents magnifiques (mais je ne m'en souvenais pas) de la fille d'une assistante dentaire.

Il se retourna de l'autre côté.

« Ouais, dit-il. Il s'est tiré une balle dans la tête. Pan ! »

Il tint son index contre sa tempe, et je serrai le volant plus fort. *Rob, le revolver, l'hôtel de Houston.* Quelqu'un avait-il un jour dit à Chad comment mon frère était mort ?

Je n'avais rien dit.

Mais Jon ?

Est-ce que Chad aurait dit ça comme ça, s'il avait su ?

« Et elle a réussi à surmonter cela, dis-je, tentant de contrôler le ton de ma voix. Est-ce qu'elle...

— Non, dit-il, comme en un défi, comme si j'avais posé une question insultante. Non, répéta-t-il. C'est évident que non.

— Est-elle heureuse, malgré tout ? demandai-je. Est-elle une fille heureuse ?

— Non, maman, dit Chad, en riant bruyamment, cette fois. Elle n'est pas heu-reu-se. »

À nouveau, le sarcasme. Je lui avais posé une question ridicule, qu'il refusait de prendre au sérieux. Il refusait de me donner la réponse qu'il savait que je voulais, à savoir que sa petite amie était une fille saine et stable.

« Mais, moi-même, dit-il à la place, je ne me qualifierais pas de "personne heureuse", maman. Et toi ? »

Il me regarda à nouveau, et je sentis le regard me brûler et me transpercer, comme un laser, comme un rayon X, et, une fois de plus, je me dis : *Il sait.*

Je ne pus répondre.

Je regardais droit devant moi, de l'autre côté du pare-brise, sans rien dire. Après quelques kilomètres, je changeai de sujet.

« C'est une belle journée, non ? » dis-je.

Dans ma vision périphérique, je crus voir Chad secouer la tête, mais lorsque je le regardai, je vis qu'il faisait oui de la tête.

Il était trop tard, lorsque nous arrivâmes à Silver Springs, pour aller à la maison de retraite ; Chad et moi allâmes donc nous installer à l'Holiday Inn, avant de ressortir pour dîner, de l'autre côté de la rue, dans un endroit appelé le Carrousel, qui était décoré d'un motif de manèges et proposait un buffet de pâtes à volonté.

Mais il y avait des mouches sur le buffet, allant et venant dans le filet de vapeur qui montait des pâtes et de la sauce tomate, sous les fortes lumières, nous avons donc préféré choisir dans le menu. Je pris une salade avec des crevettes grillées, la salade hawaiienne, que l'on plaça devant moi, ornée d'une petite ombrelle de papier au centre du large bol. Chad prit un steak, bleu, dont le sang inondait copieusement son assiette. Sa pomme de terre au four en rosissait, mais il l'attaqua rapidement. J'essayai de ne pas regarder.

Notre serveuse était une belle rousse, de dix-huit ou dix-neuf ans peut-être, et elle semblait clairement en pincer pour Chad. Elle osait à peine le regarder. Elle gloussa bien trop bruyamment, lorsque, après qu'elle lui eut demandé si son steak n'était pas trop bleu, il leva les yeux tout en tenant un morceau sanguinolent au-dessus de son assiette pour dire : « Non, non, j'aime bien entendre les battements du cœur. C'est réconfortant. »

« Elle est vraiment jolie, dis-je, quand elle se fut éloignée. Tu ne trouves pas ? »

Chad regarda dans la direction de la fille, comme s'il ne l'avait pas remarquée auparavant.

« Ça va, dit-il en haussant les épaules. Pas mon type.

— C'est quoi, ton type ?

— En tout cas, j'aime pas les filles qui gloussent, dit Chad.

— Et Ophelia, elle ne glousse pas ? demandai-je.

— Très clairement, Ophelia ne glousse pas », dit Chad en retournant à son steak.

Il avait presque fini, il ne restait plus qu'un long bout d'os auquel collaient encore des fragments de chair. Chad s'attaqua à ces fragments.

« C'est sympa, dis-je en tenant de garder une voix égale, neutre et magnanime en même temps, que tu aies connu Ophelia comme amie durant si longtemps et que maintenant tu la voies comme une petite amie.

— Maman... », dit Chad.

Il posa sa fourchette sur son assiette et le couteau en équilibre sur l'os. Il s'éclaircit la gorge et leva les yeux vers moi, un demi-sourire aux lèvres.

« Maman, dit-il, Ophelia et moi, on sort ensemble depuis deux ans. »

Je ne dis rien.

Je baissai les yeux sur son assiette.

Puis je les levai vers lui.

Il ne souriait plus.

« Pourquoi tu ne m'as jamais rien dit ? demandai-je. Ou à papa ?

— Papa sait, dit Chad. Il a toujours su. »

Je posai ma fourchette. J'avalai.

« Et pourquoi je ne savais pas, moi ?

— Tu sais très bien pourquoi », dit Chad.

J'inspirai.

Je posai les mains sur le bord de la table et m'accrochai.

« Je sais ? dis-je.

— Ouais, dit Chad. Tu sais, tu sais très bien.

— Et qu'est-ce que je sais ? » demandai-je.

J'essayai de me représenter le tableau – ces deux années. Tout était là, sept cent trente jours entassés dans un espace pas plus grand qu'une carte postale, envoyée à une mauvaise adresse, qui voyage toujours de bureau de poste en bureau de poste, accumulant les cachets, les messages, les significations, sur le point d'arriver dans ma boîte aux lettres. Qui arrive enfin dans ma boîte aux lettres.

« Quoi ? redis-je. Qu'est-ce que je sais ?

— Tu sais que ça ne t'aurait vraiment pas plu, dit Chad. Tu n'aimais pas Ophelia. Mais ce n'est pas seulement Ophelia, maman. Aucune fille n'aurait été assez bien. Même papa a toujours dit qu'il valait mieux garder l'information Ophelia pour moi. »

Il rit, alors, et tendit le bras sur la table, pour me prendre la main.

« Mais je t'aime trop, maman. Je t'aimerai toujours. Ne te fais pas de souci. Si jamais je me fais tatouer, ça dira : M'MAN. »

Je levai les yeux vers lui. Il blaguait, il riait, mais il ne souriait pas.

Je lâchai la table, retirai ma main de celle de Chad, et posai mes deux mains sur mes genoux.

« Alors, pourquoi tu me le dis maintenant ? dis-je.

— Parce qu'il est temps que tu saches, dit Chad. Tu devrais savoir, pour moi, maman. Moi, je sais, pour toi.

— Comment sais-tu ? dis-je dans un souffle.

— J'ai vu la putain de voiture dans l'allée, dit-il, et la dureté du ton me fit me redresser sur mon siège. Je l'ai vue, maman, tu sais, et j'ai vu ce qui s'est passé, et j'ai fini par faire cracher le morceau à Garrett, chez Stiver's ; de toute façon, c'était évident. Je le savais, même en Californie. Faut voir les choses en face, maman, tu n'es pas la plus grande bluffeuse du monde. »

Tout commença à tourner – la table, le restaurant, Chad, en face de moi. Je fermai la bouche. Je l'ouvris à nouveau.

« Ne te casse pas à me dire quoi que ce soit, maman, dit Chad, l'air de rien, tout en reprenant son couteau et sa fourchette et en se remettant à arracher les petits bouts de chair encore collés à l'os. Je ne dirai rien à papa, ni à personne. Ton secret est en sécurité, avec moi. Et c'est fini, maintenant, de toute façon.

— Oui, dis-je. Chad, c'est...

— Oui, dit-il. On n'en parle plus jamais, d'accord ? Maman ? Je suis sérieux. Je ne veux plus jamais en parler. Ça ne s'est jamais produit. »

La serveuse nous apporta l'addition. Je la pris. Chad ne leva jamais les yeux vers elle, il me regardait.

« Tu n'es pas la seule à blâmer, maman, dit-il. C'est sa faute à lui, aussi. Je le sais. Il a été un vrai trou du cul. Mais tu es trop vieille pour ces conneries, maman. C'est la dernière chose que je dirai sur le sujet. »

Le dîner terminé, nous retournâmes à l'Holiday Inn et Chad s'endormit sur le grand lit placé le plus près de la télévision, alors que nous regardions un téléfilm sur un homme dont l'identité secrète venait juste de commencer à gêner sa vie amoureuse. Lorsque je vis que Chad avait les yeux fermés, la bouche ouverte, je traversai la pièce sur la pointe des pieds et éteignis la télévision. Il était encore tout habillé, sur les couvertures, je retirai la couette de mon lit pour le couvrir. Au moment où je faisais cela, il grogna un peu, avant de rouler sur le côté.

Il dormait toujours en chien de fusil. Je le voyais encore – nouveau-né calé entre des oreillers sur notre lit, profondément endormi sur le côté, ses minuscules mains roses appuyées contre sa joue, comme s'il priait. J'avais une photo de lui, comme ça, avec ses petites lèvres roses qui faisaient la moue. Elle était dans un album.

Mais, si je n'avais pas pris cette photo, si je ne l'avais pas mise dans un album, est-ce que je m'en serais souvenue ?

Et quelles étaient les images du passé que je n'avais pas prises – que j'avais oubliées, perdues ?

Quels détails m'avaient échappé, au fil des années, pour se perdre dans les limbes de la mémoire, pour toujours ?

Au bout du compte, au moins, me demandai-je, me reviendraient-ils ? Serait-ce là le lot de consolation au moment de la mort – une brillante répétition de l'ensemble, chaque instant tout frais, dans une lumière parfaite, revécu avec les cinq sens ? Est-ce que je pouvais revoir le tout, un jour, durant les derniers moments de ma vie ? Et si je ne pouvais avoir qu'une chose – un détail, un sens –, qu'est-ce que ce serait ?

Mais je savais.

Je savais.

Ce serait l'odeur de Chad bébé.

Une odeur de lait, de violettes écrasées et de feuilles nouvelles.

Je fermai les yeux et enfouis mon visage dans cette odeur. Ce cou de bébé. La chair douce, entre l'oreille et l'omoplate, et je fredonnai. *Mmm, mmm, mmm.* Il roucoula. Et je sus qu'il dormait, parce que j'avais à nouveau un bébé, un petit enfant – j'étais figée au-dessus de ses boucles dorées avec une paire de ciseaux, des mesures de Haendel s'échappaient de la vitre ouverte d'une voiture qui passait, et puis il fut à nouveau un petit garçon, qui court à travers un champ vert, qui escalade un arbre. Il grimpait toujours plus haut.

« Chad ! l'appelai-je. Descends ! »

Mais il continuait à grimper.

Je me mis, moi-même, à grimper derrière lui.

« *Chad ?* »

Il ne répondit pas.

« *Chad ?* »

Il continua à grimper, jusqu'au moment où je ne vis plus que les semelles de ses chaussures de tennis.

Mon cœur battait très fort. Pourtant, me disais-je, si je me tendais assez, si je pouvais lever la main assez haut, je pourrais lui attraper la cheville, et alors je...

C'est alors que je sentis quelque chose se fermer sur ma cheville, une main, je baissai les yeux et vis Bram qui me souriait.

« Sherry, dit-il. Alors, comme ça tu croyais que tu allais m'échapper ? »

Sur ce, il me tira vers le bas, et Chad disparut totalement, je tombais, et je vis la complète vérité de tout cela tout en tombant, comme si c'était une photo, comme si cette photo s'était trouvée dans un album depuis le début, mais que je ne l'avais jamais regardée, jamais vraiment vue :

Rien de tout cela n'avait eu d'importance.

Rien du tout.

J'y avais beaucoup travaillé, à être une mère.

Les petits gâteaux. Les leçons. Toutes ces soirées passées à lui faire la lecture. Je lui avais lu Shakespeare. J'avais lu Whitman. Emily Dickinson. Yeats. J'avais fait du volontariat à son école. Je lui avais coupé ses légumes en tout petits morceaux. J'avais insisté pour qu'il aille prendre l'air, puis j'avais insisté pour qu'il reste à la maison travailler à ses devoirs. Je l'avais allaité. Je lui avais chanté des chansons. J'avais fait la connaissance de ses professeurs. J'avais été amicale avec ses amis – et puis, dans l'allée, avec Bram, en cinq minutes, un après-midi de mai (les lilas et leur parfum obscène, en équilibre entre floraison et autodestruction), j'avais tout détruit, j'avais enfoncé un pieu en plein cœur de la vie que je croyais vivre – la vie que je croyais avoir créée, peaufinée, et je m'éveillai, le souffle coupé, dans cette chambre de motel obscure, les mains serrées sur ma gorge, comme si je voulais m'empêcher de hurler – pendant que, de l'autre côté de la porte, dans le couloir, un enfant riait, et un homme lui disait : « Chut ! Il est tard. Les gens dorment. »

Je n'eus pas besoin de m'habiller. Je n'avais jamais mis ma chemise de nuit. Dans le noir, je trouvai sur la table la carte qui ouvrait la porte, je la mis dans mon sac, sortis de la pièce et refermai la porte derrière moi.

La lumière dans le couloir brillait absurdement, la moquette était ornée de motifs géométriques fous – trop chaotiques et unidimensionnels pour qu'on puisse les regarder sous une lumière aussi forte. Je pris l'ascenseur pour gagner le hall et trouvai les téléphones publics. Je composai mon propre numéro, puis celui de ma carte de téléphone.

« Allô ? » dit Jon, d'une voix qui laissait penser que je l'avais réveillé.

Le son de sa voix – ouvert et chaleureux – me fit monter les larmes aux yeux.

« Jon, dis-je.

— Sherry, dit-il ? Tout va bien ?

— Non », dis-je.

Derrière moi, à son comptoir, la réceptionniste elle-même parlait au téléphone. Elle discutait avec quelqu'un à propos d'argent. *Je t'ai dit que je paierai ma moitié, mais pas un sou de plus. Le reste, c'est ton problème.*

« Sherry, mon cœur, dit Jon. Dis-moi ce qui ne va pas.

— Jon, j'ai tout foutu en l'air, dis-je en me mettant à pleurer. J'ai tout détruit. »

Il resta silencieux à l'autre bout du fil, il m'écoutait pleurer. Derrière moi, la réceptionniste aussi s'était tue. Elle m'écoutait, supposai-je, s'interrogeant sur le conflit domestique qui aurait pu amener cette femme d'âge moyen, dans le hall de l'Holiday Inn après minuit, à sangloter au téléphone.

« Mais non, dit Jon. Tout ira bien, Sherry. Et ce n'est pas toi, Sherry. Ce foutoir dans lequel on se retrouve, on y est tous les deux.

— Non, dis-je. C'est ma faute, Jon. Ce n'est que la... vanité. Ce n'était que...

— Ça n'a plus aucune importance, de toute façon, dit Jon. C'est fini, Sherry. Quoi qu'il arrive, on fera face ensemble. Mais c'est fini, maintenant. C'est fini. Tu dois te reprendre. Tu dois dormir un peu. Tu...

— Jon, dis-je. Chad sait. »

Il y eut un silence à l'autre bout de la ligne, qui dura bien une bonne minute.

« Merde ! dit enfin Jon.

— Jon, dis-je. J'ai tout foutu en l'air. Toute notre vie. Tout. Tu imagines, ce qu'il doit penser de moi ? J'ai tout bousillé. J'ai bousillé le passé, Jon. Tout le passé. Il ne me pardonnera jamais, il...

— Mais si, dit Jon.

— Non, dis-je en sanglotant.

— Mais si, Sherry ! répéta Jon. Chad est plus intelligent que ce que tu crois. Il est plus vieux que ce que tu crois. Il...

— Mais ça, Jon, ça... Il a toujours dit qu'il avait beaucoup de chance, que j'étais la mère parfaite, qu'il m'épouserait, s'il le pouvait. Tu te souviens ? Il m'envoyait des cartes, même après ses seize ans, ses dix-sept ans, pour me dire combien il m'aimait, que j'étais tout pour lui. Et nous, aussi, Jon. Nous. Toujours. Il disait aussi qu'il avait beaucoup de chance parce que ses parents s'aimaient tant. Tu te souviens ? Il disait toujours que nous étions le couple parfait, que... ?

— Non, dit Jon. Il savait que nous ne l'étions pas. »

Quelque chose, dans sa voix.

Je serrai un peu plus fort le combiné dans ma main. Je ne dis rien.

« Que veux-tu dire ? demandai-je, enfin.

— Sherry, dit Jon. Je veux d'abord que tu saches que je ne te dis pas ça pour te faire du mal. Cela n'a rien à voir avec ce qui vient de se passer, ce que je vais te dire. Je ne t'en veux pas, pour ces conneries, avec... Bram... »

Il sembla s'étouffer sur le nom, avant de pouvoir reprendre.

« Mais tu n'es pas la seule, dit-il, à avoir fait une erreur dans ce mariage. Et Chad le sait. »

Derrière moi, la réceptionniste avait recommencé à murmurer dans son propre téléphone. Un homme se tenait au comptoir, qui remplissait le formulaire d'arrivée. Il avait dans les cinquante ans, peut-être, il perdait ses cheveux, mais il avait des bras forts, il me regarda, et, l'espace d'un instant, j'eus le sentiment certain d'avoir déjà été ici, avec lui, avec cet homme, dans cette situation, lorsque nous étions plus jeunes, ou même dans une autre vie. Il y avait tant de compassion dans son regard. Il savait que je pleurais. *Il se souvient, aussi,* pensai-je. *Il sait.*

Puis je lui tournai le dos pour reparler à Jon.

« Dis-moi. »

Jon inspira.

Soupira.

« Sherry, dit-il, ça fait bien dix ans. Au moins. Dix ans, voire plus. Je ne sais pas. Chad était petit. Vraiment petit. Cours élémentaire, je ne sais plus en quelle année. J'ai eu... une liaison. »

Je regardai le plafond.

Pourquoi ?

Est-ce que j'avais pensé que je verrais les étoiles, au-dessus de ma tête ? Les planètes ?

Mais je ne vis qu'une tache d'eau sur les plaques du plafond.

À Jon, je ne dis rien. Son souffle me semblait proche et rapide, dans l'oreille. Je l'entendais même avaler sa salive. C'était comme si, maintenant, séparés par des centaines de kilomètres, nous étions plus près l'un de l'autre que nous ne l'avions jamais été.

« Tu savais, Sherry ? demanda-t-il. Tu sais depuis le début ?

— Non, dis-je, je ne savais pas. »

Il y eut une longue pause, pleine de concentration.

Des années, compressées dans cette pause.

Une pause qui avait la texture, la densité, de l'ardoise.

Puis, Jon reparla.

« Je pensais que... peut-être tu savais. Je le pensais. Mais je n'en ai jamais été sûr. Je ne savais pas, je me disais que peut-être Chad t'avait dit. Il savait, Sherry, parce qu'un jour il est rentré à la maison et elle était là, alors j'ai dû lui dire, j'ai dû expliquer...

— Où étais-je ? » demandai-je soudain assez inquiète de ma propre absence pour lui poser la question, pour avoir l'air en colère.

Ce n'était pas possible ! C'était un mensonge. N'avais-je pas, durant toutes ces années, toujours été là pour Chad quand il rentrait de l'école ? Les après-midi où je n'allais pas le chercher, je l'attendais au bout de l'allée, quand le bus le déposait. Comment aurais-je pu être effacée d'une journée de ma propre vie ? Comment Jon pouvait-il m'effacer ainsi ? Où étais-je, dans cette vie nouvelle que Jon décrivait, celle que je n'avais pas été là pour vivre ? Une erreur, sûrement, il devait y avoir une erreur, un vol d'identité, un total malentendu...

« Tu n'étais pas là, dit Jon. Tu étais à Silver Springs. Tu installais ton père à Summerbrook. »

C'est alors que cela me revint.

Les boîtes. Les recherches. Les vêtements sortis de la valise et pliés dans la nouvelle penderie de mon père à la maison de retraite.

Deux jours. Peut-être trois. J'étais peut-être restée là, toute seule, dans cet Holiday Inn. Il y avait dix ans, j'étais peut-être à ce même téléphone. J'aurais appelé Jon pour voir si tout allait bien, pour m'assurer que Chad était bien rentré de l'école, qu'il avait fait ses devoirs, et que lui et Jon avaient dîné.

En deux décennies – seulement trois jours. J'étais partie, et ces jours avaient été ceux durant lesquels ma vie, ma vraie vie, avait été vécue.

« Chad devait rentrer en bus, continua Jon. Mais il l'a raté et la mère de Garrett l'a trouvé qui attendait, sur le parking, et elle l'a reconduit à la maison. Tu sais bien comme ce bus est lent. Chad est rentré au moins trois quarts d'heure plus tôt que ce que j'avais prévu. Et elle était toujours là, dans la maison, quand il est entré.

— Elle était là.

— Vraiment, Sherry, dit Jon, ce n'était rien. Il n'a presque rien vu. Nous étions habillés, mais nous étions sur le lit, et nous nous embrassions, et Chad est entré. »

L'homme du comptoir passa alors devant moi.

Un fantôme.

Le souvenir d'un souvenir d'un amant d'une autre vie – une vie durant laquelle lui et moi avions dansé, peut-être sur la chanson qui nous parvenait maintenant, trop sourdement pour qu'on l'entende vraiment, par le plafond du hall de l'Holiday Inn. Un autre mois de mai, un autre soir, mais pas si différent de celui-ci. Un hôtel plus joli. Je portais une robe de bal en lamé argenté, mais j'avais les pieds nus. Puis il entra dans l'ascenseur, et il disparut.

« Sherry ? dit Jon. Tu es toujours là ?

— Je suis là, dis-je.

— Tu m'aimes toujours, Sherry ?

— Qui c'était ? » demandai-je.

Je posai la question comme si cela avait de l'importance, comme si j'attendais une information essentielle qui allait tout changer, apporter du sens et du rationnel à tout cela – mais je savais bien que ce ne serait pas le cas. Je savais déjà qui c'était.

« Sue, dit Jon. C'était Sue. »

Je relevai les yeux vers la tache d'eau du plafond. Elle avait la forme du cadran d'une pendule. Un cadran sans aiguilles, cependant.

« Sherry ? demanda Jon.

— Oui, dis-je.

— Sherry, tu ne savais donc pas ? Je ne te l'ai jamais dit, parce que, ça aurait servi à quoi ? Mais j'ai toujours pensé que tu savais. Sue était tellement... enragée. Elle voulait que je te quitte. Elle me disait qu'elle allait tout te dire. Elle... Au fond de mon cœur, je pensais que tu avais toujours su, que tu m'avais pardonné, que tu nous avais pardonné à tous les deux.

— Je n'ai jamais su », dis-je.

En traversant le hall pour regagner ma chambre, je regardai le sol avec plus d'attention, cette fois. Les formes géométriques n'étaient pas, après tout, complètement arbitraires. Elles étaient disposées en motifs précis. En me mettant à quatre pattes, je pourrais les déchiffrer. Je savais que je le pourrais.

Mais je ne le fis pas.

Au lieu de cela, je m'appuyai un instant contre le mur avant d'ouvrir la porte de la chambre et réfléchis :

Toute ma vie qui tournait, devant moi et derrière moi, dans ce long couloir.

Toute ma vie, qui se déroulait, comme un mensonge fascinant.

Mon père dormait dans le fauteuil de sa chambre lorsque nous arrivâmes – le menton reposant contre sa poitrine, un filet de bave coulant de ses lèvres sur son ventre. Ce ne fut que lorsque je me mis à genoux à côté de lui pour lui toucher la main que je me rendis compte qu'il était attaché au fauteuil avec des sangles – une autour de sa poitrine, une à chaque poignet –, mais Chad avait tout de suite vu.

« Bon sang ! dit-il. Mais c'est quoi, ça ? »

Mon père s'éveilla alors et regarda tout autour de lui, ses yeux passèrent sur moi, avant de se fixer sur Chad. Il ouvrit la bouche, resta la mâchoire pendante un moment, le regard rivé sur Chad. Plaisir ? Choc ?

« Papa », dis-je en lui serrant le poignet, mais il ne me regarda pas.

Il gardait les yeux vissés sur Chad, qui se mit également à genoux à côté de lui, pour détacher la sangle autour de son poignet gauche. Lorsque sa main fut libre, mon père la tendit pour toucher le visage de Chad.

« Hé ! dit Chad en regardant son grand-père gentiment. Comment ça va, grand-père ?

— Robbie, dit mon père en caressant le visage de Chad du bout des doigts.

— Non, papa, dis-je, ce n'est pas Rob. C'est ton petit-fils. C'est Chad.

— Fiston, dit mon père, toujours sans me regarder, sans même paraître avoir entendu ce que je venais de dire. Mon garçon. Comment ça va ? Où étais-tu, Robbie ? Où étais-tu parti ?

— J'étais à l'université, dit Chad. Tu m'as manqué, grand-père.

— À l'université ? dit mon père en se penchant en arrière, comme pour voir Chad plus clairement. Comment c'est, à l'université ? demanda mon père, et puis une larme trouble coula en zigzag sur sa joue, et il reprit, en pleurant : Tu m'as manqué aussi, Robbie. Tu m'as manqué aussi. »

Je pris un Kleenex sur la table de chevet pour essuyer la larme de mon père, ainsi que la salive qui avait coulé de sa bouche sur son estomac pendant qu'il dormait dans on fauteuil, je tapotai ensuite le visage de mon père avec le mouchoir.

« Non, papa, dis-je tout en l'essuyant, ce n'est pas Robbie. C'est...

— Maman ! » dit sèchement Chad, en me décochant un long coup d'œil froid.

Je mis le Kleenex dans mon sac, au lieu de le jeter dans la corbeille.

Pourquoi ?

Avais-je l'intention de le garder ?

Ce ne fut que plus tard, à l'accueil, en attendant l'assistante du médecin, que je me rendis compte que je l'avais toujours – cette larme que mon père avait versée pour mon frère, ce petit diamant fondu, pris dans un mouchoir en papier, fourré dans mon sac.

Nous étions descendus pour parler à l'assistante, mais elle n'était pas là, alors nous avons dû parler avec l'infirmière chef, qui avait l'air tellement pressée et agacée d'avoir été appelée à l'accueil alors qu'elle se trouvait dans la chambre d'un pensionnaire que, lorsqu'elle arriva enfin, je ne pouvais plus trouver mes mots.

Je me tenais devant elle (une belle femme de trente-cinq ans environ, peut-être même plus jeune, les cheveux blonds et lisses bien tirés en arrière en une queue-de-cheval, elle avait l'air d'une déesse, au corps modelé à la perfection dans les gymnases de

Vic Tanny), et je sentais que ce serait comme mettre au défi une des Parques que de lui poser la question pour laquelle je l'avais fait appeler. J'avais l'impression que je devais la saluer, lui faire des offrandes, et non me plaindre du traitement réservé à mon père. Lorsque j'ouvris la bouche, et que rien ne sortit, Chad prit la parole à ma place.

« Pourquoi mon grand-père est-il attaché ? Quel est le problème ? »

L'infirmière chef regarda dans la direction de la chambre de mon père, puis elle regarda Chad avec ce que je devinai être une patience si difficile à feindre que si elle devait le faire pendant trop longtemps, elle craquerait et s'ouvrirait en plein milieu, révélant la perfection propre et creuse qui se trouvait en elle.

« Votre grand-père, expliqua-t-elle, a commencé à se balader n'importe où.

— D'accord, dit Chad, d'accord. »

Il y avait un ton dans sa voix, ce n'était pas du sarcasme, cette fois, mais autre chose, quelque chose de si stupéfiant et de si net que je m'éloignai de lui de quelques centimètres. Je l'observai. Il regardait l'infirmière chef droit dans les yeux. *D'où vient-il ?* me demandai-je, en le regardant – cet homme nouveau, qui provoquait les Parques, qui avait cette lame froide dans la voix ? Je l'avais bien mis au monde, non ? J'étais tétanisée, fière, et effrayée, aussi.

« Bon, dit Chad, s'il se balade, est-ce qu'il vous cause des problèmes, ou est-ce qu'il s'en cause à lui-même ?

— Comme vous pouvez l'imaginer, dit l'infirmière chef, c'est extrêmement dangereux. Nous avons des chariots pleins de médicaments. Il y a des patients sous respirateur. Votre père s'en est allé dans la cuisine, une fois. Il aurait pu se brûler.

— Mais non », dis-je.

Ils me regardèrent tous les deux. J'eus l'impression que je devais m'excuser. Je voulais m'en aller. Mon père, aurais-je pu dire à cette infirmière chef si Chad n'était pas en train de s'occuper de tout cela, avait été facteur. Il n'était pas habitué à être enfermé. Pendant des dizaines d'années, il s'était baladé, c'était son gagne-pain. S'il devait faire du mal à quelqu'un, ou se faire mal en se baladant comme ça, elle avait sans doute raison, c'était sans doute mieux que mon père soit...

— J'imagine que ça explique pourquoi il est attaché à son fauteuil, dit Chad, même si on pourrait penser que vous pourriez régler ça autrement qu'en attachant les gens. Mais pourquoi vous lui attachez les poignets, aussi ? Pourquoi il ne peut même pas bouger les mains ? »

Elle attendait ça, ça se voyait. Qu'est-ce qu'elles faisaient, les Parques ? Elles tissaient le tissu de votre vie ? Et puis elles coupaient le fil qui y mettait fin ?

« Il ouvre sa braguette, dit-elle. (Me trompai-je ou bien fit-elle un petit pas menaçant en avant, vers Chad, en disant cela ?) Il se masturbe toute la journée, si on ne lui entrave pas les mains », dit-elle.

Je portai la main à ma bouche.

« Et alors ? » dit Chad en faisant, vraiment, un pas dans sa direction.

Il n'avait pas peur d'elle. Cela me surprit beaucoup. *Il n'avait pas peur d'elle.* Rien, absolument rien de ce qu'elle pourrait dire ne lui ferait peur.

Moi, j'étais terrifiée.

Je touchai le bras de Chad, je voulais l'empêcher de dire autre chose. Si elle en disait davantage, je ne le supporterais pas, me dis-je. Je pensai alors que l'assistante du médecin, au téléphone l'autre jour, avait eu raison. Mon père faisait maintenant partie de ces gens. Ces étrangers étaient maintenant sa famille. Nous ne pouvions rien y faire. Ils savaient ce qui était le mieux pour lui. Son destin était désormais entre leurs mains. Je serrai le haut du bras de Chad et, pour la première fois, je me rendis compte qu'il était fait de muscle pur. Il était lui-même dur comme de la pierre. Est-ce qu'il avait soulevé des poids ? Est-ce qu'il avait toujours été aussi fort ?

Évidemment qu'il n'avait pas peur d'elle. Il était un million de fois plus fort qu'elle.

« C'est sa chambre, dit Chad, et s'il veut se masturber toute la journée dans sa chambre, ça regarde qui ?

— Eh bien, dit l'infirmière chef, qui se lécha les lèvres avant de continuer, ça regarde les gens qui doivent travailler ici, monsieur. Ça regarde ceux qui doivent lui apporter sa nourriture, et les familles, parfois avec des petits enfants, qui viennent voir leurs parents ici. De toute évidence, pour des raisons de sécurité, on ne peut pas garder sa porte fermée, donc ça regarde tout le monde, en fait, si votre grand-père se masturbe toute la journée dans son fauteuil.

— Peut-être que si vous le laissiez se promener, dit Chad, si vous aviez le personnel qu'il faut pour le surveiller, il ne s'ennuierait pas au point de rester assis toute la journée à se masturber. Peut-être que si vous, vous étiez attachée à un fauteuil, vous vous branleriez toute la journée vous aussi.

— Je dois y aller », dit l'infirmière chef.

Elle avait rougi. Elle se tourna et s'éloigna.

« L'assistant du médecin, nous dit-elle, sans même se tourner pour nous regarder, est à une conférence. Il sera de retour lundi, vous pourrez alors lui parler. »

Mais n'avais-je pas parlé à l'assistante du médecin il y avait seulement quelques jours ? Et alors, c'était bien une femme, une assistante.

« Je lui ai parlé il n'y a pas longtemps, dis-je. Elle m'a dit que mon père allait mieux, qu'il avait fait des paniers de Pâques, que...

— Ces choses progressent et changent très vite, madame, dit l'infirmière, tout en continuant à s'éloigner. J'y vais, maintenant », ajouta-t-elle.

Et puis elle disparut – un vide blanc dans le couloir, et ensuite, juste une absence.

Nous restâmes silencieux durant la majeure partie du trajet du retour. Chad dit qu'il voulait appeler, lui, l'assistante dès lundi, et que s'il n'obtenait pas de réponse satisfaisante, il appellerait le directeur de Summerbrook.

Je tentai d'assumer à nouveau le rôle parental, en lui disant que je le ferais, mais il refusa.

« Tu ne peux pas, maman. Tu n'es pas de taille, avec ces gens. Tu ne l'as jamais été. »

Je ne lui demandai pas ce qu'il voulait dire.

« Dans ce cas, dis-je, peut-être que ton père...

— Papa ? s'exclama-t-il pratiquement en éclatant de rire. Tu plaisantes, ou quoi, maman ? Non, c'est moi qui vais m'en occuper. »

Il s'endormit ensuite pendant une heure – les yeux clos, la bouche ouverte, et le rythme régulier de son souffle.

Je jouai un moment avec la radio et, ne trouvant rien à écouter, je l'éteignis et me concentrai sur le silence, sur le bruit de la route sous nos roues, sur les autres voitures et leurs passagers, qui nous dépassaient. De temps à autre, je levais les yeux et croisais le regard d'un autre conducteur, celui d'une femme assise à côté du conducteur, ou ceux des enfants installés à l'arrière – mais tout cela se passait trop vite pour que l'on se soucie de faire un signe de la main.

Nous étions presque rendus à la maison lorsque Chad s'éveilla, il avait à nouveau l'air d'un enfant – des paupières lourdes, les muscles de son visage relâchés. Il regarda longuement par la vitre, sans sembler voir quoi que ce fût, puis il se redressa vivement, comme s'il avait aperçu quelque chose qui l'avait surpris, quelque chose qui voyageait de l'autre côté de l'autoroute.

« Quoi ? » demandai-je.

Il avait toujours l'air assommé, confus.

« J'ai cru voir passer la Thunderbird rouge de Garrett », dit-il.

Non.

« La Mustang, dis-je d'une voix calme.

— Oui, c'est vrai », dit Chad en laissant retomber sa tête en arrière contre le dossier du siège, avant de refermer les yeux.

Nous nous garâmes dans l'allée en fin d'après-midi – trop tôt pour que Jon ait eu le temps d'aller au travail et d'en revenir, mais sa voiture était là, garée, et il se trouvait dans le jardin, derrière la maison, le fusil à la main, visant le toit de la maison. Quand il nous vit, il baissa son arme. Il pivota sur lui-même.

Lorsque nous sortîmes de la voiture, il nous dit : « Il fallait que je le fasse », son regard alla de moi à Chad, puis revint vers moi. « Il fallait que j'aie toute la nichée, s'excusa-t-il. Ils s'installaient. Ils allaient se mettre à vivre dans le grenier, ils auraient bouffé les fils électriques, et ils seraient chez nous avant même qu'on s'en rende compte, si je ne faisais rien. »

Ils étaient tous là, par terre, entre l'allée et la maison, de la fourrure et du sang.

Je regardai le toit.

Quelque part, là-haut, leur nid était maintenant vide.

Je regardai Jon.

Son visage était hagard, blême.

« Pourquoi tu n'es pas au travail ? demandai-je.

— J'ai dit que j'étais malade, dit-il. Je n'ai pas fermé l'œil de la nuit. »

Samedi.

Chad a repris la voiture de Jon pour aller à Kalamazoo voir Ophelia. J'ai passé quelques heures dans le jardin, malgré une pluie légère mais régulière. Mes gants de jardin, qui avaient disparu du crochet où je les suspendais toujours sur la galerie derrière la maison, restèrent introuvables, j'ai donc dû creuser la terre à mains nues. J'ai tassé la terre autour d'un géranium que j'avais acheté la semaine précédente mais que je n'avais pas encore réussi à planter, et lorsque j'en eus terminé, mes phalanges étaient en sang. J'avais de la terre sous les ongles.

C'étaient les mains d'une vieille femme, me dis-je, en les regardant.

Peu familières, mais indubitablement les miennes.

Il se mit à pleuvoir plus fort. Au loin, le grondement très sourd du tonnerre. Jon était dans le jardin derrière la maison, il s'entraînait au putting sur la pelouse. Il n'avait rien sur la tête, et la pluie donnait une teinte argentée à ses cheveux sombres. Lorsqu'il me vit dans l'allée, qui le regardais, il pivota et m'appela, mais je fis semblant de ne pas avoir entendu. Je rentrai dans la maison – pas encore prête à parler à Jon.

Depuis que nous étions rentrés mercredi, je ne lui avais rien dit, à part cette phrase : *Pourquoi tu n'es pas au travail ?* Et j'avais répondu aux quelques questions qu'il m'avait posées (« Tu ne vas pas te coucher maintenant ? ») en secouant la tête, en hochant la tête, ou en haussant les épaules, et je dormais si près du bord du lit que je ne cessais de m'éveiller en sursaut à cause des rêves dans lesquels je tombais.

Une fois, Jon a dû sentir que j'avais un spasme dans mon sommeil. Il a tendu le bras pour me toucher l'épaule.

Pourtant encore bien endormie, je me suis éloignée de lui, et il a enlevé sa main.

Au matin, malgré nos silences, nous avions pris le petit-déjeuner avec Chad, qui paraissait si jovial et si reposé que je me dis, bêtement, l'espace d'un instant : *Il a oublié – tout, il a tout oublié*. Jon fit des compliments si disproportionnés et répétés sur les pancakes que Chad finit par éclater de rire.

« Papa, tu veux convaincre maman de coucher avec toi, ou quoi ? »

Jon ne rit pas. Il envoya à Chad un coup d'œil désapprobateur.

« Il se trouve que j'apprécie la cuisine de ta mère, dit-il. Et ce ne serait pas si mal si tu faisais la même chose.

— Compris, dit Chad. Ces pancakes sont fantastiques, maman. »

Ils changèrent ensuite de sujet et parlèrent du temps. La pluie. Toute la journée. Des orages dans la soirée. Et oui, Chad pouvait prendre la voiture, mais il devait faire attention en rentrant, surtout s'il faisait noir et s'il y avait de l'orage. Chad dit de ne pas s'inquiéter. Il serait de retour de bonne heure. Ophelia devait travailler.

« Elle travaille où ? demandai-je.

— Elle fait du strip, dit Chad, avant d'éclater de rire. Mais non, maman. Elle est serveuse dans un endroit bien. »

Il se leva de table, porta son assiette jusqu'à l'évier, m'embrassa sur la joue et nous dit au revoir.

Je montai dans notre chambre pour faire le lit.

J'entendis l'Explorer démarrer, Chad au volant.

Et aussi, dehors, une tourterelle triste, toute proche, qui poussait son chant creux et rauque – un son à la fois sec et essoufflé, comme venant de sous l'eau.

Jon était dans le garage. Il avait essayé de me parler dans la cuisine, alors que je rinçais les plats dans l'évier avant de les installer dans le lave-vaisselle, mais lorsqu'il posa les mains sur mes épaules, je sentis un poids froid s'installer avec elles, j'eus un frisson, et il recula, les mains toujours suspendues dans l'air. Il dit quelque chose dans sa barbe, en sortant de la cuisine, mais je n'entendis pas, et je ne lui demandai pas ce qu'il avait dit.

Je regardai dehors par la fenêtre de la chambre.

Cette matinée était parfaite.

Je n'aurais jamais deviné que dans quelques heures seulement il pleuvrait. L'air était chaud, mais léger. Les lilas faisaient ployer leurs branches, mais ils n'étaient pas encore bruns. Les arbres en fleurs commençaient à perdre leurs pétales, mais c'était magnifique. La rue et l'herbe étaient jonchées de pétales roses nacrés, comme si des demoiselles d'honneur avaient lutté avec des anges durant la nuit, comme si le printemps lui-même était passé par les pales d'un ventilateur.

Dans les broussailles, Kujo était de retour. Ou alors il n'en était peut-être jamais parti. Il avait été constamment là, durant ces derniers jours, à gémir toute la soirée et tard dans la nuit. Il avait maintenant cessé de geindre, mais creusait toujours en décrivant des cercles dans les buissons, la truffe collée au sol, il n'abandonnait pas sa quête – de quoi ? Quel était ce terrible appétit, qui ne pouvait être satisfait ? Chez les Henslin, un bol d'eau et quelques restes l'attendaient sûrement. Il devait y avoir dans un coin une vieille couverture sur laquelle il dormait. Certainement que Mme Henslin posait son torchon pour lui grattouiller les oreilles, lorsqu'il rentrait. Il y avait, j'en étais sûre, une vieille balle de caoutchouc pour lui. Une vieille chaussure, aussi, qu'il pouvait mâchonner tant qu'il voulait.

Mais il restait pourtant là, au pied des broussailles, derrière notre maison, toujours sur la piste de quelque chose (un daim, un lapin, un autre raton laveur ?) et il refusait d'abandonner pour rentrer se reposer chez lui.

Longtemps après que la pluie s'était transformée en déluge, il était toujours là.

Chad rentra plus tard qu'il l'avait dit. Je l'entendis en bas, dans la cuisine. Des couverts qui cliquettent. Il fredonnait, il ouvrit la porte du réfrigérateur, puis la referma. Je lui avais laissé une côte de porc, des pommes de terre sautées et trois pointes d'asperges sur une assiette couverte de papier cellophane au frigo. J'avais préparé le même dîner pour Jon, et je l'avais également laissé là, mais lorsque j'étais descendue me chercher un verre d'eau et un aspirine, j'avais regardé dans le réfrigérateur et vu que le dîner de Jon était toujours là, intact.

Il n'y eut pas d'orage, comme on l'avait prédit. Juste une menace lointaine de tonnerre, et des torrents de pluie. J'écoutai la pluie dans mon bureau, où, pendant plusieurs heures après avoir fini de jardiner, j'étais restée allongée sur le dos, à écouter ce martèlement sans rythme, avant de les sortir – les albums de photos.

L'album du mariage, d'abord – tous ces sourires miniatures, les personnages minuscules, aplatis sur le papier, qui s'embrassent, qui se tiennent par les épaules. Dans l'arrière-plan de chaque photo, le long serpent noir et brillant de la rivière, la Thornapple. Au premier plan, toujours une serviette abandonnée ou une fleur tombée de la chevelure ou du bouquet de quelqu'un. Sur une photo, un cygne glissait sur la rivière. Sur une autre la sœur de Jon (avait-elle un jour été si jeune ?) se penchait vers le cygne et lui offrait un bout de pain. Sur une autre encore, mon père, en smoking, portait un toast à ce qui semblait n'être que de l'air. Il avait l'air engoncé dans son smoking, mais il avait aussi les couleurs de la bonne santé.

Et Sue, sur une autre, avec ces fleurs dans ses cheveux, sa robe décolletée de demoiselle d'honneur et sa blondeur brillante... Elle parlait, sur cette photographie, à un homme dont je ne me souvenais pas, un invité que je ne reconnaissais pas, quelqu'un que je ne me rappelais pas avoir invité à mon mariage – un homme que je n'avais jamais remarqué sur le moment, et que je n'avais jamais revu depuis.

Et sur un autre cliché, la pièce montée.

Ses étages brillants. Ses couches et ses couches de douceur. Les mariés étaient enfoncés jusqu'aux genoux dans toute cette douceur. Derrière le gâteau, le flou du blanc aveuglant de moi qui passe par là, qui me rends quelque part, ou qui reviens de quelque part.

Puis je pris les autres albums.

La naissance de Chad. Chad, à l'hôpital, enveloppé dans une couverture. Chad à mon sein. Chad dans les bras de Jon – ce terrible et magnifique sourire de nouveau père sur le visage de Jon.

Et toutes les années qui suivirent. Le ballon rouge, si grand dans les petits bras de Chad qu'il pouvait à peine le tenir. Le bac à sable. L'énorme cheval en peluche. Chad assis sur le cheval, avec son chapeau de cow-boy. Le premier jour au jardin d'enfants. Le zoo. La plage. Le parc. Les balançoires. La piscine des petits. La fête du comté.

Chad au manège, qui tient les rênes d'un étalon laqué de bleu, à la crinière blanche flottante, l'air inquiet.

Certaines photos avaient jauni ou pâli, malgré le film plastique protecteur qui les recouvrait.

Certaines pages étaient collées ensemble.

Le poids de ces albums sur mes genoux se fit peu à peu pénible. Je les posai en pile par terre, à mes pieds.

Plus tard, j'entendis Chad dans la salle de bains. Les portes de la douche qui s'ouvrent et se referment.

J'entendis Jon monter l'escalier. Il arriva à la porte close de mon bureau.

« Tu m'aimes toujours ? demanda-t-il, de l'autre côté de la porte.

— Oui », dis-je, sans toutefois aller à la porte.

Chad était reposé, heureux, bavard dans la voiture, sur le trajet pour aller chez Fred, ce lundi matin. J'avais oublié de lui laver son tee-shirt et il a dû aller le chercher dans le panier à linge sale pour le porter malgré tout.

« Je pue ? » demanda-t-il en descendant les marches, vêtu de ce tee-shirt, tandis que je lui servais ses œufs.

Je m'approchai de lui et respirai – sueur, herbe, été.

« Non, dis-je, tu sens bon.

— Ça, c'est parce que tu veux être gentille, dit-il. Je pue. »

Lorsque nous nous arrêtâmes devant le garage, nous vîmes Fred qui fumait une cigarette devant le bâtiment. Il portait un short, et je pus voir que ses genoux étaient énormes, déformés. Des genoux de la taille de ballons de football. S'était-il passé quelque chose, pour faire grossir les os, me demandai-je, ou bien du liquide s'était-il accumulé là ?

De l'arthrite ? Des problèmes rénaux ?

Est-ce que ça faisait mal ? Comment faisait-il pour marcher ?

Il me fit un signe de la main quand Chad sortit de la voiture. Je lui rendis son bonjour et repartis sur la route. J'allai jusqu'à la rocade de l'autoroute et me dirigeai vers la ville, vers le studio.

J'avais appelé pour résilier mon bail et la femme de l'agence m'avait demandé de débarrasser mes affaires dans la semaine. Jon avait dit qu'il ferait ça pour moi, mais j'avais refusé. Je ne voulais pas qu'il aille là-bas. Je voulais que ce soit moi qui y aille.

Mais j'eus peur en ouvrant la porte du studio. J'hésitai sur le seuil. Je sentais, me dis-je, toujours quelque chose, dans ce studio. Je le sentais – son corps. L'odeur de sa chair sur ses chemises, sur mes draps – moteurs, outils, la chaude suggestion d'un combustible. Je restai figée sur place, sur le seuil, les oreilles tendues.

« Bram ? » dis-je.

Il n'y eut pas de réponse.

J'entrai et regardai tout autour de moi.

Rien.

Une serviette par terre, dans la salle de bains.

Une tasse dans l'évier de la cuisine.

Les draps et la couverture avaient été retirés du futon et étaient roulés en boule au pied du lit. J'allai jusqu'au futon. Je m'allongeai.

Je restai ainsi longtemps, à respirer son odeur – sur le futon, sur les oreillers. Je tirai les draps et la couverture sur moi ; son odeur, notre odeur, les avait également imprégnés. Je roulai sur le côté, fermai les yeux, et un terrible vide me submergea – *c'était fini, cette liaison, c'était ça, ma vie de maintenant, changée pour toujours, mais aussi inchangée* –, je sombrai dans un sommeil sans rêve, rapidement, comme si je passais une porte menant à l'oubli. Mais un oubli familier. Un endroit où j'étais déjà allée. Je dus dormir au moins une heure puisque, lorsque je m'éveillai, elle avait disparu – son odeur, dans ce nid que nous nous étions fait. Tout ce que je pouvais sentir, maintenant, c'était l'odeur de la poubelle sous l'évier, qui n'avait pas été vidée depuis plus d'une semaine – la pourriture douceâtre des restes de notre dernier repas pris ensemble.

Je me levai, pliai les draps et fis le premier d'une série de voyages jusqu'à la voiture.

Nous avons dîné tard parce que Jon avait été pris dans les embouteillages sur la route du retour. Il faisait déjà noir, mais nous n'avions pas encore tiré les rideaux et, en regardant mon fils et mon mari manger le poulet et le riz que je leur avais préparés, je m'imaginai la scène vue de l'extérieur, et ce que penserait quelqu'un se trouvant à la fenêtre et regardant chez nous :

Une petite famille heureuse, à la table du dîner.

Le fils, presque adulte.

Les parents, mariés depuis longtemps, à l'aise dans leur vie commune.

La maison, décorée avec goût. La nourriture sur la table. La conversation facile. La vie ordinaire, vécue tranquillement. Je me représentai cette personne, à la fenêtre, et moi-même, vue de cet angle. Si j'imaginais ça avec assez d'intensité, me sembla-t-il, ce pourrait vraiment être la vie que je vivais. Qui pourrait dire, pensai-je, que la vie vue de loin était plus une illusion que la vie vécue ? Ne devrais-je pas, moi en particulier, avoir compris ça ?

Puis, alors que je regardais vers cette fenêtre, tout en continuant à fantasmer, je crus réellement voir quelqu'un dehors, qui regardait chez nous – l'aperçu fugitif d'un visage émergeant de la vitre sombre, avant de disparaître.

J'ai dû ouvrir la bouche, ou bien sursauter. Jon et Chad tournèrent rapidement la tête vers moi tous les deux.

« Qu'est-ce qu'il y a ? » demanda Chad, tout en regardant derrière lui, vers la fenêtre.

Il n'attendit pas ma réponse.

« On tire les rideaux, d'accord ? »

Il se leva et les tira.

Après dîner, Chad monta dans sa chambre relever son courrier électronique. Je me levai et entrepris de débarrasser la table. Jon me saisit le poignet lorsque je tendis la main pour prendre son assiette, et il leva les yeux vers moi.

« Je vais le faire, Sherry, dit-il. S'il te plaît. »

Mais je dégageai mon poignet en le tordant pour ce faire.

« Non, dis-je.

— Quand, Sherry ? demanda-t-il. Quand pourrai-je à nouveau te parler ? Quand pourrai-je te tenir dans mes bras ?

— Je ne sais pas », dis-je.

Le lendemain matin, Jon était déjà parti lorsque je me levai. Je restai assise au bord du lit un bon moment. J'entendis, à nouveau, ce qui devait être des écureuils sur le toit. Peut-être qu'une nouvelle famille avait déjà trouvé le nid abandonné ? Plus facile que de faire le leur, que d'en faire un nouveau, alors ils s'étaient installés dans celui-ci.

Non, me dis-je.

Les animaux savaient mieux que les hommes. Ils l'auraient senti – que quelque chose de violent, de définitif, s'était passé là. Ils n'auraient jamais choisi de vivre dans ce nid. S'il y avait d'autres écureuils sur le toit, ils recommençaient à zéro, ils se faisaient leur propre nid.

Il fallait, me rendis-je compte, que je réveille Chad, que je le conduise à son travail. La veille au soir, j'avais lavé son tee-shirt, je l'avais sorti du sèche-linge, encore un peu humide, et je l'avais posé sur son lit pendant qu'il écrivait un message électronique.

« Tu écris à qui ? lui demandai-je.

— Ophelia », dit-il sans lever le nez de son écran.

Il était toujours dans sa chambre quand j'étais allée me coucher et, même si sa porte était fermée, j'entendis le doux cliquetis de ses doigts sur le clavier.

Huit heures du matin, je regardai le réveil, sortis du lit, enfilai mon peignoir, et me rendis vers la chambre de Chad, mais, contrairement à ce que j'avais pensé, il n'était plus endormi dans son lit.

Je regardai dans la salle de bains, descendis à la cuisine, entendis quelque chose dehors, et regardai par la fenêtre de la cuisine.

Il était dehors, dans le jardin, derrière la maison, accroupi au pied des broussailles, et il faisait des gestes de la main en direction de Kujo pour lui faire signe de venir vers lui – mais Kujo refusait de bouger.

Garrett.

Après avoir déposé Chad chez Fred (aujourd'hui, Fred portait une salopette, sans tee-shirt, et je pus voir qu'il avait été, jadis, un homme musclé, mais que maintenant la chair pendait à ses bras et à sa poitrine comme autant de vieux chiffons), je me souvins que c'était cette semaine que Garrett devait partir au camp d'entraînement, en Caroline du Nord.

Il faut que je lui dise, pensai-je, avant son départ, je dois lui dire que je suis désolée, que je n'avais jamais pensé, pas même une seconde, qu'il se retrouverait un jour mêlé à mon erreur avec Bram Smith.

Je voulais lui dire que je ne lui en voulais pas d'avoir raconté à Chad mon histoire avec Bram. Ce n'était pas sa faute. Je voulais qu'il sache que je le savais. Je voulais que Garrett sache que je resterais son amie, et que s'il y avait quoi que ce soit que je puisse faire pour lui, je le ferais.

Mais, quand j'appelai son numéro chez lui, il n'y eut pas de réponse.

J'essayai encore.

Puis une troisième fois.

Alors je pris la voiture et me rendis jusqu'à cette maison où je me souvenais être venue le chercher, ou le déposer, il y avait si longtemps, quand il était petit garçon.

Tout était exactement comme cela avait été.

Un peu délabrée, mais pas désagréable. Une petite maison préfabriquée bleue, entourée d'une clôture en grillage.

À l'époque, ils avaient un chien, me souvins-je. Un cabot quelconque qui aboyait férocement quand on se garait dans l'allée, avant d'agiter la queue avec une telle frénésie lorsqu'on sortait de la voiture qu'il pouvait à peine en garder l'équilibre.

Il s'appelait bien *Creek*, ce chien ? C'était bien ça ? Ou alors, je n'avais peut-être jamais connu le nom du chien de Garrett quand il était enfant ?

Il n'y avait plus de chien dans le jardin, mais l'herbe était verte. Il n'y avait pas de fleurs, mais le jardin était propre. Les rideaux étaient tirés et la porte du garage était ouverte. J'y vis ce qui devait être la Mustang rouge, soigneusement recouverte d'une bâche. J'ouvris la porte de la clôture et montai les marches, avant de sonner. Je ne perçus rien venant de l'intérieur, et donc je frappai, pensant que la sonnette pouvait être cassée ; c'est alors que j'entendis quelque chose derrière moi (« *Bonjour ?* ») et je me retournai.

C'était l'ami de Garrett, celui de la cafétéria, celui au blouson en nylon rouge, sauf qu'aujourd'hui il portait un tee-shirt (HARD ROCK CAFE, LAS VEGAS). Une fois encore, sa ressemblance avec Chad me surprit. Les cheveux. La structure du visage. La forme des yeux. Il se tenait dans l'allée, une pelle à la main.

« Oh, dis-je en avançant vers lui et en retrouvant une contenance. Bonjour ! Garrett vit bien toujours ici ?

— Il vivait ici, en fait, dit l'ami. Vous savez où il est ?

— Non, dis-je. Je le cherche.

— Moi aussi, dit le garçon.

— Il n'est pas là ? demandai-je.

— Ça fait une semaine, qu'il n'est pas là, dit le garçon. Enfin, je crois. C'est la dernière fois qu'il a pris son courrier, en tout cas. C'est la dernière fois que j'ai entendu parler de lui. »

Je descendis les marches pour retrouver le garçon à la porte du jardin.

« Une semaine ? demandai-je.

— Oui, à peu près, dit-il. Je l'ai vu il y a environ dix jours, à la fac. Et puis il m'a appelé lundi matin, et on devait refaire la transmission de la Mustang mercredi, alors je suis venu ici, mais il n'était pas là. Et je ne l'ai pas vu depuis. Je suis passé tous les jours, mais aucun signe de lui. »

Lundi.

Le soir où il est venu dîner chez nous.

Le soir où Chad et lui sont allés chez Stiver's, et où Garrett a parlé de Bram à Chad.

« Pas possible, dis-je. Personne n'a donc eu de ses nouvelles ?

— Qui pourrait avoir de ses nouvelles ? dit le garçon. Il n'a pas de petite amie. Ses parents sont morts.

Il a bien une tante, mais il ne la voit jamais. Qui pourrait avoir des nouvelles de Garrett, alors ?

— Vous avez... fait quelque chose ?

— Oui », dit le garçon.

Il paraissait plus jeune que Garrett, me dis-je, plus jeune que Chad. Il avait des bras fins. Des dents abîmées. Des yeux d'un gris si pâle qu'ils en semblaient dépourvus de couleur. On aurait dit, pensai-je, une *ombre* de Chad.

« Oui, répéta-t-il. J'ai appelé les flics et ils m'ont dit, grosso modo, que si je n'étais pas un parent, je n'avais qu'à me mêler de mes oignons. Ils ont dit que ça arrivait sans arrêt, les gars s'engagent, ils signent les derniers papiers, les plans pour le camp d'entraînement sont arrêtés, et ils ont les foies. Ils se taillent. Les flics ne voulaient pas s'en occuper. Mais je leur ai dit : Et la maison ? Qu'est-ce qui se passe pour la maison, s'il ne revient pas ? Elle est là, vide. Et ils m'ont dit qu'ils finiraient par s'en occuper, quand les voisins se plaindraient. »

Je le regardai un moment. Une triste lumière, me dis-je, émanait de ce garçon. Est-ce que Garrett avait été son meilleur ami ? Ou même son seul ami ?

Au loin, j'entendis un chat miauler, et le garçon regarda derrière lui.

« J'ai cassé une vitre, pour sortir la chatte (il brandit la pelle), mais elle a flippé quand elle m'a vu et elle s'est sauvée. J'ai mis de la nourriture, mais je n'arrive pas à la faire revenir. Vous pourriez m'aider ? »

Je posai mes clés de voiture sur le capot.

« Je vais vous aider », dis-je.

Le bois, derrière la maison de Garrett, était épais – des pins et des bouleaux – et le sol était couvert de vieilles aiguilles et de feuilles mortes. Nous avançâmes de quelques pas, avant de nous arrêter. Je le laissai appeler la chatte (*minou-minou*, il ne se souvenait plus du nom de l'animal), parce qu'on s'est dit que lui, au moins, il la connaissait un peu. Il me dit qu'il s'appelait Mike, qu'il ne connaissait Garrett que depuis le début de l'automne, quand ils s'étaient rencontrés à leur cours de mécanique auto. Ils étaient amis, et Mike aidait Garrett à réparer la Mustang, il était donc venu chez lui, ils avaient traîné ensemble sur le campus, mais ils n'étaient pas intimes pour autant.

Il n'empêche que Mike se faisait du souci. C'était bizarre, de voir un gars comme Garrett disparaître comme ça.

« Il n'avait pas peur des marines, dit Mike. Il avait hâte de partir. Il ne se serait pas taillé. »

Alors que nous avancions ensemble dans le bois, nous entendions la chatte, qui nous devançait toujours de quelques mètres, avec ses pattes qui écrasaient les brindilles, qui crissaient sur les aiguilles et les feuilles.

« Minou-minou-minou... », appela Mike, d'une voix si douce qu'il semblait impossible qu'on pût lui refuser quoi que ce fût.

Il portait une boîte de nourriture pour chats ouverte. Sur la boîte, il y avait une photo d'une princesse-chat posée sur un coussin, portant une tiare.

« *Minou-minou-minou ?* »

Nous nous arrêtâmes pour écouter, et la chatte partit plus loin.

Nous nous enfonçâmes dans le bois, Mike appela à nouveau et la chatte fila plus loin.

« Vous devriez peut-être appeler », finit par dire l'ami de Garrett.

J'appelai.

J'essayai de prendre une voix chantante.

« *Viens ici, minou-minou-minou* », appelai-je.

Rien. Mais je la vis derrière le tronc grêle d'un bouleau blanc – une grosse forme grise au poil long, qui faisait une pause. Je m'accroupis.

« *Ici, minou-minou...* »

Elle ne venait toujours pas, mais elle ne battait pas en retraite non plus. Elle me regardait.

« S'il te plaît, la chatte. Viens me voir. »

L'ami de Garrett me donna la boîte de conserve, que je tendis à la chatte, et je vis qu'elle levait le nez, pour sentir.

« Viens, petite, dis-je. Viens, viens me voir. »

Elle avança d'un pas dans ma direction.

Elle venait vers moi.

Elle accéléra, se rua vers moi et finit par ronronner sous ma main lorsque je tendis le bras pour la caresser.

« Ouais ! dit l'ami de Garrett. Comment vous avez fait ? »

Dans la voiture, la chatte de Garrett miaula pendant quelques secondes, avant de se rouler en boule sur le siège du passager. Mike dit qu'il ne pouvait pas la garder dans son appartement. Je pouvais la garder ?

Bien sûr.

Je déchirai une feuille de papier de mon calepin et laissai une note sous la porte de Garrett :

Garrett, s'il te plaît, si tu trouves cette note, appelle-moi ou appelle Mike tout de suite. Nous sommes très inquiets. C'est moi qui ai ton chat. Sherry Seymour.

Au dos de la note, j'inscrivis mon numéro de téléphone, au cas où il l'aurait perdu.

« C'est quoi, ça, bordel ? » demanda Chad en rentrant à la maison.

Fred l'avait reconduit, parce que le boulot qu'ils avaient à faire se trouvait juste plus haut sur la route, et il rentra de bonne heure. Cela ne faisait qu'une heure que j'étais là. La chatte était installée sur la causeuse et regardait Chad.

« C'est la chatte de Garrett, dis-je.

— Quoi ?

— Chad, Garrett a disparu. »

Les yeux de Chad allèrent de la chatte à moi, puis il passa devant moi pour entrer dans la cuisine.

Il alla droit au réfrigérateur, prit le jus d'orange, déboucha la bouteille et but de longues gorgées au goulot.

« Tu m'as entendue ? demandai-je.

— Oui, je t'ai entendue. Garrett a disparu, dit Chad. À la guerre, sans doute, non ?

— Non, dis-je. Enfin, je n'en sais rien. Il n'est pas rentré chez lui depuis... l'autre soir.

— Et comment on sait ça, je voudrais bien le savoir », dit Chad.

Il ne se tourna pas pour me regarder. Il avait les yeux fixés sur un point droit devant lui, et tenait toujours la bouteille de jus d'orange à la main.

« Je suis allée chez lui, dis-je.

— Ben voyons ! dit Chad.
— Quoi ? dis-je.
— Rien, dit Chad, en posant la bouteille sur la table de la cuisine puis en passant devant moi. Rien, maman. Mais je crois qu'il serait temps que tu cesses de te faire tant de souci pour Garrett. »

Il jeta un coup d'œil sur la chatte et monta à l'étage.

Jon ne dit rien lorsqu'il passa la porte et qu'il vit la chatte installée sur la causeuse. Il posa son attaché-case. Il se pencha en avant, la regarda, puis s'assit en s'appuyant sur ses talons, il tendit une main, qu'elle sentit, avant de la lécher.

« Bonjour beauté, murmura-t-il. Bonjour petit chat. »

Lorsqu'il se rendit compte que je le regardais de la cuisine, il leva les yeux vers moi. Il souriait.

« À qui appartient cette adorable créature ? demanda-t-il.
— À Garrett, dis-je.
— Et quel est le nom de la chatte de Garrett et comment a-t-elle atterri ici ?
— Je ne connais pas son nom », dis-je avant de me mettre à lui raconter comment nous en étions venus à avoir la chatte de Garrett sur notre causeuse.

Jon prit la chatte dans ses bras pendant que je lui racontais toute l'histoire, il enfouit le nez dans le pelage gris, et cette douceur – la gentillesse chaleureuse de Jon – me revint alors en tête. Cette façon qu'il avait de se pencher pour prendre le minuscule Chad et le soulever en l'air, de coller son visage dans le cou tout doux de Chad, dans ses cheveux, pour simplement le humer. J'avais aimé Jon durant toutes ces années, compris-je alors, en partie parce qu'il y avait une telle richesse d'amour chez lui. En le voyant avec la chatte de Garrett, qui était parfaitement contente dans ses bras, je me souvins de cela. J'allai vers lui, je posai la main sur son bras, et puis mon visage sur son épaule.

« Sherry, dit-il en reposant gentiment la chatte sur la causeuse. Tu me pardonnes ? »

Il me prit dans ses bras.

« Je t'aime, Sherry, dit-il. Je suis un homme extrêmement imparfait, Sherry, mais je t'aime plus que tout au monde. Et je jure devant Dieu que si tu acceptes simplement de me laisser te tenir comme ça, je ne demanderai plus jamais rien de la vie. »

Nous fîmes l'amour, ce soir-là, sans nous parler. Les lumières éteintes. Nos vêtements jetés par terre dans la chambre. Cela dura des heures. De longues et lentes heures faites de chair et de larmes. Je plongeai mes doigts dans ses cheveux, dans sa bouche. Il posa la bouche sur mes seins. Il m'embrassa les bras, le cou. Lorsque je jouis enfin, ce fut en un crescendo sanglotant de plaisir. Quand ce fut son tour, je sentis tout son corps trembler en moi comme une aile.

Au matin, nous nous embrassâmes sur la galerie pour nous dire au revoir. Des lèvres et des langues qui s'attardent. La chatte de Garrett nous regardait de la causeuse, en clignant lentement des yeux. Chad dormait toujours, dans sa chambre. Il n'en était pas sorti, à ma connaissance, de la nuit. Dehors, dans le jardin, derrière la maison, Kujo dormait, roulé en boule au pied des broussailles.

« Ce chien..., dit Jon en secouant la tête. Tu devrais appeler les Henslin, ou bien il va mourir de faim, ici.

— Je vais le faire. Je t'aime », dis-je au dos de Jon lorsqu'il passa la porte.

Il se retourna.

Il revint sur ses pas.

Nous nous embrassâmes à nouveau. Plus fort, plus longtemps. Et puis il s'en alla.

Sur le trajet pour aller chez Fred, Chad ne parla pas. Il regardait par la vitre du siège du passager. Je parlai, même si j'avais l'impression que Chad n'écoutait pas.

« Pour Garrett, dis-je, Chad... il est probablement juste parti, il est peut-être allé au camp avec de l'avance, ou même il a peut-être changé d'avis, sur ce camp d'entraînement. Il est peut-être parti pour l'éviter, ou il est allé voir sa tante, mais je ne peux pas m'empêcher de m'inquiéter, Chad. Je ne te fais aucun reproche, Chad. C'est entièrement ma faute, bien sûr, mais j'ai besoin de savoir, Chad... tu n'as pas menacé Garrett, par hasard ? Je sais qu'il t'a parlé de... »

Je ne pus continuer. Je dus avaler ma salive.

« Mais bien sûr, repris-je, tu sais que rien de tout cela n'était sa faute. Je comprends que tu aies été en colère contre lui, Chad, mais Garrett n'est pas parti, n'est-ce pas, parce que... »

Chad se tourna brusquement et me regarda.

« Non, maman. Je n'ai pas menacé Garrett. »

Je regardai de l'autre côté.

« Je le sais, Chad, dis-je, calmement. Je suis désolée d'avoir posé la question. »

Nous avons roulé quelques minutes en silence, puis je me suis éclairci la gorge avant de lui demander comment il se sentait et comment il avait dormi.

« Bien », répondit-il.

Lorsque je garai ma voiture dans l'allée, Kujo était toujours là.

J'allai jusqu'au milieu du jardin et je l'appelai, mais il grattait furieusement la terre et ne regarda pas dans ma direction. Il ne dressa même pas les oreilles. J'entrai dans la maison et composai le numéro des Henslin. Mme Henslin me répondit. Sa voix paraissait fragile, lointaine, comme si elle me répondait de beaucoup plus loin sur la route que de l'endroit où elle se trouvait, ou comme si elle avait beaucoup vieilli depuis la dernière fois que je lui avais parlé – je me rendis alors compte qu'en fait je ne l'avais pas vue, sauf quand elle et son mari passaient dans leur pick-up bleu (une vision fugitive, surtout, de mon propre reflet dans leur pare-brise, et un signe de la main), depuis octobre dernier.

« Je vais envoyer Ty, dit-elle, de cette voix-là, quand il rentrera pour le déjeuner, pour chercher le chien. Je ne peux pas venir, pas avec cette arthrite. Et Ernie ne quitte pratiquement plus la maison depuis qu'il s'est cassé la hanche.

— Il s'est cassé la hanche ? demandai-je.

— Oui, en octobre dernier.

— Mais je suis désolée, madame Henslin, je n'en avais aucune idée. »

Je me sentis plus alarmée par le peu que je savais des souffrances d'un couple âgé vivant à moins d'un kilomètre de notre maison que par la hanche cassée d'Ernie. Qu'avais-je donc fait durant tous ces mois, pour ne pas penser à aller voir s'ils allaient bien, pour ne m'être jamais arrêtée chez eux, pour ne les avoir jamais appelés, pour ne m'être jamais demandé, en passant devant chez eux, pourquoi je ne les voyais plus jamais dehors ?

« Et pourquoi voudriez-vous en avoir idée ? demanda Mme Henslin, pratique, comme toujours. En tout cas, il ne peut pas y aller. Je vous envoie Ty (son petit-fils), il viendra avec une laisse et il prendra le chien. Je m'excuse pour le tracas. »

Je lui dis qu'il n'y avait pas de tracas, que j'avais seulement appelé parce que je m'inquiétais...

« Bien sûr que si, c'est du tracas, dit-elle. On va régler ça. »

Elle me dit au revoir et raccrocha, je gardai le combiné en main durant quelques instants, me sentant plus ou moins renvoyée dans mes foyers un peu trop sommairement – réprimandée, rejetée. Je fus tentée de la rappeler, pour m'expliquer à nouveau. Pourquoi j'avais appelé. Pourquoi je n'avais rien su, pour la hanche de M. Henslin ; pour lui dire combien j'avais été occupée, avec les cours, avec Chad qui était parti à l'université. Combien j'avais souvent pensé à eux. Combien je...

C'est alors que Kujo se mit à gémir – un geignement affamé, caverneux. Un tel cri de frustration et de désespoir que je reposai le combiné et me ruai à la porte pour le regarder.

Quelque chose d'autre s'était produit ?

Non.

L'épagneul des Henslin était simplement là où il se trouvait depuis des jours, la tête rejetée en arrière, il lançait son long gémissement vers le ciel.

J'allai jusqu'au réfrigérateur et sortis le reste des côtes de porc que j'avais préparées samedi pour Jon et Chad, je les posai sur une assiette en papier, et je me dirigeai vers le jardin.

Mais, dès que j'arrivai au bord des broussailles avec l'assiette en papier et les côtes de porc...

Dès que je vis ce qu'il avait fait...

Que ce chien avait creusé un trou profond de presque un mètre...

Qu'alors même que je m'approchais de lui avec cette viande tendue devant moi sur une assiette, en murmurant son nom, en l'appelant par son nom, en finissant par hurler son nom (*Kujo!*), il ne se tournait toujours pas vers moi, il ne cessait pas ses hurlements...

Et cette odeur, qui monte...

Et cet essaim de taons qui tournoyait au-dessus du trou creusé par Kujo...

Et les mouches...

La musique de ces mouches...

Je compris.

Je compris tout.

T'as qu'à lui dire que tu appelleras les flics s'il revient par ici, ou que ton mari le tuera, s'il revient à la maison.

Je posai l'assiette avec les côtes de porc par terre, aux pieds de Kujo, et retournai en courant vers la maison.

À deux heures de l'après-midi, après des heures passées debout sur la galerie, à regarder le fond de notre jardin, à écouter Kujo s'activer, hurlant, trottinant de tous les côtés, puis relevant à nouveau la tête pour hurler, je vis M. Henslin – son ombre, d'abord, qui clopinait dans le crépuscule – arriver le long du chemin de terre, avec une laisse.

J'ouvris la porte et je sortis.

Je le regardai s'approcher de son chien.

Le chien s'accroupit, remuant la queue contre la terre – gémissant, agité. M. Henslin le prit par le collier, et Kujo lutta pour se libérer.

M. Henslin attacha la laisse au collier, Kujo se mit à geindre, à aboyer, et à tirer en arrière sur la laisse.

Mais M. Henslin était d'une force surprenante. Il réussit à tirer Kujo derrière lui, le chien ayant enfin renoncé à se battre pour tenter de tirer M. Henslin en arrière, mais il refusait toujours de partir, il lançait ses pattes dans tous les sens, il refusait de se lever, de marcher, mais il n'avait pas d'autre choix que de laisser le plus fort des deux l'emmener en le traînant, jusqu'à la route. Lorsque M. Henslin me vit sur les marches du perron, il me parla.

« Vous avez un truc mort, là-bas », cria-t-il, avant de se retourner et de se diriger, en traînant toujours son chien derrière lui, vers sa maison.

Je m'assis sur la causeuse avec la chatte de Garrett. Je caressai son pelage sombre. Tant de soleil tombait sur nous par la fenêtre que je ne voyais rien d'autre au-delà de cette chatte, sur mes genoux, rien d'autre au-delà de mes propres membres. On aurait dit que nous flottions dans un pan sectionné de lumière, dans un fragment de brillance délimité par des cordes. La poussière, tout autour de nous, tournait lentement, il y en avait des galaxies entières. Nous étions des voyageurs dans l'espace. Des voyageurs dans le temps. Nous étions arrivées ici, dans ce monde nouveau, avec rien. Nous n'avions rien apporté avec nous. Nous n'avions pas pensé, je supposai, que nous resterions si longtemps, mais des centaines d'années avaient passé, et nous étions toujours là, qui flottions, sans abri, seules sur la causeuse...

Mais lorsque retentit la sonnerie du téléphone, la chatte sauta par terre et fila dehors d'un bond par la porte de derrière, que j'avais laissée ouverte.

Je ne pouvais bouger, je ne pouvais que la regarder partir.

Je tentai de la suivre des yeux, mais elle avait disparu.

Le téléphone sonna si longtemps, le répondeur ne prenant pas le relais, que je finis par me retrouver debout, malgré moi, et m'éloignai de la causeuse pour aller répondre.

« Sherry ? C'est toi ?

— Oui, dis-je, Jon.

— Sherry, j'étais inquiet. J'ai laissé sonner au moins cent fois, chérie. Tu étais dehors ?

— Oui, dis-je.

— Sherry, tu m'aimes toujours? Est-ce que maintenant... est-ce que tout va bien?

— Tout va très bien », dis-je.

Il y eut une pause.

« Ça n'a pas l'air d'aller, Sherry, dit-il. Qu'est-ce qui se passe? Il s'est passé quelque chose à la maison?

— Oui, dis-je.

— Quoi... »

Sauf que cela n'avait pas l'air d'une question. On aurait dit qu'il savait.

« Jon, dis-je, est-ce que Bram est revenu chez nous? »

Une autre pause. Des lignes téléphoniques qui s'étirent à travers les champs de maïs, les forêts, les vergers.

« Comment tu as su? demanda Jon, calmement.

— Je le sais », dis-je.

Jon toussota.

« Tu étais à Silver Springs avec Chad. Tu veux que je te dise comment ça s'est passé?

— Non », dis-je.

Je sentis le sang circuler dans mes doigts, dans mes mains, remonter le long de mes bras, vers ma poitrine, pour s'amasser froidement en une flaque dans mon cœur. Je transpirais – mon dos, mon torse, mon front – et dus essuyer la sueur qui me coulait dans les yeux.

Jon soupira.

« Sherry, dit-il d'un ton las, je dirais bien que je suis désolé, mais je ne le suis pas. »

Mes mains tremblaient. Je lâchai le combiné. J'entendais toujours la voix de Jon – minuscule, à des millions de kilomètres de moi, qui disait mon nom. Lorsque je fus enfin capable de reprendre le combiné, tout ce que je pus dire fut que j'étais désolée. J'étais désolée, mais j'avais laissé tomber le téléphone.

« Bon sang, Sherry, dit Jon, j'ai cru que tu t'étais évanouie. J'allai appeler police secours. Écoute, va t'allonger un peu, ma chérie. Allonge-toi et oublie tout ça, on en reparlera quand je rentre ce soir. »

J'entendis, alors, ce qui parut être des doigts claquant juste sous mon menton, ou bien un os délicat qui se brise dans ma gorge.

« Jon ! réussis-je à éructer. Mon Dieu ! Qu'est-ce qu'on va faire ?

— Rien, pour le moment, Sherry, dit Jon. C'est ça qui est beau, ma chérie. C'est fini, maintenant. »

Au cours du dîner, il ne fut pas différent de ce qu'il avait toujours été lors du repas du soir. J'avais acheté un poulet rôti. Et de la salade de pommes de terre au comptoir des plats cuisinés. Je m'étais promenée dans les allées du supermarché, un panier de plastique rouge à la main – une femme fantôme qui rassemble de la nourriture pour les morts. Je payai mes achats. Je pris le sac de papier kraft jusqu'à la voiture. J'avais ensuite roulé, sans penser à ce que je faisais, jusqu'à chez Fred, où Chad m'attendait, assis sous un arbre en compagnie de son patron, ils avaient tous les deux retiré leurs tee-shirts – Chad, au corps bien découpé et hâlé à côté de Fred, dont la chair blanche avait la couleur du papier mâché, mis à part une cicatrice rouge irrégulière qui lui barrait la poitrine.

Je demandai à Chad, une fois qu'il fut installé dans la voiture à côté de moi, d'où venait la cicatrice de Fred.

« Opération à cœur ouvert », dit Chad.

Sur le trajet, Chad fut d'humeur bavarde.

Il avait vu un coyote derrière une maison où il plantait de jeunes arbres.

« Là, au beau milieu de ce joli petit coin de banlieue – qui examinait leur piscine, genre, le plus gros coyote que j'avais jamais vu. Il aurait facilement pu dévorer leur caniche, ou leur gosse. Il s'est figé sur place quand il a vu que je le regardais. On est restés un moment à se lancer des coups d'œil et puis, comme s'il avait réussi à se rendre invisible, il a disparu. »

Son ton – naturel, sain, familier, comme l'odeur d'herbe, de feuilles et de soleil qu'il portait – me ramena à moi-même, graduellement, jusqu'à ce je redevienne une femme ordinaire conduisant une voiture blanche, qui avait été chercher son fils à son boulot d'été, qui rentrait chez elle, dans sa ferme restaurée à la campagne, où tout était comme cela avait toujours été et continuerait à être (*c'est ça qui est beau, maintenant, c'est fini...*) pour toujours.

Durant le dîner – poulet rôti, salade de pommes de terre, du pain venu d'un sac en plastique comportant plein d'assurances pour notre santé (*pas de graisses saturées, bon pour le cœur, riche en fibres, calcium*) – Jon et Chad parlèrent de golf, de chasse, de haies et de jeunes arbres. De temps en temps, Jon regardait vers moi, de l'autre côté de la table, et ses yeux s'attardaient un moment. Lorsque je lui rendais son regard, il baissait les yeux sur son assiette, ou bien il regardait Chad – un peu piteusement, pensai-je, comme un enfant qui a été grondé récemment, qui n'était pas sûr d'être revenu en grâce, et qui voulait désespérément l'être.

Alors, c'est tout? me demandai-je.

L'air piteux de Jon me faisait penser que oui, comme si presque rien ne s'était passé, comme si tout n'était qu'une regrettable erreur, peut-être, mais rien qu'un haussement d'épaules et une excuse marmonnée ne sauraient réparer.

Alors c'était ça, ce qui était beau? me demandai-je.

Était-ce possible?

Depuis vingt ans, Jon était celui qui savait trouver le tableau électrique dans le sous-sol, démarrer une voiture dont la batterie était morte, qui savait quand il fallait refinancer la maison, qui appeler lorsque la chaudière tombait en panne, comment retirer une écharde, où aller s'abriter durant une alerte à la tornade (penderie, accroupis dans le noir au milieu de nos propres vêtements – la laine étouffante, l'intimité rassurante), que faire pour empêcher la nourriture de pourrir dans le réfrigérateur durant une coupure électrique.

Depuis vingt ans, c'était Jon qui s'occupait de nos comptes, de l'entretien de la maison. C'est lui qui avait installé la minuterie sur l'adoucisseur d'eau, qui nous avait prévenus pour le nid de guêpes qu'on avait trouvé dans le jardin l'été dernier, qui les avait aspergées de poison, qui avait empêché les écureuils de rentrer dans le grenier, de manger les fils électriques, de faire brûler la maison et de la réduire en cendres blanches et fines qu'on aurait pu faire passer entre nos doigts.

Est-ce qu'il avait, simplement, cette fois encore, su ce qu'il fallait faire ?

Est-ce que c'était ça ? Il avait fait ça ? C'était possible ? Est-ce que j'étais mariée depuis vingt ans à un homme capable de faire ça, sans avoir jamais rien deviné ?

Une fois encore, il croisa mon regard en voyant que je l'observais. Il eut l'air, pensai-je, surpris de l'intensité de mon regard. Il me sourit, ce sourire se répercuta en moi comme un tout premier sourire – le plaisir, l'anticipation, ce parfait inconnu, pouvait-il être à moi ?

Était-ce possible, ce frisson dans mon sang, malgré moi – moitié horreur, moitié confusion – mais aussi, oui, une sorte d'étonnement perplexe, était-ce possible que je me sois trompée sur lui pendant si longtemps, sur sa passion, si farouche et si folle, que je n'avais jamais décelée, jamais...

Jon ?

Je m'en rendis alors compte, je ne l'avais jamais connu.

Oui, c'était un inconnu. Mon inconnu. Et il avait tué mon amant pour me garder.

Le lendemain matin, je dormais encore lorsque Jon partit au travail. J'entendis un chien hurler un peu plus loin sur la route. Cela venait de chez les Henslin.

Kujo ? Il essayait de revenir ?

Après avoir déposé Chad chez Fred, je partis en ville.

Comment aurais-je pu rentrer chez moi ? Kujo, plus loin sur la route, au moment où j'avais fini de prendre mon petit-déjeuner, s'était mis à brailler et à aboyer si fort qu'on aurait dit que les Henslin l'avaient attaché à un poteau, avant de mettre le feu tout autour de lui. Désespéré, implacable. Je ne pouvais pas rester à la maison, à écouter ça. Cela finirait par s'arrêter, je le savais, mais je savais aussi que cela ne serait pas pour aujourd'hui. Trop chaud. Trente-trois degrés à dix heures du matin. La chaleur et l'odeur allaient rendre Kujo complètement fou. Non, j'irais dans mon bureau, décidai-je. J'irais voir mon courrier. Je resterais toute seule, dans mon bureau. J'essaierais de réfléchir. Cela me surprit de penser que c'était possible. Comment était-il possible, m'étonnai-je, que je puisse conduire ? Que je puisse penser ? Que je puisse même penser à l'avenir et imaginer que tout continuerait à exister ? Comment était-il possible que j'aie la certitude que les choses allaient continuer et que rien de ce qui s'était passé n'aurait pu changer l'ensemble ?

J'avais dormi paisiblement toute la nuit.

J'avais pris mon petit-déjeuner.

J'avais conduit mon fils à son travail.

Et pendant tout ce temps, le corps de mon amant, dans le jardin...

Si cela ne paraissait pas réel, est-ce que cela pouvait l'être ?

Le parking de la fac était presque vide quand j'y arrivai. L'été, il n'y avait que peu de cours assurés – mais le soleil tombant sur les chromes de ces quelques voitures était si aveuglant que j'eus du mal à voir où me garer. Il brillait en fragments hérissés. Éblouissant, aveuglant. Du shrapnel, fait de lumière.

Mes yeux se mirent à pleurer.

Une fois garée, je passai la main sur mes yeux et vis des triangles et des barres noires là où le soleil s'était incrusté sur les chromes – je clignai des yeux, puis je sortis de ma voiture, et c'est alors que je l'aperçus, garée quatre places plus loin.

La Thunderbird rouge de Bram.

Je dus m'appuyer d'une main sur le mur de la cafétéria lorsque je le vis...

Il portait un tee-shirt noir.

Il tenait un gobelet de café.

Assis à table en face d'Amanda Stefanski qui, penchée en avant, les yeux brillants et mouillés, avec sa robe orange, riait à quelque chose que lui racontait Bram.

Lorsqu'ils virent que je les regardais, ma paume appuyée contre le mur (qui soutenait le mur, pendant que mes jambes n'étaient plus que de l'eau et de l'air sous mon corps), ils se regardèrent, et Bram se leva, laissant son gobelet sur la table, et Amanda Stefanski derrière lui.

Il s'arrêta à quelques pas de moi.

« Sherry, ça va ? demanda-t-il.

— Non », dis-je.

Il se tourna et fit un signe de tête à Amanda, qui regarda ailleurs.

« On va dans ton bureau, Sherry, me dit-il. Ne faisons pas cela ici. »

Dans mon bureau, je bus une gorgée d'eau à une bouteille qui était restée là, jamais ouverte, depuis mon dernier passage, trois semaines plus tôt.

AQUA-PURA. Une montagne sur l'étiquette. Et un cours d'eau qui s'écoule, tout blanc, le long du flanc de la montagne.

Mais l'eau me parut plus chaude que la température qui régnait dans la pièce. Elle avait un goût fétide, comme de la pluie qui aurait stagné en flaque sur un parking – comme de l'eau qu'on aurait tirée d'un puits abandonné depuis longtemps aux animaux, à la terre. Je m'assis à mon bureau. Bram resta debout devant moi.

« Bon, dit-il, c'est à cause d'Amanda ?

— Non », dis-je.

Amanda ?

« Parce que c'est toi qui as cassé, mon chou. Et tu peux être sûre que quand j'ai vu ton putain de mari me braquer son fusil à la figure, j'ai reçu le message cinq sur cinq. Je veux dire, je te voulais, je l'admets, vraiment, mais pas assez pour me faire tuer. »

C'est ça qui est beau, maintenant c'est fini...

Jon ne l'avait pas tué.

Il avait simplement menacé de le faire.

Il n'avait pas fallu verser de sang, pour que tout cela soit fini.

Et alors, comme si j'étais chez moi, sur la galerie arrière de ma maison, j'entendis à nouveau... les hurlements de Kujo, de ce chien qui tire sur sa laisse, tous ces jappements fous.

« Bram, dis-je alors. Garrett a disparu, Bram. Tu as... dit quelque chose ? Tu as... fait quelque chose ? »

Bram me regarda d'un air inexpressif. Il s'éclaircit la gorge.

« Non, dit-il.

— Mais tu m'as dit, dis-je, que tu l'avais menacé, que s'il...

— Non, dit Bram, je n'ai jamais rien dit de ce genre à Garrett.

— Quoi ?

— Je n'ai jamais rien dit de ce genre à Garrett, dit Bram, comme si je n'avais pas entendu. Je veux dire, je lui ai dit, pour toi et moi, mais je n'ai jamais eu besoin de le menacer. Garrett est hors compétition. C'est juste un gosse. Il est...

— Mais pourquoi tu m'as dit...

— Je voulais juste que tu saches que je le ferais », dit Bram.

Sur ce, il haussa les épaules.

« Je crois, reprit-il, que je voulais juste que tu saches que j'étais un dur, mon chou. Mais ce jeu-là est fini, maintenant, dit-il en regardant ses mains. Je crois que tu as vu ma mère.

— Oui, dis-je.

— Bon alors, qu'est-ce que je peux te dire ? » dit-il en posant la main sur la poignée de la porte.

Il ouvrit la porte.

« Je suis, dit-il par-dessus son épaule, juste un dur qui habite avec sa mère. Et je n'ai jamais menacé Garrett Thompson. Désolé de te décevoir. Mais maintenant, tu sais tout. »

Il sortit dans le couloir.

Il ferma la porte derrière lui.

Kujo était de retour quand j'arrivai à la maison, sa laisse brisée traînant derrière lui autour des broussailles.

Trente-trois degrés. C'était vraiment l'été, maintenant. Les lilas étaient tout bruns. Certaines grappes racornies tenaient toujours aux branches. D'autres étaient tombées par terre, encore à moitié en fleur, ou sur l'allée, formant un tapis de violet écrasé.

Mais ils étaient fanés.

De la fenêtre de la chambre où j'étais assise j'entendais un nuage de mouches au bourdonnement régulier s'élever et descendre en piqué près des broussailles. Et, très loin au-dessus, dans un ciel sans nuages d'un bleu impitoyable, quatre énormes buses volaient paresseusement en cercles, tout en effectuant un mouvement de descente – en une lente et gracieuse chorégraphie de vol et d'appétit.

De la fenêtre de la chambre, je voyais tout.

Je voyais à ce qui me semblait être des kilomètres.

Je voyais chaque brin d'herbe, comme si chacun était éclairé de l'intérieur.

Chaque feuille de chaque arbre, qui tremblait et brillait, individuellement, comme si la source même de la vie brûlait à blanc dans chaque veine.

J'aurais pu les compter.

J'aurais pu les nommer.

J'aurais pu dresser la liste des différences entre chacune d'elles, des milliers de différences. Chaque détail était distinct. Les ailes de chaque abeille. Chaque fleur sauvage, chaque particule de poussière sur chaque pétale. Chaque poil rugueux sur le dos de Kujo. Les ondes et les particules discrètes du soleil

– sur les lilas morts, sur l'herbe du jardin, sur le buisson, à ce moment précis – et au moment suivant, et au suivant, et au suivant, jusqu'à ce que tout ait été comptabilisé, déclaré – mais, je le savais, je ne pourrais pas rester assez longtemps pour ça. Je ne pourrais pas simplement observer ça de loin et écrire le tout. Je devrais quitter la fenêtre, sortir, et m'y mêler.

Je pris une serviette avec moi, je la tins sur mon nez et sur ma bouche – et pourtant, la douceur restait encore si puissante que je dus reculer, fermer les yeux (*respire, respire, respire*) avant de pouvoir m'approcher, avant de pouvoir voir.

Kujo avait dégagé la terre.

Kujo avait réussi.

Assis au bord du trou, il remuait la queue en me regardant.

Tu vois? Tu vois? Tu vois? semblait dire cette queue.

Ses yeux marron de chien étaient grands ouverts.

Tu ne me croyais pas, semblaient-ils dire. *Tu as essayé de m'écarter. Mais maintenant tu vois bien.*

Oh oui, j'ai vu, enfin...

Les fraises que Mme Henslin m'avait apportées. (*Je les avais laissées sur la galerie.*) Le lapin sous les pneus de la fleuriste. (*Le bouquet de roses rouges.*) La biche sur la bande médiane de l'autoroute. (*Le sang sur mon pare-chocs.*)

Le corps.

Ce déroulement destructeur des années.

Des dizaines d'années.

Le relâchement des chairs. Les taches et les rides qui venaient avec l'âge. Mon père, attaché à son fauteuil, qui pourrissait doucement.

Mais aussi, la douceur d'une joue d'enfant. Le bouton de rose d'une bouche sur un sein. Les petits garçons, sur le tapis du salon, qui jouent avec leurs petites voitures et leurs camions miniatures. Les petits bruits de moteur qu'ils faisaient. La table basse. Les marques sur les pieds de la table. « *Garrett* », dis-je.

Il leva vers moi de grands yeux surpris – des yeux pleins de terre, mais les yeux de Garrett malgré tout.

« *Oh, Garrett* », dis-je.

Un bras posé sur sa poitrine, comme en une arrière-pensée.

Un genou fléchi, comme s'il voulait se lever.

Il portait le polo blanc qu'il avait le soir du dîner, qui était maintenant gris de terre.

Et Kujo, qui se tient en silence au bord du trou, qui baisse les yeux, avant de les lever vers moi.

Tu vois ?

Je fus surprise, ensuite, de me retrouver à savoir exactement ce qu'il fallait faire.

J'avais appris ce qu'il fallait faire.

Durant ces vingt ans de vie d'épouse et de mère, il me sembla que c'était exactement ce à quoi je m'étais préparée – exactement à cela. Toutes ces années passées à tenir la maison, comme dans un rêve, m'avaient appris ça. Toutes ces années passées à faire la poussière et à ranger, toutes ces années passées, les genoux dans la terre près du parterre de fleurs – à désherber, à tailler, à semer, à protéger.

J'avais passé la moitié de ma vie à détruire et à laisser des preuves autour de moi.

Je savais exactement quoi faire.

J'allai dans la chambre de Chad, j'allumai son ordinateur, je fourrai tout le disque dur à la poubelle, et je vidai la poubelle.

Je pris les vêtements qu'il avait portés ce soir-là chez Stiver's dans le panier à linge sale et les apportai dans le salon, où, malgré la chaleur – trente degrés dans la maison, d'après le thermomètre –, je fis un feu dans le poêle à bois et m'agenouillai devant, pour y enfourner les vêtements de Chad, un par un.

Ils brûlèrent lentement mais, après un moment, il n'y eut plus rien d'autre que des cendres.

Mais il restait encore toutes ces choses annexes, les choses faites pour les scénarios les pires. Tout comme on espérait toujours que la trousse de secours rangée dans l'armoire à linge ne serait jamais nécessaire, on gardait malgré tout une attelle au cas où. Tout comme on espérait que les invités ne laisseraient pas leur doigt courir sur les étagères de la bibliothèque quand ils viendraient à la maison, on passait quand même le plumeau avant leur arrivée. Après avoir réglé ces choses annexes, j'appelai Jon à son bureau et lui demandai combien de terre il nous faudrait pour faire un trou de la taille d'un homme, le remplir de terre et planter un jardin par-dessus.

« Un tombereau devrait faire l'affaire, dit Jon. Pourquoi, chérie ? »

Je lui ai dit de rentrer de bonne heure, et que je lui montrerais pourquoi.

« Je ne peux pas, Sherry. J'ai...

— Il le faut, dis-je. Chad a des ennuis. »

Je raccrochai.

J'appelai ensuite l'entreprise de Fred pour leur demander de bien vouloir livrer la terre en fin d'après-midi.

La secrétaire, une femme d'un certain âge à la voix rocailleuse que je n'avais jamais vue mais à laquelle j'avais parlé plusieurs fois dans le passé, lorsque j'appelais pour savoir à quelle heure je devais venir chercher Chad, me dit qu'ils ne pouvaient pas le faire.

Ils pouvaient livrer dans l'heure, dit-elle, ou ils pouvaient livrer le lendemain, mais ils ne pouvaient pas le faire à dix-sept heures.

J'inspirai une bouffée d'air. Je mis ma main libre sur ma tempe. Je soupirai. Je me raclai la gorge. Je pensai : Combien d'arguments de ce type ai-je déjà entendus dans ma vie ? Combien de petites querelles désagréables sur ces choses insignifiantes ? (*On ne peut pas mettre en route votre remboursement sans le reçu. On ne peut pas déplacer ce rendez-vous.*) Maintenant, c'était comme si, au téléphone avec cette femme, toutes ces centaines de désaccords culminaient en celui-ci – cette ultime et paroxystique bataille sur quelque chose d'inconséquent, et pourtant d'une importance capitale. Je me raclai à nouveau la gorge, elle fit de même.

« Écoutez, il me faut la terre aujourd'hui, mais il me faut aussi quelques heures pour préparer l'espace où on va la mettre. Il faut qu'elle me soit livrée à dix-sept heures.

— Non, dit-elle. Je suis désolée, madame. »

Elle n'avait pas du tout l'air désolée.

« Je suis la mère de Chad Seymour, dis-je.

— Oh, dit la femme, dont la voix s'adoucit alors. Un moment, s'il vous plaît. »

En moins d'une minute, elle avait repris le combiné pour me dire que c'était bon.

Dix-sept heures.

« Votre fils, madame Seymour, est adorable. Honnêtement, Chad est le jeune homme le plus charmant que j'aie rencontré.

— Merci », dis-je.

Fred reconduisit Chad à la maison, du terrain de golf où ils avaient travaillé – à installer des pièges à taupes, et à planter de jeunes pousses de pommiers.

Au moment où ils se garèrent dans l'allée, Jon et moi étions juste en train de mettre le feu aux branches de broussailles que nous avions rassemblées autour du trou que nous avions creusé. Jon, dans l'allée, était appuyé contre le capot de son Explorer et il s'essuyait le visage avec une serviette. Deux ou trois fois cet après-midi-là, il avait dû s'arrêter de creuser pour vomir. Une fois, il s'était assis à côté des buissons pour pleurer dans ses mains.

« Sherry, avait-il dit, comment a-t-il pu faire une chose pareille ? Quoi qu'il ait pu croire... comment a-t-il pu ? Je n'aurais jamais...

— Bien sûr que tu n'aurais jamais... », dis-je.

Étais-je accusatrice, ou sur la défensive ?

« Sherry, dit Jon en levant les yeux vers moi, surpris. Tu défends Chad, là ? Parce que tu es déçue que moi, je n'aie pas pu tuer ? »

Je me tournai vers lui avec la pelle.

« On n'a pas le temps, pour ça », dis-je.

Il faisait plus de trente-cinq degrés.

Les mouches piquaient nos corps trempés de sueur.

Le son de ces mouches nous étourdissait, il était si fort qu'on aurait dit une unique et énorme machine, et non ce millier de minuscules engins. Elles semblaient ne jamais vouloir s'éloigner, leur frustration paraissait sans limites, on aurait dit qu'elles allaient grouiller et nous piquer pour l'éternité – mais, après un moment, elles se firent plus calmes, elles finirent par se disperser, et, enfin, même les buses – perturbées ? déçues ? – disparurent à l'horizon.

Tandis que nous brûlions ces branches de broussailles, malgré la température, je restai près du feu de joie pour regarder les feuilles et les tiges s'embraser et se désintégrer si vite qu'on aurait dit qu'elles n'avaient jamais existé. Les broussailles produisaient une sorte de chuintement en se consumant, en s'évanouissant, comme si un souffle les emportait, plutôt qu'il ne les brûlait. Je regardai avec attention, en tentant de repérer le moment où tout aurait disparu pour toujours – en tentant de voir s'il y avait bien un tel moment, et si on pouvait réellement le voir.

La chaleur était accablante, je la laissai se promener sur moi jusqu'au moment où je finis par la sentir dans mon sang.

Je me penchai sur le feu, je le regardai intensément.

Fred s'approcha.

« Eh bien, il vous en fallait, de la terre ! dit-il. Et beaucoup de travail, aussi. Vous essayez de cacher quelque chose ? Vous avez un cadavre, là-dessous ? »

Je levai les yeux. Fred regardait l'endroit où nous avions étalé la terre et dégagé les broussailles. Il portait un tee-shirt sans manches et un short en coton. Je vis les veines écrasées de ses bras et de ses jambes palpiter juste sous la chair, comme des papillons bleus qui se noyaient en lui.

« Non, dis-je. C'est juste que j'en avais assez de ce foutoir.

— Vous avez raison, dit Fred. C'est mieux comme ça. Vous devriez faire quelque chose avec ça, maintenant. »

Il suggéra des buissons.

Des buissons à fleurs, des arbustes ornementaux – certains à feuilles caduques, mais des persistants, aussi. Des genévriers. Des buis. Des berbéris. Des cassinia.

« Il faudrait faire un petit jardin de topiaires, ici, dit Fred. Si vous êtes le genre de dame à aimer tailler les choses, et si le travail ne vous fait pas peur.

— Ça ne me fait pas peur, dis-je.

— Vous pourriez faire pousser du lierre sur une structure – en forme de lapin, ou de biche. On pourrait dégager encore davantage les broussailles. Vous pourriez vous faire comme un petit musée. »

Nous parlâmes de cela encore un long moment, juste nous deux.

Chad était rentré dans la maison. Dès qu'ils s'étaient arrêtés dans l'allée, il était sorti du camion de Fred et était entré directement à l'intérieur, se glissant sans rien nous dire, ni à Jon ni à moi, mais sans claquer la porte derrière lui non plus. Jon était toujours dans l'allée, appuyé contre son Explorer, il regardait le ciel, il regardait la fumée s'élever du feu.

Mais Fred restait à côté de moi juste devant le feu. Je voyais la chaleur, sa brillance tremblante, dans son visage, ainsi que la palpitation de ses veines sur ses bras et sur ses jambes.

Je regardai sa poitrine, la cicatrice

Il n'aurait, je le comprenais, plus jamais de problèmes avec son cœur.

Ils lui avaient sorti le cœur, quand ils avaient ouvert sa poitrine. Ils l'avaient replanté. Un homme nouveau avait grandi. Et maintenant, il vivrait pour toujours.

« Je n'avais pas l'intention de le tuer, dit Chad.

— Je sais, dis-je.

— Et comment tu le sais, maman ? Comment tu sais quoi que ce soit ?

— Je te connais, dis-je.

— Non », dit-il.

Il était assis devant son ordinateur. Il s'était mis à pleurer. La lumière blême de l'écran donnait à son visage, dans la chambre sombre, une sorte de bleu sous-marin. Les larmes, sur ses joues, étaient comme un liquide argenté.

« Tu ne me connais pas, dit-il.

— Qu'est-ce qui s'est passé ? demandai-je.

— On s'est engueulés au bar, dit Chad. On était saouls et on s'est disputés à ton propos, et je lui ai dit que je savais ce qui se passait, que j'avais tout compris en Californie, je savais qu'il se passait quelque chose, qu'il baisait ma mère, quoi, que je savais, et lui il continuait à nier, il continuait à dire qu'il n'y avait rien entre vous. Je lui ai dit que j'avais tout vu. Je lui ai dit que je savais. Qu'il était venu dans notre putain de maison, chez nous. Qu'il t'a embrassée sur les marches de cette putain de galerie. Et il me prenait pour un idiot ou quoi ? Et il pensait que je croyais quoi... lui qui était là tout le temps, à murmurer avec toi dans la cuisine ? Il a dit qu'il y avait un autre gars, il a encore voulu tout mettre sur le dos de ce prof, et alors j'ai perdu les pédales, la dispute a continué dehors, et je lui ai fracassé la tête contre la voiture et alors il a fini par admettre... »

Chad se mit à pleurer plus fort.

« Et puis, reprit-il, il s'est retrouvé par terre, et je...

— Arrête de pleurer », dis-je.

Mes yeux étaient tellement secs que c'était comme si je n'avais jamais versé une seule larme de ma vie. Ils étaient si secs que je ne pouvais plus les fermer. Je ne pouvais plus cligner des paupières.

« Nous devons penser clairement, Chad. On ne peut pas perdre de temps à pleurer. »

Chad porta une main à sa bouche, comme pour tout garder en lui. Les larmes coulaient toujours sur ses joues, mais il ne sanglotait plus.

« Quelqu'un t'a vu ? demandai-je.

— Oui, dit Chad. Les gens ont vu. C'est sûr, y a des gens qui nous ont vus, mais personne n'est resté là. Personne n'a vu comment ça s'est terminé.

— Où est sa voiture ?

— Je l'ai conduite jusqu'à la gravière, dit Chad. Après l'avoir amené ici, après... et puis je suis rentré à pied.

— Tu en as parlé à quelqu'un ? dis-je en faisant un signe de tête vers l'ordinateur. Tu as écrit à Ophelia ?

— Oui », dit-il.

Je secouai la tête. Je mis la main sur ma joue. Il leva les yeux vers moi. C'était un enfant.

Je le voyais bien.

Dans le flou bleu de l'ordinateur, il était l'enfant dont j'avais toujours eu peur qu'il se noie au fond de la piscine municipale. Il ne savait pas nager. Si je ne gardais pas l'œil sur lui constamment, qu'est-ce qui pourrait lui arriver ? Il n'avait aucune idée de ce qu'il fallait faire – le souffle coupé dans le grand bain, il veut regagner le bord, la corde, les marches. Mais il coulerait, au fond. Je le retrouverais là. Dans cette lumière bleutée tremblotante, il ressemblait, maintenant, à un homme – mais il était toujours cet enfant-là.

Dans l'après-midi, Chad, Fred et deux autres hommes de l'équipe de paysagistes vinrent dégager le reste des broussailles pour planter ce qui allait devenir mon jardin de topiaires.

Je les regardai faire, de la fenêtre de la chambre.

Par deux fois, Chad avait cessé son travail et levé les yeux vers la maison, pour les baisser à nouveau quand il m'avait vue à la fenêtre.

Le lendemain, il était parti.

Je lui ai donné ma voiture.

« Tu ne peux plus revenir ici, dis-je. Tout peut arriver. Tu dois rester loin d'ici. Il ne faut pas que je sache où tu es, au cas où quelqu'un viendrait ici te chercher... parce qu'un jour, ils viendront te chercher.

— Je sais », dit Chad en se remettant à pleurer.

Pour ma part, je ne pouvais toujours pas pleurer. Il faudrait de nombreuses années, avant que je puisse, à nouveau, respirer, rêver, ou pleurer.

En septembre, mon père est mort. On l'a enterré à côté de ma mère. Devant leur tombe, je me demandai, de manière absurde, si elle était surprise, après toutes ces années, de l'avoir à nouveau à ses côtés. Ils m'ont dit qu'il a réclamé Robbie jusqu'à la fin.

Sue et Mack se sont séparés.

Mack a obtenu la garde des jumeaux et il les a emmenés au Canada pour être plus près de ses parents. J'ai appris ça par les autres membres du département d'anglais. Sue et moi, après cette dernière fois dans le couloir, ne nous sommes plus jamais reparlé. Deux fois, je lui ai laissé des messages, mais elle ne m'a jamais rappelée. Un jour, j'ai voulu l'arrêter sur le parking; j'ai crié « Sue! », mais elle n'a même pas fait semblant de ne pas entendre. Elle s'est tournée, elle m'a regardée dans les yeux, elle s'est retournée et a continué à marcher vers sa voiture.

Et maintenant je ne la vois presque plus jamais. De temps à autre, une ombre grise passe devant mon bureau, ou bien sort vivement d'une des toilettes sans que j'aie le temps de vraiment voir qui c'était, mais j'ai fini par m'habituer à ce fantôme de notre amitié, sous cette forme – car je l'aperçois une ou deux fois par semaine, dans le coin de ma vue, comme les centaines d'autres fantômes de mon passé, et je le reconnais pour ce qu'il est et le laisse disparaître.

Bram a épousé Amanda Stefanski.

(« Elle est parfaite, me dit-il un jour en me croisant dans le couloir. Elle est adorable. Mais cette saloperie de chien, cette Pretty, elle me déteste vraiment. »)

Il nous arrive de nous parler, mais si Amanda nous tombe dessus, elle envoie à Bram, puis à moi, un regard froid – un avertissement.

Robert Z. est parti à New York enseigner la poésie aux jeunes des quartiers chauds, mais Beth a continué à se poser des questions sur Amanda, sur Bram et sur Robert Z. (« *Tu crois qu'il l'a épousée pour son argent ? Comment elle a fait pour lâcher Robert pour celui-là ?* ») jusqu'à sa mort – un petit avion, avec Beth dedans, qui a explosé au-dessus du lac Michigan.

Et puis le jardin de topiaires.

Dans toute sa splendeur.

Un cygne. Un cône taillé en spirale. Un lapin. Une biche. Une pyramide parfaite.

Jon prend des photos. Il les met sur un site pour amateurs de topiaires. Ce pourrait être, dis-je à Fred quand il passe voir le jardin, un travail à plein temps.

« C'est toujours comme ça, avec les trucs qu'on aime, dit Fred. Ça vous prend tout ce que vous avez. Ça vient vous prendre le temps jusque dans vos mains. Ça exige tout votre cœur. »

Les Henslin viennent voir le jardin, aussi, et ils secouent la tête.

Tout ce travail, pour rien.

REMERCIEMENTS

J'aimerais remercier Bill Abernethy, Lisa Bankoff, Ann Patty, Sloane Miller, Tina Dubois Wexler, et Carrie Wilson, pour leur aide dans l'écriture et la réécriture de ce roman – et pour toutes les autres formes de soutien, amitié, conseils avisés, assistance, qu'ils m'ont données si généreusement.

Cet ouvrage a été composé et imprimé par la
SOCIÉTÉ NOUVELLE FIRMIN-DIDOT
Mesnil-sur-l'Estrée
pour le compte de Christian Bourgois éditeur
en mars 2007

Imprimé en France
Dépôt légal : avril 2007
N° d'édition : 1855 – N° d'impression : 83865